tollkühn

KJ Weiss

tollkühn

Covergestaltung: Ralf B. Franke

Foto: wektorygrafika/123rf.com

Herstellung und Verlag: BoD- Books on Demand, Norderstedt

ISBN: 978-3-7481-3159-5

1

Hätte sie vorhersehen können, was die heutigen Ereignisse nach sich ziehen würden, wäre Saskia vermutlich liegen geblieben und hätte sich ihrer Migräne ergeben.

Als sie erwachte, war die Aura bereits im Abklingen und der dumpfe Druck über der Schläfe im Anflug, sodass die Wirkung der Kopfschmerztabletten viel zu spät und nur abgeschwächt einsetzen würde. Besser wäre es, das Schlimmste bewegungslos im Bett über sich ergehen zu lassen.

Sie kämpfte einen kurzen Kampf, den das Pflichtbewusstsein gewann, stand vorsichtig auf, schluckte die Magentropfen und anschließend die doppelte Dosis ihres bewährten Mittels, trank einen verdünnten Kaffee und aß eine Scheibe trockenen Toast, bevor sie sich auf den Weg zu ihrer Boutique machte.

Sicher, zwischen zehn und eins herrschte normalerweise kaum Betrieb. Die vereinzelten Kunden, die den Weg in ihr Geschäft fanden, brachten nicht den Umsatz. Trotzdem fühlte es sich falsch an, die Öffnungszeiten nicht einzuhalten. Als Selbstständige durfte man nicht gleich bei jedem Unwohlsein kapitulieren.

Der Weg durch die kalte Novemberluft brachte wider Erwarten Linderung. Als sie die Tür ihres kleinen Ladens aufschloss, hatte sich der bohrende Schmerz in einen dumpfen Druck über dem linken Auge verwandelt, der, wie sie aus Erfahrung wusste, noch einige Stunden anhalten konnte. Damit kam sie klar. Würde sie es eben heute etwas langsamer angehen lassen!

Der Vorsatz hielt genau fünf Minuten. Nachdem sie Mantel und Handtasche verstaut hatte und in ihre bequemen Slipper geschlüpft war, griff sie sich den ersten Stapel dicker Pullover, die gestern geliefert worden waren. Einen oder zwei könnte sie ins Schaufenster legen, am besten den rot-weißen, der war ein richtiger Eyecatcher.

Der wollige Flausch versprach wohlige Wärme, genau das Richtige für diese Jahreszeit.

Der Gong der Tür riss sie aus ihren Überlegungen. Kundschaft!

„Ich komme!" Sie eilte, so schnell es ihr mit dem Stapel vor dem Gesicht möglich war, nach vorn, ließ die Pullover auf den Stuhl direkt daneben fallen und – erstarrte zur Salzsäule.

Die alte Frau im Eingangsbereich schien sich mit letzter Kraft an der Klinke festzuhalten. Genau in dem Moment, als sich ihre Blicke begegneten, verschleierten sich deren Augen und sie rutschte langsam zu Boden.

Saskia schluckte hart. Sie musste sich zwingen, ihre zitternden Beine in Bewegung zu setzen. Viel lieber wäre sie davongerannt, hätte sich vor der Verantwortung, der sie sich unversehens gegenübersah, gedrückt. Die Frau lag da, wie sie herabgesunken war, die Augen offen, die Pupillen starr, ohne Leben darin. Sie sah aus wie eine Tote.

Nein, sie lebte noch. Ein leises Seufzen entrang sich ihrer Brust, während Saskia sie von der Schwelle behutsam in den Raum hineinzog. Außerdem umklammerte ihre linke Hand weiterhin fest die zwei Taschen. Das konnte eine Tote ja wohl nicht, oder doch?

„Hallo, können Sie mich hören?" Sie kniete sich neben die Frau.

Keine Antwort. Die Augen starrten durch sie hindurch, der Mund stand halb offen.

Bewusstlos, stabile Seitenlage, Mundraum kontrollieren, Rettungswagen rufen, diese Begriffe schwirrten in rasender Schnelligkeit durch ihr Gehirn, als sie sich vorbeugte und ihr Ohr vor den Mund der Frau brachte.

War da jetzt ein leichter Atemzug gewesen? Saskia rutschte zur Seite und ergriff die freie Hand der vor ihr Liegenden, ihre Finger ertasteten einen holprigen Puls. Gott sei Dank, sie lebte noch!

Und jetzt? Stabile Seitenlage! Wie genau hatte das abzulaufen? Irgendwie war sie nicht fähig, einen klaren Gedanken zu fassen. Halbherzig versuchte sie, die alte Dame auf die Seite zu drehen. Diese stöhnte plötzlich und blinzelte.

6

Zutiefst erleichtert ließ Saskia von ihr ab und beugte sich wieder über sie. „Hallo, können Sie mich hören?"

Die Augen klärten sich, ein besserer Ausdruck fiel ihr tatsächlich nicht ein, und die Frau blickte sie verwundert an. „Wo ... was ...?"

„Sie sind sozusagen in mein Geschäft gefallen", witzelte Saskia erleichtert, der gerade ein ganzer Zentner vom Herzen fiel. „Wie geht es Ihnen? Soll ich einen Arzt rufen?"

„Nein, keinen Arzt. Ich muss ..." Die alte Dame versuchte geradezu hektisch hochzukommen. „Ich muss sofort ..." Sie verstummte und sank wieder zurück. Der Grauton ihrer Haut verstärkte sich.

Saskia spürte ihr Herz hämmern. Entschlossen sprang sie auf. „Ich rufe einen Krankenwagen!"

„Nein! Bitte." Die Frau blickte sie flehentlich an. Tränen hatten sich in ihren Augenwinkeln gesammelt und begannen nun, die Wangen herabzurinnen. „Sie verstehen nicht ... Wenn ich mich einen Moment ausruhen kann, geht es bestimmt gleich wieder. Mir ist nur so schrecklich schwindelig."

Saskia riss drei der dicken Pullover von dem Stapel und schob sie ihr unter den Kopf. „Soll ich Ihnen ein Glas Wasser holen?"

„Das wäre nett."

Sie sprintete in den Nebenraum, riss ein Glas aus dem kleinen Schrank über der Spüle und ließ es halb voll laufen. Dann stützte sie die alte Dame, die mühsam mehrere kleine Schlückchen nahm. Diese Anstrengung schien zu viel gewesen zu sein, ihr Kopf fiel nach hinten, ihre Lider flatterten unruhig.

„Ich rufe doch einen Krankenwagen." Saskia rannte zurück, um ihr Handy zu holen, das sich natürlich noch in der Handtasche befand. Im Laufen wähle sie den Notruf und haspelte die Fakten herunter. Der Mann versprach, sofort einen Wagen zu schicken. Erleichtert wandte sie sich an ihren Gast. „Es ist ..." Besser so, hatte sie sagen wollen - die Worte blieben ihr in der Kehle stecken. Der Platz, auf dem die Patientin gerade noch gelegen hatte, war leer.

2

Endlich! Der Letzte für heute Vormittag war geschafft! Guido Specht ließ den Motor an und brauste los. Ich rede mit dem Chef, beschloss er. Jetzt gleich.

Als wenn das was ändern wird, hörte er in Gedanken die nörgelige Stimme seiner Frau. Eigentlich seiner Ex-Frau. Warum er ihrem unseligen Einfluss nicht entkam, war ihm selbst ein Rätsel. Viel zu oft schlichen sich ihre ätzenden Kommentare in seine Überlegungen.

Er beugte sich vor und aktivierte das Radio. Was anderes hatte dieser alte Kasten nicht zu bieten. Deshalb trug er normalerweise immer seinen MP3-Player mit sich, um sich zwischen den einzelnen Besuchen mit den Metal-Songs abzulenken. Metallica, Nightwish, Rammstein, die Songs schafften es, ihn nach jedem seiner Besuche wieder runterzubringen. Heute Morgen war das Teil verstorben, nicht mal das Display hatte aufgeleuchtet.

Wollte er wirklich so unbedingt mit dem Chef sprechen? Die Zeit, in aller Ruhe nach einem vernünftigen Ersatz zu suchen, war eh schon knapp.

Auf dem Parkplatz stand Magdalenas Auto. Seine schlechte Laune besserte sich schlagartig. Ja, er würde reingehen, auf jeden Fall! Vielleicht gelang es ihm heute, sie auf ein Treffen anzusprechen.

Er wunderte sich immer noch, dass er so lange gebraucht hatte, sie zu bemerken. Sie war kurz nach ihm zum Team gestoßen, allerdings arbeitete sie meist auf einer anderen Schicht als er. Vielleicht lag es daran, vielleicht auch an seiner damaligen Verfassung. Er war ein Wrack gewesen, ausgelaugt von den ewigen Streitereien. Vor allem die Gerüchte, die diese Kuh gestreut hatte, und die darauffolgenden unausgesprochenen Verdächtigungen und das Misstrauen hatten an ihm genagt. Nee, er war anfangs bestimmt kein angenehmer Arbeitskollege gewesen.

Das Vorzimmer war verwaist, die Javers nirgendwo zu sehen. Aber aus dem Büro des Chefs klangen zwei Stimmen an sein Ohr, eine männliche und eine weibliche. Guido klopfte an die Tür und trat ein.

Magdalena saß am Schreibtisch des Chefs, vor ihr, auf dem Besucherstuhl, ein älterer Mann, der aufgeregt seine Mütze zwischen den Händen drehte. „Einen Moment noch, ich bin gleich für dich da." Sie schien erleichtert, ihn zu sehen. „Wie gesagt, ich werde mit Herrn Gründler sprechen, aber große Hoffnung kann ich Ihnen nicht machen. Wir sind zurzeit am Limit und …"

Guido trat zurück und schloss die Tür. Das lief ganz klar auf eine Ablehnung hinaus. Wenigstens etwas, sie waren schon lange am Rand ihrer Kapazität angekommen.

So dauerte es auch nur wenige Minuten, bis der Mann das Büro verließ und mit gesenktem Kopf zum Ausgang strebte. Magdalena wartete, bis sie die Tür klappen höre, bevor sie schnurstracks zur Kaffeemaschine eilte und nach einer Tasse griff. „Willst du auch einen?"

„Ja, gern." Seine Stimme wollte ihm kaum gehorchen. Das war andauernd so in letzter Zeit, wenn er ihr begegnete.

„Ich hasse das", bemerkte sie, während sie ihm seine Tasse hinhielt. „Wir sind das dritte Büro, wo er nachfragt. Keiner will seine schwerkranke Frau nehmen."

„Wo ist denn die Javers?", war alles, was ihm einfiel. Tragisch, klar, aber sie kamen schon jetzt nicht mit ihrer Zeitplanung hin.

Sie lehnte sich gegen den Schreibtisch und zuckte die Schultern. „Ein Arzttermin? Keine Ahnung. Irgend so was. Ist aber nur für heute."

„Und du hältst für sie die Stellung?"

Magdalena verzog das Gesicht. „Dazu hat mich der Chef verdonnert. Glaub mir, viel lieber würde ich meine übliche Runde drehen. Das hier ist nichts für mich."

Wieder wusste er nicht, was er darauf antworten sollte. In dem Schweigen, das entstand, stellte er die leere Tasse in den Korb mit

9

dem benutzten Geschirr. „Ich will eben noch in die Stadt. Mein MP3-Player hat den Geist aufgegeben. Ich brauch dringend einen neuen." Wie blöd war er eigentlich? Hier bot sich ihm die Chance, Zeit allein mit ihr zu verbringen, und er versaute es sich selbst.

Ihre braunen Augen blitzten interessiert auf. „Was hörst du denn so?"

Er zählte die Bands auf, anschließend sogar noch seine Lieblingslieder. Ihre Begeisterung schien echt zu sein. Sie stand auf dieselbe Musik wie er. Guido entspannte sich, der Anfang war gemacht. Über dieses Thema konnte er sich stundenlang auslassen.

Das Klingeln des Telefons unterbrach ihre angeregte Unterhaltung. Magdalena hob den Hörer ab und verwandelte sich sofort wieder in die professionelle Angestellte. „Pflegedienst Gründler?"

Vielleicht sollte er besser gehen. Fast eine Stunde saß er schon hier. Und das Gespräch schien wohl länger zu dauern. Eine aufgeregte Frauenstimme redete nahezu ohne Punkt und Komma auf sie ein. Magdalena runzelte die Stirn und deutete ihm heftig wedelnd an zu bleiben. „Ich verbinde Sie weiter, warten Sie bitte kurz." Sie drückte auf Stummschalten und hielt ihm mit einem bittenden Augenaufschlag den Hörer hin. „Da ist die Haushälterin von diesem Immobilientypen dran. Ihm geht es zusehends schlechter, sie weiß nicht, was sie machen soll."

Er schaltete das Gespräch wieder frei. „Frau Römer? Hier ist Guido, der Pfleger. Rufen Sie einen Krankenwagen und verlangen Sie ausdrücklich, dass ein Notarzt mitkommt. Ja, ich weiß, dass er das nicht will. Tun sie es trotzdem. Die werden ihn garantiert mitnehmen."

Die Erleichterung der Frau war deutlich erkennbar. „Gut, wenn Sie das sagen, dann mache ich das."

Magdalena warf ihm eine Kusshand zu. „Willst du nicht noch eine Weile bleiben? Ich schmeiß eine Pizza für uns rein."

Guidos gute Laune wuchs. „Ja, klar. Warum nicht?"

3

Die Aufregung des Vormittags hatte dazu geführt, dass die Migräne sich wieder verschlimmerte. Gegen eins fühlte sich Saskia wie gerädert, der dumpfe Druck, der sich einem engen Reif gleich um ihren Kopf schloss, war kaum noch auszuhalten.

Kurzentschlossen machte sie eine halbe Stunde eher Mittagspause, nahm eine zusätzliche Dosis von dem Schmerzmittel und legte sich im Nebenraum auf die Couch. Ihre Augen schlossen sich fast von selbst. Trotz der Schmerzen war sie innerhalb weniger Minuten eingeschlafen.

Ein lautes Pochen weckte sie. Sie schreckte hoch, wusste im ersten Moment nicht, wo sie sich befand. Aus dem Pochen wurde ein Trommeln. Irgendjemand verlangte mit ungewöhnlicher Vehemenz Einlass.

Saskia ließ sich mit dem Aufstehen Zeit, denn jede schnelle Bewegung würde wie immer nach einer solch starken Attacke ein wütendes Nachbeben im Kopf auslösen.

„Es ist wie der Morgen nach einem Alkoholexzess", hatte sie ihrer Mutter einmal versucht zu erklären. Ausprobiert, ob eine weitere Dosis der Tabletten die Beschwerden verschwinden ließ, hatte sie nie. Ihr reichte das, was sie einnehmen musste, um die Migräne zu lindern. Normalerweise vermied sie jede unnötige chemische Belastung ihres Körpers. Der hatte ihrer Meinung nach schon genug mit den täglichen Umweltgiften zu kämpfen.

Das Hämmern an der Tür war mittlerweile verstummt, der ungeduldige Kunde hatte offensichtlich aufgegeben. Saskia kontrollierte ihr Handy, das neben der Couch lag. Viertel nach zwei, der Wecker würde in genau fünf Minuten klingeln. Nein, sie würde nicht nach vorn laufen, um nachzuschauen, wer so dringend Einlass begehrte. Auf dem Schild im Schaufenster waren die Öffnungszeiten deutlich abzulesen: 10.00 bis 13:00 Uhr und 14:30 bis 19:00 Uhr. Diese Zeiten hatte die Mutter noch festgelegt und sie wollte sich daran halten. Sonst blieb für eigene Erledigungen zu wenig Raum.

Punkt halb drei schloss sie die Tür auf. Der davor wartende Mann riss ihr fast die Klinke aus der Hand. „Haben Sie mein Klopfen nicht gehört?", fragte er ungehalten.

„Ich war mit der Erledigung dringender Abrechnungen beschäftigt", gab sie kühl zurück. „Auch der Papierkram benötigt meine Aufmerksamkeit." Sie hatte in Sekundenschnelle erfasst, dass dieser Typ garantiert nichts kaufen wollte. Zwar kamen ab und zu auch Männer in ihre Boutique, die für ihre Frau ein Geschenk aussuchten, aber die waren ein anderes Kaliber – und vor allem wesentlich freundlicher, weil sie auf ihre Hilfe bei der Auswahl hofften.

„Baumann von der Kripo", stellte er sich vor und hielt ihr einen Ausweis unter die Nase. „Ich stelle Ermittlungen zum Tod von Frau Dräger an. Sie ist in Ihrem Laden zusammengebrochen?"

Die Aussage traf Saskia wie ein Hammerschlag. „Sie ist … tot?", brachte sie mit Müh und Not hervor.

Der Kommissar nickte bestätigend. „Die Ärzte im Krankenhaus konnten nichts mehr für sie tun. Sie verstarb kurz nach ihrer Einlieferung."

„Oh, mein Gott." Sie tastete nach dem Stuhl, der neben der Theke stand, und ließ sich darauf fallen. Dann erst begann ihr Gehirn die Verbindung zu ziehen. „Ist sie etwa ermordet worden? Ich meine, weil Sie hier auftauchen?"

„Nein, sie starb an einem schweren Herzinfarkt. Mein Interesse gilt etwas anderem. Bevor sie zu Ihnen kam, war sie nebenan in der Sparkasse, genauer gesagt im Tresorraum. Ihr Berater gab an, sie hätte dort etwas aus ihrem persönlichen Fach geholt. Unter ihren Sachen ist jedoch nichts zu finden. Der Sparkassenmitarbeiter sprach davon, dass sie zwei Taschen bei sich hatte, im Krankenhaus fand sich jedoch nur eine."

„Denken Sie etwa, ich habe …" Saskia brachte den Satz nicht zu Ende, sondern schnaubte entrüstet, was einen Schmerzstich durch ihr Gehirn jagte, sodass sie das Gesicht verzog. „Ich habe mich um sie gekümmert, bis der Notarzt eintraf. Der verbannte mich nach hinten, bis er die Dame stabilisiert hatte und die Sanitäter sie in den Krankenwagen schaffen konnten. Die haben alles mitgenommen, was ihr gehörte. Das Einzige, was die zurückließen, war der Müll von der Erstversorgung." Sie wies anklagend auf den Papierkorb, in dem sich noch die Reste der morgendlichen Aktion befanden.

Herr Baumann hatte sie während dieser Rede nicht aus den Augen gelassen. Jetzt drehte er sich im Kreis und musterte die Regale und Ständer mit deutlichem Interesse.

Saskia spürte, wie sie die Wut packte. Der dachte tatsächlich, sie habe sich die Tasche der Hilflosen unter den Nagel gerissen. „Ich weiß nicht, wo die abgeblieben ist", wiederholte sie mit Nachdruck. „Wenn Sie mir nicht glauben, können Sie sich gern einen Durchsuchungsbeschluss besorgen und alles hier auf den Kopf stellen." Sie musste tief durchatmen, um ruhig zu bleiben.

Die eintretende Kundin war ihr hoch willkommen. Kommissar Baumann trat augenblicklich den Rückzug an. „Sie hören von uns."

„Aber gerne", ignorierte sie die unterschwellige Drohung in seinen Worten und wandte sich Frau Meyer zu, die ihre kleinen Einkäufe als Höhepunkt der Woche betrachtete und stets zu einem Schwätzchen aufgelegt war.

Danach blieb ihr bis kurz vor Feierabend keine ruhige Minute. Die Kunden gaben sich regelrecht die Klinke in die Hand, ein sehr erfreulicher Umstand gerade nach dem unerquicklichen Beginn, wie sie fand. Dafür blieb das Durchsaugen heute unerlässlich. Trotz ihrer bohrenden Kopfschmerzen, die sich durch den unverschämten Auftritt des Kripobeamten und den anschließenden Kundenstrom erneut gesteigert hatten, bearbeitete Saskia den dunkelgrauen Teppichboden und den roten Läufer vor dem Kassenbereich mit Hingabe. Zuletzt schwenkte sie kurz hinter die Theke, ein Bereich, den sie schon länger nicht mehr mit einbezogen hatte, wie die kleinen Fusseln und Fädchen bezeugten. Sie ging sogar vorsichtig in die Knie, um bis in den Hohlraum im unteren Bereich vorzudringen.

Dann blieb der Sauger an irgendetwas hängen und sie musste sich noch tiefer bücken, damit sie das Hindernis, das sich nicht zur Seite schieben ließ, erkennen konnte. Eine Plastiktüte hatte sich in dem schmalen Zwischenraum, der die Theke vom Boden trennte, verfangen.

Neugierig zog und zerrte sie daran, fast kam es ihr so vor, als hätte jemand diese absichtlich in den Spalt gequetscht. Endlich ruckte es und sie landete durch den eigenen Schwung auf dem Boden, die Tüte glitt heraus.

Der Aufprall und die fast gleichzeitig einsetzende Erkenntnis, dass es sich dabei um die vermisste Tasche der Toten handelte, ließen den Schmerz in ihrem Kopf regelrecht explodieren.

Da ertönte die Ladenglocke ein weiteres Mal. Saskia rappelte sich mühsam hoch und bemühte sich, trotz der nicht nachlassenden Stiche ein einnehmendes Lächeln aufzusetzen, obwohl sie innerlich vor Empörung kochte. Wer kam ausgerechnet fünf Minuten vor Ladenschluss?

4

„So, Herr Meinhard, das war's schon." Guido zog den Schlafanzug seines Patienten zurecht und anschließend die Decke wieder hoch. „Bis morgen früh dann."

„Danke, mein Junge. Und komm nicht wieder so spät!", rief der Kranke dem sich schon Entfernenden nach.

Guido hielt noch einmal inne. „Da müssen Sie sich eine Etage höher beschweren. Ich kriege meine Liste mit den Terminen und arbeite die der Reihe nach ab." Er wartete die Erwiderung des alten Mannes nicht ab, sondern strebte zur Tür. Schon jetzt hinkte er deutlich hinter seinem Zeitplan her - und das lag nicht an seinem ausnehmend angenehmen Nachmittag! Er war pünktlich losgefahren.

Zehn Minuten später hielt er vor dem Haus der Drägers. Hier gab es glücklicherweise keine Parkplatzprobleme. Er konnte sich in die Garageneinfahrt stellen. Deren Auto rottete sowieso bloß noch vor sich hin. Keiner der beiden alten Leutchen war noch in der Lage, es zu nutzen. Er grinste in sich hinein. Das wäre der ideale Zweitjob. All die Karren verkaufen, die unnütz herumstanden.

Aber nein, fast keiner seiner Patienten wollte sich von dem geliebten Gefährt trennen, musste er sich eingestehen, während er den Plattenweg zum Haus entlangschritt. Außerdem würden ihm die angehenden Erben dabei auf die Finger sehen. Es war echt komisch, niemand hatte Lust, die Pflege zu übernehmen, aber sie lauerten stets im Hintergrund, um abzusahnen.

Er klingelte, wartete, klingelte ein zweites Mal. Schließlich zog er den Schlüssel aus der Tasche und ließ sich selbst herein. „Frau Dräger?" Normalerweise wartete sie bereits auf ihn, besonders, wenn es wie heute spät geworden war.

„Frau Dräger!", rief er erneut und wandte sich Richtung Wohnzimmer.

Weder dort noch in der Küche fand er sie, daher stieg er die Treppe ins Obergeschoss hinauf. Der Treppenlift steht unten, registrierte er. Also ist sie wahrscheinlich kurz weggegangen.

Es würde ihm ein ewiges Rätsel bleiben, weshalb so viele seiner Alten an dem angestammten Wohnsitz bis zu ihrem Tod festhielten. Dieses riesige Haus zum Beispiel war viel zu groß für die beiden, dazu die Tatsache, dass die Schlafräume in der oberen Etage lagen. Er konnte ohne Hilfe überhaupt nicht mehr hinunter, sie benötigte den Lift, um ihr schwaches Herz zu entlasten. Putzen, Aufräumen, die Wäsche, dafür kam dann dreimal in der Woche eine Haushälterin, die auch die meisten der Einkäufe erledigte. Deren Mann schuftete in der Zwischenzeit im Garten oder spielte den Chauffeur. Mehr als herumzusitzen, schafften die nicht mehr. Wozu also dieses riesige Haus?

Ja, Geld müsste man haben, dachte er nicht zum ersten Mal. Nur würde er sich dann nicht mit so einem alten Kasten belasten, sondern sein Leben in wärmeren Gefilden genießen, da, wo man noch mit wenig gut und lange auskam. Er könnte … Ach du Scheiße! Was war das denn?

Er hatte wie üblich den direkten Weg zum Schlafzimmer der beiden Alten genommen und erkannte bereits an der Tür, dass etwas nicht stimmte, obwohl er kaum mehr als Schatten erkennen konnte. Er betätigte den Lichtschalter, der Kristallleuchter flammte auf und beleuchtete das Szenario. Herr Drägers Kopf hing völlig verdreht zur Seite, die Decke war halb zurückgeschlagen, der rechte Arm baumelte schlaff nach unten.

Mit einem Satz war er neben dem Bett, griff in die Halskuhle und versuchte, den Puls zu ertasten. Nichts, der Mann vor ihm war tot, die Haut kalt, Wiederbelebungsversuche konnte er sich schenken.

Er wollte nach dem Telefon greifen, das gewöhnlich auf dem kleinen Beistelltischchen neben dem Bett lag, um den Hausarzt zu informieren – ein weiterer Vorteil der Leute mit Geld und einer privaten Versicherung: Dieser stand seinen Patienten auch nach der Sprechstunde zur Verfügung. Seine Hand verharrte und ihn durchzuckte ein eisiger Schreck. Da lag das Notfallarmband, das mit der Pflegestation verbunden war. Ein Druck auf den Knopf und der Alarm wurde ausgelöst. Hatte er etwa heute Morgen vergessen, es dem Patienten nach der gründlichen Wäsche wieder anzulegen? Auch das Tischchen befand sich außer Reichweite des Pflegebedürftigen. Klar, er benötigte Platz für die gründliche Morgentoilette. Für ihn waren diese Handgriffe längst Routine. Aber genauso räumte er anschließend die Dinge wieder zurück an Ort und Stelle.

Er fand das Telefon auf dem Boden vor dem Bett und suchte nach dem Namen des Hausarztes. Der Doktor meldete sich und er setzte ihn stammelnd ins Bild, während seine Gedanken mit ganz anderen Dingen beschäftigt waren. Er hatte die ganze Zeit das Gefühl, als starre ihn das Armband hohnlachend an.

Kaum hatte er das Gespräch beendet, rückte er das Tischchen näher an das Bett heran und legte das Telefon darauf. Dann griff er nach dem Armband und befestigte es am Handgelenk des Toten. So würde es eben für immer ein Rätsel bleiben, warum der Alte nicht den Notruf gedrückt hatte.

Ein letzter Rundumblick und er verließ das Zimmer. Bevor er nach unten ging, um auf den Arzt zu warten, informierte er den Chef. „Der Dräger ist tot. War schon kalt, als ich eintraf. Arzt ist benachrichtigt, ich muss warten, bis er kommt."

„Wieso? Wo ist die Ehefrau?" Dieser wusste über die Verhältnisse jedes Einzelnen Bescheid.

„Keine Ahnung, jedenfalls nicht da."

Herr Gründler seufzte. „Okay. Müssen wir halt sehen, wie wir das verrechnen."

Das war seine geringste Sorge. Das verrückte Tischchen und das darauf liegende Armband gingen ihm nicht aus dem Kopf. Wieder und wieder ließ er das morgendliche Programm vor seinem inneren Auge ablaufen. Doch er konnte sich beim besten Willen nicht daran erinnern, diese Handgriffe erfolgten nahezu automatisch. Bisher war ihm so etwas nie passiert. Verdammt, warum hatte sich Frau Dräger denn nicht gemeldet?

Er hoffte sehnlichst, dass der Arzt vor der Ehefrau eintreffen würde. Er hatte wirklich keine Lust, sie über das Ableben ihres Mannes in Kenntnis setzen zu müssen.

5

„Sassi, kann ich ein paar Tage bei dir bleiben?" Leonie, blasser und schmaler als sie die Freundin in Erinnerung gehabt hatte, trat ein. Ihre Augen blicken so flehentlich, dass Saskia spontan nickte. „Klar, kannst du das. Wann willst du einziehen?"

„Äh … jetzt sofort?" Leonie wies mit dem Kopf auf die Sporttasche in ihrer Hand. „Das Nötigste habe ich dabei."

„Okay." Das klang nicht gerade erfreut, deshalb beeilte Saskia sich, zu ihrer Freundin zu eilen und diese zu umarmen. „Was auch immer dahintersteckt, du bist willkommen, wirklich."

Leonie verzog das Gesicht, als würde sie jeden Moment in Tränen ausbrechen. Sie drehte sich weg und tat, als mustere sie die Einrichtung. „Du hast umgestellt. Es wirkt größer, weiträumiger, gefällt mir sehr gut."

Jetzt war es an Saskia zu schlucken. „Danke. Ich räume eben zu Ende auf, dann können wir los." Sie hatte das Gefühl, ihr Kopf würde gleich zerspringen. So sehr sie Leonie liebte, heute hätte sie sie gern abgewiesen.

Aber das kam natürlich überhaupt nicht infrage, daher griff sie nach dem Blisterstreifen, der noch auf dem Tisch lag, um eine weitere Tablette zu nehmen. Halt! Vielleicht trug ja der leere Magen seinen Teil zu den Kopfschmerzen bei. Seit dem einen Toast am Morgen hatte sie nur ein paar trockene Kekse gegessen.

Sie nahm eine weitere Portion ihrer Magentropfen und griff zum Telefon, um eine große Pizza zum Abholen zu bestellen. Die Freundin liebte wie sie diese Kreation aus Pilzen, Schinken und Käse. Sie würde sicherlich gern mitessen.

Erst nachdem sie die Tageseinnahmen nebenan bei der Sparkasse eingeworfen hatte, fiel ihr die Plastiktüte wieder ein. Ich nehme sie mit, beschloss sie, und gebe sie morgen früh vor der Ladenöffnung ab. Der Weg zur nächsten Polizeiwache wäre ein großer Umweg gewesen, außerdem hatte sie keine große Lust, sich in ihrem Zustand den vermutlich bohrenden Fragen der Beamten zu stellen. Hätte sie bloß nicht so vehement bestritten, dass sich die Tasche in ihrem Geschäft befinden könnte! Allein bei dem Gedanken an die zu erwartende Auseinandersetzung nahmen ihre Kopfschmerzen noch mehr zu.

Leonie hatte ihr Auto auf einem der Parkplätze im Hof abgestellt, daher verließen sie das Geschäft durch die Hintertür.

„Das Gästezimmer ist links", erklärte sie ihr, nachdem sie die Wohnung betreten hatten. „Es ist noch nicht komplett eingerichtet, aber Bett und Schrank sind vorhanden."

Die Freundin stieß einen entzückten Ruf aus, als sie die Tür öffnete. „Du hast tapeziert und einen neuen Boden verlegt …"

„Gardinen und Teppich sind ebenfalls neu", bestätigte Saskia, die ihr gefolgt war. „Mit den Möbeln bin ich noch nicht fertig."

„Deine Wochenendbeschäftigung?", fragte Leonie ahnungsvoll.

„Ich musste es so schnell wie möglich ändern. Das Zimmer mit all seinen Erinnerungen … Ich hole dir eben die Bettwäsche, pack du schon mal deine Tasche aus."

Kurz darauf saßen sie sich in der Küche gegenüber und aßen ihre Pizza. Wider Erwarten grummelte ihr Magen erwartungsvoll und Saskia griff heißhungrig zu. Leonie dagegen schob nach dem zweiten Dreieck den Teller von sich. „Du kannst den Rest gern haben. Ich bin satt."

Sie ist richtig dünn geworden, schoss es Saskia durch den Kopf, während sie abwehrend den Kopf schüttelte. Bloß nicht den Magen zu sehr überlasten! Sie war froh, dass er überhaupt Nahrung akzeptierte.

In dem eng anliegenden Shirt sieht man erst richtig, wie sehr sie an Gewicht verloren hat, dachte sie. Dazu der Kurzhaarschnitt, der die Wangenknochen betont und die braunen Augen noch größer wirken lässt. Wie ein Mannequin an der Grenze zur Magersucht.

„Das liegt am Stress." Leonie hatte ihren Blick richtig gedeutet. Sie holte tief Luft: „Ich bin durch die Prüfung gefallen."

„Ja, und? Machst du sie eben noch mal."

„Du verstehst nicht, das war meine letzte Chance. Ich habe es versaut. Ende, aus, Feierabend." Leonie lachte bitter. „Meine Eltern sind ausgerastet. Fünf Jahre Uni und ich habe nichts vorzuweisen."
Saskia wusste nicht, wie sie die Freundin trösten sollte. Ihr zu sagen, dass sie von Anfang an gegen deren Plan, ausgerechnet Informatik zu studieren, gewesen war, würde sie nur noch mehr runterziehen. „Und was jetzt?", fragte sie nach einer Pause.
„Keine Ahnung. Vielleicht gehe ich ins Ausland. Mir fehlt eine einzige Prüfung. Ich kann es, ich habe so gelernt!"
„Wie willst du das finanzieren?" Bisher hatten sich Leonies Eltern äußerst großzügig gezeigt, das Studentenwohnheim und ihren Lebensunterhalt bezahlt, selbst das Taschengeld war mehr als reichlich bemessen.
Diese starrte trübsinnig vor sich hin. „Warum bin ich nicht so zielstrebig wie du? Ein vernünftiger Beruf, ein eigenes Geschäft. Du bist unter dreißig und hast es schon weit gebracht. Ich dagegen …"
„Dafür hast du Abitur", erinnerte Saskia sie. „Und dein Jahrespraktikum zählt auch."
„Ja? Was habe ich davon? Nichts. Ich bin sechsundzwanzig und kann nichts vorweisen." Jetzt schossen die Tränen doch hervor. „Sassi, was soll ich bloß tun?"
Darauf gab es keine vernünftige Antwort. Leonie musste ihren Weg selbst finden, kein Außenstehender konnte ihr diese Entscheidung abnehmen. „Erst mal musst du zur Ruhe kommen", beschied Saskia. „Alles Weitere wird sich finden. Nimm dir die notwendige Zeit, du kannst bleiben, solange du willst."
„Danke", schniefte die Freundin. Richtig getröstet schien sie allerdings nicht, die Tränen flossen unaufhörlich weiter.
Saskia stand auf, um ihr eine Packung Tempo aus dem Schrank zu holen. Als sie die Tür schloss, fiel ihr Blick auf die Tragetasche, in die sie vor ihrem Aufbruch kurz entschlossen einen der Pullover aus der neuen Kollektion gestopft hatte. Leonie stand auf aktuelle Ensembles. Vielleicht würde dieses Geschenk ihren Schmerz ein wenig lindern.

Sie nahm gleich die Plastiktüte mit in die Küche. Wenigstens überprüfen, ob es sich dabei wirklich um die der Verstorbenen handelte, wollte sie. Sie überreichte Leonie das Geschenk zusammen mit den Taschentüchern. Die blickte überrascht auf. „Für mich?"

„Du wirst ihn in den nächsten Tagen brauchen", grinste Saskia. „Es soll richtig kalt werden." Sie wandte sich dem Inhalt der Tasche zu, auf Dankesbezeugungen legte sie keinen Wert. Sie fühlte sich eher unbehaglich, wenn sie diese entgegennehmen musste. Die Freude des anderen reichte ihr völlig.

„Was hast du da noch?" Leonie beugte sich neugierig vor.

„Die Tragetasche habe ich eben beim Saugen gefunden, sie hatte sich unter der Theke festgeklemmt." Saskia spürte, wie ihr der Schweiß ausbrach, nachdem sie den prall gefüllten Stoffbeutel darin geöffnet hatte: Er enthielt bündelweise 500-Euro-Scheine.

6

„Ich muss sofort diesen Kommissar anrufen." Saskia fand als Erste
die Sprache wieder. „Das ist ein Vermögen!"

„Weißt du, wem es gehört? Hat es jemand absichtlich bei dir versteckt? Erzähl genau, was passiert ist", verlangte Leonie und setzte
nach einem Blick auf die Uhr hinzu: „Auf die paar Minuten kommt
es jetzt auch nicht mehr an."

Zögernd gab sie nach. „Ich muss mir sowieso überlegen, was ich
sagen will. Ich war nicht gerade freundlich zu ihm. Das ist echt peinlich. Ich habe vehement abgestritten, dass die Tasche bei mir sein
könnte. Der war so … so unfreundlich, fast aggressiv. Ich hatte das
Gefühl, der wolle mir am liebsten den ganzen Laden auseinander-
nehmen. Da habe ich dichtgemacht. Wer …"

„Ich verstehe kein Wort", unterbrach Leonie sie. „Fang mal ganz
von vorn an!"

Also berichtete Saskia von dem Zusammenbruch der Fremden,
ihrer Abwehr, einen Krankenwagen zu rufen und der versuchten
Flucht. „Sie ist nicht weit gekommen, sondern direkt auf der Straße
erneut zusammengebrochen. Eine Passantin half mir, sie wieder
reinzutragen und zu versorgen, bis der Notarzt eintraf. Ich habe
erneut da angerufen. Die waren super freundlich und erklärten uns
genau, was wir tun sollten."

Leonie hatte den Bericht mit aufgerissenen Augen verfolgt. „War sie
da schon tot?"

„Nein, nur bewusstlos. Die Minuten, bis der Krankenwagen eintraf,
kamen mir trotzdem vor wie Stunden. Noch schlimmer war der
Moment, als sie das erste Mal zusammengebrochen ist. Ehrlich, ich
dachte, ich sehe eine Leiche vor mir."

„Kann ich mir vorstellen", nickte Leonie. „Man muss hin, traut sich
aber nicht."

„Die Sanitäter haben dann sofort das Kommando übernommen, die
Passantin weggeschickt und mich gebeten, nach hinten zu gehen",

fuhr Saskia in ihrem Bericht fort. „Es hat schier endlos gedauert, bis sie die Frau endlich abtransportierten. Ihre Tasche ist wahrscheinlich, als der Notarzt sich um sie bemühte, unter die Kassentheke gerutscht. Ich habe sie gefunden, kurz bevor du reinkamst. Am Nachmittag erschien dieser Kommissar Baumann und teilte mir mit, dass die Frau verstorben sei." Sie bemühte sich, die Unterhaltung genau wiederzugeben.

„Und den willst du anrufen?" Leonie verzog skeptisch das Gesicht. „Der glaubt dir bestimmt kein Wort."

„Mir egal. Ich will das hier so schnell wie möglich loswerden."

„Wie viel ist das denn? Hat er gesagt, um welchen Betrag es sich handelt?"

„Nein, er sagte bloß, dass die Frau zuvor in dem Tresorraum der Sparkasse war."

Leonie war bereits vom Stuhl gerutscht und kniete vor dem Stoffbeutel. „Komm, lass es uns wenigstens mal zählen!" Ohne auf den Protest ihrer Freundin zu achten, holte sie die Bündel hervor. „Genau einhunderttausend Euro", verkündete sie kurz darauf fassungslos. „Wer war diese Frau?"

„Keine Ahnung. Martha Dräger hieß sie. Die Sanitäter haben ihre Handtasche nach Hinweisen durchsucht." Saskia saß wie erschlagen auf ihrem Stuhl. Langsam verstand sie, warum der Kommissar derart hartnäckig gewesen war. Die alte Dame hatte die Summe erst kurz zuvor aus der Sparkasse nebenan geholt, wofür benötigte sie diesen riesigen Betrag? Ihr seltsames Verhalten fiel ihr wieder ein. „Nein, Sie verstehen nicht", hatte sie gesagt. „Ich muss sofort …" Den Rest hatte sie absichtlich weggelassen, wurde ihr langsam klar. Handelte es sich um eine Erpressung oder gar eine Entführung?

„Dräger?" Leonie blinzelte überrascht. „Doch nicht die aus unserer Straße?" Sie gab eine kurze Beschreibung.

„Meine Güte, das ist sie! Ich muss jetzt umgehend den Kommissar informieren!" Saskia sprang auf und rannte in die Diele zum Telefon.

„Halt! Warte!" Die Freundin war ihr gefolgt und sah sie beschwörend an. „Lass uns gemeinsam überlegen, was wir unternehmen. Noch weiß keiner, dass du das Geld hast."

Sie ließ die Hand, die schon nach dem Hörer gegriffen hatte, fassungslos sinken. „Das ist nicht dein Ernst, oder?"

„Sie ist tot. Pass auf, wir …"

„Kein Wort mehr!" Saskia funkelte sie so drohend an, dass Leonie zurückwich. Sie drehte ihr den Rücken zu, wählte und verlangte nach Kommissar Baumann.

Irritiertes Schweigen antwortete ihr. „Und in welchem Dezernat arbeitet er?", fragte der Polizist, der das Gespräch angenommen hatte, nach.

„Das hat er nicht gesagt." Saskia versuchte, sich an irgendeinen Zusatz auf dem Ausweis zu erinnern. Sie hatte ja nur einen kurzen Blick darauf erhaschen können. „Er bearbeitet den Fall Martha Dräger", fügte sie hinzu.

„Einen Moment bitte." Der Moment zog sich fast zehn Minuten hin. „Sind Sie sicher, dass der Mann von der Kripo kam?", meldete er Beamte sich zurück. „Bei uns gibt es keinen Kommissar Baumann und einen Fall Martha Dräger ebenso wenig."

Saskia musste an sich halten, um ihren Unmut nicht zu deutlich zu zeigen. „Hören Sie, heute Morgen ist bei mir im Geschäft eine Frau zusammengebrochen und mit dem Krankenwagen abtransportiert worden. Irgendwie muss dabei ihre Tasche unter mein Kassenpult gerutscht sein. Ich habe sie leider erst nach Ladenschluss entdeckt. Ihr Kommissar, der mich am Nachmittag aufsuchte und danach fragte, sprach von wichtigen Papieren. Als ich jetzt gerade nachschaute, entdeckte ich Bündel von 500-Euro-Scheinen. Es muss sich um mehrere zehntausend Euro handeln."

Plötzlich wurde der Beamte zugänglich. „Geben Sie mir bitte Ihre Adresse und noch einmal Ihren Namen. Ich schicke sofort jemanden vorbei."

„Na, geht doch." Sie bückte sich, um das Geld zurück in die Tasche zu packen.

„Warum hast du ihm nicht gesagt, dass es genau hunderttausend Euro sind?", fragte Leonie, die plötzlich wieder neben ihr stand.

„Sie müssen nicht unbedingt wissen, dass wir es gezählt haben." Saskia fiel keine bessere Erklärung ein. Sie hatte die ungenaue Angabe instinktiv gewählt. Vielleicht weil sie Angst hatte, man würde ihr nicht glauben, dass sie die Tasche erst so viel später entdeckt hatte. Besonders ihre schnippische Antwort, Kommissar Baumann solle sich einen Durchsuchungsbeschluss besorgen, lag ihr im Magen. Nicht dass die Polizei noch auf die Idee kam, sie hätte das Geld für sich behalten wollen! Ob sie seinen Namen falsch verstanden hatte? Sie war sich ziemlich sicher, dass die Kripo sich bereits um diese rätselhaften Vorgänge kümmerte.

Das Telefon in der Diele begann zu klingeln.

„Wetten, dass der Polizeibeamte zurückruft, um sich zu versichern, dass dein Anruf echt war?", lachte Leonie.

Stattdessen war es ein Fremder, der aufgeregt in den Hörer rief: „Frau Christ, kommen Sie schnell! Jemand hat bei Ihnen eingebrochen, den Laden verwüstet und anschließend Feuer gelegt."

7

Trotz der neuen Aufregungen hatten sich die Kopfschmerzen nicht zurückgemeldet - bis auf einen dumpfen Druck über den Augen, der aber zu ertragen war. Dafür fühlte Saskia sich langsam am Ende ihrer Kraft. Sie lechzte nur noch danach, in ihr Bett zu fallen und endlich zu entspannen.

Schweigend stieg sie neben Wolf die Treppen hinauf. Das „Danke für deine Hilfe!", lag ihr schon auf der Zunge, als sie entdeckte, dass die Wohnungstür nur angelehnt war und deutlich sichtbare Einbruchspuren aufwies. Sie holte zitternd Luft. Hatte der Albtraum denn heute gar kein Ende?

Auch ihr Nachbar war aufmerksam geworden. Er zog sie unsanft von der Schwelle zurück und legte den Finger auf die Lippen. „Du wartest, ich gehe allein rein. Ruf du inzwischen schon die Polizei an."

„Meine Freundin Leonie müsste da drin sein", wisperte sie und ihr Herz zog sich zusammen. Hoffentlich war ihr nichts Schlimmes passiert!

„Hallo? Ist da jemand?" Wolf Schmitt machte einen zögernden Schritt vorwärts.

Niemand antwortete. Er stieß das Türblatt auf, dass es an die Wand knallte, und tastete nach dem Lichtschalter. Saskia konnte ihren Schrei nicht unterdrücken. Im Flur sah es aus, als sei ein Wirbelsturm hindurchgefegt. Sämtliche Kleidungsstücke, die an der Garderobe gehangen hatten, lagen wild verstreut im Raum, ebenso die Trockenblumen, die sich vorher in der kleinen Vase auf der Kommode befunden hatten. Die Post, von ihr beim Heimkommen achtlos auf dem Schuhschrank abgelegt, verteilte sich bis zum Kücheneingang. „Leonie?"

Der Nachbar musste sie mit Gewalt daran hindern, an ihm vorbeizustürmen. „Ruf die Polizei an!", wiederholte er. „Wir beide warten hier im Treppenhaus auf ihr Eintreffen."

„Nein, ich muss hinein." Vielleicht war die Freundin schwer verletzt und brauchte dringend Hilfe! „Leonie! Kannst du mich hören?"

Die gegenüberliegende Tür öffnete sich und die Nachbarin schaute heraus. „Was ist denn los?" Ihr stand die Neugier ins Gesicht geschrieben.

„Bei Frau Christ ist jemand eingebrochen", erklärte Wolf Schmitt.

„Wirklich? Wann denn?" Sie machte einen Schritt vorwärts. „Haben Sie schon die Polizei gerufen?"

„Nein, wenn Sie so lieb wären." Saskia rang sich ein Lächeln ab. „Wir trauen uns nicht hinein, weil wir nicht wissen, ob der Einbrecher noch drin ist."

„Mache ich umgehend." Mit einem deutlich hörbaren Knall schlug die Tür wieder zu.

„Ich gehe nachschauen." So mutig, wie sie sich anhörte, fühlte sie sich nicht. Aber wenn Leonie wirklich ihre Hilfe brauchte …

Dieses Mal nickte Wolf Schmitt zustimmend. „Ich gehe voran."

Vorsichtig stiegen sie über die herumliegenden Sachen. Der Nachbar bückte sich und bewaffnete sich mit einem Taschenschirm, der direkt vor seinen Füßen lag. Diesen wie eine Waffe in der Hand haltend stieß er die erste Tür, die ins Gästezimmer führte, auf und schaltete das Licht ein. Saskia konnte hinter dem breiten Rücken des Mannes kaum etwas erkennen, sie schluckte aufgeregt und versuchte, unter seinem Arm hindurchzuschauen.

„Leer." Er wandte sich dem schräg gegenüberliegenden Bad zu und wiederholte das Prozedere.

Aus der Küche drang ein schwacher Lichtschimmer, wie sie erst jetzt erkennen konnten. Wolf bedeutete ihr stehen zu bleiben und sprang selbst mit einem beherzten Satz vorwärts, den Taschenschirm zum Schlag erhoben. „Weiter!"

Bevor sie sich selbst einen Überblick verschaffen konnte, schubste er sie zur Seite und steuerte auf die nächste geschlossene Tür, das Schlafzimmer, zu. Ab sofort bleiben die alle weit geöffnet, schwor sich Saskia.

Das Türblatt knallte gegen die Wand, die Lampe leuchtete auf, sie drängte sich neben ihn. Alles unverändert, aber auch keine Leonie, die zitternd unter dem Bett hervorgekrochen kam!

Wolf atmete tief durch, bevor er sich dem letzten Raum, dem Wohnzimmer, zuwandte. Saskia spürte, wie ihre Anspannung wuchs. Hatte der Täter sich dort versteckt, würde er alles tun, um ihnen zu entkommen. Warum habe ich mir nicht ebenfalls eine Waffe gegriffen! Ihr Blick irrte über das Chaos am Boden.

Das Einzige, was sie auf die Schnelle fand, war ein Schuh mit dünnem hohem Absatz. Immerhin besser als gar nichts. Sie hielt ihn schlagbereit in der Hand, als Wolf die Tür mit Wucht aufstieß.

Das Licht glimmte nur schwach auf, wie immer brauchten die Sparbirnen ewig, bis man genug sehen konnte. Saskia strengte sich an, die Schatten zu durchdringen, trat einen zögernden Schritt vor.

Wolfs Hand krallte sich in ihren Arm und stoppte sie. „Nein. Kein Risiko!"

Kurz darauf atmete Saskia erleichtert auf, niemand hatte den Raum seit heute Morgen betreten, das war offensichtlich. Gleichzeitig spürte sie, wie die Angst um Leonie stärker wurde, besonders, nachdem sie in der Küche nun weitere Spuren eines stattgefundenen Kampfes entdeckte. Zwei der drei Stühle waren umgekippt, vor ihrem inneren Auge sah sie, wie die Freundin verzweifelt versuchte, um den Tisch herum zu entkommen, ein Tanz, den sie nicht hatte gewinnen können.

Und die Tasche fehlte! Jemand hatte sie weggelockt, um die Geldsumme an sich zu bringen!

8

„Du solltest schon mal kontrollieren, was fehlt." Jetzt, nachdem die Situation geklärt war, wurde Wolf wieder lockerer. „Ich springe eben zu den Brahms runter und frage, ob sie was gehört haben. Die kriegen doch sonst immer alles mit."

„Ich begleite dich." Sie war überzeugt, dass der Täter es allein auf die Tasche abgesehen hatte. Vielleicht war Leonie die Flucht gelungen und sie hatte sich bei einer der anderen Mietparteien in Sicherheit gebracht.

Frau Brahms musste leider passen. „Der Erich und ich hören nicht mehr so gut. Wenn wir abends unseren Fernseher an haben, sind wir geradezu von der Außenwelt abgeschnitten. Letztens noch meinte meine Tochter, wir …"

Saskia wandte sich schon ab und klingelte an der nächsten Tür.

Fünf Minuten später hatte sie die Gewissheit, niemand hatte etwas von ihrer Freundin gesehen oder gehört.

Die beiden Streifenpolizisten, die erschienen, informierten den Kriminaldauerdienst und die Spurensicherung. Saskia wurde gebeten, mit Wolf zusammen in seiner Wohnung zu warten.

Es dauerte schier endlos, bis die zwei Ermittler auftauchten und sich als Hauptkommissar Schmelter und Kommissarin Maiwald auswiesen.

„Jemand lockte mich mit der Behauptung, bei mir im Laden sei eingebrochen worden, weg und als ich zurückkam, waren meine Freundin und das Geld spurlos verschwunden."

„Welches Geld?"

Es dauerte einen Moment, bis Saskia verstand, dass niemand die beiden von ihrem ersten Anruf unterrichtet hatte. „Das ist eine längere Geschichte." Sie begann zu erzählen.

„Wie sah dieser Ausweis denn aus?", fragte Herr Schmelter, nachdem er telefonisch Rücksprache mit dem zuständigen Polizisten gehalten hatte.

„Anders als Ihrer", musste sie zugeben.

„Und das ist Ihnen nicht komisch vorgekommen?" Der Kommissar warf ihr einen scheelen Blick zu, der seine Gedanken kaum verbarg. Dass er ihre Beteuerung, die Tasche erst beim Saugen bemerkt zu haben, anzweifelte, war ebenfalls deutlich zu spüren gewesen.

„Es war das erste Mal, dass ich einen sah", gab sie bissig zurück.

„Woher hätte ich wissen sollen, dass der nicht echt ist?" Sie hatte es gewiss nicht nötig, sich mit derartiger Herablassung, ja, geradezu Argwohn, behandeln zu lassen.

„Woher sollte dieser Unbekannte Ihre Adresse kennen?" Herr Schmelter zog skeptisch eine Augenbraue hoch. Zuvor hatte er ihr bereits mitgeteilt, dass die Polizei bis zu ihrem Anruf nicht über das verschwundene Geld informiert gewesen war.

„Sein Auftritt bei mir deutet meiner Meinung nach darauf hin, dass er sehr wohl von der Geldsumme in der Tasche wusste", antwortete sie auf diesen neuen Angriff. „Da er bei mir auf Granit biss, kann es doch ohne weiteres möglich sein, dass er mich bis zum Abend beobachtete und mir bis nach Hause folgte. Anschließend rief er mich an, damit ich aus dem Weg war."

„Und riskierte, dass Ihre Freundin, die er bei seiner Beschattung bemerkt haben musste, sein Vorhaben durchkreuzte?" Die Stimme des Kommissars triefte nur so vor Sarkasmus.

Saskia spürte, wie die Wut in ihr langsam Oberhand bekam. Wahrscheinlich erfüllte sie mit ihren blonden langen Haaren, den blauen Augen und der leider ziemlich üppigen Oberweite – ihr Äußeres hatte sie eins zu eins von der Mutter geerbt - für ihn das Klischee des kleinen Döfchens, das im Denken etwas langsam war, anders konnte sie sich sein Verhalten nicht erklären.

„Vielleicht hat er die Adresse auch über das Schild mit ihrem Namen an der Ladentür herausgefunden", übernahm Wolf Schmitt, bevor sie reagieren konnte, und warf ihr einen warnenden Blick zu. Bloß kein Streit mit der Polizei! „Zeit genug, zu recherchieren, hätte er gehabt. Dann hätte er von der Anwesenheit dieser Freundin nichts gewusst."

„Und am Geschäft war nichts zu erkennen?", fragte Frau Maiwald. „Kein Hinweis darauf, dass der Täter es zuerst dort versucht hat?"

„Nein, wir haben sowohl die Hinter- als auch die Vordertür genauestens kontrolliert. Er ist anscheinend davon ausgegangen, dass ich das Geld mit nach Hause nahm."

„Er muss sich ziemlich sicher gewesen sein, dass sie diese Tasche haben." Der Kommissar musterte sie unter hochgezogenen Brauen.

„Ich habe keine Ahnung, wie er zu dieser Vermutung kam." Saskia fühlte sich regelrecht in eine Verteidigungshaltung gedrängt. Glaubte er ihr etwa nicht?

„Wie lange waren Sie ungefähr weg?", wechselte Frau Maiwald das Thema.

„Allerhöchstens eine knappe halbe Stunde", war sich Wolf sicher.

„Wieso haben Sie sie begleitet und nicht die Freundin?", wandte sich Herr Schmelter direkt an ihn.

„Leonie wollte auf die Polizei warten, die ja bereits unterwegs war", kam Saskia seiner Antwort zuvor. „Herrn Schmitt habe ich draußen vor der Tür getroffen. Er war so lieb und bot an, mich zu begleiten."

„Um ihr beizustehen", fügte er erklärend hinzu.

„Was ist mit meiner Freundin?", konnte sich Saskia nicht länger beherrschen. Da saßen sie und gingen akribisch jeden ihrer Schritte durch, anstatt endlich die Suche nach Leonie zu starten.

„Die Kollegen kümmern sich bereits darum", beruhigte Frau Maiwald sie. „Können Sie den Mann, der sich als Kommissar ausgab, beschreiben?"

„Etwas größer als ich, also circa einen Meter fünfundsiebzig, hellbraunes, links gescheiteltes Haar, eine getönte viereckige Brille mit schwarzen Gestell, eng anliegende Ohren mit großen Läppchen und einen gepflegten Vollbart", spulte sie wie aus der Pistole geschossen ab. „Er trug eine hellgraue Hose und eine schwarze Jacke, deren Reißverschluss der Witterung entsprechend bis zum Hals hochgezogen war. Und er war ziemlich dick, sein Bauch hob sich deutlich unter der Kleidung ab", setzte sie hinzu.

„Seine Schuhe haben Sie nicht zufälligerweise beachtet?", warf Frau Maiwald belustigt ein.

„Er trug hellbraune Wildlederslipper", gab sie grinsend zurück. „Die fielen mir sofort auf. Die passten überhaupt nicht zu seinem Outfit."

9

„Das genaue Hinsehen ist in meinem Beruf wichtig", erklärte sie am nächsten Mittag Herrn Dietz, nachdem sie mithilfe seines Kollegen ein Phantombild am Computer zusammengestellt hatten, das eine sehr große Ähnlichkeit mit dem Mann aufwies, der sich Saskia gegenüber als Kommissar Baumann ausgegeben hatte. „Die Kunden legen Wert darauf, wiedererkannt zu werden."

„Sie sind eine hervorragende Zeugin", bestätigte er augenzwinkernd. „Von dieser Sorte könnten wir mehr gebrauchen."

„Versprechen Sie sich nicht zu viel davon." Der junge Kommissar, zu dem man sie geschickt hatte, war so nett, dass sie ihm ihre Bedenken vorbehaltlos anvertraute. „Ich hatte schon gestern dieses komische Gefühl. Ich glaube, der hatte sich verkleidet und sieht in Wirklichkeit ganz anders aus."

„Danke für den Hinweis." Er bat sie mit einer Handbewegung, ihm in das gegenüberliegende Büro zu folgen. „Hier ist Ihre Aussage." Er überreichte ihr den Computerausdruck. „Haben Sie dem noch etwas Neues hinzuzufügen?"

Sie las langsam und gründlich. Das Geschehen war präzise zusammengefasst worden. „Ja, ich hatte das Gefühl, dass Frau Dräger irgendwie unter Druck stand. Sie wollte partout nicht ins Krankenhaus. Und dann das viele Geld! Kann es sich um eine Erpressung oder eine Entführung handeln?", wagte sie es, ihre geheimsten Gedanken auszusprechen.

Er presste die Lippen zusammen. Anscheinend überlegte er, was er preisgeben durfte. „Es gibt keinerlei Anzeichen, die dafür sprechen. Sie fuhr mit dem Taxi zur Sparkasse, das sie zuvor telefonisch bestellte. Ihr Mann erlitt einen schweren Schock, als er von ihrem Tod erfuhr und starb wenig später. Das ist zwar traurig, aber durchaus nachvollziehbar. Er war seit längerem pflegebedürftig, sie hatte nach Angaben der Haushälterin auch in den letzten Wochen stark abgebaut."

Am Abend, auf dem Rückweg von der Boutique, schwirrte ihr immer noch der Kopf von all den Informationen, die sie erhalten hatte – und den sich daraus ergebenden Fragen, auf die Herr Dietz nicht eingegangen war. Die Wohnungstür wies keinerlei Einbruchspuren auf. Das, was sie dafür gehalten hatte, waren laut der Ermittler dilettantische Versuche, diesen Eindruck zu erwecken. In den Räumen fanden sich nur Leonies und ihre Fingerabdrücke. Da lag der Verdacht nahe, dass entweder Leonie mitsamt dem Geld verschwunden war oder sie selbst die gesamte Geschichte inszeniert hatte. Der falsche Kommissar, die plötzlich aufgetauchte Freundin – außer ihr hatte niemand einen der zwei gesehen.

„Der Anruf", hatte sie eingewandt. „Das muss sich doch nachverfolgen lassen."

„Der kam aus einer Telefonzelle am Bahnhof."

Herr Dietz hatte gar nicht weitersprechen müssen. Es war ihr klar, dass sie diesen genauso gut fingiert haben konnte.

Irgendwie ärgerte es Saskia auch, dass keiner es für nötig erachtete, wenigstens kurz nachzuforschen, warum die Tote so viel Geld abgeholt und sich dermaßen gegen einen Krankenhausaufenthalt gesträubt hatte. In ihren Augen war das sehr verdächtig!

Dafür hatten sich die Ermittler intensiv mit Leonie beschäftigt. Sie schien die ideale Kandidatin: Studienabbruch, Streit mit den Eltern, Flucht aus deren Haus. Diese enorme Summe wäre die ideale Antwort auf ihre prekäre Situation, hatte es Herr Dietz noch relativ vorsichtig ausgedrückt. Vor allem, da sie immer noch unauffindbar war. Ob sie die Freundin denn wirklich gut genug kenne, um diese Vermutung ausschließen zu können?

Statt froh zu sein, dass sie ihr anscheinend glaubten beziehungsweise sich der Verdacht in erster Linie gegen Leonie richtete, hatte sie empört erwidert, das könne sie allerdings. Dieser Verdacht sei völlig absurd. Außerdem habe Leonie gar keine Möglichkeit gehabt, diesen Anruf vorzutäuschen. Nein, irgendjemand wollte sie, Saskia, aus der Wohnung locken, um sich das Geld zu holen. Wer hätte denn geahnt, dass sie ausgerechnet an dem Abend nicht allein war?

Bevor sie gegangen war, besser gesagt, hinauskomplimentiert wurde, weil selbst Herr Dietz' Langmut erschöpft war, hatte sie ihn inständig gebeten, eine gezielte Suche nach der Vermissten anzustoßen. Seine Rektion war anders ausgefallen als erwartet. „Sie ist längst zur Fahndung ausgeschrieben, mitsamt ihrem Fahrzeug."

Leonie, was ist dir bloß zugestoßen, dachte sie, als wie auf Stichwort ihr Handy zu klingeln begann. „Sassi? Bist du allein?"

Sie hätte beinahe das Telefon fallen lassen. „Leonie? Bist du okay? Was ist passiert? Und wo steckst du?" Dann erst sah sie sich panisch um, ob jemand ihre Worte gehört haben konnte. „Es ist niemand in meiner Nähe", fügte sie ruhiger hinzu. „Ich bin auf dem Rückweg zu meiner Wohnung."

„Ich kann nicht lange reden", flüsterte die Freundin. „Ich erkläre dir alles später."

Saskia presste das Handy fester an ihr Ohr. „Wer ist bei mir eingebrochen? Hast du den Täter erkennen können? Die Polizei hat dich in Verdacht. Du musst unbedingt mit denen reden."

„Wenn Lennart zu dir kommt, sprich nicht mit ihm, hörst du? Schick ihn weg! Nimm ihn nicht mit hinauf in deine Wohnung oder lass dich irgendwo mit ihm blicken, das ist sehr wichtig."

Saskia war so perplex, dass sie mitten auf dem Bürgersteig stehen blieb.

„He! Passen Sie auf!" Der Mann hinter ihr konnte ihr gerade noch ausweichen.

Sie brachte eine entschuldigende Geste zustande und setzte sich langsam wieder in Bewegung. „Was ist mit deinem Bruder? Meinst du etwa, er …?" Nein, das konnte nicht sein. Es musste sich um einen dieser unmöglichen Zufälle handeln. Vermutlich war er ebenfalls auf der Suche nach seiner Schwester und sollte nicht erfahren, dass man sie verdächtigte. „Leonie? Hallo!" Mist, die Verbindung war abgebrochen! Nein, das Handy hatte keinen Strom mehr. In der Aufregung musste sie das nervige Piepen, das den leeren Akku meldete, überhört haben.

Sie beschleunigte ihre Schritte. Sie war fast zu Hause. Sie würde sofort zurückrufen.

Fast hatte sie die Tür erreicht, als sie hinter sich eine Autotür klappen hörte. Schnelle Schritte ertönten. Auf sie zu! Ihr Herz begann wie rasend zu klopfen. Der Schlüssel in ihrer Hand zitterte derart, dass sie ihn nicht ins Schloss brachte.

Kampflos würde sie nicht aufgeben. Sie fuhr herum, den Schlüssel zum Angriff erhoben, tief Luft holend, um gleichzeitig laut zu schreien.

„Hi, Sassi. Gut, dass ich dich antreffe. Wir müssen unbedingt reden."

Sie ließ den Arm sinken. Vor ihr stand Lennart.

10

„He, ich bin es wirklich." Er wich einen halben Meter zurück, als er den Ausdruck in ihren Augen sah.

Saskia versuchte mühsam, wieder zu Atem zu kommen. „Entschuldige, ich stehe ein wenig neben mir. Es ist so viel passiert in den letzten Tagen."

„Äh, können wir vielleicht hochgehen und in Ruhe miteinander sprechen?", fragte Lennart, als sie keine Anstalten machte, aufzuschließen.

Klasse! Und wie sollte sie sich jetzt da rauswinden? „Sei mir nicht böse, aber ich bin völlig fertig. Ich musste in der Mittagspause bei der Polizei vorbei, wollte jetzt nur schnell nach der Post sehen und dann drüben in der Pizzeria einen Happen essen." Sie wies mit dem Kopf vage in die entsprechende Richtung. „Wenn du willst, kannst du dich anschließen." Ein Treffen in der Öffentlichkeit war einem tête à tête in ihrer Wohnung auf jeden Fall vorzuziehen – auch wenn sie damit bereits gegen Leonies Bitte verstieß. Doch wie hätte sie sonst reagieren sollen?

„Tja, wird mir wohl nichts anders übrig bleiben. Ist Leonie oben?" Er kniff misstrauisch die Augen zusammen.

„Nein, ich weiß nicht, wo sie ist", konnte sie ohne schlechtes Gewissen erwidern. Sie wusste es ja wirklich nicht.

Er schien ihr zu glauben. „Also?"

„Was?"

„Wolltest du nicht nach deiner Post sehen?"

„Ja, ja klar." Sie trat in den Hausflur und holte mehrere Briefe aus dem Kasten. „Gut, ist heute gekommen", tat sie nach einem kurzen Blick auf die Umschläge befriedigt. „Wir können los."

Lennart hatte in der offenen Tür gewartet und wandte sich jetzt ab. Sein leichtes Schmunzeln erweckte allerdings den Eindruck, dass er ihre Scharade durchschaute. Egal, sie würde ihn auf keinen Fall mit in die Wohnung nehmen, solange sie nicht ein zweites Mal mit Leonie gesprochen hatte.

Während des kurzen Wegs zur Pizzeria, die sich drei Straßen weiter befand, schwiegen sie. Keiner von beiden hatte Lust auf Small Talk. Erst nachdem sie jeweils eine Portion Spaghetti Bolognese bestellt und ihre Getränke erhalten hatten, kam Lennart auf seine Frage zurück. „Leonie ist wirklich nicht bei dir?"

„Nein. Auch bei mir ist in der Zwischenzeit viel passiert." Saskia stärkte sich mit einem großen Schluck aus ihrem Rotweinglas, bevor sie begann, ihm die gesamte Geschichte zu erzählen. Sie ließ nichts aus. Er sollte ruhig sämtliche Einzelheiten erfahren. So konnte sie gleich darauf achten, wie er reagierte.

Sie waren längst mit dem Essen fertig, als sie zum Ende kam. Lennart war außer sich, dass seine Schwester unter Verdacht stand, das Geld genommen zu haben. „Ich gehe sofort zur Polizei und sage denen, dass dieser Verdacht völlig absurd ist", regte er sich auf. „Ja, es gab zu Hause einen Riesenstreit. Mein Vater drohte, Leonie rauszuschmeißen. Ich war nicht dabei, meine Mutter erzählte mir später davon. Ich dachte mir, ich rede mal mit ihr. Es gibt immer einen vernünftigen Ausweg."

Sollte Lennart endlich erwachsen geworden sein? Saskia konnte sich nicht daran erinnern, dass er, der zwei Jahre Jüngere, je auf besonders gutem Fuß mit seiner Schwester gestanden hatte. Die beiden waren wie Feuer und Wasser gewesen, Leonie die Stille, die kaum aus sich herauskam, und ihr Bruder, der aufbrausende Draufgänger, der vor keiner Herausforderung zurückscheute. Nie hatte er die Gelegenheit ausgelassen, die Mädchen zu ärgern, es schien ihm echte Freude zu bereiten, ihre Treffen zu stören. Sein eigener Freundeskreis war ihr eher suspekt gewesen. Lennarts Freunde gehörten zu der Kategorie Angeber, alles Kinder aus ähnlich gut situierten Familien wie er, die mit dem Geld der Eltern um sich warfen und sich für etwas Besseres hielten.

Seit Leonie nur noch in den Semesterferien hier wohnte, hatte sie ihn allerdings nicht mehr gesehen und auch nie nachgefragt, was er machte. Sie wusste nicht einmal, ob er tatsächlich in die Fußstapfen seines Vaters getreten war oder, wie angedroht, sich als Rennfahrer versuchte. Wobei sie sich Letzteres eigentlich nicht vorstellen konnte. Lennart besaß nicht genug Durchhaltevermögen, um sich durchzubeißen. Für sie war er immer der verwöhnte Fratz gewesen, der ständig forderte, aber nie bereit war, sich selbst zu engagieren.

„Wieso dachtest du, dass sie zu mir kommt?"

Ein leichtes Lächeln zuckte über sein Gesicht. „Zu wem sonst? Sie hatte keine anderen Freunde außer dir."

Also nicht geändert, befand sie insgeheim und fühlte den altbekannten Ärger in sich aufsteigen. „Ihr Lebensmittelpunkt lag in Köln", erwiderte sie scharf. „Soweit ich weiß, hat sie unter ihren Kommilitonen viele Freunde."

Er ruderte sofort zurück. „Du bist ihre beste und älteste Freundin. Es war mir klar, dass sie sich in ihrer Verzweiflung an dich wendet. Ich wollte ihr zu verstehen geben, dass sie auch auf mich zählen kann. In mir hätte sie einen weiteren Verbündeten gehabt."

Erst als sie allein die Treppen zu ihrer Wohnung emporstieg, fiel ihr auf, dass er dem Umstand, dass seine Schwester spurlos verschwunden war, keinerlei Bedeutung zugemessen hatte. Müsste er nicht verrückt vor Sorge sein, nachdem er von dem Einbrecher und dem offensichtlich stattgefundenen Kampf erfahren hatte?

Das kleine Päckchen auf ihrer Fußmatte lenkte sie ab, bevor sie diesen Gedanken weiterverfolgen konnte. Ihr Blick fiel auf den beiliegenden Zettel: LED-Birnen für dein Wohnzimmer, stand da in Wolfs unverwechselbarer Handschrift. Besser, du hast überall vernünftiges Licht!

Mit einem Lächeln hob sie das Geschenk auf. Der liebe Kerl, eigentlich hätte sie eine Kleinigkeit für ihn besorgen müssen, um sich für seinen gestrigen Einsatz zu bedanken.

11

Leonie warf entnervt das Telefon auf das Kopfkissen. Was verdammt noch mal war mit Saskia? Seit zwei Stunden versuchte sie nun schon, die Freundin zu erreichen. Jedes Mal hörte sie dieselbe Ansage: Der Teilnehmer der gewählten Rufnummer ist nicht zu erreichen. Ihr war doch wohl hoffentlich nichts passiert?

Bilder von Angreifern, die sich hinterrücks an ihr Opfer heranschlichen und es brutal zusammenschlugen, wechselten sich mit denen einer verzweifelt schreienden Saskia ab, die von einer schwarzen Gestalt verschleppt wurde. Sie war diejenige, die zwischen dem Täter und dem Geld stand, deshalb musste sie büßen.

Hirngespinste! Immerhin schien ihr bisher nichts Gravierendes passiert zu sein. Und eigentlich hatte sie jetzt nichts mehr zu befürchten. Die Polizei war bestimmt lange genug in der Wohnung geblieben, um das richtige Signal für den Täter zu setzen: Bei Saskia war nichts mehr zu holen.

Warum bloß hatte sie so feige reagiert? Statt sich tot zu stellen, hätte sie die Freundin wenigstens gleich heute Morgen anrufen können, um ihr zu erklären, warum sie zurückgefahren war.

Erneut griff Leonie nach dem Handy und drückte die Wahlwiederholung. Sie konnte es nur immer und immer wieder probieren. Irgendwann würde Saskia ihren Anruf annehmen.

„Entschuldige, mein Akku war leer."

Zitternd presste sie das Telefon fester ans Ohr. „Sassi! Geht es dir gut? Ist dir nichts passiert? Was war das vorhin? Bei dir ist eingebrochen worden und die Polizei sucht mich?", sprudelte sie hervor.

„Wo bist du?" Saskia klang ziemlich sauer.

„Ich habe in einem billigen Hotel in Köln eingecheckt. Bobby gab mir sein altes Handy, Prepaid, es läuft noch auf seinen Namen. Keiner …"

„Wer ist Bobby?"

„Ein ehemaliger Kommilitone und guter Freund von mir." Leonie musste schlucken bei dem Wort ehemalig. So richtig hatte sie sich an diesen neuen Status bisher nicht gewöhnt. „Ist auch egal. Jetzt sag erst mal: Wie ging es bei dir weiter? Dass die Boutique nicht abgebrannt ist, weiß ich schon. Ich bin dran vorbeigefahren, konnte dich aber nirgendwo entdecken."

„Mein Nachbar, den ich vor dem Haus traf, nahm mich mit. Wir haben nach Einbruchspuren gesucht und sind kurz rein, um uns zu vergewissern, dass wirklich alles in Ordnung ist. Natürlich war nichts!" Saskia schnaubte. „Der Dieb wollte mich aus der Wohnung locken. Von dir wusste er anscheinend nicht. Als ich zurückkehrte und die Spuren eines Kampfes entdeckte ... Ich habe mir unheimliche Sorgen um dich gemacht."

„Zum Glück umsonst. Ich bin direkt nach dir raus." Leonie versuchte sich an einem Lachen. „Die Angst trieb mich dazu. Ich hatte plötzlich so eine Ahnung, dass dieser Anruf dich weglocken sollte. Ich wollte mich in der Nähe des Hauses verstecken und beobachten, ob was und wenn, was passiert. Leider entdeckte ich dann meinen Bruder. Und dem wollte ich auf keinen Fall begegnen. Also sprang ich in mein Auto und fuhr zurück nach Köln."

„Du hättest dich später bei mir melden können." Saskia klang verletzt. „Kannst du dir nicht vorstellen, dass ich mir wahnsinnige Sorgen um dich gemacht habe?"

Was für eine Freundin bin ich eigentlich? Eine, die in erster Linie mit sich selbst beschäftigt ist, musste sie sich eingestehen. „Ich hatte es vor, ehrlich. Als ich endlich hier ankam … ich bin sofort ins Bett. Es war auch viel zu spät, dich anzurufen. Ich habe mein Handy ausgeschaltet, als ich meinen Bruder entdeckte, und bin gleich am Morgen zu Bobby, um mir seins zu leihen. Im Moment will ich weder mit Lennart noch mit den Eltern sprechen. Danach hat mich wieder die Verzweiflung gepackt, ich war echt nicht fähig, mich eher zu melden, tut mir leid. Und ich wusste ja nicht, was passiert war", fügte sie lahm hinzu und merkte im selben Moment, dass es wie eine Ausrede klang. „Jetzt erzähl erst mal Genaueres!"

Saskia ließ sich tatsächlich ablenken und berichtete ausführlich von den Vorfällen des gestrigen Abends. „Trotz der Kratzer am Türschloss sind sich die Beamten sicher, dass niemand mit Gewalt eindrang. In der Wohnung fanden sich ausschließlich Fingerabdrücke von dir und mir. Die denken, der Einbruch war fingiert. Sie haben dich zur Fahndung ausgeschrieben."

„Du glaubst denen doch hoffentlich nicht?" Sie presste ein Lachen hervor, obwohl ihr viel mehr nach Weinen zumute war. Das konnte alles nicht sein! Was war los, dass ihr gesamtes Leben plötzlich den Bach runterging? Am liebsten hätte Leonie das Gespräch abgebrochen und sich unter der Bettdecke verkrochen. Alles, aber auch wirklich alles lief schief!

„Die haben ihre eigene Sicht der Dinge. Entweder du warst es oder ich."

Ungläubig starrte sie auf das kleine Telefon in ihrer Hand. „Wieso du?"

„Keiner hat dich gesehen, ich könnte diesen Anruf mit der falschen Meldung selbst inszeniert und die Wohnung vor meinem Aufbruch verwüstet haben, um den Verdacht in eine falsche Richtung zu lenken."

„Ich wasche dich rein, falls die dich beschuldigen sollten", beeilte sie sich zu versichern. „Hätte ich mal lieber auf dich gewartet! Nur - als ich meinen Bruder entdeckte …"

„Was ist mit Lennart?"

Leonie zögerte. „Das ist eine lange Geschichte", wehrte sie ab. „Viel wichtiger ist jetzt, abzuklären, wie es weitergehen soll. Das Beste wird sein, ich gehe gleich morgen zu dem Beamten, mit dem du gesprochen hast, und erkläre ihm, was passiert ist."

„Bloß nicht! Die werden dir nicht glauben. Lennart behauptet, dich nicht gesehen zu haben."

„Na, die werden mich nicht gleich einsperren."

„Da wäre ich mir nicht so sicher. Du hast keinen festen Wohnsitz, keine Arbeit. Du …"

„Ich kehre zu meinen Eltern zurück." Das war zumindest besser, als ins Gefängnis zu müssen - wenn auch marginal.

„Nein, wir werden eine sinnvollere Lösung finden. Lass uns irgendwo treffen, damit wir uns in Ruhe einen vernünftigen Plan überlegen können."

Erst als die Tropfen auf ihre Hose fielen, bemerkte Leonie, dass sie weinte. Sie war dermaßen gerührt, dass sie kein Wort herausbrachte.

„Das Einzige, was mir einfällt, kann ich mir nicht leisten. Wir bräuchten einen Detektiv, der uns hilft", fuhr Saskia fort. „Für mich ergibt das alles keinen Sinn. Ich würde gern die Wahrheit herausfinden und uns so gleichzeitig von jedem Verdacht reinwaschen."

Leonie merkte auf.

„Warum hat die alte Frau eine dermaßen riesige Geldsumme abgeholt? Was wollte sie damit?", überlegte die Freundin laut weiter. „Wurde sie bedroht? Oder erpresst? Der zuständige Kommissar interessiert sich anscheinend nicht für die Hintergründe."

„Ja. Man müsste herausfinden, was Frau Dräger wirklich passiert ist", pflichtete sie Saskia bei und hoffte, dass diese nicht merkte, wie halbherzig sie bei der Sache war.

12

Saskia hatte nach dem Telefongespräch mit ihrer Freundin die Wut gepackt. Leonie führte sich wie ein Opferlamm auf. Warum musste alles von ihr kommen? War sie wirklich nicht in der Lage, eigene Pläne zu entwickeln, wie man aus diesem Schlamassel wieder herauskam?

Bevor sie der Frage weiter nachgehen konnte, klingelte ihr Handy erneut. Eine ihr unbekannte Nummer tauchte im Display auf, deshalb meldete sie sich mit einem knappen, fragenden Ja.

„Endlich!", erklang Lennarts erleichterte Stimme. „Bei dir war ständig besetzt. Hat Leonie dich angerufen?"

„Nein", log sie. „Ich habe unsere gemeinsamen Bekannten abtelefoniert. Niemand weiß, wo sie steckt."

„Das ist auch der Grund, warum ich mich noch mal melde. Ich habe vergessen, dich nach den Namen ihrer Freunde zu fragen. Ich wollte gern persönlich mit ihnen sprechen."

„Ist nicht nötig", wehrte sie ab und hoffte, dass sie nicht zu abweisend klang. „Die zwei, von denen ich dachte, dass sie mit ihnen Kontakt hätte, haben seit Monaten nichts von ihr gehört. Die der Kommilitonen kenne ich nicht. Du weißt bestimmt die Adresse der WG. Ruf an und frag nach."

„Mache ich." Er zögerte. „Gibst du mir bitte Bescheid, falls sie bei dir auftaucht?"

„Und du sei so lieb und informiere mich, wenn du sie findest", gab sie zurück. Ob ihm wohl auffiel, dass sie einer direkten Zusage ausgewichen war?

Anscheinend nicht. „Also, wir hören voneinander."

Grinsend drückte sie auf Aus, wurde jedoch schlagartig ernst, als sie das Telefonat durchdachte. Warum wollte er Leonie so unbedingt aufspüren? Um ihr zu helfen? Das nahm sie ihm nicht ab, auch wenn er in der Pizzeria den Besorgten gespielt hatte. Seine Beweggründe lagen woanders, das spürte sie instinktiv.

Hätte sie ihm besser nichts von den Anschuldigungen erzählen sollen? Aber vermutlich wussten seine Eltern längst davon. Nein, es wäre falsch gewesen zu mauern. Sollte er ruhig denken, sie würde in ihm den liebenden, von Sorge getriebenen Bruder sehen.

Saskia musste plötzlich gähnen, dass es ihr die Tränen in die Augen trieb. Genug der Grübeleien! Sie wollte nur noch schlafen.

Während des Hinüberdämmerns fiel ihr dann eine weitere wichtige Frage ein: Woher kannte Lennart ihre Handynummer?

Am nächsten Morgen tat sie sich schwer, aus dem Bett zu kommen. Mindestens fünfmal drückte sie auf die Weckwiederholung, bis sie sich endlich aufraffte, aufzustehen. Zeit für die Dusche blieb nicht. Sie begnügte sich mit einer flüchtigen Katzenwäsche, aß ihr Brot im Stehen und trank zwei Tassen Kaffee.

Der dicke Mantel mit Kapuze, die Stiefel, zuletzt noch die Handschuhe, Saskia raste die Treppe hinunter und spurtete los. Gott sei Dank hatten sich wenigstens die gestrigen Nachwirkungen der Migräne verflüchtigt. Sie warf einen flüchtigen Blick nach links und rechts und rannte über die Straße. Ihr blieben genau acht Minuten, wenn sie pünktlich sein wollte.

Entgegen ihrer sonstigen Gewohnheit nahm sie den Weg durch den Park. Okay, im Sommer waren bereits die jungen Mütter und lauffreudigen Rentner unterwegs. Da fühlte sie sich sicher, die Anlage zu durchqueren.

Eigentlich handelte es sich um ein lang gezogenes Stück Grün, das man vor Urzeiten zwischen die Häuser gequetscht und durch Bäume begrenzt hatte, sodass es mittlerweile nahezu abgeschottet da lag. Ein breiter Weg, der sich s-förmig durch Grasflächen schlängelte und an dessen Rand an sonnigen Tagen mehrere Bänke zum Sitzen einluden - mehr gab es hier nicht. Trotzdem war es eine beliebte Hundeauslauffläche und gleichzeitig der ideale Platz für die fußballbegeisterten Kleinen und an den Nachmittagen so stark frequentiert, dass etliche Anwohner bereits protestierten, die sich in ihrer Ruhe gestört fühlten. Erst letztens hatte ihr eine empörte Mutter erzählt, jemand hätte den Antrag gestellt, diese Fläche zu einem Parkplatz umzubauen, weil es daran in der Gegend ebenfalls mangelte. „Wo sollen die Kinder denn dann spielen? Der einzig sichere Ort und den wollen sie uns nehmen!"

Sicher war in Saskias Augen relativ. Wenn der Pfad so wie jetzt menschenleer vor einem lag und man erst ab der Mitte erkannte, ob darauf noch andere unterwegs waren und vor allem, wer einem da entgegenkam, musste bestimmt nicht nur sie ein mulmiges Gefühl unterdrücken.

Gerade als sie den Punkt erreichte, von wo aus sie Ausblick auf das letzte Stück hatte und schon erleichtert aufatmen wollte, wurde sie grob von hinten gepackt und herumgerissen. Vor Angst erstarrt blickte sie in die Augenschlitze des Maskierten, der sich drohend über sie beugte. „Wo ist das Geld?"

Sie brauchte ihre Verwirrung nicht zu spielen. Mit allem hatte sie gerechnet, aber nicht damit. Komischerweise hatte sich die Starre durch diese Frage gelöst und war der Wut gewichen. „Das …", weiß ich nicht, wollte sie ihn anschreien, als er plötzlich von ihr weggerissen wurde.

Ein riesiger Hund hatte seinen Mantel zwischen die Zähne genommen und zerrte wütend daran. Blitzschnell trat der Maskierte zu, sodass das Tier aufjaulte und losließ. Doch bevor er sich ihr wieder zuwenden konnte, griff der Hund erneut an. Der Mann sprang im letzten Moment zur Seite und trat mit voller Wucht zu.

„He!", schrie es von weitem. Und noch mal. „He!"

Der Mann sah zurück und fluchte unterdrückt. Dann rannte er los.

Saskia, die sich in der Zwischenzeit aufgerappelt hatte, wollte die Verfolgung aufnehmen. Nur stellte sich der Hund jetzt ihr in den Weg, zog die Lefzen hoch und knurrte drohend. Stocksteif blieb sie stehen und wagte nicht, sich zu rühren.

13

Hatte sie nach der verpatzten Prüfung gedacht, es könnte nicht schlimmer kommen, wurde sie nun eines Besseren belehrt. Wie ein gefangenes Tier lief Leonie in dem kleinen schäbigen Zimmer auf und ab. Es waren gerade einmal sieben Schritte vom Fenster bis zur Tür, an Bett und Schrank vorbei und schnurgerade zurück, damit sie nicht an den Spülstein oder den alles andere als einladend wirkenden Sessel daneben stieß, dessen unzählige Brandlöcher darauf hindeuteten, wie lange er schon hier stand.

Mehrmals zuckte ihre Hand zum Handy. Ein Anruf bei ihrem Vater und der würde Himmel und Hölle in Bewegung setzen, ihr einen guten Anwalt besorgen, sie vermutlich sogar zur Polizei begleiten. Er war ein Macher, jemand, der die Dinge selbst in die Hand nahm. „Angriff ist die beste Art der Verteidigung", sagte er immer. „Lässt du auf dir herumtrampeln, brauchst du dich nicht zu wundern, wenn keiner dich für voll nimmt."

Sie hatte sich bemüht, aber ihr Durchsetzungsvermögen war eben schwach entwickelt. Gerade deshalb liebte sie Mathematik und Informatik, beides Gebiete, in denen die Logik zählte, es kein entweder oder, sondern bloß richtig oder falsch gab. Es zählte der Beweis und nicht die Redegewandtheit.

Bei diesem letzten Streit hatte der Vater ihr vorgeworfen, das Einzige, was sie täte, wäre, den Kopf in den Sand zu stecken. Statt ihre Probleme gezielt anzugehen, würde sie ständig erwarten, dass jemand für sie die Entscheidung traf, ihr den Weg ebnete. „Du suchst keine Unterstützung, du erwartest einen fix und fertigen Plan. Kein Wunder, dass du ständig scheiterst. Steh auf und kämpfe! Es ist dein Leben. Du musst es nicht nur selbst gestalten, sondern auch dafür Sorge tragen, einen für dich gangbaren Weg zu wählen."

Statt sie nach diesem Desaster aufzufangen, hatte er ihr seine Unterstützung komplett entzogen. Ja, er hatte sogar verlangt, dass sie sich umgehend einen Job suchen solle, um für die Unterkunft im Elternhaus zu zahlen. „Ich bin nicht bereit, dich finanziell weiter zu unterstützen. Ich gebe dir Essen und ein Dach über dem Kopf, doch nicht umsonst. Lerne endlich, auf eigenen Füßen zu stehen."

Das Gespräch mit der Mutter war nicht viel besser verlaufen. „Papa hat recht. Es muss an deiner inneren Einstellung liegen. Du willst einfach nicht erwachsen werden. Du wirst demnächst sechsundzwanzig. Wie lange willst du uns denn noch auf der Tasche liegen?"

Hatte sie nicht alles getan, um die letzte Prüfung zu bestehen? Bis in die Nacht hinein gelernt, die dämlichen Übungen, die der hauseigene Psychologe empfahl, durchexerziert, sich von Bobby Dutzende von Probeaufgaben stellen lassen. Und dann hatte sie wieder diesen totalen Blackout bekommen, als sie vor den Prüfern stand. Dieser elementare Fehler, den sie sich geleistet hatte, damit konnten die sie nicht bestehen lassen. Ja, sie war zu Recht durchgefallen, ein Versager, wie er im Buche stand.

Trotzdem hatte sie gehofft, nein, erwartet, dass die Eltern zu ihr halten würden, hatte statt Vorwürfen mit Trost gerechnet. Sie fiel schließlich nicht absichtlich durch. Niemand ersehnte diesen Abschluss mehr als sie.

Mama dagegen war der Ansicht, ihr Versagen läge daran, dass sie innerlich nicht bereit wäre, Verantwortung zu übernehmen, dass sie sich weigere, erwachsen zu werden, und ihr Leben selbst in die Hand zu nehmen.

Leonie setzte sich auf die Bettkante: In einem haben die beiden recht. Ich kann jetzt nicht mehr den Kopf in den Sand stecken und abwarten, bis mir jemand aus der Patsche hilft. Ich bin kein Kind mehr. Ich muss selbst für mich einstehen.

Nur - wie sollte sie vorgehen? Analytisch denken, das konnte sie! Mit Logik und Beharrlichkeit müsste es ihr gelingen, einen Ausweg aus diesem Desaster zu finden, auch wenn das hieße, die Detektivarbeit selbst zu übernehmen. Hoffentlich war die Freundin bereit, ihr zu helfen.

Sie schlief schlecht in dieser Nacht. Immer wieder ging sie ihren Plan durch, prüfte jedes einzelne Detail, wog sämtliche Eventualitäten ab. Und drohte der Schlaf sie zu übermannen, ließen die Geräusche aus den Nebenzimmern, das laute Schnarchen aus dem einen und das unterdrückte Stöhnen aus dem anderen, sie wieder hochschrecken. Die nächste Unterkunft musste mit Bedacht ausgesucht werden, sonst konnte sie ihr Vorhaben vergessen.

Am nächsten Morgen stand sie bereits um sechs Uhr auf, es gab noch eine weitere Sache, die sie dringend erledigen musste. Anschließend telefonierte sie mit Bobby, um ihm ihren Entschluss mitzuteilen. Er reagierte entsetzt. „Mensch, Leonie! Das ist viel zu gefährlich!"

„Ich muss es tun." Sie berichtete ausführlich von dem, was die Freundin ihr erzählt hatte.

„Geh zur Polizei und rede mit denen", beharrte er. „Du wirst allein nichts ausrichten können."

Schade, sie hatte Bobby falsch eingeschätzt. Der vertraute auf Recht und Gesetz. Besser, sie ließ ihn ab jetzt außen vor. „Saskia will einen Detektiv einschalten", schwindelte sie. „Der wird die Hauptarbeit übernehmen. Ich agiere nur am Rande. Bitte, du musst mir helfen!"

Es bedurfte noch viel Überredungskunst, bis er schließlich zustimmte, bei seiner Schwester wegen des Zimmers nachzufragen.

Eine Stunde später konnte sie endlich die ungastliche Stätte verlassen. Zielstrebig ging sie Richtung Einkaufsstraße. Sie würde sämtliche Besorgungen gleich vor Ort erledigen und sich danach ein Zugticket zurück kaufen.

14

„Und Sie sind sich sicher, dass er nach *dem* Geld fragte?" Der Polizist malte Anführungszeichen in die Luft. „Nicht vielleicht: Geld raus?"

„Wo ist das Geld?", wiederholte Saskia eine Spur zu laut. „Das waren genau seine Worte."

Der Uniformierte kratzte sich am Ohr und musterte sie skeptisch. „Das kann man auch in jede Richtung deuten. Wo ist das Geld statt Geld raus, klingt durchaus auch logisch, oder?" Und als er merkte, dass sie nicht zu überzeugen war: „Was haben Sie ihm geantwortet?"

Sie holte tief Luft, um sich zu beruhigen. Das hatte sie ihm alles schon erzählt. Sie nickte zu dem Hundebesitzer hinüber, der, sein Tier dicht neben sich, mit dem zweiten Beamten sprach. „Das Viech griff an, bevor ich was sagen konnte."

„Entschuldigen Sie vielmals!" Die Minuten, bis der Besitzer herbeigeeilt kam und die Leine am Halsband befestigte, waren ihr in ebenso grauenvoller Erinnerung geblieben. Sprungbereit hatte der Dobermann vor ihr gelauert, bereit, sich auf sie zu stürzen, sollte sie es wagen, sich zu bewegen. „Ich habe keine Ahnung, was in ihn gefahren ist. Normalerweise ist er lammfromm."

Ja, ja, das sagen sie alle, hatte sie gedacht und ihr Handy gezückt, um den Notruf zu wählen, obwohl der Angreifer garantiert schon über alle Berge war. „Der Täter hat zweimal zugetreten", hatte sie dem älteren Herrn erklärt, der mit stolzer Miene seinen Hund tätschelte. „Sie sollten besser gleich anschließend zum Tierarzt gehen."

Daraufhin ließ er sich nur mit Mühe überreden, auf die Polizei zu warten. Jetzt schien er nicht mehr gewillt, den Ausführungen des Beamten weiter zu lauschen. „Machen Sie, was Sie wollen!", rief er mit lauter Stimme. „Wir beide gehen umgehend zum Tierarzt."

Saskia musste ein Lächeln verkneifen, als er sich schimpfend entfernte. Statt den Einsatz seines Hundes zu loben, hatte der Polizist ihn wohl ziemlich barsch darauf hingewiesen, dass in dem kleinen Park Anleinpflicht bestand.

„Sie hören von uns!" Der junge Mann kam kopfschüttelnd zu ihnen herüber. „Hat er den Täter wenigstens erwischt?"

„So, wie es aussah, bloß seinen Mantel." Saskia machte aus ihrem Bedauern kein Hehl.

„Meinen Sie, das Tier wollte Sie retten?"

Sie zuckte die Schultern. „Immerhin hat es zuerst ihn attackiert. Warum es mich anschließend bedrohte? Keine Ahnung. Vielleicht lag es an den Tritten. Ist es schwer verletzt?" Der Dobermann hatte den Kampfplatz langsam und humpelnd verlassen. Daraufhin war ihre Wut auf ihn relativ rasch verpufft. Er hatte ihr womöglich das Leben gerettet, auch wenn es kurz danach so aussah, als wolle er sich auf sie stürzen. Sie schüttelte sich unwillkürlich, das weit aufgerissene Maul noch vor Augen.

Der Polizist grinste vielsagend. „Das werden wir wohl bald erfahren. Der Herr war erbost darüber, dass ich nicht das heldenhafte Handeln seines Lieblings lobte, sondern ihn maßregelte, weil er den Hund ableinte. Dabei gab er selbst zu, von dem Angriff nichts mitbekommen zu haben. Das Wegstück, auf dem Sie sich befanden, war für ihn nämlich gar nicht einsehbar."

„Er hat den Täter also nicht gesehen?"

„Nein. Der Hund stromert wohl immer frei herum und er schlendert gemächlich hinterher."

„Um auf Ihren Angreifer zurückzukommen", übernahm sein Kollege wieder. „Können Sie ihn beschreiben?"

„Er näherte sich von hinten." Saskia hielt inne und überlegte. „Er trug so eine Art Sturmhaube und einen langen schwarzen Mantel. Ich schätze, er war etwas größer als ich, ja, ungefähr einen halben Kopf. Von der Größe her könnte es sich um den Mann handeln, der sich bei mir im Geschäft als Kripobeamter ausgab."

In den Augen des Polizisten blitzte es interessiert auf. „Sie meinen, das war derselbe Kerl, der sich als falscher Kripobeamter ausgab? Haben Sie seine Stimme wiedererkannt?"

Dieses Mal überlegte Saskia länger. „Nein", musste sie zu ihrem Bedauern zugeben. „Es war mehr ein raues Flüstern. Ich kann es nicht eindeutig sagen."

„Nun gut. Wir geben den Fall an Herrn Dietz weiter. Der wird sich bei Ihnen melden." Der Polizist machte Anstalten aufzubrechen.

„Ähm", ihr war es peinlich, es einzugestehen, aber ihr graute vor dem letzten Stück Weg, auch wenn zwischenzeitlich einige Fußgänger an der kleinen Gruppe vorbeigekommen waren und diese mit mäßigem Interesse gemustert hatten. Im Moment lag der Pfad wieder völlig verlassen da. „Könnten Sie mich bitte bis zur Straße begleiten?"

Eigentlich waren die beiden doch ganz nett, dachte Saskia, nachdem sie sich von ihnen verabschiedet hatte. Der eine hatte sie bis zur Tür ihres Geschäfts gebracht und dort auf den anderen gewartet, der das Auto holte. Ihr glauben, dass sich der Überfall auf diesen Diebstahl bezog, das taten sie aber offensichtlich nicht. Obwohl sie sich wirklich lang und breit erklärt hatte! Besser, sie rief gleich in der Mittagspause selbst bei Herrn Dietz an und teilte ihm ihren Verdacht mit.

15

Fünf Minuten vor Ladenschluss ertönte die Türglocke. Mit einem unterdrückten Seufzen wandte sich Saskia, die gerade den letzten Stapel Pullover einsortierte, um. Das wurde wohl nichts mit der pünktlichen Mittagspause.

Die Eintretende, eine junge Frau, kam auf sie zu und blieb vor ihr stehen. „Na? Wie sehe ich aus?"

„Leonie?" Tatsächlich! Sie hätte die Freundin beinahe nicht wiedererkannt. Die langen schwarzen Haare der Perücke fielen bis auf den Rücken. Die große Brille mit ebenfalls schwarzen Rändern gab ihrem Gesicht eine geradezu unnatürliche Blässe, die von dem korallenroten Lippenstift noch verstärkt wurde. Dieses Aussehen in Verbindung mit ihrer extremen Gewichtsabnahme hinterließ einen geradezu bemitleidenswerten Eindruck. Die Freundin sah aus wie der Prototyp einer Magersüchtigen. „Was soll die Verkleidung?"

Die knallroten Lippen verzogen sich zu einem breiten Grinsen. „Ich werde mich selbst auf die Suche nach dem Täter machen. So schwer kann es eigentlich nicht sein, ihn zu finden."

„Das ist nicht dein Ernst!", Saskia sah ihre Freundin entsetzt an. „Das ist viel zu gefährlich. Diese Typen sind zu allem fähig." Bevor sie weitersprach, verschloss sie die Eingangstür und zog Leonie dann hinter sich her in den Nebenraum. „Ich bin heute überfallen worden und ich wette, dass es dabei um das Geld ging."

Nachdem sie geendet hatte, blieb es einen Moment still zwischen den beiden Frauen. Leonie war wenn möglich noch blasser geworden, als sie zu sprechen begann, deuteten ihre Züge jedoch Entschlossenheit an. „Sassi, ich lasse mich nicht mehr herumschubsen. Ich muss was tun. Ich kann nicht warten, bis die Polizei irgendwann den Täter findet – wenn überhaupt."

„Der Kommissar, mit dem ich gestern zu tun hatte, war ausnehmend nett", hielt Saskia dagegen. „Und sehr bemüht. Er versprach, meinen Hinweisen nachzugehen. Ich will ihn sowieso gleich anru-

fen. Warte wenigstens, bis wir wissen, was er herausgefunden hat."
Sie griff nach ihrem Handy und tippte die Nummer von der Karte
ab, die griffbereit auf dem Tisch lag.

Herr Dietz hatte natürlich noch nicht von dem Überfall gehört.
„Möglich ist alles. Andererseits ist es in dem Park schon öfter zu
Übergriffen gekommen. Das ist mit ein Grund, warum man ihn
gern in einen Parkplatz umwandeln möchte."

Der denkt, ich bilde mir das ein! Saskia biss die Zähne zusammen,
um sich zusammenzureißen. „Wie weit sind Sie denn mit Ihren
Nachforschungen?" Nachdem sie ihm von dem seltsamen Verhalten der alten Frau erzählt hatte und ihrem Verdacht, dass diese vermutlich erpresst wurde, hatte er sich bereit erklärt, eine kurze Überprüfung vorzunehmen.

„Ich habe den Pfleger erreicht, der für den Mann zuständig war",
berichtete Herr Dietz bereitwillig. „Er sagt, die Frau sei zuletzt immer ängstlicher geworden und hätte das Haus kaum noch verlassen.
Er denkt, sie wollte das Geld in greifbarer Nähe haben, damit sie die
laufenden Ausgaben bezahlen konnte. Unten im Keller ist ein mas-
siver Safe eingebaut, der so gut wie leer war. Ihr Mann ist eindeutig
an dem Schock gestorben, sagt der behandelnde Arzt, ausgelöst
durch ihren unerwarteten Tod. Er hatte ein schwaches Herz."

„Und sie auch?", wunderte sich Saskia laut.

„Sie war achtzig, er einundachtzig. Die waren beide nicht mehr fit."

„Wieso gleich so viel? Es handelte sich um mehrere Bündel, soweit
ich das erkennen konnte. Ich meine, selbst ich hätte mich mit diesem Riesenbetrag nicht auf die Straße getraut", brachte sie ihren
nächsten Einwand vor.

„Wahrscheinlich war es tatsächlich die damit verbundene Aufregung. Diesen Stressauslöser sehen die Ärzte als Ursache für ihren
Zusammenbruch."

„Trotzdem ist das eine riesige Summe", beharrte Saskia."

Herr Dietz lachte trocken. „Wir können sie ja leider nicht mehr
selbst fragen. Vermutlich wollte sie eine größere Reserve im Haus
haben. Die Drägers sind immens reich. Für die ist das nichts,

Peanuts", kam er ihrem nächsten Einwand zuvor. „Auf jeden Fall können wir ein Verbrechen eindeutig ausschließen. Der Pfleger war gegen acht Uhr da und blieb ungefähr eine halbe Stunde. Sie traf um Viertel nach neun in der Sparkasse ein. Der Spielraum für einen Überfall mit Erpressung wäre reichlich eng gewesen."

„Also gehen Sie davon aus, dass jemand rein zufällig beobachtete, wie sie den Safe-Raum mit einer leeren Tasche aufsuchte und mit einer vollen wieder verließ?" Saskia wusste nicht, was sie von dieser Aussage halten sollte. Irgendwie erschien ihr dieser Ablauf ebenso unmöglich.

„Sie glauben gar nicht, wie oft Ähnliches vorkommt. Nicht unbedingt ein Raub in diesem Ausmaß. Aber es gibt genügend Täter, die sich darauf spezialisiert haben, ihr Opfer am Geldautomaten auszuspähen. Gerade ältere Menschen sind dabei ihr Ziel."

Leonie, die näher herangerückt war, um mitzuhören, zog skeptisch die Augenbrauen hoch und wackelte mit dem Kopf. Sie schien genauso unzufrieden mit dieser Antwort.

„Und dieser Kerl ist so erpicht auf den Inhalt der Tasche, dass er nicht nur vor meinem Geschäft wartet, bis Frau Dräger mit dem Krankenwagen abtransportiert wird, sondern mit allen Mitteln weiter versucht, die Beute zu ergattern. Erst gibt er sich als Polizist aus, dann sorgt er dafür, dass ich meine Wohnung verlasse und schließlich bricht er bei mir ein. Ist das nicht ein bisschen extrem? Wo er doch gar nicht wissen konnte, ob ich die Tasche wirklich hatte, geschweige denn, was sich tatsächlich darin befand?"

„Nun, mein Vorgesetzter sieht das anders. Die Ermittlungen konzentrieren sich im Moment auf Ihre Freundin. Mehr kann ich Ihnen leider nicht dazu sagen."

Bevor sie endgültig ausfallend werden konnte, packte Leonie sie mit festem Griff am Arm und legte den Finger der anderen Hand auf die Lippen. „Dann danke ich Ihnen für Ihre Bemühungen", presste Saskia hervor und drückte schnell den Ausknopf. „Sind die denn total bescheuert? Das sieht ein Blinder mit Krückstock, dass hier nichts zusammenpasst!" Sie musste an sich halten, um nicht wie ein wütendes Kleinkind mit dem Fuß aufzustampfen. Warum glaubten die ihr nicht? Sollte sie nun etwa mit der Angst vor dem nächsten Angriff weiterleben?

Überhaupt, die Polizisten machten es sich ziemlich einfach! Was war mit der armen Frau? Die war völlig durch den Wind gewesen. Nicht die Summe, die sie abhob, war die Ursache ihrer Aufregung, sondern der Grund, der sie dazu nötigte.

„Es muss anders gelaufen sein, als wir alle denken. So oder so, es ist unlogisch", unterbrach Leonie ihre Gedanken.

Verständnislos starrte Saskia auf ihre Freundin. „Was meinst du damit? Es ist, wie ich gerade gesagt habe."

„Wenn der Typ bei dir eingebrochen ist und das Geld gestohlen hat, wer hat dich dann heute Morgen überfallen?"

16

Bevor sie reagieren konnte, rüttelte jemand an der Ladentür und klopfte laut.

Leonie sprang auf und lugte vorsichtig durch die Öffnung, dabei den abtrennenden Vorhang als Deckung nutzend. Erschrocken fuhr sie zurück. „Es ist Lennart. Mach bitte nicht auf!"

Saskia warf einen Blick auf die Uhr. „Garantiert nicht." Zuerst einmal wollte sie mit ihrer Freundin die Fakten klären. „Er kann nicht wissen, dass ich über Mittag hiergeblieben bin."

Trotzdem warteten sie in nervösem Schweigen, bis er endlich aufgab. „Puh", Leonie wischte sich einen imaginären Schweißtropfen von der Stirn. „Noch mal Glück gehabt. Gut, dass ich erst kurz vor deiner Pause gekommen bin."

Hatte die Freundin Angst vor dem eigenen Bruder? „Warum willst du ihn nicht treffen?"

„Später", winkte diese ab. „Lass uns lieber auf den Überfall zurückkommen. Bist du dir sicher, dass es sich bei dem Typen um den Mann handelt, der sich als Kripobeamter ausgab?"

„Die Größe kam hin." Saskia versuchte, das raue Flüstern mit der Stimme des angeblichen Kommissars zu vergleichen. Nein, sie war viel zu aufgeregt gewesen, um darauf zu achten. Trotzdem, es schien ihr die einzig richtige Erklärung. Wer hätte es sonst auf sie abgesehen haben können? Mit einem Seufzen gab sie zu: „Ich bin mir nicht sicher."

„Gut. Denn wir gehen ja davon aus, dass der Täter die Beute längst an sich gebracht hat. Moment, lass mich ausreden", kam sie Saskias Einwand zuvor. „Ich gebe dir recht, dass die alte Dame vermutlich erpresst wurde – wie auch immer, das klären wir später."

Jetzt konnte sich Saskia ein breites Grinsen nicht verkneifen. Als wenn das so einfach wäre!

„Wahrscheinlich handelt es sich um zwei verschiedene Täter. Der eine erpresste sie, der andere war ein Gelegenheitsdieb, der älteren

Leuten an der Sparkasse auflauert. Letzterer verfolgt sie und wartet vor deinem Geschäft. Er beobachtet, wie sie mit dem Krankenwagen abtransportiert wird und sieht, dass die Tasche mit dem Geld fehlt. Warte, bis ich fertig bin!", fauchte sie, weil Saskia schon wieder etwas einwerfen wollte. „Sein erster Versuch mit der Polizisten-Nummer scheitert. Also wartet er, bis du den Laden verlässt, und folgt dir."

„Wir waren zu zweit und sind mit dem Auto gefahren."

„Ja und? Vielleicht hatte er seins in der Nähe geparkt. Ganz bestimmt sogar! Es ist viel zu kalt, als dass du stundenlang draußen rumstehen kannst. Er sieht uns reingehen, liest am Klingelschild deinen Namen ab und ruft dich an. Ich denke, der hoffte, dass du mich mitnimmst und er freie Bahn hat. Immerhin hatte er so schon mal das Verhältnis zu seinen Gunsten geändert. Bloß ich stand noch zwischen ihm und dem Geld."

„Du könntest dich als Krimi-Autorin versuchen", spottete Saskia. „Oder der Polizei diese Geschichte erzählen."

Leonie schnaubte. „Habe ich Beweise? Nein. Ich kann den Verdacht gegen mich also nicht widerlegen. Die reiben sich die Hände und behalten mich gleich da."

„Und der, der mich überfiel?"

„Ist der Erpresser, der irgendwo auf das Geld wartete?"

„Und woher wusste er von der Geschichte im Laden und dass ich das Geld gefunden habe?"

„Keine Ahnung! Aber alles andere macht keinen Sinn!" Leonie sah demonstrativ auf die Uhr. „Du, ich muss los. Ich habe gleich ein Vorstellungsgespräch." Sie grinste. „Ich möchte ein Praktikum absolvieren, das ich für mein Studium brauche."

Saskia fiel aus allen Wolken und vergaß sämtliche Einwände, die sie noch vorbringen wollte. „Was …?"

„Erklär ich dir später. Ich will natürlich bei diesem Termin pünktlich auftauchen." Leonie knöpfte den Mantel, den sie gar nicht erst ausgezogen hatte, zu und steuerte die Hintertür an. „Kannst du für mich gucken, ob die Luft rein ist?"

„Ich verstehe nicht. Wozu brauchst du ein Praktikum?" Sie fingerte bewusst umständlich den Schlüssel aus ihrer Jackentasche, um wenigstens diese Information zu erhalten.

„Der Fall klärt sich nicht von allein", belehrte die Freundin sie. „Ich werde verdeckt ermitteln."

Saskias Hand verharrte auf halbem Weg. „Aber wo willst du ansetzen?"

„Na, bei dem Pflegedienst, der die beiden alten Leutchen betreut hat." Leonie wedelte mit der Hand. „Mach auf. Ich erkläre dir später alles."

Sie stand noch in der offenen Tür, als Leonie längst verschwunden war. Erst ein kalter Windstoß brachte sie in die Realität zurück. „Leichtsinn lässt grüßen", murmelte sie vor sich hin, während sie sorgfältig abschloss.

Nein, so ganz war sie nicht von Leonies Erklärung überzeugt. Zwei verschiedene Täter! Die es beide auf das Geld abgesehen hatten! Nun, in einem Punkt stimmte sie mit ihr überein: Es gab immer noch jemanden da draußen, der dachte, sie habe es nach wie vor.

Den ganzen Nachmittag über fühlte sie sich beobachtet. Jedes Mal, wenn die Glocke am Eingang schrillte, fuhr sie zusammen, obwohl sie sich extra so positioniert hatte, dass sie die Tür im Auge behalten konnte. Leider erkannte man durch die früh einsetzende Dunkelheit den Eintretenden sehr schlecht. Sie dagegen war in dem hell erleuchteten Geschäft gut zu sehen.

Da, dieser Typ, der schon zum zweiten Mal die Straße entlang schlenderte! Er trug eine dicke Winterjacke und hatte sich die Kapuze als Schutz gegen den eisigen Wind fest um den Kopf gebunden. Trotzdem kam ihr die Gestalt vage bekannt vor. Sie war sich sicher, ihn schon einmal gesehen zu haben.

Jetzt steuerte er direkt auf ihr Geschäft zu, warf einen schnellen Blick in beide Richtungen und machte Anstalten einzutreten. Saskia stand da wie gelähmt. Für eine Flucht war es zu spät.

17

„Sie möchten also gern ein Praktikum bei uns machen." Der Mann hinter dem Schreibtisch verzog sein Gesicht zu einem freundlichen Lächeln. „Bitte nehmen Sie Platz."

Ein deutlicher Kontrast zu der Ziege im Vorzimmer, Leonie fühlte sich sofort von ihm eingenommen. Sie schätzte den Chef des Pflegedienstes auf ungefähr Mitte vierzig. Die blauen Augen in dem leicht rundlichen Gesicht blickten warm und interessiert. Er vermittelte ihr das Gefühl, willkommen zu sein. „Ich bin Studentin der Gerontologie beziehungsweise ich habe gerade meine Masterarbeit eingereicht. Da ich bis zum Ergebnis über ausreichend freie Zeit verfüge, würde ich diese gern nutzen und mein Wissen vertiefen", log sie, ohne mit der Wimper zu zucken.

„Hm." Ihr Gegenüber schien nicht völlig überzeugt.

„Ich weiß, das ist eher ungewöhnlich. Doch auch dieser Bereich ist für mich interessant. Dass man gleich sieht, wo die Arbeit in einem Altenheim verbesserungswürdig ist. Außerdem hat gerade der praxisnahe Einblick noch niemandem geschadet", setzte sie hinzu.

Damit hatte sie den richtigen Ansatz gefunden. Er nickte verstehend. Sie kramte den Studentenausweis hervor und schob ihn über den Tisch.

Herr Gründler warf nur einen kurzen Blick darauf. „Ehrlich gesagt sind Sie die Erste, die sich mit einer solchen Bitte an uns wendet. Wie sind Sie gerade auf uns gekommen?"

Sie schaffte es tatsächlich zu erröten. „Ein Kommilitone empfahl Sie. Aber ich habe weitere Adressen, falls es bei Ihnen nicht klappt."

Abwehrend hob er die Hand. „Das habe ich nicht gemeint. Ich denke, wir könnten Sie schon unterbringen."

Ja, klar, unbezahlte Hilfskräfte waren überall heiß begehrt.

„Wann könnten Sie denn anfangen? Und welchen Zeitraum hatten Sie sich vorgestellt?"

„Im Prinzip sofort. Wie lange? Normalerweise dauert es zwischen ein bis drei Monate, bis das Ergebnis der Masterarbeit vorliegt. Also zwei Monate wären geradezu ideal."

„Das ließe sich einrichten." Er überlegte. „Wollen Sie die Morgenrunde von sieben bis zwölf übernehmen oder stehen Sie den ganzen Tag zur Verfügung?"

„Am liebsten Ersteres." Sie strahlte ihn an. „Denn natürlich fange ich sofort an, mich zu bewerben. So könnte ich, falls ich zu einem Vorstellungsgespräch eingeladen werde, dieses in den Mittag oder Nachmittag legen."

„Dann freue ich mich, Sie bei uns an Bord begrüßen zu dürfen." Herr Gründler erhob sich und hielt ihr lächelnd die Hand hin. „Frau Javers wird mit Ihnen gemeinsam die Anmeldeformalitäten erledigen und Sie einer unserer Schwestern zuteilen."

Die Ziege, wie sie die Vorzimmerdame insgeheim für sich genannt hatte, war weniger charmant. „Hier", sie hielt ihr ein mehrseitiges Formular hin. „Füllen Sie das aus. Haben Sie irgendwelche Referenzen? Irgendwas müssen Sie schon vorweisen können."

„Ich habe bereits ein Praktikum im Altenheim St. Josef gemacht. Die Beurteilung könnte ich Ihnen mitbringen. Alles andere ist direkt an die Uni gegangen und lässt sich derart kurzfristig nicht besorgen", erklärte Leonie zähneknirschend.

„Gut, geben Sie mir die zusammen mit den ausgefüllten Unterlagen morgen früh." Die Ziege musterte sie von oben bis unten. „Seien Sie um kurz vor sieben da. Ich lege Ihnen Kittel und Hose raus."

Leonie grinste breit, als sie auf die Straße trat. Ihre gute Laune verging jedoch in Sekundenschnelle, als sie die an der Mauer lehnende Gestalt entdeckte, die sich jetzt anschickte, die Straße zu überqueren.

„Wie es aussieht, hat es geklappt", stellte Lennart fest, als er sie erreicht hatte.

Sie funkelte ihn wütend an. „Was willst du hier?"

„Wir müssen reden." Er griff nach ihrem Arm und zog sie hinter sich her.

„Lass los!", zischte sie leise und versuchte, sich loszureißen.

„Damit du gleich wieder abhaust?" Er verstärkte seinen Griff.

„Nein, denk gar nicht dran. Ich will endlich wissen, was hier gespielt wird – und vor allem, was du wegen Saskia unternehmen willst."

„Ich kläre das selbst", brauste sie auf. „Du hast bereits genug Schaden angerichtet."

„Ich?" Völlig perplex blieb er stehen und starrte sie an. „Ich kann mich nicht erinnern, dich um Hilfe gebeten zu haben."

Wütend stampfte sie mit dem Fuß auf. „Ohne mich wärst du entweder tot oder im Krankenhaus."

„Oder ich hätte mit Papa geredet."

„Ach, ja?" Sie lachte spöttisch. „Und warum hast du nicht? Weil dir ja noch ach so viel Zeit blieb?"

Lennart blickte nervös nach allen Seiten, obwohl außer ihnen kein Fußgänger zu sehen war. „Wir sollten uns einen besseren Ort für dieses Gespräch suchen."

Seufzend fügte sich Leonie. „Wo steht dein Auto?"

Ihr Bruder schüttelte den Kopf. „Schön wäre es. Ich bin dir vom Laden aus gefolgt."

„Dann reden wir bei dir weiter." Entschlossen setzte sie sich wieder in Bewegung.

Lennart beeilte sich, neben sie zu kommen. Sie rannte fast und es schien ihr egal zu sein, ob er ihr nun folgte oder nicht. „Das ist keine gute Idee", keuchte er. „Wenn ich dich erkannt habe, schafft Markus das auch."

Sie schnaubte und erhöhte ihr Tempo, statt zu antworten. Ebenfalls schweigend lief er neben ihr her. Was für eine verdammte Scheiße! Im Prinzip war er von einem Desaster in das nächste gefallen. Nur dass seine Schwester jetzt zusätzlich von der Polizei gesucht wurde und sie die arme Saskia auch mit hineingezogen hatte. Statt besser war die Lage viel schlimmer geworden.

Er warf Leonie einen kurzen Seitenblick zu. Ob sie wohl ebenso sehr fror wie er? Trotz der Bewegung tauten seine Füße, die sich während der Wartezeit in Eisklumpen verwandelt hatten, nicht auf.

Der scharfe Wind nahm ihm regelrecht den Atem. Er zitterte am ganzen Körper und hatte das Gefühl, kurz vor einem Kollaps zu stehen.

Als eine Bäckerei mit kleinem Café vor ihnen auftauchte, griff er nach ihrem Arm. „Wir wärmen uns kurz mit einem Kaffee auf. Die paar Minuten wirst du für mich erübrigen können."

18

„Wow?" Marcel gab Guido einen kräftigen Rippenstoß. „Ob das die Neue ist?"

Er machte sich nicht die Mühe, hinter ihr herzuschauen, sondern drückte die Tür auf. Irgendwie glaubte er nicht daran, dass der Chef jemanden eingestellt hatte. Sonst wäre er garantiert nicht gezwungen, heute an seinem freien Tag hier anzutanzen.

Die Javers blickte kaum auf, als sie eintraten. „Sie können gleich durchgehen."

Marcel war schneller als er, klopfte und trat vor ihm ein.

„Ah, Herr Jäger und Herr Specht. Bitte, nehmen Sie Platz!"

Der Gründler schien guter Laune zu sein, vielleicht irrte er sich ja und es gab doch endlich Zuwachs. Wurde auch echt Zeit! Andererseits - auf seiner Route würde die bestimmt nicht eingesetzt. Viel Erfahrung konnte die nicht vorweisen, dafür war sie zu jung.

Guido setzte sich neben Marcel und wartete gespannt auf dessen Eröffnung.

Statt loszulegen, wandte der Chef sich an seinen Kollegen: „Herr Jäger, wie war der Urlaub?"

Na toll! Jetzt würde Marcel endlos schwafeln. Der musste mittlerweile die halbe Welt gesehen haben - und das mit drei kleinen Kindern im Schlepptau. Also ihm wäre das zu anstrengend. Mal nach Holland, mal nach Dänemark, weiter hatte es ihn mit der Familie zusammen nie getrieben.

„Super, vor allem die Anlage ist sehr zu empfehlen."

Und der Gründler sprang sofort voll darauf an. Am liebsten hätte Guido darauf hingewiesen, dass er sie nicht zum Small Talk her zitiert hatte. Er lehnte sich zurück und klinkte sich aus dem Gespräch aus. Schade, dass Magdalena nicht auch anwesend war. Seit ihrer netten Unterhaltung hatte er sie nicht mehr gesehen. Man munkelte, dass sie den Chef unterstützte, der aufgrund der angespannten Lage einige wenige Auserwählte zu seinen persönlichen

Klienten erklärt hatte, natürlich die Betuchten beziehungsweise die mit Einfluss. Wobei es mit Letzterem im Alter meist nicht mehr weit her war.

Er musste ein Kichern unterdrücken, als er an einige seiner speziellen Kandidaten dachte. Er hätte echt gern mal gesehen, wie der Gründler mit dem dementen Berthold oder mit dem anspruchsvollen Immobilien-Fuzzi klargekommen wäre. Wetten, dass der nach einigen wenigen Besuchen das Handtuch geworfen hätte?

Chef müsste man sein, sinnierte er. Dann könnte man sich zurücklehnen und seine Handlanger die Arbeit tun lassen, sich die Rosinen rauspicken und den Jovialen spielen - und Geld blieb sowieso genug hängen. Der Markt boomte, die Javers führte schon Wartelisten.

„So, meine Herren", riss ihn der Gründler aus seinen Gedanken. „Kommen wir zur Sache: Mir ist zu Ohren gekommen, dass Sie beide zurzeit arg überlastet sind. Ist das richtig?"

Ob Magdalena ihm das gesteckt hatte? Er war nicht gerade nett rübergekommen, als er sich bei ihr beklagt hatte, dafür war er viel zu sauer gewesen über die momentane Situation.

„So schlimm ist es nicht", wiegelte Marcel ab, bevor er sich äußern konnte. „Vor allem jetzt, da der Dräger rausfällt."

Dieser Arschkriecher! Als wenn er nicht rumgestöhnt hätte!

„Sehr schön." Der Chef lächelte zufrieden. „Ich habe nämlich eine Anfrage von einem Bekannten meiner Frau. Dessen Vater benötigt dringend Unterstützung. Ich kann schlecht ablehnen, wie Sie sicher verstehen. Natürlich weiß ich, dass sie bereits am Limit sind. Es ist wie verhext. Der Arbeitsmarkt scheint wie leer gefegt. An gute Kräfte ist nicht ranzukommen."

„Die junge Frau, die gerade hier war …"

„Ist nur eine Praktikantin", wurde Marcel vom Gründler unterbrochen. „Glauben Sie mir, ich versuche wirklich alles …" Er sah von einem zum anderen. „Natürlich bezahle ich weiterhin Ihre Überstunden. Außerdem wird sich, wenn ich es richtig im Auge habe, die Zahl ihrer Klienten bald verringern. Die Belastung wäre also nur für einen kurzen Zeitraum."

Dachte der echt, der Immobilien-Fuzzi würde so schnell den Löffel abgeben? Guidos Mundwinkel zogen sich verächtlich nach unten. Nee, der hielt noch eine Weile durch, da war er sich sicher.

„Überhaupt kein Problem", grinste Marcel, der wieder schneller reagierte. „Das Geld ist schließlich auch nicht zu verachten."

Was blieb ihm anderes übrig, als ebenfalls zuzustimmen. Immerhin war er nur die Ersatzkraft.

„Ah, Herr Specht, eins noch: Der Immobilienmakler hat sich über Sie beschwert, dass Sie seiner Haushälterin die Anweisung gaben, einen Krankenwagen zu rufen."

„Was hätte ich sonst tun sollen? Etwa selbst bei ihm vorbeifahren?" Guido konnte nicht verhindern, dass seine Stimme mürrisch klang. „Ich hatte ihn am Morgen bereits darauf hingewiesen, dass er dringend wieder stationär muss."

„Ich stehe hinter Ihnen", begütigend hob der Gründler die Hand. „Empfehlen Sie dieser Haushälterin beim nächsten Mal, seinen Hausarzt anzurufen. Soll der die nötigen Anweisungen geben!" Damit waren sie entlassen.

Guido kochte vor Wut. Marcel, der Feigling, hatte sich natürlich wieder rausgehalten. Bloß nicht anecken, weder beim Chef noch bei den Patienten. Und der war ausgebildeter Krankenpfleger? Ihn würde wirklich interessieren, wie der sich im Krankenhaus durchgemogelt hatte!

Magdalena lehnte am Schreibtisch der Javers und sah ihnen lächelnd entgegen. Sofort hob sich seine Laune. Sie war schon ein Augenschmaus: Schmales Gesicht, in dem die großen braunen Augen dominierten, halblange braune Haare, die offen bis auf ihre Schultern fielen, eine ansprechende Figur. Er schluckte nervös. Ob er sie ansprechen sollte?

Wieder kam Marcel ihm zuvor. „Na, Mädels? Wie läuft's?"

„Beruflich und privat perfekt", entgegnete Magdalena. „Es könnte gar nicht besser sein."

Die Javers schnaubte nur und wandte sich demonstrativ ihrem Computer zu, was Marcel nicht daran hinderte näherzutreten und zu versuchen, die beiden Frauen in ein Gespräch zu verwickeln.

Er trat lieber den Rückzug an. Warum sollte er hier nutzlos seine Zeit verschwenden?

19

„Entschuldigen Sie diesen Überfall!" Herr Dietz schien sich unwohl zu fühlen angesichts des seltsamen Empfangs.

Kein Wunder, dachte Saskia. Sie hatte ihn wortlos angestarrt, nicht fähig, sich zu bewegen oder ihn zu begrüßen. „Ist schon gut", brachte sie mit Mühe hervor. „Ich bin wegen dieser Geschichte von heute Morgen extrem nervös. Im ersten Moment dachte ich, Sie wären dieser Kerl. Ich weiß, das ist albern", fügte sie schnell hinzu. Er sollte sie schließlich nicht für eine hysterische Ziege halten.

„Keineswegs", widersprach er. „Eine gewisse Vorsicht ist immer empfehlenswert." Er hielt inne, griff in seine Jackentasche und zog einen kleinen Karton hervor. „Zu Ihrem Schutz."

Erstaunt griff sie nach dem Päckchen. „Ein Taschenalarm?"

„Das würde ich jedem Geschäftsmann empfehlen, der sich überwiegend allein in seinem Laden aufhält." Trotz dieser Aussage begann sein Gesicht rot anzulaufen. „Und in Ihrem besonderen Fall …"

„Danke schön." Skeptisch betrachtete sie das kleine Ding.

„Er ist extrem laut."

Statt sich auf seine Erklärung zu konzentrieren, wie der Alarm funktionierte, genoss sie die intensive Nähe. Er war schon ein gut aussehender Mann. Das hatte sie gleich bei ihrem ersten Kontakt feststellen können: Mindestens einen Kopf größer als sie, schlank und durchtrainiert, die blauen Augen bildeten einen interessanten Kontrast zu seinen schwarzen Haaren. Unwillkürlich seufzte sie auf. Ach, es war schon so lange her!

„Sie fühlen sich trotzdem nicht sicherer", stellte er enttäuscht fest.

„Das war eine tolle Idee von Ihnen", widersprach sie schnell. „Es ist nur …" Wie konnte sie ihm klarmachen, dass sie sich über seinen Besuch freute und vor allem darüber, dass er ihr helfen wollte, ohne ihre wahren Gefühle zu verraten? „Könnten Sie nicht in der Zeitung bekanntgeben, dass das Geld gestohlen wurde und Sie nach dem

Dieb fahnden?", sprach sie das Erste aus, das ihr in den Sinn kam – und hätte sich am liebsten sofort die Zunge abgebissen. Was für ein blöder Einfall!

„Ja", er nickte langsam. „Ein guter Gedanke. Eine kurze Pressemitteilung in diesem Sinne sollte möglich sein."

„Der Taschenalarm ist trotzdem eine super Idee." Sie strahlte ihn geradezu an. Sachte, Saskia! Nicht zu auffällig! „Es stimmt, gerade in der dunklen Jahreszeit bietet er zusätzlichen Schutz."

„Haben Sie dieses Geschäft schon lange?" Er wandte sich ab und musterte die Regalflächen, die jetzt im Winter vor allem Pullover beherbergten, die Ständer mit den Hosen und Blusen, die kleinen Tischchen an der Wand, auf denen sie die zusätzlichen Accessoires drapiert hatte, und die etwas zu klobig wirkende Theke.

„Er gehörte meiner Mutter. Ich bin vor gut einem Jahr eingestiegen."

„Gehörte?"

„Sie starb vor einem Monat. Sie hatte Krebs."

Der Ausdruck in seinen Augen wechselte von höflichem Interesse zu Mitgefühl. „Das muss schwer für Sie gewesen sein."

„Es war eher eine Erlösung." Vor Saskia tauchten die ungewollten Bilder auf, die sie normalerweise streng in einer der hintersten Schubladen ihres Gehirns verwahrte. Bilder, die die ausgezehrte Gestalt zeigten, zu der ihre Mutter in den letzten Monaten vor ihrem Tod geworden war. Bitter für eine Frau, der Schönheit über alles ging.

Nach der Diagnosestellung hatte sie sich vollkommen gehen lassen, sich regelrecht in ihrer Krankheit vergraben. Statt die kurze Zeit, die ihr blieb, zu genießen, verschanzte sie sich hinter der Haltung einer jammernden Patientin, die für alles und jedes auf die Hilfe anderer angewiesen war.

„Als die Beschwerden einsetzten, hatte sie bereits Metastasen im ganzen Körper. Nach der ersten Chemotherapie sagten die Ärzte, es sei zu spät. Sie konnten nichts mehr für sie tun. Ich gab meinen Job auf, um sie zu pflegen und mich um das Geschäft zu kümmern. Das war ihr Lebenstraum. Ich wollte nicht, dass sie ..." Erschrocken hielt Saskia inne. Wie kam sie dazu, gleich ihr gesamtes Leben vor ihm auszubreiten?

„Das ist eine sehr empathische und auch mutige Entscheidung gewesen." Herr Dietz schien sich eher zu freuen, dass sie so offen mit ihm sprach. „Was sind Sie von Beruf?"

Sie grinste matt. „Einzelhandelskauffrau. Ja, ich weiß, das ist geradezu perfekt."

„Aber?"

„Ich habe in einem großen Betrieb gearbeitet und mich dort wohlgefühlt. Und der Laden war ziemlich heruntergewirtschaftet, als ich ihn übernahm. Meine Mutter war modisch up to date, doch kein Kaufmann. Noch ist unklar, ob ich es schaffe, ihn rentabel zu machen." Was natürlich auch daran lag, dass die Zeit, die sie für die nötige Pflege aufwenden musste, ihr jede Möglichkeit genommen hatte, genügend Stunden in das Geschäft zu investieren. Und das hatte sich gerächt. Sie arbeitete immer noch daran, neue Stammkunden zu gewinnen und diese und die wenigen verbliebenen durch regelmäßige besondere Angebote zu halten.

Wenig später verabschiedete sich der Kommissar mit der Erklärung, er wolle dafür sorgen, dass ein kurzer Artikel über den Geldraub gleich am nächsten Tag in der Tageszeitung erscheine. Saskia musste sich eingestehen, dass sie enttäuscht war.

Was hast du denn erwartet, dachte sie, als sie die Tür verriegelte und die Beleuchtung bis auf die kleine Lampe über dem Schaufenster ausschaltete. Dass er dich gleich zum Essen einlädt?

Als wolle er ihr antworten, begann ihr Magen laut zu knurren. Sie blieb unschlüssig stehen. Leonie hatte gesagt, sie würde ihr heute Abend alles erklären. Sollte sie besser auf die Freundin warten?

Der nagende Hunger drängte auf eine Entscheidung. Die paar trockenen Kekse, ihre eiserne Reserve für Notfälle, die sie im Laufe des Nachmittags gegessen hatte, waren kein Ersatz für eine richtige Mahlzeit. Entschlossen wandte sie sich zur Tür. Sie würde eben in den Rewe springen und sich mit Lebensmitteln eindecken. Leonie hatte ihre Handynummer, sie konnte sie jederzeit erreichen.

20

Saskia stieg schwer bepackt die Treppe zu ihrer Wohnung empor. Man sollte halt nie hungrig einkaufen gehen, schimpfte sie mit sich selbst. Die Vorräte, die sie gekauft hatte, reichten garantiert bis ins nächste Jahr hinein.

Die Gestalt, die vor ihrer Tür hockte, sah sie erst, kurz bevor sie den Absatz erreichte. Sofort begann ihr Herz wie rasend zu schlagen. Sie öffnete den Mund, um loszuschreien.

„He, ich bin es, Lennart. Das scheint eine neue Angewohnheit von mir zu sein, dass ich dich dauernd erschrecke", versuchte er zu witzeln.

Saskias Arme, die bereits schwer wie Blei waren, gaben nach, die Taschen plumpsten auf die Treppe. „Leonie ist nicht da", sagte sie mechanisch.

Er sprang auf und griff nach den Tüten. „Ich weiß. Genau aus dem Grund bin ich hier." Er trat einen Schritt zurück und machte ihr den Weg frei. „Es wird Zeit, dass wir reden."

Es war wesentlich angenehmer, mit jemandem gemeinsam die leere Wohnung zu betreten, stellte sie fest, nachdem sie aufgeschlossen und ihn in die Küche durchgewinkt hatte. Das Erlebnis von heute Morgen steckte ihr immer noch in den Knochen. Selbst mit Lennart an ihrer Seite fühlte sie sich sicherer als allein.

Sie zog Jacke und Schuhe aus und stellte das Thermostat der Heizung hoch, bevor sie begann, die Einkäufe auszupacken. Lennart hatte sich, so wie er war, an den Tisch gesetzt. „Ich bin total durchgefroren", erklärte er, ihren Blick richtig deutend.

„Möchtest du einen Tee?" Oder sollte sie ihm eine warme Mahlzeit anbieten? Unschlüssig wog sie die Packung Miracoli in der Hand. Eigentlich hatte sie sich die Baguettes gönnen wollen, worauf sie sich schon den ganzen Heimweg gefreut hatte. Leider war ihre Lieblingssorte nur noch einmal vorrätig gewesen, stattdessen zusätzlich eine der anderen mitzunehmen, war ihr nicht in den Sinn gekommen.

„Ein Tee wäre super." Ungeniert ließ er seinen Blick durch ihre Küche schweifen. „Weißt du, dass ich bisher nie bei dir in der Wohnung gewesen bin?"

Wozu auch, lag es ihr auf den Lippen, zu antworten. Trotzig schob sie die beiden tiefgefrorenen Baguettes in den Ofen. Wer uneingeladen kam, konnte nicht erwarten, mit allem bewirtet zu werden. Sie stellte den Wasserkocher an und holte zwei Tassen und die Teemischung aus dem Schrank.

„Nett hast du es, richtig gemütlich."

So berauschend war die Einrichtung auch wieder nicht. Das Übliche halt, eine Einbauküche ohne großartige Extras und ein kleiner Tisch für maximal vier Personen.

„Doch", betonte er. „Heimelig ist wohl das richtige Wort. Man fühlt sich gleich wohl."

Jetzt konnte sie nicht mehr an sich halten. „Du wirkst nicht relaxt, sondern extrem angespannt. Scheint nicht weit her zu sein mit der Geborgenheit."

„Das liegt an dem Unangenehmen, was vor mir liegt." Er wagte nicht, ihr in die Augen zu schauen. „Ich warte lieber, bis du fertig ausgepackt und gegessen hast. Es ist ziemlich starker Tobak, was ich dir beichten muss."

Saskia schloss die Augen, weil ihr schwindelig wurde. Das ist nur der Hunger, versuchte sie, sich selbst zu beruhigen. Was kann so Schlimmes passiert sein? Nein, Lennart zieht seine übliche Schau ab. Das konnte er schon früher gut, sich in den Mittelpunkt rücken und alles, was mit ihm zu tun hatte, dramatisieren.

Aber das bange Gefühl blieb, besonders als er sich beharrlich weigerte, ihr wenigstens ein paar Einzelheiten zu erzählen. Mehr, als dass er sich heute lange der Kälte hatte aussetzen müssen und direkt aus der kalten Werkstatt komme, brachte sie nicht aus ihm heraus.

Ob der drohenden Ahnung geschuldet oder dem Umstand, dass sie selbst zwei Tassen Tee getrunken hatte, jedenfalls war Saskias Hungergefühl fast verschwunden. Daher teilte sie ihr Abendessen mit Lennart, jeder bekam ein Baguette, und, weil er immer noch hungrig zu sein schien, holte sie das Weißbrot und den Gouda hervor.

Er ließ sich nicht lange bitten und langte ordentlich zu. „Super. Genau das, was ich dringend brauchte." Er grinste schief, zog endlich seine Jacke aus und hängte sie über die Lehne. „Fast ist mir die Lust auf all das Unerfreuliche vergangen. Nein, nein", beeilte er sich zu sagen. „Du musst es wissen. Es ist so …" Er hielt inne, als wisse er nicht, wie er sich erklären sollte.

Unerfreulich, dachte Saskia sarkastisch und hatte schon eine scharfe Erwiderung auf der Zunge.

„Also ich bin gekommen, weil ich der Meinung bin, du solltest die Wahrheit wissen", begann er umständlich. „Du hast so viel ausstehen müssen. Erst der Ärger mit der Polizei, dann der Überfall heute …"

Woher wusste er davon? Langsam begann sie, sich unwohl zu fühlen. Leonies Warnung, sie solle ihn nicht mit in ihre Wohnung nehmen, schoss ihr durch den Kopf. Und hatte diese nicht ebenfalls Angst vor ihrem Bruder? Konnte hinter diesem jungenhaften, kaum erwachsen zu nennenden Gesicht ein Verbrechergehirn lauern? War Lennart etwa in diese Geschichte verwickelt? War er womöglich der Täter?

Nein, niemals. Selbst in der besten Verkleidung hätte sie ihn sofort erkannt. Außerdem war er nicht nur gut einen Kopf größer als der Täter, der Mann, der sie überfallen hatte, musste mindestens zehn, zwanzig Jahre älter sein und war wesentlich kompakter gebaut. Lennart hatte eine eher schlaksige Figur, graue Augen zu wirrem blonden Haar, das er viel zu lang trug und dazu einen Dreitage-Bart, na ja, wahrscheinlich hatte er sich eher eine ganze Woche nicht rasiert.

„Leonie hat das Geld geklaut", sagte er in die entstandene Stille hinein und schüttelte über sich selbst entsetzt den Kopf. „Entschuldige, ich sollte vielleicht lieber von vorn beginnen."

Sie starrte ihn ungläubig an. Mit allem hatte sie gerechnet, damit jedoch nicht. „Allerdings", war das Einzige, was sie herausbrachte.

Dann spürte sie, wie die Wut in ihr hochstieg. Am liebsten hätte sie laut losgebrüllt. Wie konnte Leonie ihr das antun! Und sie hatte die Freundin auch noch vor der Polizei verteidigt!

„Es ist anders, als du denkst", beeilte sich Lennart zu versichern. „Es ist nämlich so …"

Es dauerte etwas, bis Saskia verstand. Nichts von dem, was sie hörte, half, ihre Wut zu mindern. Im Gegenteil, sie wurde immer größer. „Was seid ihr bloß für Hohlköpfe!" Sie rang nach Worten, um ihm klarzumachen, was er und seine Schwester angerichtet hatten. Nicht allein die Enttäuschung über Leonies Verrat schwelte in ihr, viel schlimmer war die Angst vor dem wahren Täter, in dessen Fokus sie nach wie vor stand. Wie hatten die Geschwister sich und sie dieser Gefahr aussetzen können?

21

„Kein Mensch ahnte, dass dieser Irre nicht aufhört." Lennart hob beschwichtigend die Hände. „Anfangs dachten wir, du würdest maßlos übertreiben. Die Dräger ist in letzter Zeit sowieso komisch gewesen, als wenn sie allen Nachbarn gegenüber plötzlich misstrauisch wäre. Keiner hatte mehr Kontakt zu ihr. Also konnte ich mir schon vorstellen, dass dieser Akt, eine so hohe Summe mit sich rumzuschleppen, bei ihr zu einem Herzkasper führte."

Saskia verzog bei dieser saloppen Ausdrucksweise das Gesicht. Diese Geringschätzigkeit hatte die alte Dame nicht verdient.

„Du weißt, wie ich das meine", beeilte sich Lennart, der sie beobachtete, zu versichern. „Und der Mann, der am Nachmittag in deinem Geschäft auftauchte? Das haben wir unter einem netten Versuch, dich abzuziehen, verbucht. Wir dachten eher in die Richtung wie die Polizisten: Der Typ sieht, wie die Dräger mit einer vollen Tasche aus dem Tresorraum kommt, denkt, sie ist leichte Beute, und folgt ihr. Dann hat sie den Zusammenbruch. Er gibt noch nicht auf, hofft, vielleicht im Krankenhaus an das Geld zu kommen. Aber irgendwie kriegt er raus, dass die Tasche unterwegs verloren gegangen ist. Das Naheliegendste …"

„Halt." Eigentlich hatte Saskia viel eher protestieren wollen. Jetzt konnte sie nicht mehr an sich halten. Das war genau der Punkt, der ihr aufgestoßen war, den die Polizei jedoch als nebensächlich abtat. „Wie ist er an diese Information gekommen? Die lassen keinen Fremden auf die Intensivstation."

„Sie ist in der Notaufnahme gestorben." Lennart atmete auf, er hatte mit einem weiteren heftigen Ausbruch gerechnet. „Da ist so ein Gewusel, vermutlich gelang es ihm, bis zur Dräger vorzudringen."

„Niemals." Saskia schüttelte vehement den Kopf. „Wenn es ihr derart schlecht ging, blieb sie nicht ohne Kontrolle." Sie stutzte. „Woher weißt du, dass sie dort starb?"

„Der Dräger hat seine Nachbarin angerufen und gefragt, ob sie die Taschen seiner Frau abholen könnte, angeblich, weil sie ein Medikament für ihn besorgt hatte, dass er dringend brauchte. Sie fuhr hin, bekam die Handtasche ausgehändigt und rief ihn noch vom Krankenhaus aus an, dass man die besagte Tasche nicht finden könne. Er hatte ihr nämlich gesagt, dass sich die Medizin in dieser zweiten befinde."

„Und diese Nachbarin ist eine Bekannte deiner Mutter", vermutete Saskia.

„Sie kam gleich am nächsten Tag vorbei, als sie vom Tod des Alten erfuhr, um ihr das zu erzählen. Angeblich hat sich der Dräger mächtig aufgeregt, nicht mal wie es seiner Frau ging, schien ihn zu interessieren."

„War sie da schon tot?"

Lennart runzelte irritiert die Stirn. „Keine Ahnung. Selbst wenn, ob man das einer Nachbarin mitteilt? Ich denke, ein Arzt vom Krankenhaus wird ihn später persönlich angerufen haben."

„Oder auch nicht." Saskia hatte das unmögliche Verhalten ihrer Freundin nach hinten gedrängt. Diese neue Information war wichtiger. Der Verdacht, den sie von Anfang an gehegt hatte, rückte in greifbare Nähe. „Was, wenn die Drägers tatsächlich erpresst wurden", sagte sie langsam und mit deutlicher Betonung. „Der Erpresser bleibt beim Ehemann und schickt sie los, das Geld besorgen. Sie kommt und kommt nicht zurück. Herr Dräger telefoniert mit der Sparkasse und erhält die Auskunft, dass seine Frau ins Krankenhaus gebracht wurde. Die Mitarbeiter haben den Einsatz des Notarztes bestimmt mitbekommen. Er ruft dort an und …?" Sie überlegte. „Er muss davon ausgegangen sein, dass sie überlebt, sonst …"

„… hätte er die Nachbarin nicht losgeschickt", ergänzte Lennart.

„So ähnlich sieht es Leonie auch. Deshalb macht sie ab morgen ein Praktikum bei diesem Pflegedienst, bei dem die Drägers Kunden waren."

„Was ihr wiederum von der Nachbarin erfahren habt."

„Nee", er grinste. „Das war nicht zu übersehen. Der Wagen mit dem Logo parkte jeden Morgen und jeden Abend vor deren Haus."

„Ist er lange krank gewesen?"

„Puh." Lennart kratzte sich am Kopf. „Einige Jahre bestimmt schon. Der hatte einen schlimmen Unfall, seine Beine waren gelähmt. Der verließ gar nicht mehr das Haus."

Saskia hätte ihn am liebsten geschüttelt. Wie konnte man bloß so gefühllos darüber sprechen? „Wieso der Pflegedienst? Es könnte jeder x-beliebige Mensch als Erpresser infrage kommen?"

„Nee, die Dräger war in letzter Zeit echt paranoid. Die machte nicht mal mehr die Tür auf, wenn es klingelte. Es muss jemand gewesen sein, dem sie vertraute - oder der einen Schlüssel hatte."

Saskia begnügte sich mit einem Kopfschütteln. Eigentlich hatte sie keine Lust mehr, mit ihm zu diskutieren. Der Verrat der Freundin nagte zu sehr an ihr.

„Du musst nicht glauben, dass ihr das leicht gefallen ist, das Geld zu nehmen", verteidigte Lennart seine Schwester. „Sie hatte unheimliche Gewissensbisse."

Zumindest ihr gegenüber zeigte er Gefühle, dachte Saskia. Vielleicht sah sie ihn aus der Erinnerung heraus schlechter, als er war.

„Das ist der Grund, warum sie zurückkam."

„Nicht eher, weil die Polizei sie sucht?" So einfach würde sie es ihm nicht machen!

„Äh, ja, das auch. Aber selbst wenn die in eine andere Richtung ermittelt hätten, wäre sie dir beigesprungen."

„Mir beigesprungen?" Jetzt reichte es! „Ohne euch wäre ich nie in diese Bredouille geraten. Die Polizei hätte das Geld abgeholt und ich wäre für den Täter nicht mehr interessant gewesen." Sie sprang auf und stierte ihn wutentbrannt an.

Lennart grinste verschämt. „Entschuldige, falsche Wortwahl. Ehrlich, hätten wir gewusst, was passiert, hätten wir das nie durchgezogen."

Das reichte ihr nicht, dafür war sie zu zornig. „Wieso schickt sie dich vor? Traut sie sich nicht, selbst mit mir zu reden?"

Er räusperte sich umständlich. „Nee, das hat andere Gründe. Erstens will sie hier nicht gesehen werden, weil sie Angst hat, dass jemand sie wiedererkennen würde, und zweitens werde ich dich ab sofort beschützen. Ich übernachte bei dir, bringe dich morgens zum Laden und hole dich abends wieder ab, während Leonie versucht, rauszukriegen, wer der Täter ist. Wäre doch gelacht, wenn wir nicht allein damit fertig werden.“

Saskia sank entgeistert zurück auf ihren Stuhl. Damit ging der Albtraum für sie weiter!

22

Sie wälzte sich unruhig im Bett hin und her. Trotz der halben Flasche Wein, die sie getrunken hatte, wollte sich der Schlaf nicht einstellen. Zu viele Gedanken geisterten durch ihren Kopf. Es war, als hätte der Alkohol ihre Sicht geschärft, statt sie sanft einzunebeln und ihr Vergessen zu bringen. Immer noch fühlte sie sich verraten und verkauft.

Laut Lennart hatte Leonie erst am Tag vor ihrem Besuch bei Saskia von seinen finanziellen Problemen erfahren, und zwar dadurch, dass sie sein Telefongespräch belauschte. „Sie hörte mich um einen Aufschub betteln und hat eins und eins zusammengezählt. Danach stellte sie mich zur Rede."

Klar, dass ihr die riesige Geldsumme wie ein Gottesgeschenk vorgekommen war. Saskia konnte in etwa sogar nachvollziehen, warum sie so gehandelt hatte – allerdings wirklich nur bedingt. Sie selbst wäre niemals auf diese Idee gekommen. Auch wenn Lennart ihr wiederholt versichert hatte, dass die Drägers so reich waren, dass der Verlust dieser Summe kaum auffalle - und überhaupt, jetzt flösse ihr Vermögen in eine Stiftung, weil es keine Verwandten gab, die Anspruch auf das Erbe erheben konnten - blieb sie bei ihrer Meinung: Es war Unrecht!

Noch schlimmer empfand sie die Art und Weise wie die Freundin es angestellt hatte, das Geld an sich zu bringen. Sie musste in Sekundenschnelle den Plan gefasst und ihren Bruder in diesem Sinne instruiert haben. War sie nicht gleich, nachdem sie selbst zum Hörer gegriffen hatte, um die Polizei zu informieren, auf der Toilette verschwunden? Bestimmt bloß aus dem einen Grund, Lennart zu informieren und ihm den genauen Plan vorzugeben! Und es hatte ja auch perfekt funktioniert!

„Ich bin zum Bahnhof gerast und habe dich vom Vorplatz aus angerufen. Da stehen noch zwei Telefonzellen mit Münzeinwurf. Ein Tuch über die Sprechmuschel gelegt, meine Stimme verstellt, das war schon alles", hatte Lennart mit nicht zu verhehlendem Stolz berichtet.

Mit fest zusammengepressten Lidern ließ sie das weitere Geschehen vor ihrem inneren Auge ablaufen: Leonie wartet, bis sie die Haustür zufallen hört. Sie packt die gesamte Summe in ihren Rucksack, die leere Tasche obendrauf. Anschließend kippt sie leise zwei der Stühle um. Sie horcht, doch alles bleibt ruhig. Auf ihrem Weg durch die Diele fegt sie die Post vom Schuhschrank und wirft die Kleidungstücke und Schuhe wild durcheinander auf den Boden. Sie nimmt sich sogar noch die Zeit, die kleine Vase umzustoßen, sodass die Blumen herausfallen. Dann öffnet sie behutsam die Tür und lauscht ins Treppenhaus. Als alles still bleibt, tastet sie sich, ohne das Licht einzuschalten, die Stufen hinunter, vielleicht leuchtet sie sich den Weg mit der Taschenlampe ihres Handys. Die Wohnungstür hat sie nur angelehnt und sogar einige Kratzer hinterlassen, die auf einen Einbrecher hindeuten. Am Auto angekommen, wirft sie den Rucksack auf den Beifahrersitz, klemmt sich hinters Steuer und braust davon.

Und alles andere blieb ihr überlassen! Saskia fühlte, wie ihr nachträglich vor Ärger und Frust der Schweiß ausbrach. Wie hatte sie ihr das antun können?

Dazu kam: Wie leicht hätte die Polizei denken können, sie stecke mit Leonie unter einer Decke! Oder aber sie hätten nur sie verdächtigt. Der Anruf, die vorgeschobene Freundin, es gab keine Zeugen und Leonie blieb unauffindbar.

Und nun kann ich mich nicht mal mehr an die Polizei wenden, wurde ihr klar. Damit würde ich alles noch schlimmer machen.

Verdammt, verdammt, verdammt! Sie hieb wie von Sinnen auf ihr Kopfkissen ein und stöhnte unterdrückt. Am liebsten hätte sie Leonie und Lennart in der Luft zerrissen.

Nach diesem Ausbruch fühlte sie sich tatsächlich besser. Sie versuchte, das einzig Gute an ihrer Lage zu würdigen: Immerhin sah die Freundin im Gegensatz zu der Polizei ein, dass Frau Dräger nicht freiwillig gehandelt haben konnte. In ihr hatte sie nicht nur eine Verbündete gefunden, die Freundin schien willens, selbst die nötigen Nachforschungen zu übernehmen.

Trotz dieses Lichtblicks war ihr Zorn auf die Geschwister weiterhin groß. Vor allem wusste sie nicht, wie sie sich verhalten sollte. Eine nachträgliche Anzeige schied von vornherein aus, das war ihr klar. Lennart hätte wirklich nicht explizit darauf hinweisen müssen, dass die Geschwister vor der Polizei alles, was er ihr anvertraut hatte, abstreiten würden. Und die Polizisten ermittelten sowieso schon in die richtige Richtung.

Käme es zur Verhaftung Leonies, würde sie überrascht tun und die ehrlich Entsetzte spielen. Etwas anderes blieb ihr nicht übrig. Schließlich waren die beiden ohne ihr Wissen vorgegangen und hatten sie mit den Konsequenzen allein gelassen. Also dürfte ihnen klar sein, dass sie, Saskia, sich aus dieser Verantwortung zurückziehen würde, falls alles aufflog.

Trotz dieser Überlegungen kam sie nicht zur Ruhe. Denn andererseits war es natürlich gut, dass sich jemand um den echten Fall der armen Frau Dräger kümmerte. War es nicht ihre Pflicht, sich an diesen Nachforschungen zu beteiligen? Letztendlich war sie es gewesen, die von Anfang an darauf hingewiesen hatte, dass da irgendetwas nicht mit rechten Dingen zugegangen war.

Saskia schüttelte das Kopfkissen auf, rollte sich in ihre Bettdecke ein und starrte mit offenen Augen an die Zimmerdecke, die ganz schwach das Licht der draußen vor dem Haus stehenden Laterne widerspiegelte. Natürlich wollte sie sich einbringen – die Frage war, was konnte sie tun?

Irgendwann musste sie über ihre Grübeleien eingeschlafen sein, sie erwachte durch lautes Rumoren in der Küche in unveränderter Haltung. Jetzt lag der Raum in helles Licht getaucht, entgegen der Ankündigung des gestrigen Wetterberichts schien die Sonne. Sie drehte sich so, dass sie aus dem Fenster sehen konnte. Ein strahlend blauer Himmel mit vereinzelten weißen Federwölkchen versetzte sie in Frühlingsstimmung. Unglaublich wie viel besser man sich fühlte, wenn sich das Aufstehen dermaßen freundlich gestaltete!

83

Mit neuem Elan erhob sie sich. Die Sorgen waren nicht vergessen, aber sie schöpfte neue Hoffnung. So verfahren die Situation auch war, immerhin standen ihnen Möglichkeiten zu handeln offen. Und selbstverständlich würde sie sich einbringen und mithelfen, das Rätsel um Frau Drägers Tod zu lösen.

23

„Guten Morgen." Eine Frau mittleren Alters mit akkurater Dauerwelle und einem sympathischen, offenen Gesicht löste sich aus der Dreiergruppe vor dem Schreibtisch, als sie den Umkleideraum verließ, und kam lächelnd auf sie zu. „Ich bin die Elli. Du bist mir heute zugeteilt."

„Dörte." Leonie hoffte, dass man ihr die Erleichterung nicht ansah. Weder der grimmig dreinblickende Mann noch die junge Frau, die kaum älter wirkte als sie selbst, strahlten die gleiche Freundlichkeit wie ihr Gegenüber aus.

Als sie pünktlich eingetreten war, hatte sich das wohlbekannte flaue Gefühl in ihr gemeldet, dass ihre Aufregung über das Ungewisse, was auf sie zukam, noch verstärkte. Nein, sie hatte richtiggehend Angst. Neue Situationen, die sie nicht einschätzen konnte, waren ihr ein Graus. Nur ihr schlechtes Gewissen Saskia gegenüber ließ sie an dem Vorhaben festhalten. Viel lieber hätte sie direkt an der Tür wieder kehrtgemacht.

„Ich erklär dir alles unterwegs." Elli griff nach einer prall gefüllten Tasche und hängte sie über ihre Schulter. „Dann mal los."

Auf den Einstellplätzen neben dem Haus parkten fünf weiße Corsa, auf allen prangte das Logo des Pflegedienstes. Elli steuerte das erste Auto an und entriegelte die Türen. Sie stellte die Tasche hinter den Fahrersitz und klemmte sich hinter das Steuer. „Du hast Glück, dass du mit mir fährst. Meine Patienten sind wahre Schätzchen. Da ist keiner dabei, der mir das Leben schwermacht."

„Ich bin durch mein Praktikum im Altenheim einiges gewohnt." Leonie fühlte, wie sie sich langsam entspannte. „Allerdings habe ich da nicht viel selbst gemacht", fügte sie ehrlich hinzu. Nicht dass die Pflegerin dachte, sie sei eine große Hilfe und könne eigenständig arbeiten.

Elli lachte auf. „Du bist eine Praktikantin. Die Verantwortung liegt bei mir. Mehr als kleine Handreichungen lasse ich dich sowieso nicht tun." Sie kurvte rasant um die Straßenecke und bremste abrupt ab. „So, erster Haltepunkt. Wir haben sogar zweifaches Glück", erklärte sie, während sie nach ihrer Tasche griff. „Meine Alten wohnen relativ nah beieinander. Sonst hast du manchmal elend lange Fahrzeiten zwischen deinen Terminen", setzte sie hinzu, als sie bemerkte, dass Leonie nicht verstand. „Und der Verkehr um diese Zeit ist einfach grauenhaft. Da sind Verspätungen vorprogrammiert."

Leonie lief brav hinter ihr her, als diese sich dem Mehrfamilienhaus zuwandte. Elli drückte dreimal kurz hintereinander auf die Klingel und schloss die Haustür auf. „Frau Bernbach kann nicht selbst öffnen. So weiß sie, dass ich komme."

Sie betraten die Wohnung und die Pflegerin rief gleich einen freundlichen Gruß in die dunkle Diele, bevor sie den Lichtschalter betätigte. Leonie folgte ihr bis zu dem Zimmer auf der gegenüberliegenden Seite. Im Schein der kleinen Nachttischlampe erkannte sie ein Krankenbett und die Umrisse der darin liegenden Person.

Elli schaltete einen Strahler ein, der zur Decke gerichtet war und das Zimmer sanft aber ausreichend erhellte. „Na, Frau Bernbach? Gut geschlafen?"

„Schön wär's", kam eine krächzende Stimme vom Bett. „Sie wissen doch, in jungen Jahren würde man gern länger und hat die Zeit nicht, im Alter ist es genau umgekehrt."

„Heute habe ich eine Hilfe mitgebracht." Elli zog Leonie neben sich mit zum Kopfende.

Sie blickte in ein mageres Gesicht voller Falten mit vergnügt blitzenden Augen. „Suchen Sie sich lieber einen anderen Job, Kindchen. Das tut auf Dauer nicht gut, immer nur mit den Alten und Kranken umzugehen."

Elli lachte und setzte die Greisin mit geübtem Griff auf die Bettkante. „Was man an mir deutlich sieht", spottete sie.

„Sie sind die glorreiche Ausnahme." Ihre knochigen Finger tasteten nach deren Hand und streichelten darüber. „Sie sind die Sonne in meinem Leben. Ich hoffe, Sie bleiben mir noch lang genug erhalten."

„Sie war früher Lehrerin, hat nie geheiratet und keine nahen Verwandten, die sich kümmern", vertraute die Pflegerin Leonie auf der Weiterfahrt an. „Wir und ihr Arzt sind die Einzigen, die sie zu Gesicht bekommt."

„Wäre sie in einem Heim nicht besser aufgehoben?" Sie war noch von den Eindrücken dieses Besuchs überwältigt. Das konnte man kaum mehr Leben nennen!

Elli hatte die Greisin ins Badezimmer geführt, sie gewaschen und eingecremt und zurück im Bett mit einer frischen Windel versorgt, während Leonie sich bemühte, das Gebiss zu reinigen. Anschließend bereiteten sie gemeinsam ein kleines Frühstück zu, die Pflegerin füllte die notwendigen Medikamente in eine Schachtel mit Unterteilungen für morgens, mittags und abends, dazu kamen eine neue Flasche Wasser und ein Glas mit auf das Tablett, das sie auf ein hohes Schränkchen links vom Bett stellten. Danach verabschiedeten sie sich. Das Ganze hatte nicht länger als eine knappe halbe Stunde gedauert.

„Sie will nicht. Sie will in ihren eigenen vier Wänden bleiben, sagt sie." Elli zuckte die Schultern. „Keiner kann sie zwingen."

„Was ist, wenn es ihr plötzlich schlechter geht?" Leonie war wie vor den Kopf gestoßen. Das Altenheim, in dem sie gearbeitet hatte, erinnerte eher an ein Krankenhaus. Zwar gab es auch dort niemanden, der sich richtig kümmerte, aber die Patienten waren zumindest unter Aufsicht. Eine Verschlechterung des allgemeinen Zustandes wurde relativ schnell bemerkt.

„Hast du nicht das Armband gesehen, das Frau Bernbach trägt?"

Nein, darauf hatte sie nicht geachtet. Sie war zu bemüht gewesen, ihr Erschrecken über den ausgemergelten nackten Körper vor ihr zu verbergen.

„Das ist ein Notruf, der direkt mit unserer Zentrale verbunden ist. Sie braucht nur den Knopf zu drücken, dann kommt sofort einer von uns raus."

Trotzdem, dachte Leonie bei sich. War dieses Leben noch lebenswert?

24

„Guten Morgen, Herr Doktor!" Wie immer brüllte Guido mehr, als dass er sprach. Der Alte weigerte sich beharrlich, die Hörgeräte zu benutzen, die in einer Schale neben dem Bett ruhten. Angeblich, weil sie ihn drückten. Dabei hatte der wirklich genug Knete, sie vernünftig anpassen zu lassen.

„Wo ist Marcel?" Der Angesprochene kniff misstrauisch die Augen zusammen.

„Der hat heute seinen freien Tag." Immer die gleiche Begrüßung! Dabei hatte der Kollege es ihm garantiert gestern Abend gesagt.

„Was? Schon wieder? Ja, ja, die jungen Leute von heute. Wisst ihr überhaupt was mit dieser vielen Freizeit anzufangen?"

Guido kniff die Lippen zusammen und machte sich daran, den Alten aus dem Bett zu holen. Für eine Diskussion fehlten ihm die Nerven. Vor allem, weil er wusste, dass bald die nächste Attacke folgen würde. Der ehemalige Arzt war ein anstrengender Patient. Ewig meckerte er oder erzählte langweilige Anekdoten von früher, bei denen er erwartete, dass sein Gegenüber angemessen reagierte.

Wider Erwarten ging die körperliche Pflege ohne große Misstöne vonstatten, wenn man von den normalen Nörgeleien absah: Das Wasser war zu heiß, die Rasur völlig unnötig, der Waschlappen kratzte. Erst als er bei der üblichen Messung feststellte, dass der Blutdruck viel zu hoch war, zum dritten Mal hintereinander, wie er anhand von Marcels Eintragungen feststellte, ging es wieder los.

„Sie brauchen den Arzt nicht zu benachrichtigen", tönte der Alte. „Ich glaube nicht an diesen neumodischen Quatsch. Früher wäre der Wert völlig normal gewesen. Hundert plus Alter, sagte man damals. Und damit sind wir gut gefahren, wie man nicht bloß an mir sieht. Meine Generation ist schon wesentlich langlebiger als die vorherige, trotz der angeblich falschen medikamentösen Einstellung, nicht nur in diesem Bereich. Sonst hätte ich nie die Neunzig erreicht. Nein, das ist alles Geldmacherei. Die Pharmakonzerne wollen mehr verdienen. Und die Mediziner lassen sich mitziehen. Also ich …"

Ja, ja, laber du ruhig! Guido ließ sich nicht beirren und nahm sich vor, gleich vom Auto aus in der Praxis des Hausarztes anzurufen. Sollte der sehen, wie er mit seinem Patienten klarkam.

Allerdings war der Mann geistig echt fit für sein Alter, dachte er bei sich, als er das Haus verließ. Der schaffte bestimmt noch die Hundert. Gut, dass sich seine Arbeit bei ihm auf Marcels freie Tage beschränkte. Wenn er den ständig ertragen müsste!

Vor dem Losfahren informierte er die Sprechstundenhilfe über die Auffälligkeit und machte auf dem Behandlungsbogen eine entsprechende Notiz. Man konnte heutzutage nicht vorsichtig genug sein. Viel zu schnell wurde einem aus dem, was man tat oder eben nicht tat, ein Strick gedreht.

Ich werde mit Marcel mal ein Wörtchen reden, beschloss er, während er den Motor startete. Es kann nicht sein, dass er immer mir den Schwarzen Peter zuschiebt. Er hätte ruhig gestern schon in der Praxis anrufen können, statt abzuwarten. Genauso wie er mich letztens bei dem Petersen hat hängen lassen. Wer kriegte den Anschiss? Ich! Nur weil der immer alles auf die lange Bank schiebt. Passiert was, sind wir die Doofen. Und der liebe Patient, der sich mit Händen und Füßen gegen einen Arztbesuch gesträubt hat, fällt uns in den Rücken, wenn sich rausstellt, dass man viel eher hätte reagieren müssen. Nee, nicht mit mir!

Oder sollte er besser gleich mit dem Gründler reden? Besser nicht. Der hatte eh einen Narren an dem Marcel gefressen, weil der so gut mit den Privaten konnte. Nicht wenige der Neuen waren durch deren Empfehlungen gekommen.

Wie jeden Morgen auf dieser Route ärgerte sich Guido über den Stau, der ihn zusätzliche Zeit kostete. Wie sollte man pünktlich sein, wenn kein Vorwärtskommen war?

Mit zehnminütiger Verspätung schellte er bei der nächsten Patientin und ließ sich mit dem Schlüssel selbst ein.

„Ich dachte schon, Sie hätten mich vergessen", empfing ihn die Frau, die bereits mit einem Bademantel bekleidet im Sessel saß.

„Der Verkehr", entschuldigte er sich.

Gnädiger gestimmt, hielt sie ihm ihr Bein hin, das er zu wickeln hatte. Wortlos machte er sich an die Arbeit.

„Ach, würden Sie bitte mal hier gucken?" Sie deutete auf ihren Rücken. „Das juckt seit gestern immer heftiger. Ich kann das nicht richtig sehen."

Na, prima! Jetzt habe ich bereits zwanzig Minuten Verspätung! Er hieb vor Ärger auf das Lenkrad, als er den Motor anließ. Der Ausschlag der Alten war wirklich nicht von schlechten Eltern gewesen. Das sah nach einer allergischen Reaktion aus. Also hatte er die Medikamente überprüft, ob ein neues dazugekommen war, und schließlich noch den behandelnden Arzt informiert. Und was war der Dank? Beim Rausgehen hatte sie ihn so komisch angesehen und spitz bemerkt, sie sei froh, noch alle ihre Sinne beisammen zu haben. Ihr könne keiner so leicht ein X für ein U vormachen.

Seltsame Patienten hatte der Marcel, befand er nicht zum ersten Mal, allesamt schwierige Charaktere. Und sie wohnten dermaßen weit auseinander, dass die Fahrzeit fast so lang wie die eigentliche Versorgung dauerte. Wenigstens musste er sich um einen Parkplatz in der Nähe keine Gedanken machen. Die Klientel bestand fast ausnahmslos aus gut betuchten Herrschaften, die in Einfamilienhäusern und Villen residierten. Der Platz vor der Garage war somit immer frei.

Er gab Gas und versuchte, einen Teil der Verspätung durch überhöhte Geschwindigkeit herauszuholen.

25

„Immer noch sauer?" Lennart empfing sie mit einem bemühten Lächeln.

Saskia schaute auf den liebevoll gedeckten Tisch. Frische Brötchen, Marmelade, Honig, verschiedene Wurstsorten und ein reichhaltiges Käseangebot – er hatte ihre sämtlichen Vorräte aufgebaut.

„Setz dich. Der Kaffee ist gerade durchgelaufen." Er nahm die Kanne und schenkte ihr und sich ein.

„Natürlich bin ich noch angefressen", beantwortete sie seine Frage und setzte sich. „Dafür war das, was ihr gemacht habt, zu heftig."

„Wir hätten erst überlegen sollen, statt sofort zu handeln."

„Leonie", erinnerte sie ihn. „Es ist allein auf ihrem Mist gewachsen."

„Nein, ich hätte mich weigern können, dich anzurufen. Und ihr dieses Vorhaben ausreden. Ich hänge genauso mit drin."

„Du wusstest nicht, was zuvor passiert war." Sie griff nach einem Brötchen. „Lass gut sein. Es lässt sich nicht mehr ändern."

„Was wirst du tun?"

Sie ließ sich mit der Antwort Zeit, bis sie beide Hälften belegt hatte. „Was wohl! Ich versuche, euch zu helfen, den wahren Täter zu finden."

„Musst du nicht!", protestierte Lennart. „Wir schaffen das allein."

„Ich will es aber. Die arme Frau Dräger soll nicht umsonst gestorben sein." Sie biss in ihr Brötchen, dass es krachte. „Ich habe bereits eine Idee, wie ich mich einbringen kann."

Saskia lehnte es ab, sich von Lennart in die Sparkasse begleiten zu lassen. „Es reicht, wenn du kurz vor Ladenschluss kommst. Ich bleibe mittags wieder im Laden. Proviant habe ich ja reichlich." Sie wies auf die Tüte mit den belegten Brötchen. „Es wäre nett, wenn Leonie sich mal selbst bei mir meldet, sag ihr das, ja?", rief sie hinter ihm her.

„Ich werde mein Bestes geben, sie zu überzeugen, dass du sie nicht auffressen wirst", gab er zurück.

Sie sparte sich einen weiteren Kommentar und betrat den Eingangsbereich. Glück gehabt! Herr Weber, der ihr mit dem Kredit geholfen hatte, stand allein hinter dem kleinen Tresen. „Hallo, Herr Weber. Ich habe eine ganz spezielle Frage und hoffe, Sie können mir helfen."

„Frau Christ!" Er strahlte sie an. „Sie wissen doch, bei mir ist fast alles machbar."

„Es ist so." Sie beugte sich näher zu ihm herüber, da ein weiterer Kunde die Filiale betreten hatte und wie aus dem Nichts einer seiner Kollegen auftauchte. „Frau Dräger ist, wie Sie wissen, nach ihrem Besuch bei Ihnen in meiner Boutique zusammengebrochen. Und irgendwie lässt mich der Gedanke an das Geschehen nicht los. Mein Eindruck war: Sie stand total unter Druck. Sie hat sich mit Händen und Füßen dagegen gewehrt, dass ich den Notarzt rief."

Sie erkannte an seinem Gesichtsausdruck, dass sie deutlicher werden musste.

„Ist Ihnen nichts an ihr aufgefallen?"

„Ich hatte nicht mit ihr zu tun. Für die Schließfächer … Moment. Heiner? Kommst du bitte mal?"

Ein jüngerer Mann, den Saskia vom Sehen kannte, trat zu ihnen. Herr Weber erklärte ihm kurz die Sachlage. Er nickte: „Ja, sie war reichlich konfus. Und dann dieser Fast-Zusammenbruch. Ich wollte da schon einen Krankenwagen rufen, doch sie behauptete, es sei nur ein kleiner Schwächeanfall."

Beinahe hätte Saskia triumphierend aufgelacht. Im letzten Moment riss sie sich zusammen. Die beiden Männer würden diese Reaktion wahrscheinlich nicht begreifen.

„Ich brachte sie selbst bis zur Tür", fuhr Herr Brause, wie sie anhand des kleinen Namensschilds an seinem Hemd sehen konnte, fort. „Sie wollte unbedingt an der frischen Luft auf das Taxi, das ich ihr rief, warten. Vielleicht wäre ich besser bei ihr geblieben."

„Haben Sie jemanden in der Nähe gesehen, der Ihnen verdächtig vorkam?", bohrte Saskia weiter, ohne auf seine letzten Worte einzugehen. Hätte, wäre … könnte man die Uhr zurückdrehen, würde vieles im Leben anders ablaufen.

Er sah sie stirnrunzelnd an, schüttelte dann aber den Kopf. „Niemand ist ihr gefolgt. Da bin ich mir zu hundert Prozent sicher."

„Der Kommissar, mit dem ich sprach, meinte, sie hätte eine große Geldsumme bei sich gehabt." Hoffentlich kam keiner der beiden auf die Idee, nachzufragen, wie er dazu kam, ihr Einzelheiten mitzuteilen. „Ich hatte zwar die Tragetasche gesehen, aber …" Sie brachte ein kleines Lachen zustande: „Ich hab ja nicht geahnt, dass so viel Geld so wenig Platz wegnimmt!"

„Die Polizei war bei uns", nickte Herr Weber. „Allerdings hatten wir keine Ahnung, um welchen Betrag es sich handelte. Die Kunden sind allein, wenn sie ihr Schließfach öffnen. Und wie Sie gerade selbst anmerkten, ist das Päckchen sogar bei einer derartigen Summe nicht sonderlich auffällig."

„Am Nachmittag suchte mich ein Mann auf, der sich als Kommissar ausgab und mir erklärte, die Tasche sei verschwunden. Erst viel später erfuhr ich, dass dieser Mann nicht zur Polizei gehörte."

„Sie denken, es steckt eine Straftat dahinter?" Her Weber wirkte bass erstaunt.

Seinem Kollegen dagegen erschien dieser Verdacht wohl nicht so abwegig. „Wenn ich jetzt darüber nachdenke ... Frau Dräger war wirklich extrem nervös und aufgeregt."

„Haben Sie Ihre Beobachtungen dem Kommissar mitgeteilt?"

„Nein, dazu sah ich keine Veranlassung. Er ging eindeutig von einem normalen Todesfall aus, von diesem falschen Kollegen erzählte mir niemand. Ihn interessierte einzig und allein, ob wir nachvollziehen können, was genau die Dame abholte."

„Und da müssen wir leider passen", ergänzte Herr Weber. „Wir wissen natürlich nicht, was der Kunde in seinem Schließfach aufbewahrt."

Demnach hatte keiner eine Ahnung, um welche Summe es sich tatsächlich handelte, kombinierte Saskia zufrieden. Sie beugte sich noch weiter vor. „Ich will die Sache nicht auf sich beruhen lassen." Sie gab ihrer Stimme genau den richtigen Ton von Dringlichkeit. „Meiner Meinung nach ist ein Verbrechen passiert, auch wenn die Polizei das anders sieht. Wenn Sie mir ein paar weitere Fragen beantworten könnten, sehe ich vielleicht schon klarer."

26

Eigentlich sollte ich mich ebenfalls in die Ermittlungen einbringen, dachte Lennart mit schlechtem Gewissen. Immerhin bin ich der Auslöser des Ganzen.

Nein, korrigierte er sich, Frau Dräger wäre so oder so erpresst, genötigt oder was auch immer worden. Aber der Angriff auf Saskia, dass sie jetzt im Visier des Täters stand, das war allein ihre, Leonies und seine, Schuld. Deshalb musste er eben jetzt jede Minute seiner Freizeit opfern, um sie zu beschützen. Das war genauso wichtig wie die Aufklärung.

Dass seine Überlegungen nicht zusammenpassten, war ihm trotzdem bewusst. Aber was hätte er tun sollen? Ihm fiel beim besten Willen nichts ein.

Außerdem sah er es als seine Verpflichtung an, das herumgerissene Ruder auf Kurs zu halten. Das war er Leonie schuldig. Wenn sie nicht eingegriffen hätte ... Er musste diese letzte Chance nutzen, die Situation ein für alle Mal zu bereinigen.

Zwei Autos warteten in der Werkstatt auf ihre Verschönerung. Markus hatte den einen bereits in Arbeit und damit begonnen, die rotgolden schimmernde Folie aufzuziehen. „Wir haben einen neuen Auftrag", sagte er, ohne aufzuschauen. „Beziehungsweise hätten ihn. Siggi will zuerst seine Außenstände beglichen sehen, bevor er sich drauf einlässt."

Siggi war ein bekannter Airbrush-Künstler, der ihr Angebot vervollständigen sollte. Es gab genügend Kunden, die ein aufgesprühtes Motiv bevorzugten. Lennart selbst hatte den Kontakt hergestellt und ihn als freien Mitarbeiter gewonnen. Noch waren sie nicht in der Lage, ihn regelmäßig zu beschäftigen.

Und beinahe wäre es für uns alle aus gewesen, ergänzte Lennart im Stillen. Gerade in dem Moment, in dem die Lage sich langsam besserte. „Ich kümmere mich darum. Bin gleich zurück."

Er schwang sich wieder in seinen Wagen und brauste los. Wie er Siggi kannte, traf er ihn um diese Zeit garantiert zu Hause an. Er würde ihm das Geld in bar überreichen, wie auch sonst? Das war das einzige Problem, das sich ihm stellte. Er konnte ja schlecht zu seiner Bankfiliale gehen und die restlichen Zehntausend auf sein Konto einzahlen. Damit würde er erst recht auf sich aufmerksam machen. Und vor allem die Polizisten in ihrer Überzeugung, dass Leonie die Täterin war, bestärken, die ihn vermutlich gleich als ihren Komplizen betrachteten. Nee, darauf konnte er gut verzichten.

Siggi wohnte am anderen Ende der Stadt. Er hatte extra die Umgehungsstraße gewählt, in der Hoffnung, dort schneller voranzukommen, was sich leider als Fehler erwies. Vor ihm stauten sich die Autos und er konnte nicht mal erkennen, warum.

Fast eine Stunde dauerte es, bis er sich an der Unfallstelle vorbeigeschoben hatte. Danach trat er das Gaspedal bis auf den Boden durch, um die verlorene Zeit wettzumachen. Sein Gesicht verzog sich zu einer ärgerlichen Grimasse. Wenn er wenigstens nicht pünktlich bei Saskia erscheinen müsste! Markus würde bestimmt bis spät in die Nacht arbeiten wollen, wie sollte er da passen? Endlich hatten sie diese zwei Aufträge ergattert und damit die Möglichkeit, sich zu beweisen, und, was genauso wichtig, war, ein hübsches Sümmchen einzustreichen. Der Laden brummte und er konnte nicht vernünftig mithelfen!

Siggi schielte misstrauisch auf die neun 500-Euro-Scheine. „Hast du eine Bank überfallen?"

„Nee, ein Kunde hat bar bezahlt und ich bin froh, das Geld wegzukriegen", log er. „Wie sieht's aus? Können wir den neuen Auftrag annehmen, bist du dabei?"

Siggi kratzte sich am Kopf. „Wenn ich nicht wieder so lange auf die Bezahlung warten muss."

„Du kriegst einen Tausender, sobald du angefangen hast." Lennart verspürte einen kleinen Stich. Er gab das Geld schneller aus als gedacht.

Dafür kommt wenigstens echt Verdientes wieder rein, beruhigte er sich selbst, während er sein Glück erneut auf der Umgehungsstraße versuchte. Vielleicht hatten sie die Talsohle tatsächlich überwunden und es ging endlich aufwärts. Lange genug hatte es ja gedauert.

Das Handy klingelte und er schaltete auf Freisprechen. „Lenni? Was ist los?", tönte ihm die Stimme seiner Mutter entgegen. „Du meldest dich nicht ab, rufst auch am nächsten Morgen nicht an. Ist was passiert?"

„Nein", log er. „Ich habe nur viel zu tun." Seit wann musste er Bescheid geben, wenn er eine Nacht außer Haus verbrachte? Er war vierundzwanzig! Aber diese Antwort hätte er ihr nicht geben können. Sie benahm sich weiterhin wie eine Glucke. Und sein Vater wie ein Despot. Wie er das hasste! Hoffentlich hielt die Glückssträhne an und er konnte bald ausziehen. Dann würde er den Kontakt auf wenige Tage im Monat begrenzen. Er wollte sein eigenes Leben führen.

„Ihr habt einen Auftrag?"

Er hörte sehr wohl die Aufregung in ihrer Stimme. Seine eigenen Gedanken – zumindest ihr gegenüber – taten ihm schon wieder leid. Sie hoffte und bangte mit ihm, dass es ihm gelang, seinen Traum zu verwirklichen. „Eigentlich sogar drei. Deshalb rotieren wir natürlich."

„Du schläfst doch nicht etwa in der Werkstatt? Das ist …"

„Ich bin abends bei Saskia", fiel er ihr ins Wort, bevor sie mit ihren Einwänden fortfahren konnte. Für sie würde er nie erwachsen sein, sondern immer auf ihre Ermahnungen und guten Ratschläge angewiesen. „Sie hat ein paar Probleme, deshalb übernachte ich bei ihr. Du, ich habe jetzt keine Zeit, dir alles zu erklären. Ich muss weiterarbeiten."

„Moment, der Grund, warum ich anrufe: Der Mann von der Kripo hat mich besucht. Angeblich ist deine Schwester in Köln gesehen worden. Könntest du vielleicht diesen Bobby anrufen und nachhaken, ob sie bei ihm war?"

„Klar, mache ich. Ich sag dir Bescheid, sobald ich ihn erreicht habe." Das war Leonies Problem. Sollte sie selbst sehen, wie sie da
rauskam!

27

„Schwester Grit, könnte ich Sie wohl fünf Minuten sprechen?" Saskia trat unruhig von einem Fuß auf den anderen. Dieses Gespräch würde schwerer werden als das erste. Das hatte sie im Gefühl.

Die Angesprochene grinste. „Zigarettenpause!", rief sie ihrer Kollegin zu. „Was haben Sie denn auf dem Herzen?", wandte sie sich an ihr Gegenüber.

Ja, du hast dir die Richtige ausgesucht! Saskia fiel ein Stein vom Herzen. Ihre Mutter war oft genug in die Notaufnahme eingeliefert worden, sodass sie das Personal kannte. Schwester Grit war wegen ihrer geduldigen, freundlichen Art sowohl zu den Patienten als auch den Angehörigen ihre erste Wahl gewesen. Gut, dass sie heute tatsächlich Dienst hatte. „Es ist ein bisschen schwierig zu erklären." Saskia wartete, bis sie das Gebäude durch den Personalausgang verlassen hatten und in einem schmalen Hinterhof standen, bevor sie dieselbe Geschichte abspulte wie bei den Bankangestellten.

„Sie ist gar nicht mehr zu Bewusstsein gekommen." Die Krankenschwester schüttelte betrübt den Kopf. „Jede Hilfe kam zu spät."

„Mir geht es um etwas anderes. Hat ihr Mann hier angerufen und nach einer Tragetasche gefragt?"

Schwester Grit nahm einen letzten hastigen Zug von ihrer Zigarette. „Da kam eine Frau vorbei, ich glaube, eine Nachbarin. Die sollte ihm das Insulin bringen, das Frau Dräger besorgt hatte."

„Und das kam Ihnen nicht komisch vor? Seine Frau liegt im Sterben und er verlangt nach seinem Medikament?"

„Dass sie um ihr Leben kämpfte, haben wir ihm natürlich nicht gesagt. Wo denken Sie hin? Der Mann ist über achtzig und schwer krank. Wir kennen ihn, erst kürzlich wurde er mit …" Sie hielt inne.

Jetzt hätte sie sich beinahe verplappert, dachte Saskia. Das fiel bestimmt unter die Schweigepflicht.

„Auf jeden Fall ist es völlig normal, dass wir eher beruhigen. Auch die Nachricht von ihrem Tod zu überbringen, überlassen wir in solchen Fällen den Angehörigen."

„Die Drägers haben, soweit ich weiß, keine." Saskia konnte ihre Aufregung kaum verbergen.

„Sie müssen sich irren." Die Schwester starrte sie stirnrunzelnd an.

„Etwas später rief ein Neffe an, Herr Dräger gab selbst die Erlaubnis, ihn zu informieren. Er sagte, er würde sich um alles kümmern."

„War das vor oder nach dem Erscheinen der Nachbarin?" Eigentlich konnte sie sich die Antwort schon denken, aber sie wollte die Gewissheit.

„Danach, auf jeden Fall, danach. Wie lange danach, kann ich nicht mehr sagen. Na ja, die Tragetasche, um die es ging, war nicht auffindbar. Wahrscheinlich hat er sich an den Neffen gewandt, weil er dringend Nachschub benötigte." Sie schüttelte den Kopf. „Wir weisen immer darauf hin, dass der Patient sich die benötigten Medikamente früh genug besorgen soll. Wobei …", sie runzelte wieder die Stirn. „Die Drägers hatten einen Pflegedienst. Normalerweise kümmern die sich."

„Sehr seltsam." Saskia war nicht entgangen, dass Schwester Grit langsam unruhig wurde. Sie hatte sie schon länger aufgehalten als eine Zigarettenlänge. „Ich danke Ihnen. Sie haben mir sehr geholfen. Ich werde mich nachher gleich mit der Polizei in Verbindung setzen. Die sollten dieser neuen Spur unbedingt nachgehen."

Bevor Saskia das Krankenhausgebäude verließ, scannte sie aufmerksam die Umgebung. Der Artikel, den Herr Dietz ihr versprochen hatte, sollte erst morgen erscheinen – und der Taschenalarm lag vergessen auf der Theke im Laden.

Den einen Tag wirst du locker überstehen, hatte sie gedacht, jetzt, wo du weißt, dass es danach ein Ende hat, und war auch auf dem Hinweg mit der U-Bahn hergefahren, ohne diese extreme Unruhe zu empfinden.

Jetzt jedoch empfand sie die Menschenmassen, die ihr anfangs Sicherheit gegeben hatten, als bedrohlich. Ein einzelner Mann konnte sich in der Menge verstecken, ohne aufzufallen.

Gerade strebte wieder eine ganze Traube auf den Eingangsbereich zu. Schnell schlüpfte sie durch die sich selbsttätig öffnenden Türen und lief in Richtung der U-Bahn-Haltestelle.

Auf dem Bahnsteig warteten bereits mehrere andere Personen. Sie stellte sich dicht neben ein Paar mittleren Alters und zog ihr Handy aus der Jackentasche, um deutlich zu machen, dass sie vollauf mit sich selbst beschäftigt war. Trotzdem rückten die beiden ein wenig von ihr ab und setzten ihr Gespräch in einem gedämpften Tonfall fort.

Saskia sah sich unauffällig um. Eine Gruppe Schüler trabte heran und bezog neben ihr Stellung. Dadurch war ihre Sicht komplett versperrt. Als dann auch noch zwei Mütter mit sperrigen Kinderwagen in ihrem Rücken hielten, fühlte sie, wie ihr der Schweiß ausbrach. Statt sicher begann sie sich immer unwohler zu fühlen.

Der Zug fuhr mit quietschenden Bremsen ein, die Türen öffneten sich. Saskia wandte sich ab und kämpfte sich durch die Vorwärtsströmenden. Bloß raus!

Auf der Treppe konnte sie endlich wieder durchatmen. Sie rannte zum Taxistand, ließ sich in die Polster des ersten Wagens sinken und gab die Adresse ihres Ladens an.

Der Fahrer, der versuchte, sie in eine Unterhaltung zu verwickeln, gab nach fünf Minuten auf. Saskia war viel zu sehr damit beschäftigt, sich zu sammeln. Noch immer konnte sie keinen klaren Gedanken fassen. Woher kam diese Panik? Was hatte sie erwartet? Dass der Angreifer von gestern sie zwischen all den Menschen belästigen würde?

Das Auto hielt am Straßenrand direkt vor dem Geschäft. Sie schenkte dem Mann ein Lächeln zum Abschied und rundete den Betrag auf fünfzehn Euro auf.

Das Geld habe ich für nichts und wieder nichts ausgegeben, dachte sie. Meine Angst ist total unbegründet. Wenn jemand mich angreifen wollte, hätte er das schon auf dem Hinweg getan. Nein, meine Reaktion liegt an der endgültigen Gewissheit, dass mein Verdacht stimmt.

Obwohl es knappe fünf Minuten waren, bis sie öffnen musste, schloss sie hinter sich ab und griff nach ihrem Handy. Ein weiterer Anruf bei Herrn Dietz war dringend erforderlich.

28

„Feierabend." Bevor sie ausstieg, warf Elli einen demonstrativen Blick auf ihre Armbanduhr. „Schon wieder eine halbe Stunde zu spät. Ts, ts." Sie grinste Leonie an. „Solange du mit mir unterwegs bist, wirst du dich daran gewöhnen müssen. Ich hab es nicht so mit der Pünktlichkeit."

„Mir kam es immer noch so vor, als wenn wir für keinen genügend Zeit aufbringen konnten", gestand diese.

„Das ist der einzige Punkt, der mich an meiner Arbeit ärgert", gab ihr die Pflegerin recht. „Dass ich gezwungen bin, mit viel zu knappen Zeitvorgaben zu arbeiten. Viele unserer Klienten haben niemanden außer uns, mit dem sie reden können. Und ich muss sie abwürgen, weil der Nächste wartet."

„Das ist im Altenheim nicht anders. Für den Menschen an sich, für längere Gespräche, bleibt keine Zeit. Mir graut richtig davor, alt zu werden." Leonie verstummte, denn sie hatten das Büro betreten und die Ziege sah ihnen neugierig entgegen. „Und? Treten Sie morgen wieder an?"

„Selbstverständlich. Es war sehr interessant."

„Haben Sie an Ihr Praktikumszeugnis gedacht?"

Mist, sie hatte es nicht vergessen! „Das befindet sich vermutlich, wie alle wichtigen Unterlagen von mir, bei den Eltern", log sie. „Meine Mutter weiß Bescheid und hat versprochen, es mir zu schicken. Ich bringe es Ihnen, sobald ich es erhalten habe."

Elli hatte bereits ihre Tasche in die Ecke gestellt und die Berichte zu jedem ihrer Besuche auf den Tisch gelegt. Sie winkte sie zu den Umkleideräumen. „Du kannst die Sachen anbehalten oder hierlassen, wie du willst."

„Nee, ich fahre mit dem Bus." Leonie folgte ihrem Beispiel und begann sich umzuziehen.

„Bis du Rentnerin bist, wird sich einiges geändert haben", prophezeite Elli. „Im Großen und Ganzen ist der Pflegedienst eine gute

Sache. Stell dir vor, es würde sich keiner kümmern. Immerhin ermöglichen wir vielen Alten, in ihrer gewohnten Umgebung zu bleiben. Nicht viele wollen freiwillig in ein Heim."

Leonie enthielt sich einer Antwort, sie jedenfalls war fest entschlossen, ihre Mutter selbst zu pflegen, wenn diese später einmal nicht mehr alleine klarkam. So, wie Saskia es auch getan hatte.

Und wenn es sich um deinen Vater handelt, schoss es ihr durch den Kopf. Wärest du bereit, dich um ihn zu kümmern?

„Wie siehst du das bei deinen eigenen Eltern?", platzte sie heraus, kaum dass sie das Haus verlassen hatten.

„Die nehmen wir zu uns", kam es ohne Zögern zurück. „Das ist längst beschlossene Sache. Die haben uns jahrelang mit den Kindern unterstützt, ohne sie hätte ich nie weiter arbeiten gehen können. Bei meiner Schwiegermutter allerdings, der konnte ich nie was recht machen. Entweder die Schwägerin übernimmt das oder ..."

Sie zuckte die Schultern. „Ein Engel bin ich nicht. Ich denke da auch an mich."

„Ich bin mir nicht mal beim eigenen Vater sicher." Leonie fühlte, wie ihr das Blut ins Gesicht schoss.

„Vertrau deinem Gefühl." Elli strich ihr leicht über den Arm. „Keiner sollte sich zu so einer Aufgabe zwingen. So, ich muss hier abbiegen, bis morgen!"

„Sie ist super nett", erklärte sie kurz darauf ihrem Bruder, denn sie hatten vereinbart, dass sie sich direkt nach Dienstschluss bei ihm melden sollte. „Es hat mir richtig Spaß gemacht."

„Und? Schon was rausgekriegt?"

„Wie denn? Ich kann ja nicht mit der Tür ins Haus fallen. Alles, was ich weiß, ist, dass jeder für einen bestimmten Bezirk eingeteilt ist, der aber wiederum von einem oder zwei anderen übernommen wird, wenn derjenige frei hat. Ich muss mich behutsam vortasten."

„Du bist in Köln gesehen worden. Mama rief mich eben an. Ich soll Bobby fragen, ob du bei ihm warst."

„Sag ihr, ich hätte ihn kurz besucht, ohne großartig zu erzählen, was ich vorhabe." Das fehlte noch, dass der Freund in diese Geschichte mit hineingezogen würde!

„Und du sollst dich bei Saskia melden." Er zögerte kurz, um dann doch fortzufahren: „Du, ich schaffe das nicht. Endlich haben wir Arbeit und da soll ich mich rausziehen und Kindermädchen spielen?"

Sie holte tief Luft – und ließ sie langsam wieder ausströmen. „Du musst nicht unbedingt bei ihr übernachten. Hole sie abends ab und bringe sie morgens hin. Um mehr bitte ich dich gar nicht."

„Und wie lange soll ich das durchziehen?"

„So lange, wie es dauert!", fauchte sie, unfähig, sich länger zurückzuhalten. Was für ein Egoist! Das Geld hatte er geradezu gierig an sich gerissen, aber die Konsequenzen mittragen? Nein, er wollte möglichst wenig behelligt werden.

„Melde dich bei Saskia", wiederholte er unbeeindruckt. „Sie wartet darauf, dass du ihr alles erklärst. Lass sie nicht länger hängen."

„Wird mir ja wohl nichts anderes übrig bleiben." Wutschnaubend beendete sie das Gespräch. Wie war sie bloß auf die Idee gekommen, ihr Bruder könne sich geändert haben? Unschlüssig schaute sie auf das Handy in ihrer Hand. Nein, es war besser, wenn sie Saskia von Angesicht zu Angesicht gegenüberstand.

Doch bevor ich sie aufsuche, besorge ich mir ein weiteres Outfit, beschloss sie. Der Bus fuhr bis in die Innenstadt. In einem der vielen anonymen Kaufhäuser würde sie nicht auffallen.

29

Saskia hatte sich so weit wieder beruhigt, dass sie pünktlich die Ladentür aufschließen konnte. Solange es hell draußen blieb, hatte sie ihre Angst unter Kontrolle. Sie rückte sich den einen der beiden Stühle zurecht, dass sie den Bürgersteig und die Straße durch das Schaufenster im Auge behalten konnte, und griff zu dem mitgebrachten Buch.

Nein, stellte sie kurz darauf entnervt fest. Ich kann mich nicht konzentrieren. Obwohl es sich um einen ihrer Lieblingsautoren handelte und sie sich auf diese Neuerscheinung gefreut hatte, schaffte es die Geschichte nicht, sie zu fesseln. Immer wieder ertappte sie sich dabei, wie sie zurückblättern musste, weil sie den Faden verloren hatte. Dieser Versuch, sich abzulenken, war kein Genuss, sondern eine Qual.

Erfreut registrierte sie die junge, blonde Frau, die auf ihr Geschäft zusteuerte. Das bedeutete wenigstens eine kurze Unterbrechung von den immer wiederkehrenden grüblerischen Gedanken, die sich einfach nicht unterdrücken ließen.

Die Fremde drückte die Tür auf und kam direkt auf sie zu. „Sassi! Kannst du mir verzeihen? Ich sah keinen anderen Ausweg!"

Saskias Herz, das bei dem ungestümen Eintreten der Frau aus dem Takt geraten war, erholte sich nur langsam. „Leonie?", brachte sie mit bebender Stimme hervor. Dieses Mal hätte sie ihre Freundin wirklich nicht erkannt. Die andere Haarfarbe, die Locken, die ihr Gesicht weicher wirken ließen, und die wesentlich dezentere Brille veränderten ihr Aussehen völlig. Und wie hatte sie innerhalb dieser kurzen Zeit derart füllige Wangen bekommen?

„Toll, nicht?" Leonie blieb abwartend stehen. „Können wir nach hinten gehen? Hier sitzen wir wie auf dem Präsentierteller."

Sie erhob sich stumm und folgte ihr in den Nebenraum, während die Gedanken sich in ihrem Kopf jagten. Die Freundin schien sich völlig sicher, dass sie ihr verzeihen würde, wie ihr schien. Die Entschuldigung hatte wie eine Floskel geklungen, als wäre sie fest davon überzeugt, dass ein paar wenige Worte ausreichten, sie zu beruhigen und auf ihre Seite zu bringen. Nein, so einfach wollte sie sie nicht davonkommen lassen!

Leonie pellte sich aus ihrem viel zu großen Mantel, zog eine Grimasse und begann, in ihrem geöffneten Mund herumzufischen. Erst als sie die zu unförmigen Klumpen zusammengepressten Stücke auf ein Stück Papier legte, erkannte Saskia, dass es sich dabei um mehrere Lagen Verbandmull handelte, die durch den Speichel wie zusammengebacken wirkten.

„Sassi, ehrlich. Es tut mir leid. Wenn ich könnte, würde ich es rückgängig machen. Lennarts missliche Lage hat mich anscheinend um den Verstand gebracht", sprudelte Leonie hervor. „Du kennst mich, normalerweise durchdenke ich jede Aktion. Ich kann dir echt nicht erklären, welcher Teufel mich da geritten hat."

Sie setzte sich und bedachte die Freundin mit einem langen Blick.

Nein, das reichte noch lange nicht!

Leonie schien zu erkennen, dass sie nicht bereit war, diese Entschuldigung anzunehmen, und holte tief Luft. „Es war eine zu große Verlockung. Kurz zuvor erklärt mir mein Bruder, dass er einem üblen Kredithai aufgesessen ist und dessen Forderungen nicht erfüllen kann, was womöglich zu seinem Tod führt, und dann, als wäre es Schicksal, sind da plötzlich hunderttausend Euro, die niemandem gehören. Ich …"

„Moment", unterbrach Saskia sie. „Das Geld gehörte eindeutig den Drägers. Daran habe ich nie einen Zweifel gelassen."

„Die waren beide tot", wischte Leonie ihren Einwurf zur Seite.

„Das wussten wir zu dem Zeitpunkt nicht." Nein, sie verstand die Freundin immer noch nicht. Selbst wenn es sich einwandfrei um ein Fundstück gehandelt hätte, wäre sie selbst nie auf die Idee gekommen, es zu unterschlagen.

„Der Tod seiner Frau hätte den Dräger derart getroffen, dass er an das verschwundene Geld keinen Gedanken verschwendet hätte.

Außerdem hast du gleich gesagt, dass dir das Ganze komisch vorkommt und du an ein Verbrechen denkst", trumpfte Leonie auf.

„Das eine hat mit dem anderen nichts zu tun. Es …"

„Mensch, jetzt lass mich wenigstens versuchen, es dir zu erklären!"

Saskia nickte verkniffen. Zwar kannte sie schon Lennarts Version, aber so einfach wollte sie die Freundin nicht davonkommen lassen.

„Nur zu!"

Dieses Mal unterbrach sie die Freundin nicht, obwohl sie oft genug nahe dran war. Wie konnte sie nur, hämmerte es in ihrem Kopf.

Lennart hatte sich, nachdem er einsehen musste, dass er als Rennfahrer allerhöchstens zum unteren Mittelmaß gehörte, mit einem Freund zusammen selbstständig gemacht. Doch die Tuning-Werkstatt mit besonderer Spezialisierung auf Folierungen und anderer Verschönerungen wie Airbrush brachte nicht den gewünschten Erfolg. Der monatliche Gewinn reichte nicht einmal, um die Verpflichtungen der Bank zu erfüllen. Sie steuerten auf den Bankrott zu. Dann fand Lennart einen Geldgeber, der bereit war, sie mit einer großen Summe zu unterstützen.

„Du musst verstehen, er wollte nicht kleinbeigeben. Alle, mein Vater, meine Mutter, auch ich, hatten ihn vor diesem Experiment gewarnt. Er war sich sicher, dass es bloß eine Frage der Zeit war, bis er Gewinne machte. Und er hatte sogar recht. Langsam scheint sich herumzusprechen, wie gut sie arbeiten. Ich bin selbst da gewesen und habe mir angeschaut, was sie tun. Die arbeiten wie echte Profis. Die Autos sind hinterher richtige Schmuckstücke."

Allerdings lag dieses Darlehen jenseits der Gesetze. So konnte Lennart sich auch an niemanden um Hilfe wenden, als der Kredithai zum ersten Mal seine Eintreiber schickte, weil er sich mit der Rate in Verzug befand. Sie beließen es bei einer körperlichen Warnung und er kroch bei seinem Vater zu Kreuze, der ihm tatsächlich das benötigte Geld vorschoss, aber gleichzeitig betonte, dass es die letzte Hilfe wäre.

Vier Monate später stand er vor demselben Problem und war völlig verzweifelt, denn er hatte nicht nur sich, sondern auch seinen Freund in eine unlösbare Situation gebracht.

30

Gut, bis dahin konnte Saskia die Geschichte durchaus nachvollziehen. Trotzdem blieb sie bei ihrer Meinung: „Hätte euer Vater gewusst, wie ernst die Lage war, hätte er ihm geholfen." Die Vahles waren reich genug. Und sie hätten ihren Sohn bestimmt nicht hängen lassen.

Leonie schnaubte abfällig. „Damit mein Vater ihm die Pistole auf die Brust setzen konnte? Seine Hilfe wäre an die Bedingung geknüpft gewesen, sich für immer und ewig an dessen Betrieb zu binden. Und unter ihm für den Rest seines Lebens arbeiten? Da hätte sich Lennart eher selbst die Kugel gegeben."

Wie wäre ihre Reaktion ausgefallen, wenn sie das alles vorher gewusst hätte? Saskia musste ehrlich zugeben, dass dieses Wissen sie nicht umgestimmt hätte. Es blieb Diebstahl. Das Geld stand ihnen nicht zu.

„Kannst du dir vorstellen, wie es in mir aussah? Ich komme nach Hause zurückgekrochen, bin völlig am Boden zerstört und kriege nichts als Vorwürfe zu hören. Dann erfahre ich, dass mein Bruder noch schlechter dran ist. Für ihn geht es um alles oder nichts. Ich will mich nicht darauf rausziehen, aber ich befand mich in einer Ausnahmesituation. Das Geld der Drägers, von dem keiner wusste, erschien mir wie ein Gottesgeschenk."

Saskia vermied es, sie darauf hinzuweisen, dass zu diesem Zeitpunkt gar nicht klar gewesen war, wer was gewusst hatte.

„Und dass das Ganze so extrem wird, damit habe ich nicht gerechnet. Ich bin davon ausgegangen, dass die Polizei denkt, bei dir sei eingebrochen worden."

„Und dein Verschwinden? Wie wolltest du das erklären? Mal ganz davon abgesehen, dass ich mir wahnsinnige Sorgen gemacht habe. Die verwüstete Diele, die umgeworfenen Stühle in der Küche, das sah aus, als wäre es zu einem Kampf zwischen dir und dem Einbrecher gekommen." Saskia musste sich beherrschen, um nicht noch deutlicher zu werden.

„In dem Moment dachte ich, es sei eine gute Idee. Ich bin echt nicht auf die Idee gekommen, dass …" Leonie verstummte mit hochrotem Kopf. „Ich habe mich wie ein dummes Kind aufgeführt", gab sie dann zu.

„Deine späteren Lügen schmerzen viel mehr." Sie konnte sich doch nicht zurückhalten. Sah die Freundin denn nicht, was sie ihr angetan hatte?

Leonie nickte mit hängendem Kopf. „Ich verstehe das, wenn du nichts mehr mit mir zu tun haben willst."

Aha, die Mitleidsmasche! Bevor sie eine passende Antwort geben konnte, ging die Ladenglocke. Zum ersten Mal seit dem Überfall auf sie verfiel Saskia nicht in Panik. Dafür war sie viel zu sauer.

Der Kaufrausch des Mutter-Tochter-Gespanns verbesserte ihre Laune deutlich. Fast zwei Stunden dauerte es, bis die beiden ihre Wahl getroffen hatten. Dafür war der Stapel am Ende dementsprechend hoch, genauso wie die Summe, die sie in ihre Kasse eintippte.

„Super, wenigstens dein Geschäft brummt", lautete Leonies Kommentar, als sie zurückkehrte.

„Wie konntest du mich derart belügen?", nahm Saskia den Gesprächsfaden auf, ohne die Bemerkung zu beachten.

„Es war das Einzige, was mir einfiel. Mal ehrlich, hätte ich dir die Wahrheit gesagt, wärest du zu einem Kompromiss bereit gewesen? Ich hatte nie vor, das Geld zu stehlen. Lennart muss es zurückzahlen, sobald er dazu in der Lage ist."

„Und an wen?", höhnte Saskia. „Ich denke, es gibt keine Erben."

„Das Vermögen fließt in verschiedene Stiftungen. Welche das sind, wird sich rauskriegen lassen."

Glaubte sie wirklich, ihr Bruder würde in diesem Punkt mit ihr übereinstimmen?

„Ich mache ihm die Hölle heiß, wenn er sich nicht an unsere Vereinbarung hält." Leonie schien ihre Gedanken zu erraten. „Noch Freunde?", fragte sie hoffnungsvoll.

111

„Ich bin viel zu verletzt, um zur Normalität zurückkehren zu können", erwiderte Saskia ehrlich. „Momentan sehe ich uns als Verbündete im Kampf für die Gerechtigkeit."

„Wow, das klingt so pathetisch." Die Freundin war eindeutig verletzt.

„Sei lieber froh, dass ich dich brauche, um den Fall zu klären. Hast du schon irgendwas rausgefunden? Wie bist du überhaupt auf die Idee mit dem Praktikum gekommen?"

„Meine Mutter hat vor längerem mal erwähnt, die Frau Dräger würde immer seltsamer. Die würde durch den Vorgarten huschen, ohne nach links und rechts zu schauen. Überhaupt bemühe sie sich, den Nachbarn aus dem Weg zu gehen. Versuche man sie anzusprechen, schiebe sie schnell eine Entschuldigung vor, dass sie keine Zeit habe. Schelle meine Mutter an, öffne entweder die Haushälterin und wimmle sie ab oder es mache gar keiner auf. Also kombinierte ich: Wer hat Zugang zum Haus? Die Haushälterin und der Pflegedienst. Ist ja wohl sinnvoller, mit den plausibelsten Personen zu beginnen, bevor man von dem großen Unbekannten ausgeht, der sich irgendwie Einlass verschaffte. Vor allem, woher hätte er wissen sollen, dass die Drägers über solch große Summen Bargeld verfügen? Deren Haus ist zwar ganz nett, aber nichts wirklich Besonderes."

Leonies Logik war bestechend. „Und die Haushälterin?"

„Ist eine knapp sechzigjährige, korpulente Frau, die an besagtem Tag am Ende der Straße einen anderen Haushalt versorgte, und zwar von acht bis fünf."

„Vielleicht hat sie einen Mann oder einen Sohn, der ihr öfter bei den Drägers half."

Die Freundin hob anerkennend den Daumen. „Schon nachrecherchiert, der Mann hat mit einem anderen Nachbarn zusammen im Garten gearbeitet, und zwar von halb neun bis zum Dunkelwerden." Sie grinste. „Ein Anruf bei meiner Mutter war ausreichend."

„Du hast …" Saskia verschlug es die Sprache. Wie leichtsinnig von ihr!

„Das musste Lennart natürlich erledigen." Leonie verdrehte die Augen. „So blöd bin selbst ich nicht. Kaum war ich auf der Flucht, bekam ich Gewissensbisse. Klar, dass ich nun selbst unter Verdacht stehe, ist auch ein Grund, warum ich mich darum kümmern will, er war jedoch nicht der Auslöser. Ich bin wie du felsenfest davon überzeugt, dass da irgendwas Ungesetzliches gelaufen ist."

„Und? Hast du schon einen Ansatz?"

„Nach einem Tag?" Immerhin gab sie einen ausführlichen Bericht über das, was sie erlebt hatte.

Danach war Saskia dran. „Ich habe sofort den Kommissar angerufen und ihm die Ergebnisse meiner Befragung mitgeteilt. Jetzt müssen die weiter ermitteln", schloss sie.

31

Heute war Leonies sechster Tag beim Pflegedienst. Entgegen aller Erwartungen freute sie sich jeden Morgen auf die Arbeit. Elli hatte recht gehabt, ihre Patienten waren echte Schätzchen, weder brummig noch nörgelig, sondern im Gegenteil dankbar für das bisschen Aufmerksamkeit, das sie erhielten. Auch mit der Pflegerin verstand sie sich jeden Tag besser. Mittlerweile durfte sie unter ihrer Aufsicht schon kleinere Hilfestellungen geben und stand nicht nur stumm daneben. Wenn nicht der Druck, Ergebnisse vorweisen zu müssen, auf ihr lasten würde, hätte sie sich rundum wohlgefühlt.

Als Saskia ihr erzählte, sie hätte sich sofort an diesen Polizisten gewandt, hatte es sie gewaltige Anstrengung gekostet, ruhig zu bleiben. Sie wollte den Fall lösen, das war ihr enorm wichtig. Endlich einmal etwas zu Ende bringen, Erfolg haben, es allen beweisen, dass sie zu etwas nutze war. Wieso konnte die Freundin nicht auf sie vertrauen, dass sie es schaffte?

Dann hatte ausgerechnet Lennart ihre Partei ergriffen. „Ist doch klar, dass sie alles tut, damit dieser Kerl gefasst wird. Erstens hat sie Angst, dass er sie wieder angreift, und zweitens ist sie ebenso unter Verdacht wie du. Schließlich kann sie den Einbruch genauso vorgetäuscht haben. Das wissen die Bullen auch."

Prompt hatte sich Leonie geschämt. Muss ich eben meine Anstrengungen verdoppeln, nahm sie sich vor. Ab jetzt werde ich Elli auf jeder Fahrt löchern, bis ich alles Wichtige erfahren habe.

Das stellte sich schwieriger dar als gedacht. Bereits am zweiten Tag waren sie dazu übergegangen, dass Leonie sich ans Steuer setzte, damit die Pflegerin während der Fahrt die nötigen Einträge über den gerade Besuchten vornehmen konnte. Eigentlich um Zeit zu sparen, trotzdem kamen sie weiterhin mit deutlicher Verspätung zurück. Die Einzigen, die von der neuen Arbeitsteilung profitierten, waren die Patienten. Aber auch Leonie empfand es als angenehm, sich nicht bei jedem auf das Minimum beschränken zu müssen.

Der Nachteil war, dass zum Quatschen bloß wenige Minuten blieben, die sie versuchte zu nutzen. So hatte sie durch geschicktes Nachfragen erfahren, dass die beiden Kolleginnen, die morgens mit ihnen zusammen erschienen - der Mann vom ersten Tag war nicht mehr aufgetaucht -, Vollzeitkräfte waren und drei weitere schon um halb sieben begannen und sie diese deshalb nicht zu Gesicht bekam. Bei den übrigen Mitarbeitern handelte es sich um Teilzeitkräfte, einige weitere arbeiteten auf 450-Euro-Basis.

Jeder Einzelne hatte seinen festen Bezirk, mit Ausnahme von Guido, Astrid und Jutta, die jeweils an den freien Tagen der anderen deren Patienten betreuten. Ungefähr von der Hälfte kannte sie bereits den Stadtteil, in dem diese arbeiteten. Der von den Drägers war bisher nicht dabei.

Daher wollte sie heute alles auf eine Karte setzen. „Sag mal, haben die Drägers eigentlich auch zu euren Kunden gehört?", fragte sie, sobald Elli den Kuli aus der Hand legte. „Eine Freundin von mir wohnt ganz in der Nähe. Sie hat mir von dem Drama erzählt. Erst erleidet sie einen Herzanfall und kann nicht mehr gerettet werden und als der Mann davon erfährt, stirbt er direkt nach ihr." Ihre Hände, die das Lenkrad umklammerten, waren schweißnass. Sie sah starr nach vorn, damit Elli die Anspannung auf ihrem Gesicht nicht erkennen konnte.

„Hm. Lass mich nachdenken. Ja, stimmt. Der Guido hat ihn gefunden. Deine Lieblingsfreundin hat richtig getobt." Elli hatte längst mitbekommen, dass sie und die Bürokraft sich nicht mochten. „Der Guido musste noch auf den Arzt warten und anschließend auf das Beerdigungsinstitut. Die Stunden könne sie wohl kaum der Krankenkasse in Rechnung stellen, tönte sie und Guido hielt natürlich dagegen, dass es ja nicht seine Schuld sei und er auch viel lieber Feierabend gemacht hätte. Schließlich hat der Gründler eingegriffen. Ja, nun", kam sie auf die eigentliche Frage zurück. „Ich kannte die beiden nicht persönlich. Es ist natürlich nicht schön, wenn dir jemand wegstirbt. Bei manchen bist du ziemlich fertig, bei anderen weniger. Je nachdem, wie eng du mit ihnen zu tun hattest und wie nah du ihnen mit der Zeit gekommen bist."

„Na, dir sind bestimmt alle gleich lieb", kam Leonie nicht umhin einzuwerfen, obwohl sie darauf brannte, mehr über Guido zu erfahren. Das war der, den sie an jenem ersten Morgen im Büro gesehen und der so mürrisch gewirkt hatte. Sie jedenfalls war froh gewesen, nicht mit ihm fahren zu müssen. Dass er vielleicht der Gesuchte war, würde gut passen.

„Wie man's nimmt." Elli grinste breit. „An einigen hänge ich mittlerweile richtig. Andere quälen sich dermaßen, dass es fast einer Erlösung gleichkommt, wenn es endlich vorüber ist."

„Passiert es oft, dass du jemanden tot auffindest?" Leonie konnte sich gut daran erinnern, dass das ihre große Angst damals im Altenheim gewesen war. Ihr graute regelrecht vor dem Anblick.

„Weniger oft als du denkst. Die meisten sterben nach wie vor im Krankenhaus. Selbst die, die tönen, sie wollen im eigenen Bett das Zeitliche segnen. Entweder verlieren die Angehörigen die Nerven oder der Patient ändert seine Meinung. Oder wir dringen darauf", setzte sie nach kurzem Zögern hinzu. „Gerade bei denen, die niemanden mehr haben, ist es angenehmer, sie in guten Händen zu wissen. Auch wenn es keine Hilfe mehr gibt. So ist wenigstens jemand in der Nähe."

„Das heißt, die, die zu Hause sterben, sind alles plötzliche Todesfälle?", hakte sie nach.

Elli lachte hellauf. „Wie sich das anhört! Wie aus einem Krimi! Nein, bei vielen unserer Patienten ist jederzeit damit zu rechnen. Und es gibt immer den einen oder anderen, der trotz alledem nicht ins Krankenhaus will. Wenn es irgendwie möglich ist, helfen wir ihm. Dann wird eben eine Pflegekraft für mehr Stunden eingesetzt. Irgendeiner findet sich immer, der dazu bereit ist."

„Aber manche sterben auch, ohne dass ihr es erwartet hättet?", hakte sie nach.

„Natürlich, so ist das Leben. Wir wissen nicht alles im Voraus."

Leonie setzte den Blinker und parkte ein. Du bist so was von bescheuert, verfluchte sie sich selbst. Musstest du unbedingt nachfragen? Du könntest schon längst mehr über diesen Guido wissen, den du für einen Erpresser hältst.

32

Die letzte Runde und dann drei Tage Ruhe! Guido ließ sich auf den Sitz fallen und startete den Motor. Gott, wie ihm die Alten wieder mal auf den Keks gingen!

Immerhin waren Volkers Patienten deutlich weniger anstrengend als die von Marcel. Dieses vornehme Getue, der zur Schau gestellte Reichtum, das Beharren auf ihrem besonderen Status. Nee, da war er echt nicht der Richtige für!

Der einzige Vorteil, der sich ihm bei denen bot, die ein eigenes Haus besaßen, war der Parkplatz direkt vor der Tür. Gerade bei dem zurzeit herrschenden Wetter, wenn einem der eisige Wind die feinen Regentropfen wie Nadelstiche ins Gesicht blies. Und es sparte Zeit. Die elende Herumgurkerei war ihm fast genauso zuwider wie das ewige Gemeckere seiner Pflegebedürftigen. Er hatte immer nur wenige Minuten, sie zu versorgen. Es lag schließlich nicht an ihm, die Krankenkassen gaben den Takt vor.

Herr Berthold, der Nächste auf seiner Liste, war zum Glück relativ unkompliziert. Der saß meist stumm in seinem Stuhl und ließ ihn machen. Manchmal hatte er das Gefühl, der sah ihn lieber gehen als kommen. Er lachte in sich hinein. Was das Alter doch für seltsame Überraschungen parat hielt! Herr Berthold war ein angesehener Kunstprofessor gewesen, dessen Meinung und Expertisen sich früher großer Nachfrage erfreuten. Na, seine Kunden sollten ihn mal heute sehen. Die Alzheimer-Krankheit schritt bei ihm enorm schnell voran. Lange würde er nicht mehr allein wohnen können.

Er stutzte, als er den Plattenweg von der Garage zum Haus nahm. Wieso waren die Rollläden heruntergelassen? Normalerweise sorgte eine Schaltuhr für ihr regelmäßiges Herauf- und Herunterfahren. Bitte nicht schon wieder irgendwas Seltsames, das ihn aufhielt!

Ohne erst zu klingeln, öffnete er die Tür mit dem Schlüssel und trat ein. Vollkommene Dunkelheit umfing ihn. Er fluchte und tastete nach dem Lichtschalter. Es blieb dunkel. „Herr Berthold?", rief er laut und lauschte stirnrunzelnd. War da nicht ein Wimmern gewesen?

„Herr Berthold, ich bin's, der Guido!", versuchte er es noch einmal. Dieses Mal blieb es still. Er tastete nach der Klinke und rannte zurück zu seinem Wagen. Ohne Taschenlampe würde er keinen Schritt da reinsetzen!

Der breite Strahl erhellte die Diele, trotzdem ließ er die Tür sperrangelweit offen. Scheiß auf die Kälte! Sollte der Alte eben gleich einheizen – falls er überhaupt hierblieb. Entweder würde der gleich auf einer Bahre oder einer Trage das Haus verlassen, da war er sich sicher.

Beim Abgang zum Keller befand sich der Sicherungskasten, das wusste er. War ja nicht das erste Mal, dass der Typ für einen Stromausfall sorgte, weil er vergaß, den Heizstrahler auszumachen, und irgendwann die Sicherung raussprang.

Komisch, irgendwer hatte den Hauptschalter umgelegt! Er drückte ihn zurück und das Licht in der Diele flammte auf. Und nicht nur in der Diele, in jedem Raum brannte mindestens eine Lampe.

„Herr Berthold?" Doch, da war eindeutig ein Wimmern, das aus dem Wohnzimmer kam.

Im ersten Moment dachte Guido, er hätte sich getäuscht, das Bett in der Ecke, die Couch, der Lieblingssessel des alten Herrn, nirgendwo eine Spur von ihm. Dann hörte er erneut das Wimmern. „Ich bin's, der Guido", wiederholte er, während er langsam näherkam.

Der Alte hatte sich unter das Bett gequetscht und kauerte in der hintersten Ecke. Alles gut Zureden half nicht, er war nicht zu bewegen, sein Versteck zu verlassen. Es blieb Guido nichts anderes übrig, als einen Krankenwagen und den Notarzt zu rufen.

„Er ist dement", informierte er die Sanitäter und den Arzt. „Bisher ging es noch so leidlich mit ihm. Wir schauen morgens und abends vorbei, tagsüber kommt eine Haushaltshilfe, die sich kümmert."

„Weiß er, wer Sie sind? Erkennt er Sie?", fragte der Arzt nach.

„Mal so, mal so. Er redet kaum, lässt mich machen und ist froh, wenn ich wieder gehe."

„Wieso hat er ein Krankenhausbett?" Der Sanitäter ging in die Hocke und musterte den Patienten, der sich nicht gerührt hatte.

„Das hat sich nach der letzten Op. so gut bewährt, dass wir es behielten. Rauf in die obere Etage schafft er es sowieso nicht mehr allein. Und da er die Angewohnheit hat, nachts durchs Haus zu wandern …"

Der hockende Sanitäter hielt dem Alten die Hand hin. „Herr Berthold, es ist alles in Ordnung. Wir wollen Ihnen helfen."

Dass dieser Ansatz nicht funktionierte, hätte Guido ihm im Vorhinein sagen können. Zu guter Letzt blieb ihnen nichts anderes übrig, als den Mann mit Gewalt unter dem Bett hervorzuzerren. Bis die Spritze wirkte, die der Notarzt ihm gab, musste er festgehalten werden, weil er immer wieder versuchte, auf die Männer einzuschlagen. Dazu schrie er wie am Spieß, immer dieselben Worte, von denen die meisten allerdings unverständlich blieben, da er sein Gebiss nicht trug.

„Meine Eier? Was meint er damit?", wandte sich der Notarzt an Guido.

„Keine …", Ahnung hatte dieser sagen wollen, dann ging ihm ein Licht auf. „Er beziehungsweise seine verstorbene Frau besaß eine Sammlung kostbarer Kleinode, darunter auch zwei Fabergé-Eier. Oben befindet sich ein Raum, der ist voller Kunstgegenstände. Die Eier sind in einer eigenen Vitrine untergebracht."

Der Notarzt sah unschlüssig auf seinen Patienten, der sich mittlerweile beruhigt hatte. „Kommen Sie, wir schauen gemeinsam nach!"

Nur zögernd folgte Guido dem Mann die Treppe hinauf. Hatte er nicht bereits genug Zeit verloren? Er stutzte, als er den Lichtschein sah, der aus jedem Zimmer drang. „Die zweite Tür rechts."

Der Notarzt schritt voraus und blieb unvermittelt auf der Schwelle stehen.

„Scheiße!", rutschte es Guido heraus, als er die Bescherung erblickte. Das Zimmer war so gut wie leer, genau wie die Vitrine.

33

„Ich glaube, ich habe eine Spur." Leonie hatte das Treffen mit Saskia und Lennart kaum abwarten können. Endlich hatte sie Fortschritte vorzuweisen!

Das Verhältnis zu ihrer besten Freundin hatte sich in den letzten Tagen nicht wesentlich gebessert. Saskia schien immer noch sauer auf sie zu sein. Da sie jeden Abend informiert werden wollte, war ihr die Idee gekommen, Lennart miteinzubinden, um die Situation ein wenig zu entschärfen. Dem gegenüber verhielt sich die Freundin wesentlich netter. Dabei waren er und seine Probleme der Auslöser des Ganzen gewesen!

„Du denkst, dieser Guido ist der Täter?", fragte Lennart und schüttelte gleich darauf den Kopf. „Das kann ich mir nicht vorstellen. Wäre das nicht viel zu auffällig?"

„Das sehe ich genauso", unterstützte ihn Saskia. „Außerdem hast du einen wichtigen Punkt außer Acht gelassen: Wenn er abends zur üblichen Pflege vorbeikam, hat er dann nicht auch die Morgenrunde übernommen?"

„Also wäre es aufgefallen, wenn er die nicht fortgesetzt hätte", ergänzte Lennart. „Oder war der Dräger sein letzter Patient?"

„Das weiß ich nicht." Natürlich war ihr klar, dass der letzte Einwand berechtigt war. Frau Dräger hatte gegen neun Uhr das Haus verlassen – und Guido arbeitete morgens ungefähr fünf Stunden, wie sie wusste. „Ihr denkt in eine völlig falsche Richtung", wurde ihr plötzlich klar. „Wir gehen von einer Erpressung aus. Dafür musste er nicht im Haus der Drägers bleiben. Wahrscheinlich war abgemacht, dass er das Geld später, wahrscheinlich nach Beendigung seiner Runde, abholt. Da die Frau bis dahin nicht zurückgekehrt war, zwang er ihren Mann, bei der Sparkasse anzurufen, und gab sich selbst später als dessen Neffe aus."

Ihr Bruder nickte anerkennend. „Du könntest recht haben."

„Ich dachte, du musst dich nach deiner Schicht im Büro abmelden?"
Saskia war schwerer zu überzeugen. „Und das Auto zurückbringen."
„Vielleicht gibt es für die Ganztagskräfte andere Regeln." Dafür
hatte sie sich bisher nicht interessiert. „Oder er hat irgendeinen
Grund für seine Verspätung vorgeschoben."

„Oder er kam später noch einmal vorbei", erhielt sie Unterstützung
von Lennart. „Das lässt sich alles rauskriegen. Ich finde, er ist ein
guter Kandidat."

„Dem würde ich es jedenfalls zutrauen", bekräftigte sie. „Ihr müsstet ihn mal sehen. Alle anderen, die ich bisher kennengelernt habe",
sie verschwieg, dass es sich dabei nur um eine weitere Kraft handelte, „sind engagiert und bemüht. Er sieht aus, als wäre diese Arbeit
das Letzte und er müsste sich dazu zwingen, überhaupt anzufangen."

„Was noch kein echtes Indiz ist", widersprach Saskia. „Wichtiger ist,
wie er mit seinen Patienten umgeht."

„Genau deshalb werde ich morgen auf die entsprechende Runde
wechseln", trumpfte sie auf. Der gute Her Gründler war zwar überrascht gewesen, aber durchaus willens, ihr ihren Wunsch zu erfüllen.
Sie hatte argumentiert, sie würde gern weitere Fälle kennenlernen,
um sich ein besseres Bild machen zu können. Im Verlauf des Gesprächs war es ihr gelungen, ihn in die angedachte Richtung zu bewegen. Gleich morgen früh würde sie mit den entsprechenden Pflegern reden, wer von diesen bereit wäre, sie mitzunehmen. Irgendwie
ließe es sich bestimmt so drehen, dass sie auf Guidos Tour landete.

Dass Saskia ihr nicht verziehen hatte, schmerzte immer noch, gestand sie sich ein, als sie sich allein auf den Weg zu ihrer Unterkunft
machte. Erkannte sie überhaupt an, wie schwer es ihr gefallen war,
ihr die Wahrheit zu beichten? Klar, was sie sich da geleistet hatte,
war starker Tobak. Doch Saskia schien in erster Linie ein Problem
mit ihrer Lügerei zu haben.

„Warum hast du mir nicht gleich alles erzählt, als du mich nach
diesem Diebstahl anriefst?", hatte sie mehr als einmal vorwurfsvoll
gefragt. „Dachtest du, ich renne zur Polizei und zeige dich an?"

122

„Ich wollte dich raushalten. Du solltest lieber weiterhin an einen fremden Täter glauben", lautete ihre stereotype Antwort. Dumm nur, dass die Kripobeamten sowieso eine von ihnen verdächtigten. Komischerweise machte Saskia ihr dies nicht zum Vorwurf. Nein, im Vordergrund standen der miese Trick, mit dem sie sie aus der Wohnung gelockt hatte, und ihre spätere Lügerei. Und sie ließ sie diesen Groll bei jedem Treffen spüren.

Lennart dagegen hielt sie wohl zugute, dass er von Anfang an darauf gedrungen hatte, ihr die Wahrheit zu sagen. So blöd war Saskia nicht, dass ihr nicht relativ schnell nach seinem Geständnis aufgegangen war, weshalb Leonie keinen engeren Kontakt zwischen den beiden gewollt hatte und warum ihr Bruder so erpicht darauf gewesen war, mit ihr, seiner Schwester, Kontakt aufzunehmen.

Leonie grub die Hände tiefer in die Jackentaschen und bog in die Straße ein, in der ihre Wohnung lag, besser gesagt ihr Zimmer in einer Studenten-WG. Lieber Bobby! Er hatte seine Verbindungen spielen lassen, um ihr eine unauffällige Unterkunft zu besorgen.

Nur halt aus anderen Gründen, als er vermutete. Ihm gegenüber hatte sie behauptet, unter keinen Umständen zurück zu den Eltern zu wollen. Nur gut, dass er nicht wusste, was sie wirklich trieb!

Angenehme Wärme empfing sie, als sie eintrat. Sie warf ein kurzes ‚Hi‘ in Richtung Küche, in der sich die meisten ihrer Mitbewohnerinnen wie immer um diese Stunde aufhielten, und verschwand in ihrem Zimmer. Sie vermied den Kontakt mit ihnen, so gut es ging, um sich nicht in noch mehr Lügen verstricken zu müssen. Das morgendliche Praktikum wäre für ihr Studium notwendig, hatte sie ihnen erzählt, als sie kam, um das Zimmer als Zwischenmieterin zu beziehen. Die erste Woche war nun fast um, es blieben noch fünf - hoffentlich genügend Zeit, diese verdammte Geschichte aufzuklären!

34

Trotz ihrer Proteste brachte Lennart sie wie jedes Mal nach Hause. „Wir wissen nicht, ob der Täter die Meldung in der Zeitung wirklich gelesen hat. Ich könnte es mir nie verzeihen, wenn er dich wieder angreift."

Er scheint langsam erwachsen zu werden, dachte Saskia, während sie im Briefkasten nach der Post schaute.

Leonie übernimmt viel mehr die Verantwortung für das gemeinsame Tun, meldete sich ein leises Stimmchen in ihrem Hinterkopf. Sie bringt sich richtig ein, Lennart dagegen tut nichts, um die Wahrheit herauszufinden. Dabei ist er der Auslöser gewesen. Für sich selbst hätte Leonie das Geld nicht gestohlen.

„Saskia!" Wolf, der aus dem Keller hochkam, strahlte sie an. „Wie geht's, wie steht's?"

„Gut, danke. Hast du Lust auf ein Glas Wein?" Eigentlich hatte sie ihn längst zum Essen einladen wollen, um ihren Dank zu bekunden. Ohne ihn wäre sie mit dieser Situation vollkommen überfordert gewesen.

„Gern."

Nachdem ihm Saskia sämtliche Neuigkeiten berichtet hatte, entstand eine Pause. Eigentlich kenne ich ihn kaum, musste sie sich eingestehen und sprach den Gedanken gleich laut aus. „Da wohnen wir seit fast fünf Jahren in einem Haus und wissen nichts voneinander. Was machst du beruflich?" Und wieso lebst du, seitdem du hier eingezogen bist, allein? Aber das war keine Frage, die man gleich zu Anfang stellen konnte.

Er grinste. „Ich heiße Wolfram, bevorzuge allerdings den Rufnamen Wolf, bin fünfundvierzig Jahre alt und arbeite als Paketzusteller bei der Post."

„Du siehst jünger aus", war alles, was ihr einfiel. Zudem stimmte es. Der Nachbar hätte gut für Ende dreißig durchgehen können. Breitschultrig und groß gewachsen, mit markant-männlichen Gesichtszügen und einem sorgfältig gestutzten Vollbart gab er eine durchaus ansprechende Figur ab.

„Danke." Sein Grinsen vertiefte sich. „Das sagen die Jungs auch."

Sie war sich nicht sicher, ob sie die Anspielung richtig verstanden hatte.

Er nahm ihr die Entscheidung nachzufragen ab, indem er nun seinerseits wissen wollte: „Willst du das Geschäft deiner Mutter weiterführen?"

„Woher…?"

„Ich traf sie, kurz nachdem sie bei dir eingezogen war, im Treppenhaus. Sie lud mich gleich in deine Wohnung ein und bewirtete mich mit Kaffee und Kuchen."

Ganz klar verbunden mit einer bestimmten Absicht, schoss es Saskia durch den Kopf. Mama war ja nie von der Überzeugung abzubringen, dass ihre Erkrankung und der Umstand, dass ihre Tochter darauf bestand, sie zu sich zu nehmen, als ihr Zustand sich verschlechterte, der Grund ihrer Trennung von Dirk sein musste. Dabei war diese schon längst beschlossen gewesen.

„Sie erzählte mir von ihrer Krankheit und dass du deinen Job gekündigt hast, um die Boutique zu erhalten. Sie war unheimlich stolz auf dich, dass du ihr zur Seite standst, wusstest du das?"

Saskia zuckte mit den Schultern und griff nach ihrem Weinglas. Was sollte sie darauf antworten? Es war niemand sonst da gewesen, der sich hätte kümmern können.

„Ich habe sie oft besucht, nur sonntags nicht. Da warst du zu Hause. Sie wollte nicht, dass du von mir erfährst. Sie dachte, du könntest auf mich eifersüchtig werden."

Sie lachte auf. „Typisch meine Mutter! Sie liebte es, Geheimnisse zu haben." Also war der Gedanke, dass sie nach einem passenden Schwiegersohn Ausschau hielt, falsch. Eher hatte sie wohl für sich selbst nach Abwechslung gesucht, wenn die Tochter stundenlang aus dem Haus war. Deshalb also hatte er als einziger Nachbar an ihrer Beerdigung teilgenommen. Zwischen den wenigen Freundinnen war er nicht zu übersehen gewesen, obwohl er sich abseits hielt und direkt nach der Trauerfeier verschwand.

„Nein, es geschah aus Eigennutz", stellte er klar. „Sie wollte von dir möglichst viel Aufmerksamkeit. Für dich war es selbstverständlich, ihr sämtliche deiner freien Stunden zu widmen. Sie hatte ja niemanden außer dir."

Saskias Augen verengten sich zu Schlitzen, die Wut wallte in ihr hoch. Ja, es stimmte, was er sagte. In den letzten Monaten hatte sich ihr komplettes Leben um die Boutique und die Kranke gedreht, weil sie unbedingt beidem gerecht werden wollte: Dem Geschäft, das kurz vor der Insolvenz stand, und der Mutter, um sie angemessen zu begleiten. Doch das Gefühl, auf ganzer Linie zu versagen, hatte sie nie losgelassen.

„Sie war eine perfekte Schauspielerin." Wolf warf ihr einen mitfühlenden Blick zu. „Wobei das gar nicht nötig war. Sie konnte hervorragend erzählen, bemühte sich stets, mir angenehme Stunden zu bereiten. Ich habe sie immer gern aufgesucht."

Ein hässlicher Verdacht stieg in Saskia auf. „Warst du der Einzige?"

„Nein, ihre Freundinnen schauten auch regelmäßig vorbei." Er griff nach ihren Händen, die sich zu Fäusten geballt hatten. „Deine Mutter wusste sehr wohl, was sie an dir hatte. Sie lobte dich in den höchsten Tönen."

„Ich bin davon ausgegangen, dass sie vollkommen allein dastand", presste sie mit Mühe hervor. Sie entriss ihm ihre Hände und sprang auf. Ihre Wut drohte überzukochen. „Diese Boutique, das war ihr Lebenstraum. Mein Vater hat sie ihr bei der Scheidung eingerichtet, als Entschuldigung sozusagen, dass er es mit ihr nicht aushielt. Sie war modebewusst, legte selbst viel Wert auf ihr Aussehen und hatte ein Händchen, ihre Kundinnen typgerecht zu beraten. Aber kaufmännisches Verständnis? Keine Spur davon vorhanden! Sie lebte ständig am Limit. Wenn ich nicht eingesprungen wäre, hätte sie nicht mal ihre Krankenversicherung bezahlen können." Dass sie gleich als Erstes einen Kredit aufnehmen musste, verschwieg sie lieber.

„Saskia! Du warst die Einzige, die für sie in die Bresche sprang.“ Wolf schüttelte bedächtig den Kopf. „Wir anderen waren nettes Beiwerk. Du hast sie gepflegt und versorgt. Ohne dich hätte sie nie so lange zu Hause bleiben können. Das wusste sie. Deine Mutter war keine zielorientierte selbstständige Persönlichkeit. Sie brauchte jemanden, auf den sie sich verlassen konnte.“

Sie seufzte besänftigt. Er hatte recht. Und ihr verdammtes Pflichtbewusstsein hätte ihr sowieso keine andere Wahl gelassen.

Nein, es war die Liebe zu ihrer leichtsinnigen, realitätsfernen Mutter, die ihr trotz all ihrer Defizite eine behütete, sorgenfreie Kindheit ermöglicht hatte. So, wie auch Leonie nicht ihr hatte schaden wollen, wie sie jetzt erkannte. Auch bei ihr war die Liebe stärker gewesen als die Vernunft. Nur dass diese sich bemühte, den Fehler wiedergutzumachen.

35

„Guten Morgen!" Leonie straffte sich und trat zu der Gruppe, die sich im Büro versammelt hatte. „Ich bin die neue Praktikantin und würde gern bei einem von euch mitfahren, um die Praxis kennenzulernen."

Der braun gebrannte Sonnyboy, wie ihr erster Eindruck lautete, musterte sie lächelnd. „Hi, ich bin der Marcel. Du kannst gern mich begleiten."

„Besser wäre es." Die grauhaarige, stämmige Frau musterte sie ungeniert von oben bis unten. „Bei mir ist es im Moment heftig. Ich habe zwei Patientinnen, die im Sterben liegen. Nächste oder übernächste Woche kannst du gern mitkommen. Dann musst du dich nicht gleich mit der hässlichsten Seite auseinandersetzen. Ich heiße übrigens Susi."

„Bei mir passt es leider auch nicht", sagte die Dritte im Bunde, eine rothaarige Frau mit verblassenden Sommersprossen, schätzungsweise Mitte dreißig. „Ich greife auf halber Strecke den Rainer auf. Der hilft mir bei einem Neuzugang und begleitet mich auch zu den nächsten beiden Brocken. Hundertfünfzig und hundertachtzig Kilo, das schaff ich nicht allein." Sie stöhnte gespielt auf. „Wär nicht so toll, wenn wir da zu dritt auftauchen. Mein Name ist Jennifer, also Jenny."

„Ich heiße Dörte." Sie nickte in die Runde. „Schön, dass es überhaupt klappt."

„Los, komm! Wir müssen uns sputen. Meine Patienten legen großen Wert auf Pünktlichkeit." Marcel griff nach seiner Tasche und den Autoschlüsseln.

Sie folgte ihm zum Wagen, darauf bedacht, ihre gleichmütige Miene beizubehalten. Innerlich frohlockte sie jedoch. Das war ja wesentlich besser gelaufen als gedacht. Nicht mal in die Trickkiste hatte sie greifen müssen! Nein, sie war auf Anhieb bei dem Richtigen gelandet.

„Ich war bis gestern mit Elli unterwegs", eröffnete sie das Gespräch, als Marcel auf die Straße bog. „Ihre Patienten sind echte Schätzchen. Ich kann mir nicht vorstellen, dass es überall so gut läuft. Deshalb wollte ich gern weitere Eindrücke sammeln."

„Eine gute Entscheidung. Sagen wir mal so: Es gibt schon Spezielle unter ihnen. Man muss sie eben zu nehmen wissen."

Bis zum ersten Halt hatte sie ihm alles, was ihre falsche Legende hergab, über sich erzählt. Daraufhin fühlte er sich wohl genötigt, ebenfalls einige Angaben über sich zu machen. „Dieser Job ist für mich das Beste, um Frau und Kindern gerecht zu werden. Ich bin um halb eins fertig, hole die Kleinen von Schule und Kindergarten heim und kümmere mich, bis Peggy um vier nach Hause kommt. Um fünf breche ich zu meiner zweiten Runde auf, die ungefähr bis gegen acht dauert."

Vorher hätte er im Dauernachtdienst gearbeitet, auf der Intensivstation. Das wäre vom Geld her angenehmer, aber auf Dauer kein Zustand gewesen. Seine Frau, eine Engländerin, sei Fremdsprachenkorrespondentin. Sie verdiene deutlich mehr als er, gab er freimütig zu. „Vielleicht sattle ich später mal auf halbe Tage um, wenn es mir zu stressig wird. Im Moment ist mir das Geld wichtiger - na ja, man weiß ja nie."

Nach einer knappen halben Stunde Fahrtzeit hielten sie vor einer schlossartigen Villa. „Wow." Leonie konnte ihren Ausruf nicht zurückhalten. „Wer wohnt denn hier? Eine bekannte Persönlichkeit?"

„Ein ehemaliger Immobilienmakler." Dieses Mal erreichte Marcels Lächeln nicht seine Augen. „Das beste Schnäppchen hat er sich selbst unter den Nagel gerissen." Er klingelte und wartete.

„Hast du keinen Schlüssel?"

„Den brauchen wir nicht."

Er hatte kaum ausgesprochen, als die Tür von einem Hausmädchen geöffnet wurde. Das war der passende Ausdruck für ihre Erscheinung, fand Leonie. Sie trug ein komplett schwarzes Outfit bestehend aus Bluse, Rock und Pumps und darüber eine weiße knappe

Spitzenschürze. Genauso, wie ein ‚Herr von Reich‘ es sich vorstellt, dachte sie belustigt.

Die Frau trat zur Seite. „Sie kennen ja den Weg. Heute ist ein schlechter Tag", flüsterte sie leise in Richtung Marcel.

„Danke." Er nickte ihr zu und steuerte auf die Treppe zu.

Leonie folgte ihm mit einem mulmigen Gefühl. Der zur Schau gestellte Reichtum schüchterte sie ein. Die riesige Eingangshalle ganz aus Marmor wirkte kalt und wenig einladend, die geschwungene Treppe, aus einem edlen Holz gefertigt und mit frei schwebenden Stufen, die in die obere Etage führte, löste bei ihr Höhenangst aus. Sie hielt sich am Geländer fest, um des Gefühls Herr zu werden, und fühlte sich von den an der Wand hängenden Porträts ehrwürdiger Männer regelrecht verspottet.

Oben war die Atmosphäre ähnlich bedrückend: weißer Marmorfußboden, weiß gestrichene Wände, weitere düstere Kunstwerke. Marcel steuerte die zweite Tür auf dem Flur an, klopfte kurz und trat ein. „Guten Morgen, Herr Scholz."

Ein Knurren von dem riesigen Bett war die einzige Reaktion. Der Pfleger ließ sich davon nicht einschüchtern. Leonie blieb an der Tür stehen und sah stumm zu, wie er die Bettdecke zurückschlug und einen monströsen Körper enthüllte. Ja, das war tatsächlich der einzige Begriff, der zu passen schien. Ein riesiger Leib, der die Schlafanzugjacke geradezu sprengte, geschwollene blaurote Beine – zumindest der Teil, den sie sehen konnte, denn sie waren zum großen Teil mit Verbänden bedeckt –, und ein rundes, aufgedunsenes Gesicht, das die Augen zu Schlitzen verzerrte, die die Neuankömmlinge ärgerlich anblitzten. „Sie kommen zu spät."

„Ich bin pünktlich wie immer." Marcel blieb freundlich. „Sie sind wie immer der Erste auf meiner Runde. Und damit Sie mir nicht wieder vorwerfen, ich sei zu grob mit Ihnen, habe ich mir die Unterstützung einer zarten weiblichen Hand besorgt. Die Pflege wird heute das reinste Vergnügen."

Leonie schluckte, bevor sie auf seinen Wink nähertrat. Dass sie eine gute Hilfe sein würde, glaubte sie eher nicht.

36

„Puh." Mit einem Aufstöhnen ließ sie sich auf den Beifahrersitz fallen. „Was für ein Typ! Was hat er überhaupt?" Obwohl sie kaum Hand anlegen musste, war ihr das Wenige fast zu viel geworden. Die Haut des Mannes schien kurz vor dem Platzen zu stehen, die offenen Stellen unter den Verbänden hatten einen so üblen Geruch verströmt, dass sie mit Mühe ihren Brechreiz unterdrücken konnte. Der Rückenbereich, als sie den Patienten gemeinsam mit Marcel auf die Seite wuchtete, hatte ihr dann den Rest gegeben. Der gesamte untere Teil bestand aus einer einzigen nässenden Wunde. Dazu diese mürrische Art und sein lauernder Blick – als warte er darauf, dass er einen Grund fand, sie abzukanzeln. „Und den musst du jeden Tag ertragen?"

Der Pfleger lachte. „Er ist gerade erst aus dem Krankenhaus gekommen und so wie ich das sehe, geht er ganz schnell dorthin zurück. Da ist nicht mehr viel zu machen. Was er hat?", fuhr er nach einer kurzen Pause fort. „Zu gut gelebt, übermäßig gesoffen und gefressen, das rächt sich irgendwann." Er warf ihr einen schnellen Seitenblick zu. „Angefangen hat es mit Diabetes, der von Anfang an nicht einstellbar war, weil er sich nicht an die Vorgaben hielt. Er dachte nämlich gar nicht daran, seinen Lebensstil zu ändern. Dann kamen Durchblutungsstörungen dazu, die Leber spielte nicht mehr mit, das Herz versagte. Er ist voller Wasser, dazu die offenen Beine und der Dekubitus am Rücken – und trotzdem macht er weiter wie bisher. Na ja, in dem Rahmen, wie er noch kann."

Leonie verstand nicht. „Wie meinst du das?"

„Er säuft und frisst weiter, nur vom Feinsten versteht sich. Er wolle wenigstens auf diese Genüsse nicht verzichten, sagt er, wenn der Arzt ihm Vorhaltungen macht. Lange dauert es bestimmt nicht mehr."

„Er hat sich benommen wie ein Arschloch." Nein, sie konnte kein Mitleid für ihn aufbringen. Dieser herrische Tonfall, in dem er mit

Marcel gesprochen hatte. Sie, die Hilfskraft, war ihm nicht mal eine Begrüßung wert gewesen. Anschließend hatte er sie mit Missachtung gestraft, was ihr sehr recht war. Wie er mit Marcel umging, nie ein Lob, nicht mal eine freundliche Bemerkung, sondern ausschließlich Gemecker, weil er seiner Meinung nach nicht vorsichtig genug mit ihm umging, hatte ihr gereicht. Sie war froh gewesen, als die Pflegeprozedur zum Ende kam und sie das Haus verlassen konnten.

„Er ist eins", stimmte ihr der Pfleger zu. „Wahrscheinlich immer schon gewesen. Sieh es positiv. Nach dem Erlebnis wird der Rest ein Zuckerschlecken."

Zum Ausgleich entpuppte sich der nächste Patient tatsächlich als ausgesprochen nett. Marcel hatte sie im Vorfeld gewarnt: „Er macht einen auf alter Brummbär, ist aber, wenn du ihn zu nehmen weißt, einer von der angenehmeren Sorte. Er hat bloß selbst zu viel Ahnung, hat, bis er siebzig war, als Internist in der eigenen Praxis gearbeitet, und meint dadurch, er wisse alles besser."

Wider Erwarten war sie mit ihm sofort klargekommen. Er wirkte richtig begeistert, sie kennenzulernen, und verwickelte sie sofort in ein Gespräch. Er hatte eine nette, großväterliche Art und schien ehrlich an ihr interessiert. Sie schämte sich fast schon, dass sie ihm nichts als Lügen auftischte, besonders als er begann, sich für ihr Studium zu begeistern und alles darüber wissen wollte.

Glücklicherweise wurde er kurz darauf von Marcel abgelenkt, der nach dem Blutdruckmessen bedenklich den Kopf schüttelte. „Wieder zu hoch, hundertachtzig zu fünfundneunzig."

„Ach, Quatsch. Das ist in meinem Alter völlig unbedenklich. Und glaub ja nicht, dass ich noch mehr Pillen nehme. Zwei fürs Herz, zwei für den Blutdruck, eine zum Entwässern, zwei für eine bessere Durchblutung, eine halbe gegen die Fettwerte und eine für den Magen, damit ich diesen verflixten Cocktail vertrage." Er blinzelte ihr zu. „Lebensqualität, das ist in meinem Alter wichtiger als eine hundert Prozent korrekte Einstellung."

„Eine halbe Simvastatin?" Marcel kniff die Augen zusammen. „Sollten Sie nicht eine ganze nehmen?"

„Dann sind die Muskelschmerzen zu stark." Der alte Herr hob abwehrend die Hand. „Noch habe ich meine Sinne beieinander und kann selbst entscheiden, was gut für mich ist und was nicht. Ihr fallt alle auf die Propaganda der Pharmaindustrie herein. Merkt ihr eigentlich nicht, dass es denen nur ums Geld geht? Erst letztens habe ich einen Artikel dazu gelesen. Weißt du, wie viele neue Patienten die durch die Herabsetzung der angeblich idealen Werte gewinnen? Nein, du kannst mich nicht davon überzeugen, dass das medizinisch sinnvoll ist. Dafür habe ich zu viel Erfahrung in diesem Bereich."

Er setzte zu einem langen Monolog an, in dem er auf die Ärzte im Allgemeinen und deren Abhängigkeit von dem System schimpfte, das seiner Meinung nach viel zu stark von diversen Pharmaunternehmen beeinflusst wurde. Bis sie sich endlich verabschieden konnten, lagen sie weit über der veranschlagten Zeit.

„Ein schräger Vogel, was?" Marcel gab Gas.

„Mir hat er gefallen. Auch seine Ansichten", setzte sie hinzu. „Eine erfrischende Abwechslung zu dem Vorherigen."

„Das auf jeden Fall", pflichtete er ihr bei.

„Wieso duzt er dich?"

Marcel grinste. „Er kennt mich von klein auf. Meine gesamte Familie war bei ihm in Behandlung."

Auch Leonie musste lachen. „Zufälle gibt es!"

Ehe sie sich versah, erzählte er mehrere Anekdoten aus dieser Zeit. Sie vergaß völlig, dass sie doch eigentlich ihn hatte ausquetschen wollen, um mehr über Guido zu erfahren. Als sie vor dem nächsten Haus hielten, nahm sie sich fest vor, anschließend ihren Fragenkatalog abzuarbeiten.

37

Kurz nach Ladenöffnung tauchte Herr Dietz auf. Saskia bemühte sich, ihr Herzklopfen und ihre Aufregung zu verbergen, die sein Anblick auslösten. „Gibt es etwas Neues?"

„Ja, ich war in der Gegend und dachte mir, ich schaue kurz rein und berichte persönlich." Im Gegensatz zu ihr wirkte er vollkommen locker und entspannt, als er hinzufügte: „Außerdem freue ich mich jedes Mal, Sie zu sehen."

„Gleichfalls." Sie spürte, wie die Röte ihr ins Gesicht stieg. „Und? Was haben Sie herausgefunden", lenkte sie schnell zu einem unverfänglichen Thema über.

„Es ist, wie Sie gesagt haben. Herr Dräger rief in der Sparkasse an und erfuhr, dass seine Frau mit dem Rettungswagen abtransportiert wurde. Sein nächster Anruf galt dem Krankenhaus, anschließend informierte er die Nachbarin. Ja, und dann wird es seltsam. Sie meldete sich direkt aus der Notaufnahme zurück, dass die Tasche mit seinem Medikament verschwunden sei. Kurz darauf erhielt die zuständige Schwester einen Anruf von einem Mann, der sich als Neffe der Drägers ausgab und wissen wollte, ob seine Tante Besuch empfangen könne. Er wurde mit einem Arzt verbunden, der ihm die Todesnachricht übermittelte. Der Neffe versprach, diese Nachricht seinem Onkel sehr behutsam zu vermitteln."

„Aber die Drägers haben gar keine näheren Angehörigen." Saskia verspürte späte Genugtuung, dass man endlich ihrem Verdacht nachging.

„Nein. Und Herr Dräger wurde erst am Abend bei dem üblichen Besuch des Pflegedienstes tot aufgefunden."

„Wer also war der Mann?"

„Genau." Er nickte anerkennend. „Erzählen Sie bitte noch mal ganz genau von dem Moment an, wo Frau Dräger in Ihr Geschäft kam. Ich will jede Kleinigkeit wissen. Wie sah sie aus? Wie wirkte sie auf

Sie? Und wiederholen Sie bitte so genau wie möglich jedes Wort, das sie sagte."

Dieser Aufforderung nachzukommen, fiel ihr nicht schwer. Die Szene mit der alten Frau hatte sich in ihrem Gedächtnis eingebrannt. „Das war alles", beendete sie ihren Bericht.

„Gut, wann erschien dieser Mann, der sich als Kripobeamter ausgab?"

Sie brauchte nicht zu überlegen. „Um halb drei. Er stand schon vor der Tür, als ich aufschließen wollte."

„Bitte wiederholen Sie auch dieses Gespräch!" Nachdem sie der Aufforderung nachgekommen war, fragte er, ohne das Gesagte zu kommentieren, weiter: „Wie war das mit der Tasche?"

„An dem Nachmittag war bei mir die Hölle los, die Kunden gaben sich regelrecht die Klinke in die Hand. Kurz vor Feierabend, also so gegen Viertel vor sieben, begann ich durchzusaugen. Die Tasche muss direkt unter den Kassentresen gerutscht sein", sie wies auf den schmalen Spalt am Boden. „Schauen Sie mal von der anderen Seite. Von hier sieht man das nicht." Sie führte ihn in den halbrunden Bereich. „Das ist breiter, als man denkt."

Herr Dietz bückte sich, betrachtete die Ablagefächer, die sich fast bis zum Boden zogen und fuhr sogar mit der Hand über den Teppich darunter.

„Das letzte Fach ist so tief, dass sich die Tasche darunter verklemmt hatte", fuhr Saskia fort. „Ich bemerkte zuerst nur einen Widerstand, irgendetwas Großes, das sich nicht wegschieben ließ. Ich ging in die Hocke, tastete danach und zog es hervor. Dann erkannte ich erst, dass es eine Tasche war."

„Warum riefen Sie nicht gleich die Polizei?"

„Weil im selben Moment meine Freundin auftauchte, die von schweren Problemen geplagt wurde." Klar, jetzt musste sie sich auch noch rechtfertigen. „Es hört sich jetzt blöd an, aber ich war durch meine Freundin so abgelenkt, dass ich im ersten Moment nicht mal mehr an diese verloren gegangene Tasche dachte. Ich hätte sie sogar fast im Laden vergessen. Dazu hatte ich an dem Tag entsetzliche Kopfschmerzen. Ich wollte nur noch nach Hause und mich ausruhen. Als ich dort angekommen dann hineinschaute, entdeckte ich das viele Geld und zog die richtige Verbindung." Immerhin fast die Wahrheit!

„Wann war das ungefähr?"

Aha, sie stand wohl immer noch unter Verdacht. Wahrscheinlich vermuteten er und seine Kollegen, sie habe nach ihrer Entdeckung akribisch geplant, wie sie vorgehen sollte, um die Summe in ihren Besitz zu bringen. „Wenn ich das Geld hätte behalten wollen, wäre ich bestimmt nicht so blöd gewesen, bei euch anzurufen", sagte sie aus diesem Gedanken heraus. „Keiner wusste, dass ich es hatte. Ich hätte bloß bei meinem Bericht bleiben müssen: Die Tasche wurde vermutlich von den Sanitätern mitgenommen, zumindest war sie anschließend nicht mehr da. Keiner hätte mir das Gegenteil beweisen können."

Er grinste. „Darauf sind wir auch schon gekommen. Wir vermuten mittlerweile tatsächlich einen anderen Hintergrund. Was leider nichts daran ändert, dass wir nach wie vor Ihre Freundin verdächtigen, sich das Geld angeeignet zu haben. Sie haben nichts von ihr gehört?"

„Sonst hätte ich mich umgehend bei Ihnen gemeldet", versicherte Saskia im Brustton der Überzeugung.

„Ich hoffe darauf, es wäre auch zu Ihrem Besten. Noch eine Frage: Sie haben das Geld nicht gezählt?"

„Nein, mir reichte dieser eine Blick. Gut, ich nahm ein oder zwei der Banderolen heraus. Als ich erkannte, dass es 500-Euro-Noten waren, wurde mir klar, dass es sich um eine gewaltige Summe handeln musste. Die wollte ich so schnell wie möglich aus der Wohnung haben."

„Und wenn Sie schätzen müssten?"

Saskia zögerte. „Es müssen mehrere Zehntausend gewesen sein, denke ich", blieb sie so nahe wie möglich bei ihrer ersten Aussage.

Herr Dietz nickte nachdenklich. „Leider kann uns niemand Genaueres sagen. Der Berater selbst hatte vor einiger Zeit Frau Dräger darauf hingewiesen, dass es sinnvoll sei, einen Teil ihrer Einlage in einem Schließfach unterzubringen, wegen der drohenden Strafzinsen auf Guthaben. Das liegt allerdings ein gutes Jahr zurück und natürlich weiß niemand, wie viel sich zuletzt noch dort befand. Als wir es öffnen ließen, war es leer."

Das hatte Herr Weber ihr auch gesagt. „Vielleicht wurde sie schon länger erpresst."

„Das lässt sich nicht ausschließen. Tja, wir haben nun ebenfalls Ermittlungen aufgenommen." Er grinste sie vielsagend an. „Das heißt, wir sehen uns noch öfter."

38

Beschwingt durch das erfreuliche Gespräch griff Saskia zum Handy. Der Polizei den Fall zu überlassen, war keine Option. Sie wollte sich weiterhin einbringen und hoffte, dass sie und Leonie den Ermittlern zuvorkommen konnten.

Es dauerte ewig, bis Lennart sich meldete. „Ich habe keine Zeit", sagte er sofort. „Der Laden brummt – endlich."

„Du musst für mich bei deiner Mutter nachfragen, ob sie weiß, wie die Haushälterin heißt, die bei den Drägers gearbeitet hat", ließ sie sich nicht beirren.

Er stöhnte laut. „Nee, Sassi, das geht echt nicht."

„Es muss! Denk an deine Schwester. Gerade war ein Kripobeamter bei mir. Die denken immer noch, Leonie sei der Dieb."

„Sie wird Verdacht schöpfen. Sonst interessiere ich mich nie für derlei Dinge."

„Dann denke dir eine gute Ausrede aus." Meine Güte, war das zu fassen? Er tat, als beträfe ihn die ganze Sache überhaupt nicht.

„Ich könnte mich zum Mittagessen einladen", überlegte er laut.

„Kennst du den Namen der Nachbarin, von der deine Mutter die Neuigkeiten hatte?"

„Klar, das ist die Frau Wittbrodt, sie wohnt schräg gegenüber von den Drägers."

„Gut", die genaue Adresse konnte sie selbst herausfinden. „Und versuche rauszukriegen, ob ihr selbst irgendwas Besonderes aufgefallen ist, ein Fremder zum Beispiel, jemand, den sie nie zuvor gesehen hatte und der auf einmal regelmäßig auftauchte."

„Wieso? Ich dachte, wir gehen von einer einmaligen Erpressung aus?"

Mist, sie hatte sich verplappert! „Die Kripo vermutet, er sei vielleicht schon länger aktiv gewesen. Sie haben eigene Ermittlungen aufgenommen."

„Ist doch gut, dass die sich endlich kümmern. Da können wir uns eigentlich zurücklehnen und warten, bis sie ihn haben."

„Klar, und dann erfahren die, dass er das Geld nie erhalten hat", höhnte sie. „Und deine Schwester rückt noch stärker in den Fokus."

„Ach, und was ändert sich, wenn wir ihn zuerst finden?", konterte er. „Dann gerät Leonie genauso in Beweisnot."

Da hatte er ausnahmsweise recht. „Ein weiterer Punkt, den wir dringend abarbeiten müssen. Ich wollte heute Abend nach der Arbeit bei Frau Wittbrodt vorbei und komme daher später zu unserem Treffen. Du kannst ja mit Leonie zusammen schon mal überlegen."

„Nein, ich fahre dich", sagte er zu ihrem Erstaunen. „Ich stehe um sieben vor deiner Tür."

Er war sogar überpünktlich. „Ich habe mit meiner Mutter gesprochen", verkündete er, kaum dass sie im Auto saßen. „Die Haushälterin der Drägers ist Mitarbeiterin bei dem Pflegedienst. Es sollte also für Leonie ein Leichtes sein, ihren Namen zu erfahren. Sonst ist ihr nichts aufgefallen und wohl auch keinem anderen, da hätten die mit ihr darüber gesprochen. Meine Mutter hat ein gut verzweigtes Netzwerk. Sie erfährt alles."

Das wagte Saskia zu bezweifeln. Wie es in den einzelnen Familien wirklich aussah, wusste meist kein Außenstehender. Jeder sah nur das Bild, das man der Umgebung zeigte. Sonst würden gar nicht so viele unsägliche Dinge passieren können.

„Sie betonte nochmals, wie sehr sich Frau Dräger in der letzten Zeit verändert hatte. Die wirkte total verhuscht, sagt sie, so, als wolle sie unsichtbar bleiben und um Gottes willen von niemandem angesprochen werden. Das mit der Haushälterin ist eine gute Idee von dir. Die kann uns bestimmt mehr darüber sagen."

Den Rest der Fahrt schwiegen sie. Lennart parkte fast einen Block vor der Straße ein. „Ich möchte nicht, dass meine Mutter mitkriegt, dass ich hier bin."

„Sie erfährt es spätestens morgen von Frau Wittbrodt."

„Nee, ich komme ja nicht mit rein. Ich bring dich bis vor die Tür und warte in der Nähe auf dich."

Perplex blieb Saskia stehen. „Wieso das denn?"

„Weil ich nicht will, dass mein besonderes Interesse bekannt wird."
Er gab ihr einen kleinen Schubs. „Los, weiter!"

„Verstehe ich nicht." Gehorsam setzte sie sich wieder in Bewegung.

„Überleg doch mal! Meine Eltern sind stinkendsauer, weil Leonie
wahrscheinlich in diese Geschichte verwickelt ist. Ich muss sie nicht
unbedingt mit der Nase darauf stoßen, dass ich mich ebenfalls damit
beschäftige."

Reiner Selbsterhaltungstrieb, aber trotzdem ein gutes Argument,
dem sie nichts entgegenzusetzen hatte. Daher legte sie die letzten
Meter bis zur Haustür allein zurück. Improvisieren lag ihr normalerweise nicht, hoffentlich schaffte sie es, die Frau zum Reden zu
bringen.

„Entschuldigen Sie die Störung", begann sie, obwohl sie sich nachmittags bereits telefonisch angekündigt hatte.

„Sie sagten, in Ihrem Geschäft ist die arme Frau Dräger zusammengebrochen?" Die Augen der matronenhaft wirkenden Frau funkelten wissbegierig. „Kommen Sie, wir setzen uns in die Küche. Ich
habe einen heißen Tee vorbereitet. Das ist bei dem Wetter genau
das Richtige."

„Sie kam jedes Mal in die Boutique, wenn sie bei der Sparkasse vorbeischaute", log Saskia ungeniert. „Und dann, bei diesem letzten
Besuch, ist sie direkt beim Eintreten zusammengebrochen. Und sie
wollte auf keinen Fall, dass ich den Notarzt rief. Das fand ich ziemlich merkwürdig."

„Sie setzten sich durch?" Frau Wittbrodt wartete, bis sie an dem
Tisch, auf dem bereits zwei Tassen und eine Schale mit Gebäck
standen, Platz genommen hatte, bevor sie den Tee einfüllte und sich
ihr gegenüber niederließ.

39

„Es war ganz einfach. Diese Frau ist so was von neugierig!" Saskia
hakte sich grinsend bei dem halb erfrorenen Lennart ein. „Ab ins
Auto. Du musst dich aufwärmen."

„Was hat sie dir erzählt?"

„Später", wehrte sie nach einem Blick auf ihre Armbanduhr ab. Fast
eine Stunde war sie bei Frau Wittbrodt gewesen. Dafür hatte es sich
auch gelohnt. Leonie würde Augen machen!

Diese wartete bereits am üblichen Treffpunkt, dem kleinen Büro
von Lennarts Werkstatt. Hier, so waren sie sich sicher, würde sie
niemand vermuten.

„Ich weiß so gut wie alles über die Drägers", triumphierte Saskia,
nachdem sie die Tür hinter sich geschlossen hatte, damit Markus,
der noch arbeitete, sie nicht hören konnte.

„Ich ebenfalls", winkte Leonie lässig ab. „Hätte mein lieber Bruder",
sie warf ihm einen scharfen Blick zu, „mich ausreden lassen, hättet
ihr euch diesen Besuch schenken können."

„Du wolltest von diesem neuen Kollegen erzählen", protestierte der.

„Und das war der Pfleger von denen!" Sie funkelte ihn an. „Drückst
du mich noch mal weg und schaltest danach dein Handy aus, war's
das."

„Ich musste los, Sassi abholen!"

„Schluss jetzt!" Diese hob beide Arme. „Gut, dann erzähl du zuerst!"

Ja, selbst sie musste zugeben, dass sie kaum Neues zusteuern konnte. Leonies Kollege Marcel hatte fast genau das Gleiche berichtet
wie Frau Wittbrodt. Bei Frau Dräger sei vor ungefähr einem Jahr
eine Depression festgestellt worden. Ursache war vermutlich die
Verschlechterung des Gesundheitszustandes ihres Mannes, der seit
einem Schlaganfall das Bett nicht mehr verlassen konnte. Seitdem
war sie bemüht, ständig an seiner Seite zu bleiben, alle anderen Interessen erloschen, selbst der Kontakt zu den Nachbarn wurde ihr zu

anstrengend. Laut diesem Marcel hatte ihr der behandelnde Arzt unmissverständlich klargemacht, dass die Lebensuhr ihres Mannes fast abgelaufen war. Deshalb wollte sie jede Minute mit ihm auskosten.

„Falls wir trotzdem noch die Haushälterin befragen wollen, kein Problem, sie ist ebenfalls bei Herrn Gründler angestellt." Leonie lehnte sich mit einem zufriedenen Lächeln zurück.

„Diesen Guido erwähnte Frau Wittbrodt übrigens auch", nickte Saskia. „Ein sehr unangenehmer Mann, unfreundlich und wohl auch immer bemüht, so schnell wie möglich fertig zu werden. Die Drägers wären nicht gerade begeistert von ihm gewesen. Glücklicherweise machte er wohl nur die Vertretung für den, der normalerweise kommt, eben besagten Marcel. Von dem hat sie richtig geschwärmt: So ein netter junger Mann!"

„Der ist bei allen beliebt. Er hängt sich aber auch richtig rein. Dem sind seine Patienten wichtig, das merkt man. Ich habe ihn auf dem Rückweg zur Station eingehend gelöchert, der kann seine Vertretung auch nicht sonderlich leiden. Viele seiner Patienten haben sich schon über den beklagt, nur ist leider nichts Fachliches dabei, woraus er ihm einen Strick drehen könnte. Außerdem sind die chronisch unterbesetzt, Herr Gründler muss nehmen, wen er kriegen kann." Sie lachte. „Vermutlich durfte ich deshalb gleich anfangen. Also nach der Schicht muss der Wagen zurück zur Station, weil die, die mittags arbeiten, ihn nutzen, das steht jetzt auch fest."

„Das heißt, dieser Guido wäre mit dem eigenen Auto zurückgefahren, um das Geld zu holen", kombinierte Saskia. „Das würde perfekt passen. Frau Wittbrodt hält ab halb zwei ihren Mittagschlaf, vorher entgeht ihr so gut wie nichts, da ihr Wohnzimmer nach vorn raus liegt. Und ihr ist bis dahin nichts Besonderes aufgefallen. Wäre der Typ nach seiner Runde direkt wieder aufgetaucht, hätte sie ihn sehen müssen."

„Wunderbar, Fall gelöst!", höhnte Lennart. „Und womit hat er die beiden erpresst?"

142

Saskia und Leonie sahen einander an. „Irgendwas findet sich immer", meinte Letztere nach kurzem Überlegen.

„Und das kriegt ausgerechnet der ungeliebte Pfleger raus? Dein toller Marcel wäre ein viel besserer Kandidat. Ich wette, der weiß mehr über die als alle Nachbarn zusammen."

Während Leonie empört auffuhr und ein regelrechter Streit zwischen den Geschwistern entbrannte, kam sie nicht umhin, ihm insgeheim recht zu geben. Das war ihr schon bei der täglichen Runde mit Elli aufgefallen, dass diese nach und nach zur engsten Vertrauten der Patienten geworden war und mittlerweile unheimlich viele Begebenheiten aus dem Leben jedes Einzelnen kannte. Sie wusste, wer noch Familie hatte und inwieweit die sich kümmerte und wer völlig allein dastand. Und über die finanzielle Situation ihrer Pfleglinge war sie auch gut informiert.

Die alten Leute nutzten die knappe Zeit der Pflege, sich mitzuteilen. Da kam vieles auf den Tisch und nicht immer war es erfreulich. Elli erfuhr sowohl die guten Neuigkeiten, dass zum Beispiel alte Bande neu geknüpft worden waren, sich alte Freunde plötzlich gemeldet hatten oder der Sohn nach der Rückkehr aus dem Urlaub vorbeischaute, als auch die schlechten, dass die Kinder sich nie sehen ließen, dass jeder Besuch mit der Bitte um eine Geldzuwendung verknüpft wurde, dass der zu Betreuende in ein Pflegeheim abgeschoben werden sollte. War es da nicht normal, dass sie in manchen Dingen um Rat gefragt wurde und das eine oder andere Geheimnis erfuhr?

Aber Marcel war nicht der Typ, der seine Position ausnutzte. Der bestimmt nicht! Für ihn hätte sie die Hand ins Feuer gelegt. Der liebte seinen Job und würde nicht riskieren, ihn aufs Spiel zu setzen. Auch nicht für eine riesige Summe, die es ihm ermöglichte, diesen aufzugeben? Immerhin hatte er ihr auch von den Urlauben vorgeschwärmt, die er in den Ferien zusammen mit seiner Familie unternahm, in jeden Ferien wohlgemerkt. Im Herbst waren sie auf den Seychellen gewesen!

So sehr sie sich bemühte, sie konnte die innere Stimme nicht zum Verstummen bringen.

40

„Du weißt, dass du Herrn Gründler in die Hände gearbeitet hast?", fragte ihr neuer Kollege, nachdem sie losgefahren waren.

Leonie schüttelte stumm den Kopf. Es fiel ihr heute Morgen schwer, ihm unbefangen gegenüberzutreten. Zwar hatte sie ihn gestern gegenüber Saskia und Lennart vehement verteidigt, trotzdem war ihr nur zu deutlich bewusst, dass es ihm womöglich gelungen war, sie genau wie seine Patienten einzuwickeln, sodass sie ihn nach einem einzigen Tag in den höchsten Tönen lobte.

„Wie du bestimmt gemerkt hast, brauche ich bei vier meiner Patienten Hilfe. Du musst ihm wie ein Gottesgeschenk vorgekommen sein." Er kicherte vor sich hin, richtig gehässig klang, das, dachte Leonie aufsässig. „Er hat mich nicht gebeten, dich zu begleiten", stellte sie richtig. „Ich war es, die bat, weitere Erfahrungen machen zu dürfen."

„Er musste zuerst abwarten, wie du dich anstellst. Ich wette, Elli hat ihm jeden Tag Bericht erstattet. Tja, und bevor er sich mit dem väterlichen Rat an dich wenden konnte, deinen Horizont an anderer Stelle zu erweitern, bist du auf dieselbe Idee gekommen. Er hat mich direkt nach eurem Gespräch angerufen, um mir Bescheid zu geben, dass ich ab morgen eine Hilfe hätte."

„Also haben deine beiden Kolleginnen mich angelogen?" Das ließe sich nachprüfen. Und dann würde sie wissen, ob er sich mit seiner Offenheit bei ihr einschleimen wollte oder es ehrlich mit ihr meinte.

„Ich denke, er hat sie gebeten, dich abzuwimmeln, weil er zurzeit keine Aushilfe hat, die er mir schicken kann." Er löste eine Hand vom Lenkrad und tätschelte ihren Arm. „Sieh es positiv! Sonst muss im Notfall die Resi einspringen, das war wohl selbst für ihn das größere Übel."

Resi war der Name der Ziege, wie sie wusste. „Die ist auch Krankenpflegerin?"

„Ursprünglich ja. Sie hat sich weitergebildet und macht jetzt die Abrechnungen und die Neuaufnahmen. Das heißt, sie geht zu den Leuten, die uns beauftragen wollen, und bespricht mit ihnen, was wir genau tun sollen."

„Du kannst sie nicht ab", stellte Leonie befriedigt fest.

„Die bildet sich zu viel auf ihre Position ein. Rechte Hand vom Chef", er schnaubte. „Meint, uns rumkommandieren zu können."

Sie war hin- und hergerissen. Sie wollte ihm gern vertrauen, ihm am liebsten direkt von ihrem Verdacht berichten. Andererseits – was, wenn sie sich in ihm täuschte?

Ich warte ab, wie sich der heutige Tag entwickelt, beschloss sie.

Danach war sie auch nicht wirklich schlauer. Ja, er war ein angenehmer Arbeitskollege und konnte gut mit den Patienten, das schloss trotzdem nicht aus, dass er große finanzielle Probleme hatte oder skrupellos genug war, sich durch Erpressung ein angenehmeres Leben zu gestalten. Sie wurde einfach nicht schlau aus ihm.

Sie schob die Entscheidung vor sich her, bis Marcel von Guido abgelöst wurde. Das Einzige, was sie nun definitiv wusste, war, dass er in Bezug auf ihre Überstellung zu ihm nicht gelogen hatte. Seine beiden Kolleginnen bestätigten, dass Herr Gründler sie gebeten hatte, sie in Marcels Richtung zu schubsen, wie sie es nannten. Und dass man anscheinend von ihr erwartete, Guido in den zwei Tagen, die er diese Schicht übernahm, ebenfalls zu unterstützen. Herr Gründler hatte sie persönlich angerufen und gefragt, ob es ihr etwas ausmachen würde, noch länger durchzuarbeiten – der sofortige Wechsel von Ellis auf Marcels Schicht war ja von ihrer Seite aus erfolgt. Selbstverständlich ständen ihr natürlich dieselben Freischichten wie den anderen zu, man könne dann vielleicht übereinkommen, dass diese zusätzlichen Tage die Dauer ihres Praktikums verkürzten.

Sie erklärte sich einverstanden, ohne ihn daran zu erinnern, dass sie dieses ja freiwillig machte und nicht unbedingt auf eine bestimmte Stundenzahl angewiesen war. Im Endeffekt kam ihr das Angebot sogar entgegen. Je eher sie Erfolg hatte, desto schneller konnte sie darangehen, ihr eigenes Leben zu regeln.

Guido machte kein Hehl daraus, dass er von dieser Zusammenarbeit nicht gerade begeistert war. Er begrüßte sie mit einem mürrischen Hallo und schwieg, bis sie ihr erstes Ziel erreicht hatten.

Dort erlebte sie die erste Überraschung. „Sie soll ran!", knurrte der Immobilienmakler und nickte in ihre Richtung. „Sie sind mir zu grob."

Guido hob ergeben die Hände. „Des Menschen Wille ist sein Himmelreich."

Leonie bemühte sich, ihren Ekel zu unterdrücken, und machte sich daran, die Verbände zu lösen. Durch die regelmäßige Pflege und eine gleichzeitige Umstellung der Medikamente hatten sich die offenen Stellen bereits deutlich gebessert. Trotzdem nässten sie immer noch und sie musste behutsam vorgehen. Zumindest unterließ der Patient seine sonst übliche Knurrerei, sogar als sie ihn gemeinsam auf die Seite drehten, um seinen Rücken zu behandeln, wobei er allerdings wieder darauf bestand, dass sie ihn einrieb.

„Waschlappen-Kurzversion reicht heute." Er musterte sie aus seinen Schweinsäuglein von oben bis unten. „Das holen wir nach, wenn Marcel wieder am Start ist."

Auch der alte Brummbär, wie sie den Doktor bei sich nannte, zeigte deutlich, dass er sie bevorzugte. Er unterhielt sich fast ausschließlich mit ihr, Guido wurde kaum beachtet. „Kommen Sie morgen wieder?", fragte er hoffnungsvoll bei der Verabschiedung und strahlte, als sie bejahte.

„Ich weiß nicht, wie du und Marcel das macht", lautete der Kommentar des Pflegers. „Die größten Arschlöcher lieben euch. Ich dagegen bin jedes Mal froh, wenn ich die Tür hinter mir schließen kann."

41

Der zweite Tag mit Guido verlief ähnlich. Er blieb griesgrämig und einsilbig. Ein echtes Gespräch kam mit ihm nicht auf. Sie schaffte es weder etwas zu seinem Vorleben noch vernünftige Statements zu den einzelnen Patienten aus ihm herauszuholen. Er betonte nur mehrfach, wie ätzend er Marcels Pfleglinge finde.

Selbst als sie ihn auf Herrn Dräger ansprach, erfuhr sie nichts Neues. Im Gegenteil, er musterte sie misstrauisch und ließ nicht locker, bis sie ihm die Erklärung gab, die Eltern einer Freundin wohnten in derselben Straße und hätten das Drama live miterlebt.

„Was für ein Drama?" Er zuckte die Schultern. „Das war eh abzusehen, dass der bald den Löffel abgibt. Der erfährt von dem Tod seiner Frau und Ende."

Entweder stellte er sich doof oder er wusste tatsächlich nichts. Sie tendierte eher zu Ersterem. Das konnte doch nicht sein, dass er sich so gar keine Gedanken machte!

Ein weiteres Erlebnis gab ihr zu denken. Eine der älteren Frauen reagierte ausgesprochen komisch, das war ihr bereits gestern aufgefallen. Argwöhnisch beäugte sie jeden Handgriff, den Guido tat, und bemühte sich, ihn nicht allein im Zimmer zu lassen.

Bei Marcel benahm sich Frau Seiffert ganz anders. Mit ihm schäkerte sie und sonnte sich in seiner Aufmerksamkeit. Seine Besuche schienen richtige Highlights für sie zu sein, immer gab es irgendetwas, das sie ihm dringend erzählen musste. Natürlich nichts wirklich Weltbewegendes, die alte Dame schien wie fast alle, die sie aufsuchten, stark vereinsamt und hatte niemanden, der sich um sie kümmerte. Kinder oder andere nähere Angehörige existierten nicht, die Freundinnen lebten im Altenheim oder waren verstorben, die Nachbarn hatten gewechselt und, da sie nicht mehr vor die Tür konnte, waren diese ihr fremd geblieben. Zudem war sie entweder geizig oder nicht sehr begütert, mittags bekam sie ein Fertiggericht vorbeigebracht, eine Putzfrau erschien zweimal in der Woche.

Das Haus war für eine große Familie gedacht und verfiel durch die mangelnde Pflege. „Ich muss es sowieso verkaufen, wenn ich nicht mehr in der Lage bin, allein zu leben. Warum sollte ich mein bisschen Geld dafür ausgeben?"

So arm, wie sie tat, war Frau Seiffert allerdings nicht. Leonie war zwar kein Kunstkenner, aber sie erkannte sehr wohl, dass die Bilder an den Wänden keine billigen Drucke waren, die Möbel vermutlich echt antik und die überall herumstehende Deko wertvolle Einzelstücke.

„Die ist geizig, das ist alles", lautete Guidos abschätziger Kommentar. „Die könnte sich alles vom Feinsten leisten und hockt auf ihrem Geld. Hast du den Fernseher gesehen?" Es handelte sich dabei um ein altes Röhrengerät. „Was nicht kaputt ist, wird nicht ausgetauscht." Er lachte auf. „Wirf beim nächsten Besuch mal einen Blick in die Küche. Du denkst, die Zeit wäre stehen geblieben."

Das war für seine Verhältnisse schon eine überlange Rede. Daher wagte Leonie, weiter zu bohren. „Bilde ich mir das ein oder ist sie sehr misstrauisch?"

„Gut erkannt! Die wird echt immer extremer. Ich kenne sie jetzt fast ein Jahr und es wird von Woche zu Woche schlimmer."

Man konnte ihn fast schon als lebhaft bezeichnen, dachte Leonie. So viele Worte hintereinander hatte er bisher nicht von sich gegeben.

„Ich denke, die wird langsam dement. Da denken die oft, man wäre nur darauf aus, sie zu beklauen. Hast du bemerkt, wie die aufpasst?" Er lachte wieder. „Demnächst werde ich mich wohl nicht mehr allein hin trauen. Wer weiß, auf was für seltsame Ideen die noch kommt."

„Ich hatte eigentlich gedacht, ihr wärt viel öfter zu zweit unterwegs", gestand sie. „Ist es den Frauen egal, wenn sie von Männern versorgt werden? Ich meine, umgekehrt ist das ja kein Thema…?" Sie hielt inne. „Ist aber so, oder?"

„Bei den Alten auf jeden Fall." Sie konnte direkt spüren, wie er sich wieder zurückzog. „Die werden vorher gefragt, wie sie es gern hätten. Darum hat Marcel auch mehr Männer als Frauen." Er beugte sich vor und stellte das Radio an.

Leonie verstand den Wink, lehnte sich zurück und hing ihren eigenen Gedanken nach. Dabei hätte sie viel lieber mit ihm über dieses Phänomen diskutiert. Die meisten älteren Männer freuten sich über eine junge Krankenschwester. Die genierten sich nicht, sich von denen von Kopf bis Fuß waschen zu lassen. Vielleicht genossen sie es ja sogar. Immerhin war ihr aufgefallen, dass die männlichen Patienten von Marcels neuer Begleitung hin und weg waren – bis auf die zwei, die vor sich hindämmerten und sowieso kaum mitbekamen, wer sich um sie kümmerte.

Guido hatte recht. Die Frauen, die sie auf ihrer Runde betreuten, waren keine kompletten Pflegefälle, bei ihnen standen Kleinigkeiten wie Verbandswechsel, Spritzen setzen und Ähnliches an. Bei Elli hingegen war es genau umgekehrt. Der eine Mann, den sie betreute, war ebenfalls nicht bettlägerig, im Gegensatz zu den Frauen, bei denen meist das komplette Programm durchgezogen wurde: Windeln wechseln, waschen, eincremen. Komisch, dieser Punkt war ihr im Altenheim damals gar nicht aufgefallen. Oder galten dort andere Regeln?

Sie rief sich selbst zur Ordnung. Zurück zu dem aktuellen Fall! Erstens Augen aufhalten bei allem, was Guido betraf, zweitens weiter versuchen, ihn auszuhorchen. Es mussten endlich Ergebnisse her!

42

Trotzdem war sie auch am nächsten Tag, den sie wieder mit Marcel verbrachte, nicht weiter.

Kurzerhand entwarf sie einen neuen Plan. Sie würde mit Elli über die beiden Männer sprechen. Ihrem Urteil vertraute sie.

„Ich muss morgen früher gehen", sagte sie zu dem Pfleger. „Ich habe einen Vorstellungstermin und will nicht zu abgehetzt auftauchen. Ist das okay für dich, wenn ich die letzten zwei Patienten auslasse?"

„Klar, kein Problem."

Er machte sogar extra einen kleinen Umweg und brachte sie bis zur Bushaltestelle.

Auf dem Rückweg überlegte Leonie, wie sie vorgehen sollte. Gleich mit der Tür ins Haus fallen? Oder lieber harmlos beginnen?

Wie immer war Elli fast eine halbe Stunde zu spät. Als Leonie die Station erreichte, fuhr gerade erst ihr Auto vor. Sie wartete an der Ecke auf sie.

Die Pflegerin freute sich sichtlich, sie zu treffen. „Na, das ist eine Überraschung. Bist du auf dem Weg ins Büro?"

„Nein, ich würde gern mit dir reden. Hast du einen Moment Zeit?"

Statt zu antworten, nahm Elli ihren Arm und bugsierte sie auf den Eingang der Bäckerei zu, in dem es auch drei kleine Tische gab. „Probleme?", fragte sie, nachdem sie Platz genommen hatten.

Leonie sah sich rasch um, bevor sie loslegte. An der Theke standen zwei Kunden, die beiden Gruppen an den anderen Tischen unterhielten sich angeregt, kein neugieriger Zuhörer in der Nähe. „Was weißt du über Marcel?", fragte sie ganz direkt.

Die Pflegerin stutzte, ihre Miene verschloss sich. „Kommst du mit ihm nicht klar?" Ihre ganze Körperhaltung drückte deutlich ihr Unverständnis über diese Möglichkeit aus.

„Im Gegenteil, ich finde, er ist ein toller Kollege. Es ist nur - ich glaube, ich habe bei dir viel gelernt, vielleicht zu viel", fuhr Leonie fort und rang verzweifelt die Hände. „Dazu Marcels nette Art, dieser Guido stößt mir immer mehr auf."

Elli runzelte die Stirn. „Du hast was gegen Guido und fragst mich, wie ich Marcel einschätze?"

„Ich …" In dem Moment kam die Bedienung und brachte ihre Bestellung. „Weißt du, ich muss mit irgendwem über Guido reden und normalerweise bietet sich da ja der direkte Kollege an. Marcel ist super, fast schon zu gut, um wahr zu sein, wenn du verstehst, was ich meine."

„Nein." Elli schüttelte verständnislos den Kopf und begann in ihrem Kaffee zu rühren, obwohl sie weder Zucker noch Milch eingefüllt hatte.

„Marcel ist ein Traumtyp", versuchte Leonie zu erklären. „Die Arbeit mit ihm ist angenehm, er kommt gut mit seinen Patienten aus, selbst mit den besonders schwierigen, er erklärt, ohne besserwisserisch zu klingen, und gibt sich offen und ehrlich. Guido ist das genaue Gegenteil, mürrisch und wortkarg und ich habe das Gefühl, er hasst seinen Job."

„Und? Wo liegt denn nun dein Problem?"

„Ich bin erst seit zehn Tagen dabei, du kennst die beiden länger."
Leonie hielt inne. Puh, das war schwieriger als gedacht. „Ich will dich da nicht mit reinziehen. Sagen wir mal so, ich habe eine Beobachtung gemacht, die ich dringend mit einem von den beiden besprechen muss. An wen soll ich mich wenden?"

„Na, an Marcel!" Elli griff nach ihrer Kuchengabel und begann zu essen. „Worum geht es denn? Du musst schon deutlicher werden."

„Ich vermute, dass mindestens ein Patient bestohlen wird." Leonie beobachtete genau ihre Reaktion.

Elli lachte schallend, verschluckte sich, hustete und trank hastig mehrere Schlucke von ihrem Kaffee. „Du bist einem der Verwirrten auf den Leim gegangen", keuchte sie schließlich. „Was meinst du, wie oft wir in dieser Form angegriffen werden. Ich würde sagen, fast täglich gibt es mindestens eine derartige Behauptung. Viele verlegen andauernd irgendetwas und behaupten dann, wir hätten es gestohlen."

Dankbar griff Leonie die Erklärung auf. „Es war eine Frau. Sie bat mich um Hilfe, sagte, andauernd verschwänden Schmuckstücke von ihr. Ich müsse etwas unternehmen. Ich wusste nicht, an wen ich mich wenden sollte."

„Und da fiel deine Wahl auf mich?"

„Dir traue ich am meisten." Das war nicht einmal gelogen.

Trotzdem fühlte sich Elli geschmeichelt. „Also das Beste ist, passiert das wieder, sagst du es deinem Begleiter, egal um wen es sich handelt. Selbst Guido wird die Zeit für eine Suche dransetzen, alles andere wäre kontraproduktiv. So ein Verdacht muss schnellstens ausgeräumt werden."

„Guido wirkt immer, als würde er am liebsten auf seine Patienten losgehen." Leonie sah bei diesen Worten nicht auf, als vertraue sie ihrem Gegenüber ein Geheimnis an, sondern zerkrümelte ihren Kuchen, ohne die Gabel zum Mund zu führen.

„Das ist eben seine Art. Trotzdem gibt er sich Mühe, ganz bestimmt. Bisher ist noch keine Beschwerde eingegangen."

„Die Patienten mögen Marcel wesentlich lieber", widersprach Leonie.

„Von seiner Kompetenz her ist Guido ebenso gut. Du kannst dich zu hundert Prozent auf ihn verlassen, glaube mir."

Endlich konnte sie Tacheles reden! Sie beugte sich vor? „Kennst du ihn näher? Hast du schon mit ihm zusammengearbeitet? Wie lange ist er schon bei euch?"

43

Langsam war Saskia der Ansicht, dass sie die Lösung des Falls doch besser der Polizei überließen. Leonie machte keinerlei Fortschritte und ihr fiel nichts ein, was sie noch unternehmen konnte.

Aber die Angst vor einem neuen Angriff war ihr genommen. Nach dem Erscheinen des Artikels hatte sie die ersten Tage noch ein leicht mulmiges Gefühl gehabt, das mit jeder Stunde, die nichts passierte, weniger wurde und nun verschwunden war. Nur der Taschenalarm lag weiterhin griffbereit unter der Theke, eine, wie sie zugeben musste, durchaus sinnvolle Maßnahme, um sich zu schützen.

Herr Dietz hatte sich seit seinem Besuch noch zweimal bei ihr gemeldet, einmal telefonisch, einmal war er nach seinem Feierabend vorbeigekommen - um sie auf dem Laufenden zu halten, wie er sagte. Die polizeilichen Ermittlungen hatten bisher nichts ergeben, der Mann, der sich als Neffe der Drägers ausgegeben hatte, blieb im Dunklen. Keiner der Nachbarn hatte etwas gesehen oder gehört.

Der zuständige Pfleger war noch einmal intensiv vernommen worden, ohne dass sich daraus Neues ergab. Frau Dräger und ihr Mann seien wie immer gewesen, soweit er wisse, habe sich niemand sonst im Haus aufgehalten. Über den beabsichtigten Besuch bei der Sparkasse sei nicht gesprochen worden.

Der behandelnde Arzt, der auch den Totenschein ausgestellt hatte, war sich sicher, dass die Nachricht vom Ableben seiner Frau den Exitus herbeigeführt hatte. Man überlege, ob man ihn trotzdem obduziere, Genaueres dazu könne er ihr leider nicht sagen, hatte Herr Dietz erklärt. Denn eines war auf jeden Fall seltsam. Die Haushälterin hatte bei dieser neuerlichen Befragung ausgesagt, im hauseigenen Safe hätten sich zum Zeitpunkt des Ablebens der Drägers um die zehntausend Euro befinden müssen, dazu diverse teure Schmuckstücke, darüber könne die Versicherung wahrscheinlich genauere Angaben machen. Das war ein Punkt, der zu denken gab.

Saskias Optimismus, dass die Polizei das Rätsel schon lösen würde, stieß beim gemeinsamen abendlichen Brainstorming mit den Freunden auf wenig Gegenliebe.

„Die paddeln genauso rum wie wir", hatte Leonie gespottet.

Was sollten die Ermittler denn unternehmen, wenn es keinerlei Anhaltspunkte gab? Dieses Herumgestocher beim Pflegedienst brachte sie garantiert genauso wenig weiter. Sie konnte Leonies Logik nicht folgen. Ihrer Meinung nach war die Annahme der Polizei, dass es sich bei dem Täter um jemanden aus dem Bekanntenkreis der Drägers handeln musste, viel wahrscheinlicher. Jedenfalls hatte es Herr Dietz geschafft, seinen Vorgesetzten zu überzeugen, in diese Richtung zu ermitteln.

Dass ein echtes Verbrechen vorlag, glaubte leider keiner seiner Kollegen. Sie gingen davon aus, dass Frau Dräger ihren Ehegatten nicht allein lassen wollte und jemanden aus ihrem Freundeskreis gebeten hatte, bei ihm zu bleiben. Dieser Mann nutzte, nachdem der Patient beim Übermitteln der Nachricht zusammengebrochen war, die Gunst der Stunde und bediente sich nicht nur am Safe, sondern versuchte anschließend, das Geld aus der Sparkasse an sich zu reißen, was dank Saskia misslang. Mittlerweile glaubte man sogar, dass der Überfall am nächsten Tag auch auf dessen Konto ging. Die Fahndung nach Leonie lief allerdings weiter, da diese der Aufforderung, sich bei der Polizei zu melden, bisher nicht nachgekommen war.

„Wir wissen, dass sie sich am nächsten Tag in Köln aufhielt und sich bester Gesundheit erfreute. Also keine Spur von einer Entführung oder einem sonstigen Drama", Herr Dietz hatte sie bei diesen Worten genauestens beobachtet. „Angeblich weiß keiner, wo sie steckt, sie hat mit niemandem Kontakt aufgenommen. Was sollen wir davon halten? Es wirkt schon verdächtig, dass sie und das Geld gleichzeitig verschwinden, finden Sie nicht?"

„Ich kann es mir nicht vorstellen. Wir sind seit vielen Jahren befreundet, ich denke, ich kenne sie in- und auswendig. Das wäre das

Letzte, was ich ihr zutraue. Nein, es muss eine andere Erklärung geben", hatte sie, ohne zu zögern, erwidert.

„Morgen rede ich mit Marcel Klartext", sagte Leonie jetzt. „Elli meint, ich könnte ihm vertrauen."

„Was hast du ihr erzählt?", fuhr Lennart auf.

„Gar nichts. Hältst du mich für blöd? Ich habe eine seltsame Beobachtung bei einem unserer Pfleglinge vorgeschoben und sie um Rat gefragt. Danach sind wir ins Quatschen gekommen. Ihrer Meinung nach ist Marcel absolut integer." Sie verzog das Gesicht. „Allerdings hält sie auch große Stücke auf Guido. Sie sagt, er hat ein immenses Fachwissen."

„Was nichts über deren Innenleben aussagt", spottete ihr Bruder. „Du bist genauso schlau wie vorher."

„Elli ist eine gute Beobachterin und Menschenkennerin. Wenn sie Marcel für einen aufrechten Mann hält, dann glaube ich ihr das." Leonie funkelte ihn wütend an. „Ich unternehme wenigstens was, um vorwärtszukommen. Du meckerst bloß rum, eigene Ideen hast du nicht zu bieten."

„Was wusste sie über deren Privatleben?", mischte sich Saskia schnell ins Gespräch. Je länger diese unhaltbare Situation dauerte, desto ruppiger wurde der Ton unter den Geschwistern. Lennart, der sich anscheinend endlich richtig in sein Geschäft einbringen wollte, hatte nach und nach die Lust verloren, sich zu beteiligen. Mehr als Widerspruch gegen alles, was seine Schwester vorbrachte, kam nicht von ihm. Sie konnte ihn sogar verstehen. Es gab nichts Greifbares, nichts, an dem es sich lohnte anzusetzen.

„Wenig", musste Leonie zugeben. „Guido hält sich bedeckt, was sein Privatleben angeht, Marcels Familie lernte sie im Sommer bei einer Party, zu der er die halbe Belegschaft einlud, kennen. Seine Frau soll sehr nett sein, er hat drei kleine Kinder und ein tolles Haus."

„Wir müssten die beiden wenigstens kurz überprüfen, bevor du deinen Kollegen einweihst", befand Saskia. „Lennart, könntest du nicht…?"

„Ich habe überhaupt keine Zeit", wehrte der sofort ab. „Nee, das ist nicht drin."

44

Die können mich mal! Leonie dachte nicht daran, sich Saskias und Lennarts Vorgaben zu fügen. Ihre Menschenkenntnis war groß genug, dass sie selbst entscheiden konnte, wem sie vertraute und wem nicht. Außerdem wurde es wirklich langsam Zeit, dass sie vorwärtskam.

Kaum hatte sie im Auto Platz genommen, begann sie, Marcel die Wahrheit zu erzählen. Sie berichtete ausführlich, wie Saskia den Zusammenbruch von Frau Dräger erlebt hatte, betonte deren vehemente Weigerung, einen Krankenwagen zu rufen, und endete mit dem seltsamen Auftauchen des fremden Mannes, der sich als Kommissar ausgegeben hatte. Auch die Geschichte vom Auffinden der Tasche und der späteren Entdeckung der riesigen Geldsumme ließ sie nicht aus. Dass sie den Inhalt an sich genommen und was sie damit gemacht hatte, verschwieg sie lieber. „Ich verließ die Wohnung kurz nach Saskia, um mich mit meinem Bruder zu treffen. Als sie zurückkehrte, fand sie die Wohnungstür aufgebrochen vor und das Geld war verschwunden", schloss sie.

Mittlerweile waren sie bei ihrem ersten Patienten angekommen. Marcel, der sie nicht einmal unterbrochen hatte, schaltete den Motor aus und blieb sitzen. „Das ist ja ein Ding! Und du segelst unter falscher Flagge? Wie heißt du wirklich? Und was machst du? Studierst du wirklich Gerontologie?"

„Mein echter Vorname ist Leonie. Den Rest erzähle ich dir gleich. Lass uns reingehen", drängte sie, da sie sich nicht gerade wohl in ihrer Haut fühlte. Wenn er nun nachfragte, warum sie nicht gleich zur Polizei gegangen war?

Der Immobilienmakler war griesgrämig wie immer, vielleicht sogar noch ein bisschen mehr als sonst. „Die Schmerzen lassen mich nicht schlafen. Ich habe die ganze Nacht kein Auge zugemacht."

Marcel maß den Blutdruck, versorgte die Wunden und drückte auf Bauch und Beinen herum. „Die Wassereinlagerungen sind mehr geworden. Sie sollten Ihren Hausarzt bitten, zu kommen."

„Was, schon wieder Krankenhaus? Nicht mit mir!"

„Vermutlich reicht eine Dosisänderung der Tabletten. Rufen Sie ihn an. Je länger Sie abwarten desto schlimmer wird es."

„Denkst du, das reicht wirklich?", fragte Leonie auf dem Weg zurück zum Auto.

„Nein, aber es ist nicht an mir, ihm das zu sagen." Marcel grinste, wurde jedoch sofort wieder ernst. „Vergiss ihn. Erzähl lieber weiter!"

„Es ist alles sehr seltsam. Am nächsten Tag wurde Saskia auf dem Weg zur Arbeit überfallen und der Typ fragte nach ‚dem' Geld." Sie zeichnete die Anführungsstriche in die Luft. „Ein freilaufender Hund vertrieb den Mann."

„Wer hat es denn nun genommen?" Marcel schien völlig irritiert.

„Keine Ahnung", behauptete Leonie mit klopfendem Herzen. „Dieser Anruf am Abend zuvor, der sollte uns aus der Wohnung locken, ganz klar. Vielleicht war es ein Trittbrettfahrer."

„Du meinst, der Typ, der sie überfiel, dachte, deine Freundin hätte es noch?"

Es war schwerer als gedacht. Natürlich ergab die Story keinen Sinn. „Die Polizei vermutet, das ist der gewesen, der hinter der ganzen Geschichte steckt. Und dass ich das Geld geklaut habe, nachdem ich Saskia irgendwie aus der Wohnung lockte." Sie versuchte sich an einem Lachen. „Deshalb muss ich selbst klären, was da passiert ist."

Heute erlebte sie zum ersten Mal, dass Marcel nicht wie sonst immer auf seine Patienten einging. Er erledigte seine Arbeit ohne viel Small Talk und in wesentlich kürzerer Zeit, seine sonst üblichen Scherze verkniff er sich völlig. Dafür gab sich Leonie besonders viel Mühe. Keiner sollte merken, dass er kaum bei der Sache war.

Alle fielen nicht darauf herein. Der Doktor blickte immer wieder prüfend von einem zum anderen, die alte Dame schien sich über die ungeteilte Aufmerksamkeit der netten Praktikantin eher zu freuen, das ältere Ehepaar reagierte leicht konsterniert.

„Du verdächtigst tatsächlich Guido?" Marcel schüttelte auf dem Weg zum nächsten Patienten fassungslos den Kopf. „Wie kommst du denn darauf?"

Leonie seufzte. Das hatte sie ihm schon lang und breit auseinandergesetzt. „Wer käme sonst infrage? Er war an dem Tag bei den Drägers. Einen Fremden hätten die nie eingelassen. Das hast du mir selbst bestätigt."

„Und wie stellst du dir das vor? Womit hat er sie bewegen können, zur Sparkasse zu gehen und diese irrsinnig hohe Geldsumme abzuheben?"

„Genau diesen Punkt gilt es zu klären." Leonie seufzte entnervt. Schon der nächste Halt! Diese ständigen Unterbrechungen brachten sie total aus dem Konzept. Wie sollte sie Marcel auf ihre Seite bringen, wenn sie ständig von vorn beginnen musste!

Das Fieber des Schlaganfallpatienten war gestiegen, sodass Marcel kurzerhand den Notarzt rief und schweigend auf dessen Eintreffen wartete. Bis sie die Wohnung verlassen konnten, lagen sie weit hinter ihrem Zeitplan.

Als hätten sie sich abgesprochen, legten sie das Thema zur Seite, bis sie sich auf der Rückfahrt befanden. Wieder und wieder ging sie mit ihm die wenigen Fakten durch, bis zu dem Ergebnis, das ihr als Einziges sinnvoll erschien. Marcel brachte ein Dutzend Einwände vor, er konnte sich mit dem Verdacht gegen seinen Kollegen Guido nicht abfinden.

„Ich muss das erst mal sacken lassen", sagte Marcel fast entschuldigend beim Einparken vor der Station. „Schaffst du es, mich heute Abend zu begleiten? Dann können wir weiterreden."

„Gute Idee." Sie atmete innerlich auf. Zumindest war er bereit, ihr zu helfen. „Wann und wo treffen wir uns?"

„Sei um fünf hier. Ich sage meiner Frau, dass ich mich später noch mit einem Kumpel treffe. Egal wie lange es dauert, wir gehen es

heute an. Kommst du noch mit rein?" Er deutete mit einem Kopf-
nicken auf das Büro.

„Nee, lieber nicht. Und wenn es geht, sag denen drinnen nicht, dass
ich dich nachher begleite, okay?"

„Klar. Bis gleich."

Sie starrte auf seinen sich entfernenden Rücken. Hoffentlich gelang
es ihr, ihn von ihrer Theorie zu überzeugen.

45

Warum lasse ich mich darauf ein? Lennart wendete missmutig den Wagen und fuhr in Richtung Innenstadt. In den zwei freien Stunden hätte er weiß Gott Besseres machen können, als diesem Pfleger zu folgen.

Aber Saskia hatte nicht locker gelassen. „Wir wissen viel zu wenig über die beiden. Bevor Leonie mit Marcel redet, müssen wir Hintergrundinformationen einholen."

„Wir beauftragen einen Detektiv", hatte er geknurrt. „Leonie hat genug Geld über."

Fettnäpfchen! Offensichtlich hatte Saskia keine Ahnung, dass diese fünftausend Euro für Extraausgaben in Reserve hielt. Bevor es zwischen den beiden eskalieren konnte, hatte er eingelenkt und versprochen, seine knappe Freizeit für die Observierungen zu opfern.

Er parkte gegenüber dem Haus, in dem sich die Pflegestation befand, und wartete. Fünf Minuten später fuhr Guido vor. Lennart zückte sein Handy und schoss ein paar Bilder von ihm, die er später Saskia zeigen wollte. Vielleicht war diese Idee ja besser als gedacht, vielleicht handelte es sich bei ihm tatsächlich um den Mann, der sie später im Geschäft aufgesucht und nach der Tasche mit dem Geld gefragt hatte. Von der Größe her käme es hin, allerdings war er wesentlich schlanker als der Kerl, fast schon mager. Und er hatte kaum noch Haare auf dem Kopf.

Guido hielt sich nur kurz im Büro auf. Er steuerte einen alten verbeulten Opel an, stieg ein und schoss mit aufheulendem Motor davon. Auch Lennart gab Gas. Er bemühte sich, immer zwei, drei Autos zwischen sich und dem Pfleger zu halten, was schwieriger war als gedacht. Dieser war ein rücksichtsloser Fahrer, wechselte ständig von einer Spur auf die andere, nutzte jede Möglichkeit, schneller vorwärtszukommen, und fuhr konstant zwischen sechzig und siebzig.

Dann huschte Guido bei Spät-Gelb über eine Ampel und er musste abbremsen. Bis er endlich weiterfahren konnte, war von dem Opel nichts mehr zu sehen. Lennart zerquetschte einen Fluch zwischen den Lippen. Er folgte noch eine ganze Weile dem Straßenverlauf, dann musste er einsehen, dass er den Mann verloren hatte. Und er wusste nicht mal seine Adresse!

Er warf einen Blick auf die Uhr am Armaturenbrett. Mit etwas Glück würde er den anderen, diesen Marcel, noch abfangen können. Er musste es wenigstens versuchen.

Der Pfleger parkte gerade ein, als er vorfuhr. Statt auszusteigen, setzten die beiden ihr anscheinend wichtiges Gespräch in aller Ruhe fort.

Lennart durchzuckte ein heißer Stich. Leonie hatte doch wohl hoffentlich ihr Vorhaben nicht bereits in die Tat umgesetzt? Das sähe seiner Schwester durchaus ähnlich, ihre Warnungen in den Wind zu schießen und stur ihrem eigenen Kopf zu folgen.

Sobald der Typ ausstieg, wusste er, dass der sich zumindest niemals in diesen Typen, den Saskia ihnen beschrieben hatte, hätte verwandeln können. Allein schon diese Bräune! Und zu groß war er auch. Aber irgendetwas an diesem Schönling stieß ihn ab. Wie einer, der aufopferungsvoll seinem Job nachging, sah der nicht aus. Vielleicht hatte er ja einen Komplizen, mit dem er zusammenarbeitete. Als Tippgeber konnte er sich ihn durchaus vorstellen.

Leonie wandte sich zur Straße und Marcel sich zum Büro. Während er sich gedanklich auf die Schulter klopfte, dass er geistesgegenwärtig mit seinem auffälligen Wagen hinter einem Lastwagen Deckung gesucht hatte, schielte er wieder auf die Uhr. Ihm lief langsam die Zeit davon. Eine knappe Stunde noch und er musste den nächsten Fahrgast abholen.

Nur schade, dass ihm dieser geniale Einfall nicht viel früher gekommen war. Dann hätte er sich selbst aus den Fängen des Geldeintreibers lösen können und das alles wäre vermutlich nie passiert. Doch dass seine Idee dermaßen gut einschlagen würde, damit hatte er wirklich nicht gerechnet, sie war eher aus dem Willen geboren, es nun unbedingt schaffen zu müssen. Kontakte hatten sie genügend und der Fahrdienst, den er innerhalb von einer einzigen Woche aufzog, brachte neben weiteren Einnahmen auch noch Werbung für das echte Geschäft. Der Kunde heute Morgen hatte bass erstaunt gewirkt, als er ihn in dem folierten Wagen abholte, um ihn zum Flughafen zu bringen. Leider war der Goldbronzeton mit dem großen Schriftzug ein bisschen zu auffallend für eine Verfolgung. Mehr als einmal durfte er sich damit nicht blicken lassen.

Er wurde aus seinen Überlegungen gerissen, da Marcel aus der Tür trat und auf einen Minivan zusteuerte.

Immerhin war der ein umsichtiger Fahrer und es bereitete ihm keine Mühe dranzubleiben. Drei Straßen weiter hielt der Pfleger bereits wieder an und steuerte auf den Kindergarten zu. Wenig später tauchte er mit einem wild herumhüpfenden Vierjährigen auf, der sich nur mit Mühe bändigen ließ.

Die nächste Station war die Schule. Wenigstens hat er in dem Punkt nicht gelogen, dachte Lennart. Zwei etwa achtjährige Mädchen, die sich wie ein Ei dem anderen glichen, liefen neben ihrem Vater brav zum Wagen. Er bemühte sich, großzügig Abstand zu halten, und folgte dem Van durch ein Gewirr von Straßen, bis dieser in eine Garageneinfahrt bog. Erst in der nächsten Straße parkte er selbst ein und nahm den gegenüberliegenden Bürgersteig, um sich das Haus aus der Nähe anzuschauen.

Was für ein Traum! Allein das Grundstück war bestimmt fast tausend Quadratmeter groß. Es handelte sich um eine dieser alten Villen, wie er fachmännisch erkannte, noch aus der Zeit, in der großzügig gebaut wurde und in der, wenn man über genügend Kapital verfügte, Platz keine Rolle spielte. Das zweistöckige Gebäude verfügte über einen lang gezogenen Nebentrakt, der vermutlich früher den Dienstboten vorbehalten war, an den sich eine Doppelgarage anschloss. Ein Tor, das in den hinteren Garten führte, begrenzte die vordere Front, ein stabiler Zaun die seitliche zum Nachbarn. Die Fläche dahinter bot auf jeden Fall genügend Platz für die Kinder, er erkannte im Vorbeigehen mehrere hölzerne Spielgeräte, noch recht neu und bestimmt nicht billig.

Statt denselben Rückweg zu benutzen, umrundete er lieber den Block. Vor lauter Staunen hatte er seine Schritte arg verlangsamt, während er an dem Grundstück vorbeischritt, da wollte er nicht durch sein erneutes Auftauchen auffallen. Echt der Wahnsinn! Wie konnte man sich in dem Alter ein derartiges Anwesen leisten?

Statt eine Antwort zu finden, türmten sich neue Fragen vor ihm auf. Was wohl so eine Villa kostete? Vor allem eine im besten Zustand? Zumindest von außen war da einiges angelegt worden. Verdiente ein Paar derart viel Geld, um diese Investition in einem einzigen Leben zu stemmen? Immerhin kosteten Kinder ja auch eine Menge!

Lennarts Jagdeifer war geweckt. Nach Beendigung seines Auftrags würde er erneut hier auftauchen, allerdings mit einem anderen Fahrzeug. Und Saskia musste ebenfalls mithelfen. Sie konnte die morgendliche Observierung übernehmen.

46

Der Umstand, dass die Freundin für sich ebenfalls Geld abgezweigt hatte, wäre fast der Auslöser für den nächsten Streit geworden. Nur Lennarts Einschreiten hatte eine Eskalation verhindert.

Doch auch am nächsten Morgen war Saskia noch sauer. Gab es vielleicht weitere Dinge, die Leonie ihr bei ihrer ‚Beichte' verschwiegen hatte? Klar, die fünftausend Euro, die sie und die zehntausend Euro, die Lennart einbehalten hatte, waren ein Tropfen auf den heißen Stein, es ging ihr eher ums Prinzip. Wenn man reinen Tisch machte, sollte man alles aufdecken, auch Kleinigkeiten. Dass die Freundin bloß vergessen hatte, den Betrag zu erwähnen, nahm sie ihr nicht ab.

„Was hast du denn gedacht, wovon ich die Fahrt nach Köln und meine Verkleidungen bezahlt habe?" Leonie hatte versucht, den Spieß einfach umzudrehen. „Ich war fast pleite, als ich zu dir kam."

„Wie gut, dass Lennart nicht die komplette Summe benötigte." Ja, damit war sie deutlich übers Ziel hinausgeschossen, das sah sie ein. Es lag daran, dass sie immer noch nicht mit Leonies Verrat abgeschlossen hatte. Vielleicht wenn sie sich eine Weile nicht gesehen hätten. Aber so, dadurch dass sie andauernd aufeinanderhockten … Nein, sie war weit davon entfernt, ihr zu verzeihen.

Wenn ich wenigstens Herrn Dietz auf die beiden Pfleger ansetzen könnte, dachte sie zum x-ten Mal an diesem Tag. Für ihn müsste es ein Leichtes sein, die notwendigen Informationen zu bekommen. Bloß, wie hätte sie vorgehen sollen? „Ach übrigens, meine Freundin, die, die Sie so dringend suchen, arbeitet undercover bei dem Pflegedienst, der für Herrn Dräger zuständig war. Sie findet zwei der Männer äußerst verdächtig, könnten Sie die bitte überprüfen?"

Immerhin war Lennart nach einigem Hin und Her bereit gewesen, diese Aufgabe zu übernehmen. Ob er tatsächlich so viel zu tun hatte, wie er behauptete?

Sie blickte erstaunt auf, als er am späten Nachmittag plötzlich den Laden betrat. „Gibt es wichtige Neuigkeiten?"

„Du musst mir helfen. Ich komme allein nicht weiter." Er berichtete, was er bis jetzt herausgefunden hatte. „Wenn du das Haus siehst, weißt du, was ich meine. Die Frau von dem muss zu den Großverdienern gehören, um sich das leisten zu können. Wieso arbeitet er dann mit?"

„Und was erwartest du von mir?"

„Du folgst morgen früh seiner Frau, damit wir sehen, wo sie arbeitet. Ich starte mittags einen neuen Versuch bei diesem Guido."

„Das bringst überhaupt nichts", wehrte Saskia ab. „Davon haben wir immer noch keinen Einblick in ihre finanziellen Verhältnisse. Überrede Leonie, einen Detektiv einzuschalten. Die finanziellen Mittel sind ja wohl vorhanden. Den Part, als Auftraggeber aufzutreten, übernehme ich gern."

„Ist es, weil du kein Auto hast?"

Wollte er nicht verstehen? „Quatsch!", fauchte sie. „Das würde ich mir leihen. Ich sehe den Sinn nicht. Wir brauchen wirklich professionelle Hilfe. Wie soll ich rauskriegen, als was seine Frau dort angestellt ist? Und selbst wenn ich das irgendwie schaffe, haben wir keinen Schimmer, wie hoch ihr Verdienst ist."

„Kennst du denn einen Detektiv?"

Dass er so schnell nachgab, machte sie eher misstrauisch. „Der Rechtsanwalt, der mir mit dem Erbe half, hat bestimmt einen an der Hand."

Lennart lehnte sich gegen die Theke und starrte schweigend nach draußen. „Das dauert bestimmt viel zu lange, bis wir Ergebnisse bekommen."

„Die sind wenigstens fundiert und fußen nicht auf irgendwelchen Annahmen", widersprach sie energisch.

Er gab sich einen Ruck. „Gut, mein Okay hast du. Kannst du gleich morgen früh nachfragen?"

„Ich brauche Geld", erinnerte sie ihn. „Ich habe nämlich keine Ahnung, ob ich eine Art Vorauszahlung leisten muss."

„Äh. Leg es bitte vor. Ich gebe es dir später, versprochen."

Nein, das war ihr zu vage. „Ich habe nichts", sagte sie frei heraus.

Er dachte an einen Scherz und lachte.

„Es ist mein Ernst. Ich kann nicht einige hundert Euro vorlegen."

„Du hast diesen tollen Laden", er drehte sich einmal um die eigene Achse und machte eine ausladende Handbewegung.

„Du hast diese tolle Werkstatt." Sie gab sich keine Mühe, ihren Hohn zu verbergen. „Genau wie du habe ich kaum mein Auskommen."

Er legte den Kopf schief und vergewisserte sich: „Kein Scherz?"

„Nein, mit so etwas würde ich nie scherzen."

„Ich dachte, deine Mutter ... sie war eine klasse Frau ... die hatte echt Ahnung von Mode."

„Aber keinen Schimmer von finanziellen Dingen. Die Boutique stand kurz vor der Pleite, als sie erkrankte."

„Oh, Sassi." Er rückte näher an sie heran, um sie in den Arm zu nehmen.

Sie rettete sich hinter die Theke. Und genau in diesem Moment öffnete sich die Tür und Herr Dietz kam herein. Saskia strahlte ihn an, bemüht, kein schlechtes Gewissen erkennen zu lassen. Ob es ihr gelang, konnte sie leider nicht an seinem Gesicht ablesen, seine Miene blieb unbeweglich.

„Ich muss los." Kaum hatte sie ihn namentlich begrüßt, ahnte Lennart, wen er vor sich hatte. „Ich melde mich später noch mal bei dir."

„War das nicht der Bruder von Ihrer Freundin?" Herr Dietz warf dem gerade Entschwindenden einen langen Blick nach.

„Ja, er kommt regelmäßig vorbei, um nachzuschauen, ob Leonie nicht doch bei mir aufgetaucht ist. Ich glaube, er traut mir nicht und denkt, ich würde sie verstecken."

Der Kommissar enthielt sich einer Antwort darauf. Stattdessen sagte er: „Ich wollte fragen, ob Sie Lust hätten, mit mir heute Abend essen zu gehen."

47

„Ich habe nachgedacht", empfing Marcel sie. „Eigentlich bin ich immer noch davon überzeugt, dass du dich irrst. Aber gehen wir jetzt einfach mal davon aus, dass du recht hast. Wie stellst du dir den genauen Ablauf vor?"

„Erpressung", brachte Leonie so überzeugend wie möglich heraus, noch bass vor Erstaunen, dass sie keine neuen Anläufe unternehmen musste, ihn auf ihre Seite zu ziehen. „Er hat irgendetwas gewusst, das nicht an die Öffentlichkeit dringen durfte."

„Kannst du vergessen! Die Drägers hatten keinen Dreck am Stecken. Die nicht. Ja, wenn es sich um unseren Immobilien-Fuzzi handeln würde, das wäre was anderes."

„Wie bringt man sonst jemanden dazu, einem Geld zu geben?", überlegte sie laut, obwohl sie die Antwort darauf bereits wusste. Nicht nur er hatte die Zeit zum Nachdenken genutzt. „Wäre er da geblieben, hätte ich gesagt: Er nahm den Mann als Geisel."

„Oder es gab einen Komplizen." Sie hatten die Innenstadt hinter sich gelassen und bogen auf die Schnellstraße ab. Marcel drückte das Gaspedal herunter. „Denk an den angeblichen Kommissar und an den Überfall im Park."

Gut, er war selbst zu diesem Schluss gekommen. Besser konnte es nicht laufen. „Das würde alles erklären: Den Herzanfall, ihre Weigerung, einen Krankenwagen zu rufen – der Schock hat sie das Leben gekostet."

„Und ihr Mann? Zwei Todesfälle durch Schock wären zwar möglich, aber doch eher unwahrscheinlich."

„Den musste er natürlich umbringen. Es gibt bestimmt Mittel, die einen normalen Tod vortäuschen." Leonie wurde immer aufgeregter. Langsam passten die Puzzleteile zusammen. „Dieser Krankenpfleger zum Beispiel, den die Zeitungen den Todesengel nannten, hat der nicht irgendwas gespritzt, was keinem auffiel?"

„Jaa", kam es gedehnt zurück. „Dafür musst du schon ein wenig Ahnung haben."

„Die hat Guido."

„Und Spritzen setzen können."

„Moment, warte mal. Habt ihr dem Dräger regelmäßig was spritzen müssen? Sonst wäre ein Einstich aufgefallen."

„Ein Thrombosemittel, morgens und abends." Marcel atmete tief durch. „Und ja, es gibt genug Medikamente, die falsch angewendet den Tod bringen."

Leonie starrte durch die Windschutzscheibe in die Dunkelheit vor sich. Plötzlich lag der wahre Ablauf auf der Hand. Jemand hatte Herrn Dräger als Geisel genommen und seine Frau so erpresst, das Lösegeld zu besorgen. Als sie nicht zurückkehrte, zwang er den Mann, Erkundigungen einzuziehen. An Dreistigkeit nicht zu überbieten war sein anschließender Auftritt bei Saskia. Er hatte alles riskiert, um die hunderttausend Euro an sich zu bringen.

Sie schreckte aus ihren Gedanken auf, als Marcel vor dem ersten Haus hielt. „Sei mir bitte nicht böse, ich möchte lieber im Auto warten."

„Kein Problem, dauert auch nicht lange."

Kaum war er verschwunden, griff sie zu ihrem Handy. „Hallo Lennart. Hast du Guido beschattet?"

„Der ist mir entwischt. Ich versuche es morgen noch mal."

„Hast du wenigstens ein Foto von ihm gemacht?"

„Wie vereinbart."

„Und es Saskia schon gezeigt?"

„Oh, Mist! Hab ich total vergessen!"

Sie musste an sich halten, um ihn nicht anzuschreien. „Hol es gleich nach und ruf mich an. Ich schaffe es nicht zu unserem Brainstorming. Meine Kollegen treffen sich gleich zu einem gemeinsamen Essen, ich konnte mich schlecht ausschließen."

„Den Besuch muss ich auf morgen verschieben. Als ich gerade gehen wollte, kam dieser Kommissar und verabredete sich mit ihr für heute Abend." Der Bruder klang eher erleichtert als sauer. „Vielleicht sollten wir dazu übergehen, uns telefonisch auszutauschen, wenn nichts Weltbewegendes anliegt", setzte er hinzu. „Irgendwann muss ich ja die Zeit, die ich jetzt tagsüber dransetze, nachholen."

Er sprach ihr aus dem Herzen. Noch sollten die beiden nichts von ihren Extratouren erfahren. „Gut, verbleiben wir so, dass wir uns anrufen, wenn es bedeutende Neuigkeiten gibt. Aber denk bitte an das Foto und schreib mir danach eine kurze SMS."

„Kannst du rauskriegen, wie dieser Guido mit Nachnamen heißt? Noch besser wäre natürlich zusätzlich seine Adresse."

„Ich werde sehen, was sich machen lässt." Sie drückte Lennart weg und lehnte sich zurück. Er hatte garantiert nichts gemerkt. Manchmal war es eben ein Vorteil, dass er derart ich-bezogen agierte. Hm, musste sie sich über dieses Interesse des Kommissars an Saskia sorgen? Vermutlich nicht, trotzdem sollte sie die Freundin morgen anrufen. Ihr war nicht entgangen, dass diese liebend gern die gesamte Verantwortung der Ermittlung an die Polizei abgegeben hätte. Sassi war viel zu obrigkeitshörig, diese Lügerei lag ihr nicht. Sie würde einknicken, wenn dieser Kommissar lange genug prökelte. Dabei brauchte sie vermutlich nur noch ein paar Tage, bis sie den Fall geklärt hatte.

Wieso ist Lennart denn bei Saskia vorbeigefahren, wenn er ihr das Foto gar nicht gezeigt hat? Schmieden die beiden ebenfalls Pläne, von denen ich nicht weiß? Sie zückte ihr Handy, da sah sie Marcel aus dem Haus treten. Nein, sie würde nicht nachfragen, beschloss sie. Sollen sie ruhig tun, was sie wollen, umso ungestörter kann ich agieren.

48

„Hast du schon mit deinem Rechtsanwalt gesprochen?" Lennart hatte sich extra seinen Handywecker gestellt, um den geplanten Anruf bei Saskia nicht zu vergessen.

„Ja, er gab mir zwei Telefonnummern. Was soll ich denen sagen, warum ich diese Auskünfte haben möchte? Meinst du, die fragen nicht nach meinen Beweggründen?"

Darüber hatte er sich überhaupt keine Gedanken gemacht. „Keine Ahnung. Wir sollten uns besser was Vernünftiges ausdenken?"

„Hast du eine Idee?"

„Lass uns warten, bis sich Leonie meldet. Ich dachte, sie kann mal ihren Kollegen fragen, wie dieser Guido mit Nachnamen heißt. Wenn wir Glück haben, kriegen wir sogar die Adresse."

„Super Idee", lobte Saskia. „Was ist mit dem Geld?"

„Einen Tausender kann ich entbehren. Ich bringe ihn dir nachher vorbei. Wie war dein Abend?", konnte er sich dann doch nicht verkneifen zu fragen.

„Sehr nett." Ihr Lächeln drang bis zu ihm.

„Hat er was über den Fall gesagt?"

„Nicht ein Wort." Sie klang äußerst zufrieden. „Daniel und ich hatten genügend andere Gesprächsthemen."

„Wann trefft ihr euch wieder?"

„Lennart, wir lassen es langsam angehen."

Er drückte ihr jedenfalls beide Daumen. Komisch, die Saskia heute war wesentlich umgänglicher, als die, die er von früher in Erinnerung hatte. Und menschlicher! Immerhin war das, was er und Leonie ihr zumuteten, nicht von schlechten Eltern. Wenn man dazu bedachte, dass sie selbst jeden Cent umdrehen musste – ein Wunder eigentlich, dass sie nie in Erwägung gezogen hatte, diesen unverhofften Geldsegen für sich zu nutzen.

Er schüttelte den Anflug eines schlechten Gewissens ab und machte sich an die Arbeit. Geschehen war geschehen.

Seinen Fahrdienst hatte er direkt am Morgen abgeleistet, mehr lag im Moment leider nicht an. Deshalb war er auf die geniale Idee gekommen, doch weitere Nachforschungen zu betreiben. Tausend Euro, was man damit alles bezahlen konnte! Sollten sie diese Summe tatsächlich einem Privatermittler in den Rachen werfen? Er nahm den Packen Flyer vom Beifahrersitz und sprang aus dem Wagen. Wenn er sich beeilte, würde er die Wurfsendung bis spätestens mittags verteilt haben.

Immerhin regnete es nicht. Zwar jagten tiefgraue Wolken drohend zusammengeballt über den Himmel, aber der heftige Wind wehte sie fort, bevor sie aufreißen konnten. Und wärmer war es geworden, er schwitzte in seinem dicken Anorak und unter der Wollmütze juckte die Kopfhaut. Trotzdem pfiff er fröhlich vor sich hin. Alles war besser, als in der Werkstatt zu sitzen und auf den nächsten Auftrag zu warten.

Die Idee war ihm gestern gekommen. Das Viertel, in dem Marcel mit seiner Familie wohnte, bestand fast nur aus gepflegten Einfamilienhäusern und Villen. Die Leute hatten reichlich Geld, das sagten ihm schon die vor den Garagen parkenden Autos: Mercedes, Audi Coupé, Jaguar, nicht ein einziger normaler Kleinwagen, obwohl es sich vermutlich um Zweitwagen handelte.

Er bog auf den nächsten Plattenweg ein und grinste. Eine blauweiße Kuh in Lebensgröße mit goldenen Hörnern glotzte ihn aus riesigen Augen an. Manche wussten echt nicht wohin mit ihrem Reichtum. Also würde es vermutlich auch den einen oder anderen geben, der bereit war, sein Fahrzeug in ein Unikat verwandeln zu lassen. Man musste ihn eben mit der Nase darauf stoßen.

Jäger, so lautete der Name auf Marcels Briefkasten. Damit war die erste Frage beantwortet. Er warf seinen Flyer ein und stapfte zum nächsten Haus. Der Packen hatte sich in der Zwischenzeit deutlich verkleinert, dafür war seine Hoffnung enorm gestiegen, dass sich diese Werbung lohnte.

Um eins schlich er aufatmend zu seinem Auto zurück. Mann, war er fertig! Die ungewohnte Anstrengung an der frischen Luft forderte ihren Tribut, er sehnte sich nach einer heißen Tasse Kaffee und einem Bett, genau in dieser Reihenfolge. Er angelte sein Handy aus der Jackentasche und prüfte zum x-ten Mal, ob er einen Anruf überhört hatte. Konnte das wirklich so schwer sein, diese Kleinigkeit zu erfragen?

Kaum hatte er hinter dem Lenkrad Platz genommen, klingelte das Telefon. „Specht, Guido Specht heißt er. Die Adresse kennt Marcel leider nicht. Er weiß bloß, dass der Typ irgendwo in der Innenstadt wohnt, in einem Altbau. Das hat er mal erwähnt."

„Prima, so viele Spechts gibt es bestimmt nicht. Ich krieg das raus."

„Hat er dich schon wieder abgehängt?"

„Manchmal muss ich auch arbeiten", log er. „Jetzt hab ich frei und kann loslegen. Gibt es bei dir was Neues?"

„Eventuell, ist noch nicht hundertprozentig sicher", lautete die kryptische Antwort. „Vielleicht bin ich auf der richtigen Spur. Es ist zu früh, um Genaueres zu sagen."

„Soll ich dir helfen?" Lennart verspürte ein mulmiges Gefühl. Leonie klang irgendwie seltsam, so, als hielte sie irgendetwas Wichtiges vor ihm zurück.

„Kümmere du dich um Guido, das ist die beste Hilfe, die du mir geben kannst. Wenn ich mehr weiß, melde ich mich."

„Was ist mit heute Abend? Rufst du an?"

„Wenn ich es schaffe. Marcel hat mir einen Kontakt vermittelt, einen weiteren Arbeitskollegen von ihm, für den Guido einspringt, wenn der krank ist. Ich treffe ihn gegen acht. Du, wenn das stimmt, was ich vermute, sind wir einer viel größeren Sache auf der Spur als gedacht." Ihre Stimme klang plötzlich richtig aufgeregt.

Lennart durchlief ein Schauer. „Was vermutest du denn?"

Sie zögerte. „Erzähle ich dir, wenn ich mehr Fakten habe. Noch ist alles sehr unklar."

Er wusste, er würde nichts aus ihr herausbekommen. „Bitte, sei vorsichtig", bat er.

49

Statt sich wie erwartet mit ihr zusammenzusetzen, hatte Marcel nach der Pflegerunde einen anderen Plan gefasst. „Ich hab da was läuten gehört, das gibt mir zu denken. Pass auf, wir verschieben unser Gespräch. Morgen weiß ich vielleicht schon mehr."

Mit diesen Worten hatte er sie tatsächlich stehen lassen. Nicht einmal genauer erklären wollte er sich. Leonies bisher so gute Meinung über ihn war ins Schwanken geraten. Und wenn sie sich in ihm geirrt hatte? Konnte sie ihrem Gefühl vertrauen, dass ihr sagte, er sei in Ordnung? Was, wenn er doch in diese Geschichte involviert war?

Als sie am nächsten Morgen um halb sieben im Büro erschien, konnte er kaum seine Erregung verbergen. „Ich glaube, ich habe mich in Guido geirrt", platzte er heraus, sobald sie im Auto saßen. „Vor einigen Tagen gab es einen weiteren Vorfall. Einer von Volkers Patienten wurde ausgeraubt. Und rate, wer den Alten abends völlig verwirrt und verängstigt auffand?"

Vor Erleichterung hätte Leonie beinahe laut aufgelacht. Marcel war ihr Verbündeter, sie hatte sich völlig umsonst gesorgt. Dann siegte die Neugier. „Was ist passiert? Erzähl ausführlich!"

„Wenn ich frei habe, übernimmt Guido meine Patienten, wenn Volker frei hat, kümmert er sich um seine. Mir ist gestern eingefallen, dass der mir vor kurzem eine Textnachricht schickte: Die Diebe werden immer dreister oder so ähnlich. Deshalb rief ich ihn, nachdem wir uns trennten, an. So, und jetzt halt dich fest: Der Mann, der beraubt wurde, ist an Alzheimer erkrankt. Normalerweise müsste er längst in einem Heim untergebracht sein, aber, wie du weißt, mahlen die Mühlen der Ämter langsam. Volker hat dafür gesorgt, dass tagsüber eine Haushälterin und nachts eine Wache auf ihn achten. Der Alte wäre sonst eine Gefahr für sich und andere gewesen."

„War er gewalttätig?"

„Nein, nur verwirrt und desorientiert, das reicht. Stell dir vor, er vergisst, den Herd auszuschalten, oder zündet eine Kerze an und geht schlafen. Mit solchen Sachen musst du bei so jemandem immer rechnen."

„Weiter", drängte Leonie. Bis zum ersten Halt wollte sie wenigstens die Grundgeschichte kennen.

„Guido hat ihn morgens versorgt und gedacht, alles wäre normal. Als er abends wiederkam, funktionierte der Strom nicht und der Alte hockte verängstigt unter dem Bett. Es stellte sich heraus, dass er Opfer eines Überfalls geworden war. Sämtliche Kunstgegenstände wurden geraubt und wohl auch ein paar hundert Euro."

„Und wieso war die Haushälterin nicht da? Von wann bis wann kommt die? Und was war mit der Nachtwache?"

„Frau Brunner hat Dienst von neun bis siebzehn Uhr, Herr Velden von neunzehn bis sieben. Und um deine nächste Frage gleich vorwegzunehmen: Volker erscheint morgens gegen acht, die Pflege dauert circa eine halbe Stunde. Abends versucht er, es ähnlich einzurichten, damit der Zeitraum, in dem der Mann allein ist, überschaubar bleibt. Anders ..."

„Und wann wurde er überfallen?", fragte Leonie, die mittlerweile richtig zappelig wurde.

„Irgendwann zwischen Guidos erstem Besuch und dem zweiten. Jemand aus dem Büro hat die Haushälterin angerufen und ihr mitgeteilt, dass Herr Berthold kurzfristig einen Heimplatz erhalten hätte und an diesem Tag dorthin umziehen würde. Einer der Pfleger stände bereit, ihn zu begleiten."

„Lass mich raten, das war ein Fake-Anruf."

„Richtig."

„Das heißt, der oder die Täter hatten Stunden, um das Haus zu durchsuchen." Ein anderer Gedanke verdrängte den letzten. „Wie sind sie reingekommen?"

„Entweder ließ Herr Berthold sie ein, was sich Volker kaum vorstellen kann, oder sie hatten einen Schlüssel." Er warf ihr einen bedeutungsvollen Blick zu. „Guido kann sich leicht einen nachgemacht und den weitergegeben haben.

„Oder er war sogar selbst dabei." Bei diesem Fall entfiel das knappe Zeitfenster, wie es bei den Drägers vorgelegen hatte. „Was sagt denn das Opfer?"

„Er hätte geschlafen. Wenn man ihm glauben kann", schwächte Marcel ab. „Seine lichten Momente sind selten. Er sprach von einem Maskierten, der ihn grob angeschrien hätte."

„Was haben sie gestohlen?"

Der Pfleger konnte sich ein Grinsen nicht verkneifen. „Der Guido dachte zuerst, der Alte hätte den Stromausfall selbst verschuldet und sich dann aus Angst unter dem Bett verkrochen. Bloß weil dieser sich aufregte und ständig von seinen Eiern faselte, wurde er aufmerksam. Die verstorbene Frau sammelte kleine Figuren, alles besondere Kostbarkeiten, und er hatte ihr mal zwei Fabergé-Eier geschenkt. In dem Zimmer gab es außerdem noch jede Menge weitere Wertgegenstände. Es ist alles weg."

Leonie stieß zischend die Luft aus. „Derartige Dinge sind schwer zu Geld zu machen", wandte sie ein.

„Es sei denn, du hast entsprechende Verbindungen. Das würde jedoch heißen", er sah sie vielsagend an, „dass es sich bei dem Überfall auf die Drägers und diesem Diebstahl nicht um Einzelfälle handelt. Was, wenn sich jemand gezielt an unseren Pflegebedürftigen bereichert?"

„Eine Geiselnahme ist etwas anderes als ein Diebstahl." Der Widerspruch wäre ihr beinahe im Halse stecken geblieben.

„Wer sagt denn, dass sich der Täter beziehungsweise der, der unsere Alten ausbaldowert, nicht jeweils den Gegebenheiten anpasst", blieb Marcel optimistisch. „Ich glaube nicht an Zufälle. Zweimal so kurz hintereinander? Das ist mehr als seltsam. Und, jetzt halt dich fest: Ich habe bereits eine Idee, wie wir unsere diesbezüglichen Nachforschungen gestalten."

50

Sie warteten gemeinsam in Marcels Van, den er schräg gegenüber des Büros geparkt hatte, und beobachteten angespannt, wie die letzte Pflegerin die Tür hinter sich schloss.

„Stopp!" Seine Hand hinderte sie am Aussteigen. „Ein paar zusätzliche Minuten sollten wir besser noch verstreichen lassen."

Gehorsam lehnte sie sich zurück und starrte in den prasselnden Regen. Sie verstand seine Vorsicht, nur drängte alles in ihr danach, sich Gewissheit zu verschaffen. Wenn seine Ahnung stimmte, hatten sie es mit einem Schwerverbrecher zu tun. Und sie konnte ihn entlarven! Das wäre die absolute Rehabilitation!

„Dann los!"

Im vorbeihuschenden Scheinwerferlicht der fahrenden Autos erkannte sie, wie angespannt er war. Sie rannten über die Straße, Marcel führte mit zitternden Händen den Schlüssel ins Schloss. Er atmete tief durch, als die Tür hinter ihnen zufiel. „Du kannst ruhig Licht machen, die Rollläden sind dicht."

Zielstrebig wandte sie sich dem Computer hinter dem Schreibtisch zu und fuhr ihn hoch, während Marcel nervös mitten im Raum stehen blieb. „Es kann eine Weile dauern", warnte sie ihn.

Er nickte. Sie wandte sich den Programmen zu. Eines musste man der Ziege lassen, sie hielt auf Ordnung. Jeder Patient hatte einen eigenen Ordner, in dem sich sämtliche Details befanden: Krankheiten, behandelnder Arzt, Medikamente, zuständiger Pfleger …

Hm, das würde in eine mordsmäßige Arbeit ausarten. Marcel kannte seine Alten, aber auch die von Volker? Und was, wenn noch weitere Personen betroffen waren?

Sie suchte nach den Personalunterlagen. Gut, hier gab es ebenfalls eine genaue Übersicht über die jeweiligen Einsätze. Das Dumme war, wie sie kurz darauf feststellte, dass die Ex-Patienten bereits aussortiert waren. Sie konnte weder die Drägers noch einen Herrn Berthold finden.

„Kommst du voran?" Marcel wanderte wie ein gefangener Tiger von einem Zimmer ins andere.

„Ich muss mein Suchmuster ändern", gab sie stirnrunzelnd zurück. „Es ist schwieriger als gedacht."

Sie schloss den aufgerufenen Ordner und konzentrierte sich auf die einzelnen Dateien. Ja, auf die Ziege war Verlass. Sie klickte auf die oberste, mit ‚abgeschlossen' benannte aus dem laufenden Jahr. Voilà, sie enthielt in akkurater Reihenfolge die Todesfälle und die Wechsel ins Pflegeheim der vergangenen Monate.

Sie scrollte durch die Liste mit den etwa dreißig Einträgen. Acht der Pflegebedürftigen waren in ein Heim gewechselt, fünfzehn im Krankenhaus gestorben, die anderen zu Hause. „Marcel? Du musst mir helfen!" Sie zeigte nacheinander auf die Namen der Letzteren. „Kennst du die?"

Er beugte sich über ihre Schulter und starrte auf den Bildschirm. „Der Kesting war mein Patient, die Neidull und die Druskat auch. Die anderen sagen mir nichts. Wir müssten die Kollegen fragen. Nein, warte!" Er griff nach der Maus und rief die Dateien der restlichen fünf auf. Schreib mal mit!" Er diktierte ihr die Adressen.

Leonie gab sie in die Google-Suche ein. „Treffer!" Marcel deutete aufgeregt auf die nah beieinanderliegenden Straßen. „Das ist Volkers Bezirk. Demnach waren zwei der Toten seine Patienten."

Obwohl dies ja genau ihrer anfänglichen Vermutung entsprach, fühlte sich Leonie jetzt wie erschlagen. „Fünf weitere Opfer allein in diesem Jahr!"

„Nicht unbedingt", widersprach Marcel. „Es kann sich immer noch um normale Todesfälle handeln. Denk dran, sie waren krank, viele wollen lieber zu Hause in ihrem eigenen Bett sterben."

Nein, dieses Ergebnis konnte kein Zufall sein. „Dann rekapituliere mal! Wer war der Erste?"

„Frau Druskat. Sie hatte Krebs. Bei der bin ich mir sicher, dass keiner daran gedreht hat. Sie lag bereits im Koma, es war bloß noch eine Frage von Stunden."

„Wer kümmerte sich um sie?"

„Ihr Mann. Wir kamen morgens, mittags und abends und spritzten ihr auch das Morphium. Ja, ich erinnere mich! Guido fand sie tot auf."

Leonie fuhr elektrisiert hoch. „Und wo war ihr Mann?"

„Der schlief nebenan, hatte fast die ganze Nacht an ihrem Bett gewacht, der arme Kerl."

„Fehlte was? Ich meine …"

„Nein, das hätte ich garantiert mitgekriegt." Marcel kniff die Augen zusammen und kratzte sich am Kopf. „Die Neidull, das könnte passen. Vermögende Witwe, fünfundachtzig Jahre alt, lebte allein, keine nahen Angehörigen. Wenn da was weggekommen wäre, das hätte keiner bemerkt."

„Woran starb sie?"

Er zuckte die Achseln. „Sie war nicht mehr die Jüngste, hatte ein schwaches Herz, Wasser in der Lunge, Rhythmusstörungen. Das ist so ein typischer Fall, wo du nie genau weißt, wann es vorbei ist. Manche leben noch mehrere Jahre damit weiter, bei anderen geht es plötzlich relativ schnell."

„Wer hat sie gefunden?"

„Ich. Es war mein erster Tag nach dem Urlaub – und sie meine erste Patientin. Sie muss irgendwann in der Nacht gestorben sein."

„Was war mit Herrn Kesting?"

Marcel holte tief Luft. „Der könnte ebenfalls ins Schema passen. Er lebte allein und wurde schon länger von uns betreut. Kurz zuvor war er böse gestürzt. Er starb an einer Lungenembolie."

Ein lautes Geräusch ließ sie aufschrecken. Doch es war nur der Wind, der an dem Rollladen rüttelte. Trotzdem wurde es ihr unbehaglich. Sie straffte sich und wandte sich erneut dem Computer zu.

„Wir sollten sehen, dass wir langsam wieder verschwinden. Lass mich eben das zurückliegende Jahr kontrollieren."

51

„Schönen Abend!", wünschte Saskia grinsend ihrem Nachbarn, als der ihr im Treppenhaus entgegenkam. Wolf hatte sich richtig in Schale geschmissen, zu einer hautengen schwarzen Jeans trug er eine knappe halb offene Lederjacke, darunter ein seiden schimmerndes graues Hemd.

„Den werde ich haben." Er rückte zur Seite, um sie vorbei zu lassen.

„Und du? Gehst du auch aus?"

„Erst morgen wieder. Ich mache mir einen gemütlichen Abend auf der Couch."

„Ich würde dich ja gern mitnehmen, aber", er blinzelte ihr zu, „das ist eher nicht nach deinem Geschmack."

Schon wieder diese Anspielung! Sollte sie nachhaken? Warum eigentlich nicht, befand sie. „Wer weiß, so viele Männer auf einem Haufen. Das könnte echt interessant werden."

Er schien leicht irritiert zu sein. „Ja, gut, wenn du willst ..." Das klang schon nicht mehr so begeistert.

„Nein, lieber nicht. Ich bin zu erschöpft." Sie konnte nicht mehr an sich halten und brach in ein lautes Lachen aus. „Das war ein Witz, geh und amüsiere dich!"

Er sprang sichtlich erleichtert die Treppe hinunter und rief über die Schulter zurück: „Vielleicht komm ich morgen mal rein!"

Saskia schloss immer noch lächelnd ihre Wohnungstür auf. Wieso hatte sie von der Neigung ihres Nachbarn nie etwas gemerkt? Jetzt wohnten sie schon mehrere Jahre im selben Haus und er war ihr bis zu diesem vermaledeiten Einbruch völlig fremd gewesen.

Weil du ständig mit dir und deinen Problemen beschäftigt warst, ging es ihr durch den Kopf. Nein, das stimmte nicht. Die ersten Jahre zusammen mit Dirk hatten sie in trauter Zweisamkeit verbracht, keiner von beiden war erpicht darauf gewesen, nähere Kontakte im Haus zu schließen. Außerdem hatten sie viel zusammen unternommen, die Wohnung eher als Ruhepol betrachtet, in der sie

Erholung suchten. Sie konnte sich nicht daran erinnern, Wolf oft begegnet zu sein.

Und dann war die stressige Zeit mit der Krankheit ihrer Mutter gekommen, in der sie nur noch hin und her sprang, um sowohl ihrem als auch deren Leben gerecht zu werden. Dabei hatte sich die Beziehung zu Dirk immer mehr abgekühlt, der nicht einsehen wollte, dass sie derart viel Rücksicht nahm. Bevor sie die Mutter zu sich holte, gingen sie bereits getrennte Wege, er amüsierte sich mit den gemeinsamen Freunden, während sie darüber nachgrübelte, ob sie die Boutique übernehmen sollte, damit die Mutter nicht ihr Lebenswerk zusammenbrechen sah. Eine Woche, bevor sie sich endgültig entschloss, der Sterbenskranken ein Zimmer in der gemeinsamen Wohnung einzurichten, zog er aus – und sie atmete insgeheim auf, froh darüber, dass er den Schlussstrich gezogen hatte, den sie ebenfalls herbeisehnte.

Du lässt dir eben auf der Nase rumtanzen, schimpfte sie mit sich selbst und streckte ihrem Spiegelbild in der Diele die Zunge heraus. Bei Dirk hast du abgewartet, statt ihn rauszuschmeißen, deiner Mutter zuliebe hast du deinen Job gekündigt und jetzt ist es Leonie, gegen die du dich nicht durchsetzen kannst. Wenn Daniel erfährt, dass du sie die ganze Zeit gedeckt hast, dann gute Nacht!

Ob sie wohl tatsächlich morgen wieder mit ihm ausging? Eine richtige Verabredung getroffen hatten sie nicht. Er hatte sich mit einem „bis bald" von ihr verabschiedet und sie bedeutungsvoll angeschaut. Das ließ doch wohl hoffen, oder?

Vielleicht sollte ich ihn anrufen und ein gemeinsames Essen vorschlagen, dachte sie und wusste im selben Moment schon, dass sie es nicht tun würde. Die brave Saskia saß geduldig herum und wartete, bis der Mann die Initiative ergriff.

Von wegen! Sie würde ihn gleich vom Geschäft aus anrufen und sich mit ihm verabreden – und danach mit Lennart sprechen. Diese Idee, sich selbst einzubringen, war einfach hirnrissig. Wenn er wollte, konnte er gern weiter ermitteln, aber ohne sie. Das Einschalten eines Detektivs war das Einzige, wozu sie sich noch überreden ließe.

Am besten rief sie gleich anschließend Leonie an und sagte ihr das Gleiche. Nein, sie würde die Freundin nicht verraten, andererseits konnte diese auf ihre Hilfe nicht mehr rechnen. Wenn sie sich nicht stellen wollte und darauf bestand, selbst herumzuschnüffeln, war das allein ihre Entscheidung.

Lennart wartete vor der Tür der Boutique auf sie. „Ich habe gute Neuigkeiten. Dieser Guido passt genau ins Profil. Ich glaube, der ist ein heimlicher Säufer." Er zückte sein Handy und hielt es ihr unter die Nase. „Kommt der Kerl dir bekannt vor?"

„Lass uns reingehen!" Nun, da er direkt vor ihr stand, übernahmen wieder die altbekannten Gefühle die Oberhand. Wie sollte sie ihm klarmachen, dass er von ihr keine Unterstützung mehr zu erwarten hatte? Sie betrachtete ausgiebig das Foto. „Ich bin mir nicht sicher. Der Typ, der sich als Kommissar ausgab, war viel dicker und … Ich hatte ja gleich den Verdacht, der sei verkleidet. Ich müsste ihn selbst sehen, seine Gestalt und wie er sich bewegt."

„Kein Problem, der sitzt wahrscheinlich jeden Tag in dieser Kneipe gegenüber seiner Wohnung, wo er sich gestern hat volllaufen lassen."

„Vielleicht ist heute sein freier Tag."

„Nee, der muss arbeiten, hat mir Leonie erzählt. Wie der das schafft, ist mir ein Rätsel. Um zwölf völlig betrunken ins Bett und um sechs wieder raus. Angesehen hast du es ihm nicht", fuhr er fort, ohne ihr eine Möglichkeit zur Antwort zu geben. „Ich bin ihm extra bis zu deren Büro gefolgt. Der war wie immer."

„Dass er gern und viel trinkt, heißt nicht, dass er ein Verbrecher ist", warf sie ein und beschloss, ihm sofort die Wahrheit zu sagen. „Du, Lennart, ich kann das nicht mehr. Ich bin nicht der Typ für eine Verbrecherjagd. Lass die Polizei ermitteln, Herr Dietz hängt sich wirklich richtig rein, seitdem er von all den Ungereimtheiten erfahren hat. Die werden das bestimmt klären."

Lennart starrte sie geradezu fassungslos an. „Das ist nicht dein Ernst!"

Sie schluckte. „Doch, ist es."

„Du willst Leonie hängen lassen?"

„Ich sehe nicht, dass wir drei irgendetwas erreichen können", stellte sie richtig.

„Dabei ... ach, egal. Bis später irgendwann mal." Er drehte sich auf dem Absatz um und war schneller verschwunden, als sie reagieren konnte.

Sie hatte ihm nicht mal mehr diesen Besuch bei einer Detektei anbieten können.

52

Wieder mit Guido zu arbeiten, war hart. Nur gut, dass er wie immer griesgrämig und wortkarg vor sich hin starrte, da fiel ihre eigene Schweigsamkeit nicht auf.

„Der Immobilien-Fuzzi noch im Krankenhaus?", fragte er, nachdem sie die Schnellstraße verlassen hatten.

„Soweit ich weiß, ja."

„Gut, beginnen wir also mit dem Doktor."

Der alte Herr erschien ihr an diesem Tag ebenfalls ruhiger als sonst, kein Scherz, kein Herumlamentieren. Guido seufzte zufrieden auf, als sie das Haus verließen. „Na, geht doch. Ist viel angenehmer als sein ewiges Gemecker."

„Du magst ihn nicht?" Vielleicht sollte sie versuchen, ihn ein wenig auszuhorchen, jetzt, da sie sich fast sicher war, in ihm den Schuldigen gefunden zu haben - ganz vorsichtig und behutsam natürlich. Langes Schweigen von ihrer Seite würde sonst vermutlich auch auffallen, bei der letzten Zusammenarbeit hatte sie sich bemüht, auf ihn einzugehen, um eine angenehme Basis zu schaffen.

Er verzog abschätzig das Gesicht. „Die Klientel von Marcel ist mir zu überkandidelt. Die halten sich alle für was Besseres."

Ha, das ließ sich gut an! „Für wen springst du noch ein?"

„Normalerweise für den Volker. Den kennst du wahrscheinlich nicht. Der kommt immer erst um halb acht, weil seine Kunden nicht weit weg wohnen." Er brachte ein schiefes Grinsen zustande.

„Sie danken es ihm. Keiner von denen ist Frühaufsteher."

„Normalerweise?" Wieso war er dann in ihrer ersten Woche um sieben angetreten?

„Neulich musste ich für Rainer übernehmen", erzählte er von sich aus weiter. „Der war krank geworden und der Chef hat sämtliche Schichten umgeschmissen. Im Moment sind wir echt am unteren Limit."

„Sind Volkers Klienten denn netter? Ich meine, gibt es denn wirklich so große Unterschiede?" Nein, das klang, als wolle sie ihn ausfragen. „Ich dachte eher, ich sei von Elli verwöhnt", fügte sie schnell hinzu. „Die betonte, dass ihre Pfleglinge die absoluten Herzchen sind, was ich bisher nur bestätigen kann. Dagegen sind die von Marcel schon gewöhnungsbedürftig."

„Die von Elli kenne ich nicht. Volkers sind auch anstrengend, aber auf eine andere Art. Bei dem Doktor und dem Immobilien-Fuzzi habe ich immer das Gefühl, die nehmen mich nicht für voll. Nichts kann man denen recht machen. Und die anderen verhalten sich ähnlich. Die von Volker sind bis auf zwei Ausnahmen normaler, bodenständiger." Er kicherte. „Na ja, einer von denen ist jetzt eh weg."

„Ist er gestorben?", tat sie erstaunt.

„Nee, ins Altenheim gekommen. Der war dement und zuletzt völlig neben der Spur."

Leider erreichten sie ihr nächstes Ziel, bevor ihr ein Einfall kam, wie sie mehr erfahren konnte. Von sich aus redete er nicht weiter, für ihn hatte sich das Thema offensichtlich erledigt.

Und er blieb einsilbig. Sie zerbrach sich den Kopf, wie sie vorgehen sollte, ohne Erfolg. Alles, was ihr einfiel, hörte sich genau nach dem an, was es war, ein neugieriges Ausfragen.

Erst auf dem Rückweg wurde er zugänglicher, als sie begann, von sich zu erzählen. Natürlich gab sie ihm die übliche Version der fast fertigen Masterstudentin, die dieses letzte Praktikum dazu nutzen wollte, sich über ihren zukünftigen Arbeitsplatz klar zu werden.

„Wenn ich euch mit den Pflegern im Altenheim vergleiche, schneidet ihr deutlich besser ab", erklärte sie ihm. „Ihr seid echte Bezugspersonen für eure Patienten. Ich habe das Gefühl, sie wissen durchaus zu schätzen, was sie an euch haben."

„Du kannst das nicht miteinander vergleichen. Denen, die noch zu Hause leben, ist bewusst, dass sie auf uns angewiesen sind. Sie sind größtenteils dankbar, dass wir ihnen ermöglichen, dortzubleiben.

Die im Heim haben überhaupt keine Alternative mehr. Und du baust nicht diese Beziehung auf, das ist ein anderes Kümmern."

Wow! Zum ersten Mal kam er etwas aus sich heraus. „Hast du vorher in einem Altenheim gearbeitet?", wagte sie zu fragen.

„Nee, ich war im Krankenhaus. Bis ich endgültig die Nase voll hatte. Immer kürzere Verweildauer hieß immer mehr Hetze. Die Patienten waren keine Namen mehr, sondern nur noch Nummern. Kaum hattest du dich an einen gewöhnt, wurde er schon wieder entlassen. Das macht dich auf Dauer fertig. Das ist Pflege am Fließband."

Blöderweise stellte sie im weiteren Verlauf des Gesprächs fest, dass ihr Guido immer sympathischer wurde. Ja, er hatte eine ausgesprochen harsche Art, allerdings vermutete sie dahinter einen weichen Kern. So grantig und unsensibel, wie er sich gab, war er nicht. Und seine Ansichten entsprachen in fast allen Bereichen den ihren.

Sie verabschiedeten sich freundschaftlich voneinander. Er bot ihr sogar an, sie in seinem Auto mitzunehmen, falls sie in seine Richtung wollte. Wollte sie nicht, sie wechselte extra die Straßenseite und wartete in der Bäckerei an der Ecke, bis er vorbeigefahren war. Auch wenn ich mir nicht vorstellen kann, dass er es ist, alle Indizien sprechen gegen ihn, hämmerte es in ihrem Kopf. Du musst äußerst vorsichtig sein!

Sie war erst um vier mit Marcel verabredet, daher beschloss sie, zu Fuß zu ihrer Unterkunft zu gehen. Heute war es endlich einmal etwas wärmer und freundlicher, fast schon zu warm für Ende November. Für die nächsten Tage war richtiges Schmuddelwetter mit Regen und Sturm angesagt, ein guter Grund, die Wartezeit durch einem längeren Spaziergang zu verkürzen.

Vielleicht lag es auch eher an ihrer inneren Unruhe, dass sie sich Bewegung verschaffen wollte. Es gab nichts, was sie unternehmen konnte, sie musste sich auf Marcel verlassen, dass er in ihrem Sinne weitere Auskünfte einholte. Mitnehmen hatte er sie nicht wollen, weil er darauf bestand, sehr, sehr vorsichtig zu Werke zu gehen.

„Wir können es uns nicht leisten, Aufmerksamkeit auf uns zu ziehen. Noch steht unser Verdacht auf tönernen Füßen."

Viel zu früh hatte sie das Haus erreicht, ihre Nervosität war immer noch nicht abgeklungen. Bevor sie den Schlüssel ins Schloss stecken konnte, wurde die Tür aufgerissen. „Leonie. Ein Kriminalbeamter hat nach dir gefragt."

Sie spürte, wie ihr das Herz in die Hose rutschte. „Hat er seinen Namen genannt?"

„Klar, er hat mir seine Marke gezeigt. Kommissar Baumann hieß er."

53

Es dauerte etwas, bis sie die ganze Geschichte erfuhr. Betsy, die ihr die Nachricht überbrachte, war nicht diejenige, die mit ihm gesprochen hatte. Leonie musste eine halbe Stunde warten, bis Anita auftauchte, eine wahre Tortur. Wie ein gefangener Tiger lief sie in ihrem Zimmer auf und ab, unfähig sich zu setzen.

Baumann, das war der Typ, der schon bei Saskia den Polizisten gespielt hatte. Also wusste er, dass sie ermittelten. Wie war sie ihm aufgefallen, womit hatte sie seine Aufmerksamkeit erregt? Und vor allem: Wie hatte er sie hier aufspüren können?

„Eigentlich wollte er mit Dörte sprechen", klärte Anita sie auf. „Es ging um irgendeine länger zurückliegende Sache. Als er hörte, dass sie ein Auslandssemester einlegt, wollte er schon gehen. Da fiel mir ein, dass du sicherlich ihre Handynummer hast. Er schrieb sich deinen Namen auf und sagte, er würde sich bei dir melden." Sie blickte auf ihre Armbanduhr. „Vielleicht kommt er heute noch. Er fragte, wann du ungefähr hier bist."

Leonie konnte nicht verhindern, dass sie zusammenzuckte. Dann beruhigte sie sich wieder. Das würde er nicht wagen, nicht vor all den Zeugen. „Das ist jetzt dumm", erklärte sie so überzeugend wie möglich. „Ich übernehme gleich eine demente Patientin, die ständig betreut werden muss und bei der ich auch übernachte. Am besten, ich schreibe euch ihre Adresse auf, da kann er mich erreichen. Oder hat er seine Karte da gelassen? Dann rufe ich ihn eben zurück."

Hatte er natürlich nicht. Er wusste genau, dass sie sein Spiel durchschaute. Wieso schreckt er mich auf, anstatt mich gleich anzugreifen, fragte sie sich, während sie hastig ihren Koffer packte.

Wo soll ich hin? Das war die zweite Frage, nein, die dringendere. Sie musste sich irgendwo verstecken, an einem Ort, an dem er sie ganz zuletzt vermuten würde. Nur - wo sollte das sein?

Sie hinterließ eine ausgedachte Adresse und eine falsche Handynummer. Draußen auf der Straße blickte sie unschlüssig nach links und rechts. Wohin sollte sie sich wenden?

Sie tastete nach dem Geld in der Innentasche ihrer Jacke. Fast viertausend Euro waren noch übrig. Damit konnte sie sich ein nettes Pensionszimmer leisten.

Wieder kehrte sie in einer Bäckerei ein, bestellte einen Kaffee und ein belegtes Brötchen. Dann surfte sie im Internet nach einer passablen Unterkunft. Es war lächerlich, dass sie sich in ihrer Heimatstadt kaum auskannte.

Sie klickte durch die Angebote, verwarf die meisten jedoch sofort. Womit hätte sie sich ausweisen sollen? Dann entdeckte sie die kleinen Annoncen am Rand. Das war die Idee! Eine private Ferienwohnung! Zu dieser Jahreszeit hatte sie bestimmt die Auswahl.

Gleich das Erste hörte sich gut an: zwei Zimmer, Küche, Bad. Das war völlig ausreichend, der Preis von dreißig Euro am Tag akzeptabel. Allzu lange dürfte dieses Abenteuer ja wohl nicht mehr dauern.

Zehn Minuten später lehnte sie sich aufatmend zurück, ihr Vermieter erwartete sie gegen acht, sie hatte gleich bis zum zwanzigsten Dezember gebucht. Sie bestellte einen weiteren Kaffee. Jetzt musste sie dringend mit Lennart sprechen.

„Keine Chance", sagte er, ohne sie ausreden zu lassen. Seine Stimme hallte und im Hintergrund erklangen laute Klopfgeräusche, er war in der Werkstatt beschäftigt. „Wir haben drei neue Aufträge. Drei! Der reine Wahnsinn! Klar, dass wir das Wochenende durcharbeiten."

„Ich will dich bloß warnen." Sie berichtete von dem Besuch des falschen Kommissars. „Wenn er meine Spur aufgenommen hat, dann vielleicht auch deine."

„Komm sofort her!" Er klang richtig panisch. „Jetzt wird es eindeutig zu heftig. Wir müssen diesen Freund von Saskia einschalten, ihm alles erzählen. Selbst wenn …"

„Das geht nicht. Hast du vergessen, dass die mich wegen des Diebstahls suchen?"

„Dein Leben ist wichtiger!", fauchte er. „Du …"

„Lenni", so hatte sie ihn seit ihrer Kindheit nicht mehr genannt. „Ich bin ganz dicht dran, den Fall zu lösen. Höchstens noch ein, zwei Tage und ich kenne den Täter."

„Überlass den Rest der Polizei. Die können …"

Sie unterbrach ihn zum dritten Mal. „Ich habe nicht einen einzigen handfesten Beweis. Aber es kann nicht mehr lange dauern, bis wir …"

„Wir? Hast du diesen Marcel doch eingeweiht?" Lennart schrie fast.

Fehler! Sie hatte ihn außen vor lassen wollen. „Ich muss Schluss machen. Ich melde mich später wieder." Sie schaltete das Handy ganz aus. Nein, sie wollte das durchziehen. Lennart wusste Bescheid, sie hatte ihre Pflicht getan. Alles Weitere würde sie zusammen mit Marcel erledigen.

Noch eine Stunde bis zu ihrem Treffen. Sie musterte die Kunden in der Bäckerei argwöhnisch, bevor sie sich auf den Weg zur Toilette machte. Drei ältere Damen saßen an dem Tisch ihr gegenüber, vorn an der Theke standen zwei Mütter mit Kindern, also keine Gefahr im Anmarsch.

Trotzdem fühlte sie sich in dem kleinen Waschraum mit den zwei winzigen Kabinen wie in einer Falle. Es gab kaum genügend Platz, den Koffer vernünftig abzustellen. Sie beeilte sich und hastete durch den schmalen Gang zurück in den Laden.

Im letzten Moment erblickte sie ihn. Der Typ, der gerade eintrat, sah genauso aus wie der falsche Polizist, den Saskia ihr ausführlich beschrieben hatte. Erschrocken wich sie einen Schritt zurück. Und jetzt?

54

Lennart warf das Handy entnervt zur Seite. Ausgeschaltet! Seine Schwester wollte nicht mit ihm sprechen! Hin- und hergerissen zwischen seinen Gefühlen und seiner Arbeitsverpflichtung versuchte er, eine Lösung zu finden. Er konnte Markus nicht hängen lassen. Endlich begannen die Kunden, ihr Angebot wahrzunehmen. Sie mussten schnelle und hochwertige Ergebnisse liefern, das war die beste Werbung, dass man sie weiter empfahl. Drei Autos, die bis Montag fertig werden sollten, das funktionierte so gerade, wenn sie beide bis spät in die Nacht reinklotzten.

Andererseits hatte er Angst um seine Schwester. Sie hatte offensichtlich in ein Wespennest gestochen. Wer wusste schon, was der oder die aufgeschreckten Täter ihr antaten. Am meisten wurmte ihn, dass sie entgegen seiner Warnung diesen Marcel eingeweiht hatte. Dieser Versprecher, der ihr rausgerutscht war, wahrscheinlich würde sie ihn sonst immer noch decken. Wie konnte sie nur so blöd sein!

Mit schlechtem Gewissen dachte er daran, dass er sich nicht gerade mit Ruhm bekleckert hatte, die Überprüfung der beiden Pfleger voranzutreiben. Bis auf diese einmalige Observierung von Guido war bisher nie Zeit geblieben, sich darum zu kümmern. Und jetzt stieg auch noch Saskia komplett aus. Warum hatte er nicht wenigstens diese Geschichte mit der Auskunftei durchgezogen? War Leonie ihm nicht mal ein paar hundert Euro wert?

Seufzend griff er wieder nach dem Handy. „Sassi, es brennt."

Nach dem Gespräch fühlte er sich auch nicht besser.

„Wir können sie nicht aufhalten", hatte sie gesagt. „Aus der WG ist sie bestimmt direkt ausgezogen und ich wette mit dir, dass sie keine neue Adresse hinterlassen hat. Wie willst du sie finden?"

Immerhin hatte sie angeboten, mit ihrem neuen Freund zu sprechen. Darüber wollte er lieber noch einmal in Ruhe nachdenken. War das nicht auch ein Verrat an Leonie? Vor allem, was brachte es, ihn zu informieren? Sie wussten nichts Genaues, weder wen sie verdächtigte, noch was sie tun wollte, um den Täter zu entlarven. Wie also hätte der Kommissar eingreifen können?

„Ich brauch deine Hilfe!", tönte Markus.

Ich warte heute noch ab, beschloss Lennart. Irgendwann wird sie ihr Handy wieder einschalten. Ich muss es nur oft genug versuchen.

Obwohl er bis nach Mitternacht gearbeitet hatte, quälte er sich um sechs aus dem Bett. Jeans und Pullover lagen griffbereit, nicht einmal eine Tasse Kaffee gönnte er sich. Er wollte Leonie auf keinen Fall verpassen.

Er verließ die Werkstatt, in deren Hinterzimmer er, wie so oft in der letzten Zeit, übernachtet hatte, und schloss Markus' Auto auf. Besser, er ließ sich mit dem auffälligen Firmenwagen, der gleichzeitig sein einziger fahrbarer Untersatz war, nicht mehr in der Nähe des Pflegebüros blicken. Saskias Warnung im Ohr hatte er gestern den Freund gebeten, mit ihm zu tauschen. Er musste ja kein unnötiges Risiko eingehen und den Täter auf sich lenken.

Zu dieser frühen Stunde waren die Straßen wie leer gefegt, selbst die Ampeln schalteten zügig um, sodass er dank der grünen Welle zehn Minuten zu früh sein Ziel erreichte. Er parkte schräg gegenüber des Eingangs, sodass er das Kommen und Gehen beobachten konnte. Kurz darauf näherte sich eine Fußgängerin und steuerte die Tür an, wenig später folgte eine weitere. Um Punkt halb sieben röhrte der verbeulte Opel von Guido heran. Er stieg aus und stiefelte ebenfalls in das Büro. Nur von Leonie war weit und breit nichts zu sehen.

Die beiden Frauen verließen das Haus und wandten sich den auf der Freifläche daneben geparkten Autos zu. Guido kam hinterhergestürzt und rief der einen etwas zu, worauf sie stehen blieb und wartete, bis er sie erreicht hatte. Lennarts mulmiges Gefühl wurde stärker. Irgendetwas stimmte hier ganz und gar nicht. Kurzentschlossen verließ er seinen Beobachtungsposten und rannte über die Straße auf den Pfleger zu.

Guido hatte sich gerade abgewandt und steuerte sein Fahrzeug an.

„Hallo! Entschuldigen Sie bitte!" Lennart musste keuchend Luft holen, bevor er weitersprechen konnte. „Ich suche meine Schwester, die … Dörte." Im letzten Moment war ihm bewusst geworden, dass Guido ihren echten Namen nicht kannte. „Sollte sie nicht heute Morgen mit Ihnen zusammen fahren?"

Der Mann vor ihm verzog sein Gesicht zu einer Grimasse. „Ja, sollte sie. Die hat mich aufsitzen lassen. Ist plötzlich krank geworden."

Es war ihm deutlich anzusehen, dass er die Absage als Lüge betrachtete.

„Tatsächlich, davon weiß ich nichts", tat Lennart erstaunt. „Wann hat sie sich denn bei Ihnen gemeldet?"

Sein Gegenüber lachte trocken. „Vor fünf Minuten. Sie hatte mir auf den AB gesprochen. Gott sei Dank war meine Kollegin noch nicht weg, sodass ich mich mit ihr abstimmen konnte. Sie weiß genau, dass ich bei zwei meiner Patienten auf einen Partner angewiesen bin", fügte er in anklagendem Tonfall hinzu.

„So ein Pech!" Lennarts Bestürzung war nicht mal gespielt. Mit diesem Schachzug hatte er nicht gerechnet. Wie sollte er Leonie nun finden? Er nickte dem Pfleger verabschiedend zu und trat den Rückzug an.

„Wenn Sie mit ihr sprechen, sagen Sie ihr, sie soll früh genug Bescheid geben, ob sie übermorgen wieder antritt!", rief Guido hinter ihm her.

Er hob bestätigend den Arm. Kaum saß er in seinem Auto, fischte er sein Handy aus der Tasche und wählte Leonies Handynummer. Wenn sie sich gerade erst bei dem Pfleger gemeldet hatte, bestand die geringe Möglichkeit, dass ihr Telefon noch eingeschaltet war.

„Diese Nummer ist vorübergehend nicht erreichbar", hörte er die Ansage. „Bitte versuchen Sie es später erneut."

Frustriert warf er das Telefon auf den Beifahrersitz. Wieder nichts!

Die Adresse der WG kannte er nicht, hatte auch Leonie nie danach gefragt. Doch selbst wenn er dort hätte vorbeifahren können, sie war bestimmt nicht so doof gewesen, ihre neue Adresse zu hinterlassen.

Wie es aussah, hatte er keine Möglichkeit, sie zu erreichen.

55

Drei geparkte Fahrzeuge weiter zog Leonie den Kopf ein, als sie ihren Bruder über die Straße stürmen sah. Sie wusste selbst nicht, welcher Teufel sie geritten hatte, sich in die Gefahrenzone zu begeben. Vermutlich wäre es weniger auffällig gewesen, Guido unterwegs abzupassen.

Nein, musste sie zugeben, es war richtig gewesen, diesem Impuls nachzugeben. Sonst hätte sie nicht gewusst, dass Lennart so gezielt nach ihr suchte. Nur gut, dass sie das Handy direkt nach ihrem Anruf wieder abgeschaltet hatte. Er durfte ihr jetzt nicht dazwischenfunken.

Sie sank noch tiefer in ihren Sitz, als er zu seinem Auto zurückstürmte. Wie erwartet fuhr er nicht direkt los, sondern fummelte an seinem Handy herum. Sie ließ den Motor an und schlug lieber einen großen Bogen, indem sie den Umweg um den Block nahm. Die drei Minuten, die sie Guido dafür aus den Augen lassen musste, schadeten hoffentlich nicht.

Er befand sich kurz vor der Schnellstraße, als sie ihn einholte. Das hieß, er hatte garantiert nirgendwo angehalten, sondern war in seinem üblichen, etwas erhöhten Tempo gefahren. Natürlich konnte er telefoniert haben, aber eigentlich glaubte sie nicht daran, obwohl sie im Prinzip genau darauf hoffte.

Abwarten, dachte sie. Mehr kann ich jetzt nicht tun.

Es erforderte ihre gesamte Aufmerksamkeit, immer genügend Abstand zu halten. Die Straßen an diesem frühen Sonntagmorgen waren viel zu leer, ganz vereinzelt tauchten andere Fahrzeuge auf. Er würde es bestimmt bemerken, wenn er ständig dieselben Scheinwerfer hinter sich sähe.

„Eine Überwachung ist das Einzige, was Sinn macht", hatte sie sich gegen Marcel durchgesetzt. „Ich werde kurzfristig krank und er kann die Runde allein übernehmen. Will er demnächst wieder zuschlagen, muss er diese Möglichkeit schnellstens ausnutzen. Hat er mich am Hals, läuft nichts."

Aus diesem Grund hatte sie bereits am gestrigen Abend bei ihm angerufen, doch leider nur seinen Anrufbeantworter erwischt. Dafür war ihre Nachricht ausführlich ausgefallen: Sie leide unter starkem Durchfall und Erbrechen, vermutlich ein Virus. Daher könne sie die nächsten zwei Tage nicht kommen. „Schade", hatte sie hinzugefügt. „Der gestrige Tag mit dir war echt nett. Vielleicht lässt sich Herr Gründler darauf ein, dass ich mal länger mit dir zusammenarbeite." Das sollte ausreichen, ihn in Alarmbereitschaft zu versetzen – wenn er denn der Täter war.

„Und wie stellst du dir das vor?", hatte Marcel wissen wollen. „Klingelst du anschließend bei jedem Einzelnen an und überzeugst dich davon, dass es ihm gut geht? Und was, wenn er später seinen Spießgesellen schickt? Du bist dann längst weg."

Sie hatten sich nach x-maligem Abwägen des Wenigen, das sie wussten, darauf geeinigt, dass der Täter einen Komplizen haben musste. Derjenige musste keine medizinische Erfahrung besitzen, er war eher der Mann fürs Grobe und schützte Guido so vor Entdeckung. Für einen allein war das Unterfangen, wenn es sich denn tatsächlich um eine Serie handelte, viel zu komplex. Vielleicht fiel ihr bei ihrer Observierung ja wenigstens irgendetwas auf, das sie weiterbringen konnte – so oder so.

„Wer käme denn überhaupt infrage?", hatte sie versucht, den Kreis der potenziellen Opfer einzuschränken. „Der Doktor, Frau Rosenberg, eventuell noch Frau Seiffert. Alle anderen sind zu zweit oder haben Angehörige, die regelmäßig nach ihnen schauen."

„Es sei denn, er zieht das gleiche Spiel wie bei den Drägers ab", hatte Marcel widersprochen. „Sieh es ein, Leonie. Das, was du vorhast, bringt nichts."

Störrisch war sie bei ihrer Meinung geblieben. Sie würde den Doktor einweihen und ihn bitten, sich jede Stunde bei ihr zu melden. Danach blieben ihr fast drei Stunden, um das Haus von Frau Rosenberg zu beobachten, der Zweiten auf Guidos Liste, denn Frau Seiffert kam als Letzte an die Reihe.

Kaum war Guido außer Sichtweite, parkte sie in der Einfahrt des Doktors. Jetzt schnell, wenn der alte Herr erst wieder saß, würde er vermutlich nicht öffnen. Sie klingelte dreimal kurz hintereinander, das übliche Signal, das der Pflegedienst verwendete. Nichts rührte sich. Sie versuchte es erneut und ließ schließlich den Finger auf der Klingel liegen. Ihr Herz klopfte mittlerweile wie rasend. Nicht dass Guido bereits zugeschlagen hatte!

Das kleine Fensterchen in der vergitterten Tür öffnete sich, der Doktor blickte zuerst ziemlich ungnädig, dann überrascht auf seinen Gast. „Sie?"

„Bitte lassen Sie mich ein. Ich muss dringend mit Ihnen reden!"

Ohne einen seiner sonst üblichen bissigen Kommentare durfte sie eintreten. „Moment!" Er griff zu seinen Hörgeräten und setzte sie ein, bevor er ihr mit einer Handbewegung zu verstehen gab, sie solle beginnen.

Wider Willen musste sie lachen. Hatte er wieder das übliche Spiel mit Guido abgezogen. Das war reine Provokation seinerseits. Sie wusste genau, dass er die Hörhilfen ständig trug. „Es geht um Guido", platzte sie heraus. „Ich weiß, dass es sich seltsam anhört, was ich Ihnen erzählen will. Und ich muss dafür sehr weit ausholen. Aber ich lege sehr viel Wert auf Ihre Meinung."

Auf sein Nicken hin holte sie tief Luft und begann mit ihrem Bericht. Ihm gegenüber hielt sie sich an die Wahrheit, beschönigte nichts und gab sämtliche Einzelheiten preis.

Er hatte ihr, ohne sie zu unterbrechen, zugehört. Als sie ihn jetzt fragend ansah, schüttelte er bedächtig den Kopf. „Sie liegen völlig falsch, Kindchen. Guido ist bestimmt nicht Ihr Täter."

Sie schluckte. Hatte er ihr denn nicht zugehört?

„Er ist auf Deutsch gesagt ein armes Schwein. Irgendetwas hat ihn aus der Bahn geworfen und er findet nicht mehr in sein Leben zurück. Dass ich ihn ständig anstänkere, soll ihn aufwecken und nicht ärgern. Er ist eine Seele von Mensch, glauben Sie mir. Ich habe im

Laufe meines Lebens genügend unterschiedliche Charaktere kennengelernt, um mir eine Meinung bilden zu können."

56

Ihr lief die Zeit davon, die Unterredung mit dem Doktor dauerte
viel zu lange. Überzeugen konnte er sie nicht. Sie würde ihr Vorhaben durchziehen, eine andere Option gab es nicht.

„Ich erkundige mich für Sie bei Frau Rosenberg, ob alles in Ordnung ist" bot er an, als er merkte, dass sie weiter wollte.

Ja, das konnte ihr schlechtes Gewissen beruhigen. Fast drei Stunden
hatte sie bei ihm verbracht, davon die letzten zwei in hitziger Diskussion.

Er hat dich mit keinem Wort verurteilt, sagte sie sich erleichtert, als
sie, noch während er telefonierte, aufbrach. Frau Rosenberg hatte
sich hoch erfreut über des Doktors Anruf gezeigt und plapperte
munter auf ihn ein, was er mit einem gutmütigen Lächeln quittierte.
In ihm hast du dich nicht geirrt, er ist ein ausgesprochener Menschenfreund. Obwohl er weiß, was du getan hast, behandelt er dich
wie zuvor. Er kennt sich wirklich aus mit den dunklen Seiten, die in
jedem schlummern.

Nur mit seiner Ansicht über Guido ging sie nicht konform. Er
musste der Schuldige sein. Alles deutete auf ihn hin, in dem Punkt
waren sie und Marcel sich fast sicher. Das Einzige, was fehlte, waren
eindeutige Beweise und die würde sie jetzt beschaffen.

Sie parkte so, dass sie das Haus von Frau Seiffert im Auge behalten
konnte. Der Doktor hatte versprochen, in das Gespräch mit Frau
Rosenberg eine Warnung einfließen zu lassen, dass er gehört habe,
es seien Einbrecher in der Gegend gesehen worden. Wenn sie irgendetwas Seltsames bemerke, nein, lieber bei allem, was aus der
täglichen Routine fiel, solle sie ihn sofort anrufen.

Ja, eigentlich hatte er die Sache ziemlich ernst genommen, wurde ihr
bewusst. Er schien ihr durchaus zu glauben, dass jemand sein Un-
wesen unter den Pflegebedürftigen trieb. Er hatte bei jedem Punkt,
der ihm unklar war, nachgehakt, bis er tatsächlich genauso viel wusste wie sie. Und trotzdem hielt er Guido für unschuldig!

Der Pfleger fuhr vor, kam nach dem üblichen Zeitrahmen zurück und brauste davon. Leonie kuschelte sich in die vorsichtshalber mitgebrachte Decke. Sie würde diese Wache bis zum späten Abend durchhalten.

Entnervt gab sie um zweiundzwanzig Uhr auf. Sie war sich so sicher gewesen! Der Doktor hatte sich auch nicht gemeldet, dafür waren bestimmt zehn Anrufe von Lennart eingegangen, die sie alle an die Mailbox hatte gehen lassen. Vielleicht sollte sie diese vor dem Einschlafen abhören.

Nein, Neuigkeiten gab es nicht, allein die Sorge um sie trieb ihn. Sie schaltete das Handy aus und kontrollierte ihren Wecker. Morgen würde sie einen neuen Anlauf nehmen.

Geduld, das war es, worauf es jetzt ankam. Wahrscheinlich dauerte es eine Weile, den nächsten Überfall zu organisieren. Direkt am ersten Tag damit zu rechnen, war vermutlich zu hoch gegriffen. Guido musste seinen Mittäter informieren, wann und wo er zuschlagen sollte, der wiederum hatte einige Vorbereitungen zu treffen. Das schaffte man nicht in ein paar Stunden.

Wieder wartete sie, bis der Pfleger das Haus verlassen hatte, bevor sie klingelte. Dieses Mal hatte der Doktor anscheinend direkt hinter der Tür gestanden, es dauerte keine Sekunde, bis diese sich öffnete.

„Immer noch von der Richtigkeit Ihrer Vermutung überzeugt?"

„Mehr denn je", gab sie ehrlich zu. „Ich habe gestern stundenlang die Argumente dafür und dagegen abgewogen, es muss so sein, wie ich denke. Und ich bin mir ziemlich sicher, dass bald der Nächste dran glauben muss."

Der Doktor grinste von einem Ohr zum anderen. „Schön ausgedrückt."

„Sie wissen, wie ich das meine. Der Mann, der meine Freundin überfiel, ging ein großes Risiko ein, um doch noch an das Geld zu kommen. Das legt nahe, dass die Täter dringend Geld benötigen. Bei ihrem letzten Diebstahl erbeuteten sie jede Menge Kostbarkeiten, aber wiederum kaum Bargeld. Und beachten Sie, wie schnell die erneut zuschlugen. Zwischen den anderen Fällen lagen jeweils zwei bis drei Monate."

„Hm." Der alte Mann wiegte bedächtig den Kopf hin und her. „In der Beziehung gebe ich Ihnen recht. Das ist schon seltsam. Trotzdem ist für mich Guido nach wie vor nicht verdächtig." Er trat näher an sie heran, sodass sie die Besorgnis in seinen Augen lesen konnte. „Bitte überlassen Sie die weitere Aufklärung der Polizei. Geben Sie denen Ihr Material, die sind darauf spezialisiert, derartige Täter dingfest zu machen."

„Ich habe keinen echten Beweis", protestierte sie. „Und Sie vergessen völlig, dass die mich sofort wegen des Diebstahls festhalten werden."

„Für das fehlende Geld wird sich eine Lösung finden. Ihr Leben ist wichtiger", beharrte er. „Wenn diese Verbrecher, und auch da bin ich Ihrer Meinung, dass es mehrere sind, tatsächlich schon länger agieren, werden die sich nicht von Ihnen ins Handwerk pfuschen lassen."

Der Liebe! Spontan drückte sie ihm einen Kuss auf die Wange. „Danke, für Ihre Hilfe, für Ihre Sorge und für Ihr Verständnis. Wir sehen uns heute Abend. Dann besprechen wir alles Weitere."

Trotz ihrer festen Überzeugung passierte nichts, kein Anruf des Doktors, bis auf die zwei Runden des Pflegers kein einziger Besucher bei Frau Seiffert. Nur gut, dass sich die direkten Nachbarn hinter den gleichen hohen Hecken verschanzten, die keinen Blick auf die Straße zuließen, und die Häuser so versetzt standen, dass sie von ihrem Platz aus den Eingangsbereich im Auge hatte. Und gut, dass der Doktor auf sich und Frau Rosenberg aufpasste. Auf sich allein gestellt hätte sie pausenlos von einem Überwachungsobjekt zum nächsten fahren müssen, immer in der Angst, den exakten Zeitpunkt zu verpassen.

Sie gähnte und reckte sich. Bei der Seiffert waren bereits die Lichter erloschen, die ging anscheinend mit den Hühnern schlafen. Der Doktor erwartete sie erst gegen zehn. Sollte sie die letzte halbe Stunde noch durchhalten? Auf jeden Fall! Wenn schon, denn schon!

57

Guido war sauer. Dörte hatte sich nicht gemeldet, trotzdem war er davon ausgegangen, dass sie heute wieder mitfahren würde. Gerade den letzten Tag der Schicht empfand er als besonders anstrengend. Ihre Begleitung, so sehr er sie auch anfangs verteufelt hatte, wäre wenigstens ein kleiner Lichtblick gewesen.

Er holte tief Luft, bevor er ausstieg, um sich gegen die erwartete Attacke zu wappnen. Seltsamerweise öffnete ihm der Doktor komplett angezogen die Tür. „Haben Sie was von Dörte gehört?" Er reckte den Hals und sah in alle Richtungen.

„Nee", knurrte Guido und machte Anstalten, sich an dem Alten, der sich nicht von der Stelle bewegte, vorbeizuschieben.

Dieser stieß einen seltsamen Laut aus und klammerte sich Halt suchend an seinen Arm. „Sie hat nicht angerufen?"

Was war denn mit dem los? So ein Drama war das nun auch nicht. „Diese jungen Dinger sind alle gleich", bemerkte er abfällig. „Zuerst mit Eifer dabei und dann verlieren sie die Lust. Ich wette, die kommt überhaupt nicht wieder." Er brach ab und musterte sein Gegenüber besorgt. Der Doktor kämpfte offensichtlich mit einem stärker werdenden Schwindel, sein Griff wurde fester, seine Gesichtsfarbe grauer. Er begann zu schwanken.

Guido packte den Alten, bugsierte ihn vorsichtig in seinen Sessel und griff nach dem Blutdruckmessgerät. Der Puls jagte regelrecht und natürlich war der Druck viel zu hoch. „Haben Sie Ihre Medikamente genommen?"

„Nein, ich … die Kleine, Sie müssen sofort nachfragen … irgendetwas stimmt da nicht", brachte der mit Mühe hervor.

Langsam wurde er wirklich ärgerlich. Der Gründler mit seinen Schnapsideen! Nahm jede Hilfe, die er kriegen konnte, ohne sich um die Folgen zu kümmern. Die Wievielte war das, die mittendrin absprang?

Klar, die Praktikantinnen bekamen kein Geld und sollten schnellstmöglich Leistung bringen, da blieb es nicht aus, dass sie kapitulierten. Und klar, dass sich die Patienten von ihrem Liebreiz und ihrer mitfühlenden Art besonders angesprochen fühlten. Die kamen höchstens ein paar Wochen, das konnte man nicht mit einem täglichen Umgang womöglich über Jahre vergleichen.

Der Doktor tastete schon wieder nach seiner Hand. „... ist was passiert, weiß genau ... müssen Polizei informieren."

„Okay", ging er auf den Alten ein. „Ich kümmere mich darum. Sie nehmen jetzt erst mal Ihre Tabletten und legen sich hin. Wenn Sie zusammenklappen, hilft ihr das garantiert nicht."

Der Doktor entspannte sich tatsächlich und nickte. Ohne Widerworte schluckte er seine Pillen hinunter und ließ sich zum Bett führen. Guido warf einen Blick auf die Uhr. Die normale Pflege würde er sich heute schenken. „Ich komme nach meinem Besuch bei Frau Rosenberg zurück und schaue nach Ihnen. Geht es Ihnen nicht besser, rufe ich Ihren Hausarzt."

Diese Drohung wirkte. Sein Patient machte sich ganz klein. Wie die meisten alten Leute hatte er eine ungeheure Angst davor, im Krankenhaus zu landen. Die dachten immer, sie würden diesen Aufenthalt dort nicht mehr überleben. „Bis gleich", setzte er sanfter hinzu. „Ich kümmere mich um alles."

Bei Frau Rosenberg beeilte er sich ebenfalls. „Ich muss gleich noch mal zum Doktor", vertraute er ihr an. „Dem geht es heute ziemlich schlecht." Das war zwar eigentlich eine eklatante Verletzung der Schweigepflicht, aber die beiden standen sich nahe genug, dass er es wagte, sie einzuweihen.

„Ich komme mit", reagierte sie wie erwartet und begann aufgeregt, ihre Sachen zusammenzusuchen.

Das war ihm mehr als recht. Es war immer eine heikle Angelegenheit, zwischen dem Wunsch des Patienten, zu Hause zu bleiben, und der dringend benötigten ärztlichen Aufsicht richtig zu entscheiden. Sollte sich der Alte erholt haben, wollte er es riskieren und ihn in

Frau Rosenbergs Obhut zurücklassen. Fit genug war sie ja eigentlich.

„Haben Sie mit der Polizei gesprochen?", fragte der Doktor gleich, als er zu ihm ans Bett trat.

„Auf dem Weg zu Frau Rosenberg", log er. „Ich rufe später noch einmal an. Bisher ist nichts über sie bekannt." Doch, er sah etwas besser aus, auch Blutdruck und Puls waren runter. „Ich habe ihr meine Handynummer gegeben." Er nickte der Frau zu, die sich neben ihn geschoben hatte. „Wenn was ist, soll sie sich bei mir melden."

Ja, es war die richtige Entscheidung gewesen, die Situation zu beruhigen. Bloß was er wegen Dörte unternehmen sollte, wusste er nicht. Wahrscheinlich würde ihm nichts anderes übrig bleiben, als tatsächlich die Polizei zu verständigen, sonst würde der Alte keine Ruhe geben. Nach dem letzten Patienten, dachte er, während er den Motor startete. Das ist früh genug.

Er brachte seine Runde hinter sich, ohne eine Idee entwickelt zu haben, wie er vorgehen sollte. Dörte war nicht zum Dienst erschienen, obwohl sie es angekündigt hatte. Jeder Polizist würde ihn auslachen, wenn er mit diesem Spruch kam.

Am besten, ich schiebe es auf den Doktor, kam ihm die Erleuchtung. Ich sage, ich rufe in seinem Auftrag an, weil der sich große Sorgen macht. Noch eben Frau Seiffert versorgen, dann erledige ich das. Mit neuem Elan machte er sich auf den Weg zur Haustür.

Erst als er den Schlüssel ins Schloss stecken wollte, wurde er stutzig. Die Tür war nur angelehnt, durch die schmalen Ritzen schimmerte das Licht aus der Diele. Er holte tief Luft und schob sie auf. Ein leerer Flur lag vor ihm.

„Frau Seiffert?" Sein Ruf hallte laut durch das Haus.

Totenstille antwortete ihm. Irgendetwas stimmte hier nicht.

Das Gefühl wurde mit jedem seiner zögernden Schritte stärker. Die gesamte Atmosphäre war irgendwie bedrohlich, er fühlte, wie sich die feinen Härchen an seinen Unterarmen aufrichteten. „Frau Seiffert?", rief er noch einmal.

Er hatte die Diele durchquert und betrat das ebenfalls hell erleuchtete Wohnzimmer. Sein Herz setzte einen Schlag aus und er musste sich überwinden, näherzutreten. Vor dem rustikalen Eichentisch lag seine Patientin. Die verdrehte Haltung und die riesige Blutlache um ihren Kopf sagten ihm genug, Frau Seiffert war tot.

Die zweite Gestalt neben dem Sessel entdeckte er, als er sich hinabbeugte, um trotz seiner Gewissheit nach einem Puls zu tasten. Auch Dörte lag wie tot da, ihre geöffneten Augen blickten starr zur Decke, ihre Brust hob und senkte sich nicht.

58

Saskia hatte ein ausnehmend schönes Wochenende verbracht. Am Samstag waren sie und Daniel Dietz sich nähergekommen, sodass sie schließlich bei ihm in der Wohnung landeten. Am späten Sonntagabend raffte sie sich auf, in ihre eigene zu fahren.

„Ich hole dich morgen nach Ladenschluss ab." Er nahm sie in den Arm und küsste sie zum Abschied.

„Bis dahin, ich freue mich." Sie hüpfte mit einem seligen Lächeln auf ihrem Gesicht die Treppe hinunter. Er war der Richtige, das spürte sie.

„Saskia! Endlich!" Wolf Schmidt war heran, bevor sie die Haustür ganz geöffnet hatte. „Wo warst du? Ich habe mir wahnsinnige Sorgen gemacht. Ich dachte schon, dieser Irre hätte dich zu fassen gekriegt."

„Das ist längst Schnee von gestern." Nur gut, dass sie ihm nichts von Leonie und deren Nachforschungen erzählt hatte. „Kommst du kurz mit rein?"

„Es gibt einen neuen Mann in meinem Leben", begann sie, kaum dass er ihr gegenüber Platz genommen hatte. „Es ging alles so wahnsinnig schnell. Dass wir uns treffen wollten, habe ich total vergessen, tut mir leid."

Er zwinkerte ihr zu. „Doch nicht etwa dieser nette Kommissar, oder?"

Sie spürte an der Hitze auf ihren Wangen, dass sie rot wurde. „Du hast es erfasst. Wir sind ein paarmal ausgegangen und dann hat es uns beide erwischt."

„Ich freue mich für dich."

Saskia merkte auf. Das hatte seltsam geklungen, er sah nicht begeistert aus. Hatte er sich vielleicht ebenfalls Hoffnungen gemacht? Quatsch, wie kam sie denn darauf? Seine Interessen lagen auf dem anderen Geschlecht. „Und, wie war dein Wochenende?"

Er verzog das Gesicht. „Schrecklich wäre noch untertrieben. Ich hatte gehofft, du würdest mich trösten, mir versichern, dass ich so schlimm nicht bin, wie sie es darstellt."

„Sie?" Jetzt verstand sie gar nichts mehr.

„Meine Jungs haben versucht, uns wieder zusammenzubringen." Er zuckte gespielt lässig die Schultern. „Das ging gewaltig in die Hose."

Sie erkannte genau, wie traurig und verletzt er war. „Deine Ex?", fragte sie trotzdem nach.

Er nickte bestätigend. „Wir sind seit etlichen Jahren geschieden. Trotzdem komme ich nicht von ihr los. Sie lässt mich am ausgestreckten Arm verhungern."

An diesem besagten Samstag wollten sie alle zusammen den Geburtstag seines jüngsten Sohnes feiern. Seine Ex hatte im Vorfeld Andeutungen gemacht, die er und die Kinder völlig falsch interpretierten. Statt eine neue Verbindung mit ihm anzustreben, wie es sich alle erhofften, verkündete sie stolz ihre Absicht, erneut zu heiraten.

„Wenigstens hat sie den Typ nicht mitgebracht. Das wäre die Krönung des Ganzen gewesen."

„Wie alt sind deine Kinder?"

„Die Zwillinge sind fünfundzwanzig, der Kleine dreiundzwanzig."

Nicht viel jünger als sie selbst. „Da habt ihr ja früh angefangen!"

„Geplant war das nicht.", stellte er mit hochrotem Kopf richtig. „Daran ist unsere Beziehung auch gescheitert. Gitti hatte das Gefühl, nie richtig gelebt zu haben."

Saskia presste die Lippen fest zusammen, damit ihr kein unpassendes Wort entschlüpfte, nachdem sie die ganze Geschichte kannte. Der arme Wolf hatte sich zum Hampelmann degradieren lassen. Er war gut genug gewesen, die Zeiten zu überbrücken, in denen sie solo war. Kein Wunder, dass diese unerwartete Ankündigung ihn so getroffen hatte.

Mittlerweile war es nach Mitternacht. Sie konnte ihr Gähnen nicht mehr unterdrücken. „Entschuldige, die letzte Nacht war kurz."

Er stand sofort auf. „Danke, dass ich mich bei dir ausheulen durfte."

„Ich weiß, es ist zu früh. Aber versuche, sie zu vergessen und dich neu zu orientieren." Sie ist es nicht wert, hatte sie eigentlich noch hinzufügen wollen, verkniff sich diesen Satz jedoch lieber. Immerhin war diese Gitti die Mutter seiner Kinder.

„Schade, dass wir nun kaum noch Gelegenheit haben werden, uns auszutauschen." Er ließ den Kopf hängen, während er zur Tür schlich.

„Du bist jederzeit willkommen", protestierte sie, obwohl sie nur zu genau wusste, dass er recht hatte. Neu verliebte Paare waren nicht gerade angenehme Gesprächspartner. Dafür waren sie viel zu sehr mit sich beschäftigt.

Armer Kerl, war ihr Gedanke am nächsten Morgen. Ich sollte zusehen, dass ich ihn wenigstens ab und zu einlade. Mit den eigenen Kindern über die geplatzte Hoffnung zu reden, fällt ihm bestimmt schwer.

Wieder wurde ihr bewusst, dass sie ihn bis vor kurzem völlig falsch eingeschätzt hatte. Na ja, wen kennt man schon richtig, resümierte sie auf dem Weg zur Boutique. Selbst Lennart und Leonie sind wandelnde Rätsel. Von ihm hatte ich einen schlechteren Eindruck, von ihr einen super guten. Nie hätte ich gedacht, dass sie mich derart enttäuschen würde.

Sie verdrängte den Gedanken an ihre beste Freundin erfolgreich, wobei ihr Daniel am Abend kräftig half. Selbst ein später Anruf von Lennart konnte ihr Glück nicht trüben.

„Ich erreiche sie nicht", klagte er. „Seit Samstag habe ich keinen Kontakt mehr mit ihr. Sie ist wie vom Erdboden verschluckt, nicht mal zur Arbeit geht sie mehr."

„Soll ich den Kommissar benachrichtigen?"

Daniel, der neben ihr auf der Couch lag, zog fragend die Augenbraue hoch. Sie legte den Finger auf die Lippen und schüttelte den Kopf. Lennart musste nicht wissen, dass ihre Verbindung enger geworden war.

„Ich fahre morgen früh noch einmal beim Pflegebüro vorbei und schaue, ob ich diesen Marcel zu fassen kriege, von dem sie sprach.

Ich bin mir fast sicher, dass sie mit dem zusammen irgendein Ding durchzieht. Also nein, lass die Polizei lieber noch außen vor."

Weisungsgemäß beschwichtigte sie den Freund mit ein paar nichtssagenden Worten, ihn abzulenken, fiel ihr nicht schwer.

So war sie nicht vorgewarnt, als Daniel am nächsten Tag kurz vor Mittag anrief: „Wir haben deine Freundin schwer verletzt neben einer Toten aufgefunden. Nähere Einzelheiten kann ich dir noch nicht mitteilen, doch es sieht nicht gut für sie aus."

59

Wie von Sinnen raste Saskia quer durch den Laden zur Tür, um abzuschließen. Sie riss ihren Mantel vom Haken und rief sich ein Taxi, noch während sie in ihre Schuhe schlüpfte. Erst auf dem Weg zur Werkstatt kam sie auf die Idee nachzufragen, ob Lennart sich überhaupt dort befand.

„Ich bin in wenigen Minuten bei dir", schnitt sie ihm das Wort ab. Diese Neuigkeit konnte sie ihm nicht am Telefon mitteilen.

Er wartete bereits auf dem Hof auf sie. „Was ist passiert?"

Einen Satz später war seine Welt zusammengebrochen. „Nein!" Er wich vor ihr zurück, als wäre sie die Schuldige. „Nein!", wiederholte er fassungslos.

„Wir müssen zu ihr ins Krankenhaus fahren", drängte sie – und stutze. In welches hatte man sie wohl gebracht? Danach hatte sie in ihrem Schock ganz vergessen zu fragen. Sie zückte ihr Handy und wählte Daniels Nummer. „Das St. Georg Hospital. Weißt du, wo das ist?"

Er nickte und schien langsam wieder zu sich zu kommen. Jedenfalls setzte er sich in Richtung auf das golden schimmernde Auto in Bewegung, das auf den Türen mit großen Schriftzügen für sein Unternehmen warb.

„Ich fahre." Er stand noch viel zu sehr neben sich. Fordernd streckte sie die Hand nach dem Schlüssel aus.

Eigensinnig schüttelte er den Kopf. „Ich bin schneller."

Saskia klammerte sich an den Haltegriff und schloss jedes Mal die Augen, wenn er wieder über eine dunkelgelbe Ampel schoss. Er fuhr wie ein Irrer. Wenigstens hatte er es bisher vermieden, sie und sich selbst anzuklagen, weil sie Leonie im Stich gelassen hatten. Wahrscheinlich war er zu sehr damit beschäftigt, sie unfallfrei ans Ziel zu bringen, als dass er einen Gedanken daran verschwenden konnte. Lange würde es bestimmt nicht mehr dauern, bis er auf diese Idee verfiel.

„Da ist die Einfahrt!"

Im letzten Moment riss er das Lenkrad herum und fuhr mit quietschenden Reifen auf den Parkplatz. Schneller als sie war er aus dem Auto gesprungen und rannte Richtung Eingang, noch bevor sie ihre Tür zugeworfen hatte. Sie eilte hinter ihm her.

Ohne auf sie zu warten, wandte er sich von der Information zu den Aufzügen. Sie hatte Glück, der erste spie gerade seine Fahrgäste aus, bis er eintreten konnte, war sie heran. „Wo liegt sie?"

„Sie ist im Op. im Keller." Er fuhr sich in einer hilflosen Geste durch die Haare. „Ich soll mich an der Notaufnahme melden. Die wüssten Bescheid."

Sie schwiegen, bis sie ihr Ziel erreicht hatten. Zwei Männer standen vor der entsprechenden Tür und warteten darauf, eingelassen zu werden. Lennart konnte sich nur mit Mühe beherrschen. Unruhig trat er von einem Fuß auf den anderen.

Saskia stellte sich so hin, dass sie durch die Glasscheibe in den Raum schauen konnte. Eine ältere Frau redete ununterbrochen auf die aufnehmende Schwester ein, das sah aus, als würde es noch eine Weile dauern. Unauffällig ließ sie ihre Blicke schweifen. Direkt hinter ihnen tat sich ein Wartezimmer auf, in dem bestimmt vierzehn, fünfzehn Patienten saßen. Links im Gang in einiger Entfernung standen mehrere Personen. Sie kniff die Augen zusammen, um mehr erkennen zu können. Wenn sie nicht alles täuschte …

„Warte du hier, bis du an der Reihe bist", trug sie Lennart auf. „Ich versuche mein Glück mal da hinten."

Ohne seine Antwort abzuwarten, eilte sie los, dabei darauf bedacht, so zu wirken, als hätte sie ein festes Ziel. Die Räume, an denen sie vorbeikam, waren alle belegt. Hier unten herrschte Hochbetrieb, Schwestern und Ärzte flitzten an ihr vorbei, aber sie sah auch Angehörige aus den Zimmern kommen, die bei dem jeweiligen Patienten wachten. Also wird keiner auf dich achten, folgerte sie und beschleunigte ihre Schritte, als sie tatsächlich Daniel erkannte, der mit einem Sanitäter, einer Krankenschwester und einem Streifenpolizisten zusammenstand.

Als sie sich näherte, blickte er in ihre Richtung, sagte etwas zu den anderen und trat ihr entgegen. „Sie wird gerade operiert. Der Messerstich, der sie traf, ging knapp am Herzen vorbei. Wenn sie nichts Schwerwiegenderes feststellen, müsste sie es schaffen, meint der Arzt."

Saskia atmete auf. Der schlimmste Druck fiel von ihr ab. „Was genau ist passiert?"

„Keine Ahnung. Der Pfleger fand sie auf seiner üblichen Morgenrunde. Die Frau, die er betreute, ist tot. Deine Freundin hielt er zuerst auch für tot, fand dann jedoch einen schwachen Puls und rief sofort den Notarzt und die Sanitäter. Die Spurensicherung ist noch vor Ort, ich muss gleich auch zurück. Bisher sieht leider alles danach aus, als hätte deine Freundin die alte Frau erschlagen, nachdem sie von dieser angegriffen worden ist. Warum und wieso ist noch nicht geklärt. Es gibt keine Zeugen."

Ungläubig starrte Saskia ihn an. „Nein, niemals! Sie muss den Mörder überrascht haben."

Daniel nahm begütigend ihre Hand in die seine. „Ich bin an dem Fall dran. Wir werden herausbekommen, was passiert ist. Du kannst dich auf mich verlassen."

Nein, das konnte sie nicht! Der Täter hatte es mit Absicht so gedreht, als sei Leonie die Schuldige. Alle Indizien würden auf sie hindeuten. Sie musste selbst aktiv werden.

60

Lennart verschwand gerade in der Anmeldung. Sie stellte sich etwas abseits neben die Tür. Schon fünf Minuten später war er zurück. „Wir sollen da drüben warten", er zeigte auf den rechten Gang. „Sie wird gerade operiert."

Eine Krankenschwester wies sie an, in dem kleinen Raum für Angehörige Platz zu nehmen. Man würde sie informieren.

Außer ihnen saß nur noch ein Ehepaar mittleren Alters dicht nebeneinander auf den Stühlen. Er hatte den Arm um sie gelegt, sie drückte sich an ihn und weinte leise. Beide sahen nicht einmal auf, als die Neuankömmlinge hereinkamen.

Saskia zog Lennart in die hinterste Ecke, damit sie ungestört reden konnten. „Was haben sie dir gesagt?", wisperte sie.

„Nichts Genaues. Sie wäre schwer verletzt, ein Ärzteteam kümmere sich um sie", erwiderte er ebenso leise.

Sie berichtete ihm, was sie von Daniel erfahren hatte.

Er wurde so blass, dass sie schon dachte, er würde ohnmächtig. „Wir müssen was unternehmen", quetschte er mühsam hervor. „Oh Gott, ich habe sie schon wieder im Stich gelassen!"

Sie konnte erkennen, dass er die Tränen, die ihm in die Augen geschossen waren, nur mit Mühe zurückhielt. „Sobald wir wissen, dass sie die Operation gut überstanden hat, legen wir los." Sie gab ihm einen kleinen Knuff. „Und wir geben nicht eher Ruhe, bis diese Geschichte geklärt ist, das verspreche ich dir. Egal wie lange es dauert und was es kostet." Auch sie drückten Gewissensbisse, die Freundin derart allein gelassen zu haben. Warum hatte sie nicht darauf bestanden, einen Detektiv einzuschalten! Zumindest hätte sie Lennart bei der Suche nach ihr unterstützen müssen. Sie hatten gewusst, dass der wahre Täter ihr auf der Spur war!

Die Zeit zog sich endlos hin. Stumm saßen Saskia und Lennart nebeneinander und starrten in den Gang, an dessen Ende die Operationsräume lagen. Jedes Mal, wenn sie von dort Stimmen hörten, richteten sie sich hoffnungsvoll auf. Zweimal rauschten schnellen Schrittes Schwestern vorbei, sonst tat sich nichts.

In dem kleinen Zimmer wurde es heißer und heißer. Sie hatte bereits ihre Jacke ausgezogen und auf ihren Schoß gelegt, damit sie die Hände in stummem Gebet hineinkrallen konnte. Trotzdem fühlte sie, wie ihr der Schweiß ausbrach und die Kehle immer trockener wurde. Doch sie wusste, sie würde nicht einen Schluck Wasser hinunterbringen. Ihr Magen rebellierte, wenn sie nur daran dachte.

Lennart hatte sich vorgebeugt und stierte auf den Boden. Sein Atem ging hastig, die Schuldgefühle und die Angst drückten ihn sichtlich. Obwohl seine Stirn schweißnass glänzte, hatte er nicht einmal den Reißverschluss seiner Jacke geöffnet. Immer wieder durchliefen kleine Schauer seinen Körper, lange würde er nicht mehr durchhalten.

Sich nähernde Schritte ließen sie aufblicken. Der Arzt blieb in der Türöffnung stehen, seine Miene war undurchdringlich. Er nickte dem Ehepaar zu. „Kommen Sie bitte mit!"

Der durch mehrere Türen gedämpfte Aufschrei, der kurz darauf erklang, bestätigte Saskias Befürchtungen. Er hatte ihnen eine schlechte Nachricht überbracht, vielleicht sogar eine Todesnachricht. Sie spürte, wie sich ihr Herz zusammenzog. Was, wenn Leonie es nicht schaffte? Wie sollte sie mit dem Gefühl der Schuld, des eigenen Versagens weiterleben?

„Sind Sie die Angehörigen von Frau Vahle?"

Ohne dass sie es bemerkt hatte, war eine Schwester eingetreten. Nein, keine Schwester, eine Ärztin. Sie sprang gleichzeitig mit Lennart auf.

„Ich bin ihr Bruder." Nervös versuchte er, in ihrem Gesicht zu lesen.

Ein beruhigendes Lächeln glitt über ihr Gesicht. „Sie ist über den Berg. Wir haben die Blutung gestillt."

„Kann ich zu ihr?"

„Nein. Sie ist bereits auf der Intensivstation. Außerdem haben wir sie in ein künstliches Koma versetzt, sie darf sich die nächsten Tage

nicht bewegen. Der Stich hat das Herz verletzt, es stand wirklich auf
Messers Schneide."

Saskias Beine wurden so schwach, dass sie sich hinsetzen und tief
durchatmen musste. Lennart ergriff die Hand der Ärztin. „Danke,
ich danke Ihnen. Ich …" Er konnte die Tränen nicht mehr zurückhalten.

„Sie wird wieder ganz gesund." Sie bugsierte ihn sanft auf den Stuhl
neben Saskia. „Bleiben Sie, bis Sie sich beruhigt haben. Es wäre ein
Jammer, wenn Sie gleich als Verkehrsopfer hier wieder auftauchten."

„Sassi, jetzt sind wir dran", schniefte er, kaum dass die Ärztin den
Raum verlassen hatte. „Der Kerl kann sich auf was gefasst machen."

„Zuerst musst du eure Eltern informieren." Vor morgen früh würden sie nichts unternehmen. Dazu war Lennart im Moment nicht in
der richtigen Verfassung. Und sie auch nicht, gestand sie sich ein.
Der Schock saß noch zu tief.

61

Bis sie endlich zu Hause anlangte, war eine weitere Stunde vergangen. Lennart hatte sie schnurstracks in die Cafeteria geführt, um gemeinsam mit ihr bei einer Tasse Kaffee zu überlegen, was er seinen Eltern berichten sollte. Sie einigten sich darauf, er solle behaupten, Leonie habe sich nicht bei ihm gemeldet, er habe nicht einmal gewusst, dass sie in der Stadt sei. Wäre nicht dieser nette Kommissar gewesen, der Saskia informierte, hätten sie alle womöglich erst am nächsten Tag von dem Unglück erfahren.

„Du erwähnst diese angebliche Verstrickung nicht", hatte sie ihm eingeschärft. „Das erfahren sie früh genug von den ermittelnden Beamten. Besser, du hältst dich raus, auch denen gegenüber. Wenn wir unsere eigenen Nachforschungen anstellen wollen, müssen wir denen nicht unbedingt auf die Nase binden, dass wir bereits involviert sind." Waren, verbesserte sie sich im Stillen. Hätten wir sie doch bloß weiter unterstützt!

Dieses Mal war sie es, die bei Wolf schellte. Als er ihr blasses, müdes Gesicht sah, zog er sie gleich in seine Wohnung und bis in die Küche. „Ein Schnaps würde dir guttun!"

„Ich habe noch nicht gegessen", wehrte sie ab.

„Ich mache dir was." Er schmierte ihre mehrere Butterbrote und nickte ihr auffordernd zu. „Erst essen, dann trinken, dann erzählen!"

Sie hatte tatsächlich Hunger. Der Kräuterschnaps wärmte ihren Magen angenehm, die Energie kehrte zurück. Gesättigt lehnte sie sich zurück und begann zu erzählen. Leonies Verstrickung in den Geldraub, behielt sie weiterhin für sich.

Das ist ein Punkt, den wir unbedingt abklären müssen, dachte sie, als sie gegen zehn in ihre Wohnung überwechselte. Lange können wir die Wahrheit nicht mehr verschweigen. Besonders der Gedanke an Daniel machte ihr schwer zu schaffen. Würde ihre Lüge die gerade begonnene Beziehung scheitern lassen?

Zum Glück brauchte sie ihm heute nicht mehr Rede und Antwort zu stehen. Er hatte ihr eine Nachricht geschickt, dass er nicht wegkönne. Er melde sich aber spätestens morgen früh wieder bei ihr. Das war ein unverhoffter Aufschub, den sie unbedingt nutzen musste.

Die Nacht war kurz, die meiste Zeit wälzte sie sich von einer Seite auf die andere, unfähig, ihre Gedanken abzuschalten. Immer wieder trat die lebensgefährlich verletzte Leonie vor ihre Augen und sie erging sich in endlosen Grübeleien, was sich wohl tatsächlich zugetragen hatte. Auch mit dem Problem Daniel tat sie sich schwer. Ihr fiel nichts ein, wie sie eine vernünftig erklärbare Kehrtwende vollziehen konnte. Die Tatsache, dass sie ihm das Wichtigste verschwiegen hatte, lastete erdrückend auf ihr.

Sie saß noch beim Frühstück, als er anrief. „Schlechte Nachrichten. An der Schuld deiner Freundin ist kaum zu rütteln. Alle Indizien sprechen gegen sie. Die kleine Figur, mit der auf das Opfer eingeschlagen wurde, weisen Fingerabdrücke von ihr auf, das Messer, das sie verletzte, die der Toten. Vermutlich hatte sie es sich einfacher vorgestellt, die alte Frau zu überwältigen. Da es nur Kampfspuren im Wohnzimmer gibt, gehen wir davon aus, dass sie sich unter einem Vorwand Einlass verschaffte und dann erst angriff. Frau Seiffert wehrte sich mit dem Messer, das sie für den Käse benutzte, der auf dem Tisch stand."

„Ich kann mir nicht vorstellen, dass Leonie eine Mörderin ist", gab sie zurück. „Soweit ich weiß, hat sie versucht, den Täter zu finden, der Frau Dräger dazu nötigte, das viele Geld abzuheben." Sie hielt inne und wartete, wie er reagierte.

„Hattest du also doch Kontakt zu ihr." Seine Stimme klang relativ normal.

„Telefonisch, ja. Sie versicherte mir, dass sie mit dem Geldraub nichts zu tun hatte und ich glaubte ihr." Was tat sie da? Hatte sie ihm nicht die Wahrheit, die ganze Wahrheit sagen wollen?

„Warum hat sie sich nicht gestellt?"

„Sie dachte, ihr würdet sie gleich einsperren. Deshalb wollte sie den Fall selbst lösen." Saskia hielt inne, als müsse sie sich zwingen weiterzusprechen. „Vor ein paar Tagen rief sie an und sagte, sie hätte eine heiße Spur gefunden. Wenn das stimme, was sie vermute, sei diese Geschichte viel, viel schlimmer als jeder ahne. Ich habe sie gebeten, euch die Arbeit zu überlassen, was sie vehement ablehnte. Noch hätte sie nicht einen Beweis, sondern einzig diesen stärker werdenden Verdacht, auf eine große Sache gestoßen zu sein." Den lauten Seufzer brauchte sie nicht einmal zu spielen. „Danach hörte ich nichts mehr von ihr."

Einen Moment blieb es still in der Leitung. Sie wartete mit klopfendem Herzen auf seine Reaktion. „Ihr Handy ist nicht auffindbar."

Fast wäre ihr die Bedeutung dieser Aussage entgangen. Im ersten Moment verspürte sie nur Enttäuschung, dass er nicht auf ihre Worte eingegangen war. „Das muss ihr Mörder an sich genommen haben."

„Gibst du mir bitte ihre Nummer? Wir werden versuchen, den Standort zu ermitteln."

Nachdem sie ihm die Zahlen diktiert hatte, blieb es still in der Leitung. „Bist du noch dran?"

„Wir müssen dringend reden", erwiderte er ausweichend. „Leider klappt das wohl erst heute Abend. Eine Frage noch: Kennst du ihre momentane Adresse?"

„Nein", konnte sie guten Gewissens antworten.

Mit dem Handy in der Hand blieb sie wie erstarrt stehen. Hatte sie Daniel schon verloren? Seiner Stimme war keine Regung anzuhören gewesen. Aber immerhin wollte er ihr die Möglichkeit geben, sich in einem Gespräch Auge in Auge zu erklären. Es gab also noch Hoffnung!

62

„Das war sehr unklug von dir, ihm all diese Informationen zu geben." Lennart musterte sie aus müden, rotgeränderten Augen. Sein graues Gesicht sprach von einer durchwachten Nacht.

Sie war kurz in die Boutique gegangen, um ein Schild an die Tür zu hängen, das verkündete: Wegen Krankheit bis Ende der Woche geschlossen, und das Bargeld aus der Kasse zu nehmen, das sie gestern in der Aufregung total vergessen hatte. Es befand sich jetzt in ihrer Jackentasche, immerhin fast vierhundert Euro. Sie wollte alles tun, um Leonie zu helfen.

Danach hatte sie die U-Bahn zur Werkstatt genommen. In der Halle brannte Licht, Markus war damit beschäftigt gewesen, einen schwarzen BMW zu folieren, während Lennart mit hängenden Armen und abwesendem Blick daneben stand. Bei ihrem Eintreten ging ein Ruck durch seinen Körper. Er flüsterte seinem Freund einige Worte zu, die sie leider nicht verstand, packte ihren Arm und zog sie in das kleine Büro, wo er sofort nach Neuigkeiten von Daniel fragte.

„Er sollte wenigstens einen kleinen Hinweis kriegen, damit sie sich nicht nur auf Leonie konzentrieren", widersprach sie. „Ich finde es besser, wenn auch die Polizei weiter in alle Richtungen ermittelt. Hast du schon im Krankenhaus angerufen?", lenkte sie auf ein anderes Thema über.

„Es geht ihr den Umständen entsprechend gut. Sie wollen sie noch ein paar Tage im künstlichen Koma lassen, damit sie sich richtig erholen kann", präzisierte er. „Die Schwester versprach mir, dass sie sich meldet, falls irgendetwas Außergewöhnliches sein sollte."

Saskia atmete auf. Wenigstens eine gute Nachricht. „Was hast du deinen Eltern erzählt?"

Er fuhr ungeduldig auf. „Lass uns endlich loslegen."

„Hast du nicht schon mit dem Pfleger gesprochen?", fiel es ihr ein. „Du wolltest doch …"

Das Blut schoss ihm ins Gesicht. „Mir ist eine kurzfristige Fahrt dazwischengekommen. Ich habe es nicht mehr geschafft."

Auf der gestrigen Rückfahrt hatten sie ihr Vorgehen bereits festgelegt. Zuallererst wollten sie diesen Marcel aufsuchen. Wenn einer wusste, was Leonie in den letzten Tagen getrieben hatte, dann er. Und vielleicht konnte er ihnen sogar den entscheidenden Hinweis geben, in welche Richtung sie weiterermitteln mussten.

Um nicht zu sehr aufzufallen, wollten sie ihn zu Hause aufsuchen. Das hieß, sie mussten bis mittags warten. Bevor Saskia Lennart darauf hinweisen konnte, dass es viel zu früh für ihren Aufbruch war, hörten sie einen Wagen vorfahren. Er trat an das kleine verdreckte Fenster, das kaum genug Licht einfallen ließ, und spähte hinaus. „Scheiße, die Polizei."

Wieder etwas, womit sie hätte rechnen müssen! Saskia sprang auf und sah sich hektisch um. „Wo kann ich mich verstecken?" Wenn sie Pech hatte, war Daniel einer der Ermittler und sie wollte ihm unter keinen Umständen hier begegnen.

Lennart deutete auf den Vorhang hinten in der Ecke. „Da geht's raus. Beeil dich."

Die Beamten sprachen bereits mit Markus. Saskia schlüpfte hinter den Vorhang und öffnete die dahinter liegende Tür. Das laute Quietschen war bestimmt bis zu den nächsten Nachbarn zu hören. Sie erstarrte mitten in der Bewegung. Lennart schubste sie reaktionsschnell nach draußen und knallte die Tür hinter ihr wieder zu. Ihr Blick fiel auf den Container direkt am Zaun. Dahinter würde sie sich verstecken.

In der Nacht waren die Temperaturen unter null gesunken, der gefrorene Boden knirschte unter ihren Füßen. So leise wie möglich überwand sie die knappen zwei Meter und schob sich in die Deckung. Dann erst wagte sie einen vorsichtigen Blick zurück. Durch das Fenster waren schemenhafte Gestalten zu erkennen, scheinbar ins Gespräch vertieft. Irgendwie musste es Lennart gelungen sein, einen plausiblen Grund für das Quietschen vorzubringen, denn die Tür blieb zu.

Saskia ging in die Hocke, ihre Beine fühlten sich schwach und zittrig an. Blöde Kuh, schimpfte sie mit sich selbst. Kriegst schon das große Flattern, weil ein paar Polizisten auftauchen. Wie willst du denn die echten Ermittlungen überstehen?

Fast eine halbe Stunde musste sie in der Kälte ausharren. Als Lennart ihr winkte, kam sie kaum auf die Füße. Unsicher stakste sie zu ihm hinüber. „Was wollten die wissen?" Selbst ihre Zähne klapperten.

„Komm rein und trink einen heißen Kaffee!" Er drückte sie auf den Drehstuhl vor seinem Schreibtisch und brachte ihr einen großen Becher voll.

Dankbar legte sie die Hände darum. Der erste Schluck ließ sie schaudern, der zweite erzeugte wohltuende Wärme.

„Sie haben mich nach Strich und Faden ausgefragt", berichtete Lennart, der sich auf die Kante des Schreibtisches geschoben hatte. „Ob ich weiterhin Kontakt zu ihr hatte, ob ich ihre Adresse kenne, ob sie mir gesagt hatte, dass sie bei diesem Pflegedienst arbeite." Er grinste auf sie hinunter. „Dank deiner Vorlage konnte ich mich an der Wahrheit entlang hangeln. Ja, sie hätte mich mehrfach angerufen und mir auch erzählt, dass sie versuchen wollte, den Täter zu finden, den sie unter den Pflegern vermutete. Bei unserem letzten Gespräch sei sie zuversichtlich gewesen, auf der richtigen Spur zu sein, meine Warnung, die Finger davon zu lassen, hätte sie leider in den Wind geschlagen. Also im Endeffekt habe ich genau das Gleiche gesagt wie du, dass ich schon unruhig geworden sei, weil sie andauernd ihr Handy aus hatte und nicht zurückrief, und dass ich, wenn ich gewusst hätte, wo sie wohnt, sie schon längst aufgesucht hätte. Ich denke, ich war sehr überzeugend, die haben mir geglaubt."

Und eben hatte er noch behauptet, ihre Vorgehensweise sei unklug gewesen. Saskia verbiss sich eine diesbezügliche Bemerkung, etwas anderes war wichtiger. „Wer hat dich befragt?"

Sein Grinsen vertiefte sich. „Dein Freund Kommissar Dietz und ein Kollege von ihm."

„Hat er nach mir gefragt?"

„Wieso sollte er? Ach, du meinst wegen der Tür. Ich habe behauptet, ich wäre gerade von hinten reingekommen. Damit gaben sie sich zufrieden."

Saskia spürte ihre Lebensgeister erwachen. „Dann sollten wir jetzt einen vernünftigen Schlachtplan entwerfen."

63

Gut, dass er vor den meisten anderen anfing. Marcel hatte nicht die geringste Lust, seinen Kollegen Rede und Antwort zu stehen. Vor allen Dingen nicht, seitdem ihm bewusst geworden war, dass Leonie mit ihrem Verdacht richtig liegen musste. Anders konnte er sich den Überfall auf sie nicht erklären.

Er glaube nicht an ihre Schuld, hatte er den Polizisten, die ihn wegen des Autos aufsuchten, gesagt, nachdem der Schock einigermaßen überwunden war. Gott sei Dank interessierten diese sich nicht für seine Meinung, sondern wollten nur wissen, wieso sie mit seinem Wagen unterwegs gewesen war. Seine Erklärung, sie habe ihn sich an diesem Tag für ein Vorstellungsgespräch in einer anderen Stadt ausgeliehen, schien sie vollauf zu befriedigen. Wenn sie herausfanden, dass sie ihn bereits am Sonntag benutzt hatte, würde er sich eine neue Ausrede überlegen müssen. Aber vielleicht war das überhaupt nicht nötig. Er hoffte jedenfalls darauf, dass sie sich auf den Tattag beschränkten.

Allein sich nicht anmerken zu lassen, dass er ihren echten Namen kannte! Er hatte gestutzt, als sie nach einer gewissen Leonie Vahle fragten und behauptet, das Auto an seine Kollegin Dörte verliehen zu haben. Sie sei eine Praktikantin im Pflegeteam und ihm zurzeit unterstellt. Selbst die Frage, ob er sich denn keinen gültigen Führerschein habe zeigen lassen, konterte er kaltblütig mit dem Hinweis auf den Chef, der ihn angewiesen habe, sie als Fahrerin einzusetzen. Nein, es war bestimmt niemandem aufgefallen, dass er näheren Kontakt zu ihr hatte.

Ein lautes Hupen riss ihn in die Gegenwart zurück. Verdammt! Er trat das Bremspedal bis zum Anschlag durch und hielt die Luft an. Das war knapp! Zwischen seine Stoßstange und die des Vordermannes passte wahrscheinlich gerade noch eine Briefmarke. Dass er sich einem Stauende näherte, hatte er, gefangen in seinen Gedanken, nicht registriert.

Er konzentrierte sich auf den Verkehr, der langsam wieder zu flie-
ßen begann. Ein Unfall direkt am Morgen nach dem Mord würde
eventuell erneut das Interesse der Polizei auf ihn richten. Das war
das Letzte, was er wollte.

Bevor er in die Straße einbog, die zum Haus des Doktors führte,
griff er nach dessen Krankenakte. Im Bemühen, das Büro so schnell
wie möglich zu verlassen, hatte er sie entgegen seiner sonstigen
Gewohnheit einfach in die bereitstehende Tasche geschoben. Das
Versäumte musste nachgeholt werden, bevor er seinem Pflegling
gegenübertrat.

Stirnrunzelnd las er Guidos Einträge. Es sah ja fast so aus, als hätte
der Doktor eine Vorahnung gehabt. Woher wusste der Mann, was
Leonie trieb? War er etwa von ihr eingeweiht worden?

Zwei Minuten später stellte er fest, dass er gleich weiterfahren konnte. Guido hatte, nachdem die Polizei ihn endlich gehen ließ, den
Doktor noch einmal aufgesucht, um ihm behutsam das Geschehene
mitzuteilen. Daraufhin hatte sich dessen Zustand derart verschlech-
tert, dass ein Notarzt gerufen werden musste. Dieser wies den Patienten umgehend ins Krankenhaus ein. So schnell würde der nicht
zurückkommen.

Vorsichtshalber kontrollierte er die restlichen Krankenakten. Zeit
hatte er ja jetzt genügend: Der Immobilien-Fuzzi und der Doktor
stationär, die Seiffert tot, das würde eine kurze Runde.

 Auch Frau Rosenberg war ganz aus dem Häuschen. „Haben Sie
schon gehört, der Doktor ist gestern zusammengebrochen, als er
das von Ihrer Praktikantin erfuhr. Ich habe eben im Krankenhaus
angerufen, um zu fragen, wie es ihm geht." Sie schnaufte empört.
„Die wollten mir keine Auskunft geben, können Sie sich das vorstellen?"

Er versprach, sich später darum zu kümmern und ihr die gewünsch-
te Nachricht zukommen zu lassen. Während er ihr Bein verband
und ihren Rücken einrieb, haspelte sie die Geschichte herunter,
froh, endlich einen kompetenten Gesprächspartner gefunden zu
haben. Es kostete ihn ziemliche Mühe, sich loszueisen.

Bis zu den anderen Patienten war der Vorfall anscheinend noch nicht gedrungen. Entgegen seiner sonstigen Gewohnheit beeilte er sich mit der jeweils notwendigen Pflege, sodass er eine halbe Stunde vor seiner Mittagspause zur Station zurückkehrte. Frau Javers setzte eine verschwörerische Miene auf und winkte ihn näher heran. „Da sind …"

Im selben Moment öffnete sich die Tür zu Herrn Gründlers Büro und dieser trat in Begleitung zweier Männer heraus. „Ah, da sind Sie ja, Herr Jäger. Die Kriminalpolizei möchte Sie sprechen."

Der Jüngere der beiden zückte seinen Ausweis. „Kommissar Dietz. Das ist mein Kollege Kralow vom Morddezernat. Wir hätten da ein paar Fragen an Sie."

Herr Gründler stellte sein Büro zur Verfügung. Sie setzten sich an den kleinen runden Tisch, der für die Gespräche mit interessierten Pflegesuchenden gedacht war. Kommissar Kralow wischte die Prospekte darauf zur Seite, stellte ein kleines Aufnahmegerät in Marcels Nähe und zückte sein Notizbuch. „Sie haben mit Frau Vahle zusammengearbeitet?"

„Ich kannte sie nur unter dem Namen Dörte", stellte er richtig. „Wir reden uns mit Vornamen an, ihr Nachname war mir nicht bekannt. Und ja, die letzten zwei Wochen war sie mir und Guido zugeteilt. Das ist meine Vertretung, wenn ich frei habe."

Wie schon am Abend zuvor gab er sich uninformiert. Sie war eben eine Praktikantin, davon hätte er schon einige mitschleppen müssen. Ein besonderes Interesse ihrerseits an den Patienten sei ihm nicht aufgefallen. Alle diese jungen Dinger würden ihn mit Fragen bombardieren, das wäre völlig normal. Die hätten ja vorher keine Ahnung, was bei der häuslichen Pflege abliefe.

„Haben Sie sich auch über private Dinge unterhalten?", wollte Herr Dietz wissen.

„Wenig. Sie erzählte, dass sie ihre Masterarbeit eingereicht hätte und die Wartezeit bis zur Bekanntgabe der Note gern überbrücken wollte, indem sie praktische Erfahrung sammelte. Und sie bat mich, ihr am Montag mein Auto zu leihen, damit sie ein Bewerbungsgespräch außerhalb wahrnehmen konnte", kam er einer diesbezüglichen Nachfrage zuvor. „Ehrlich gesagt war ich stinkendsauer, als sie es nicht am nächsten Morgen wie verabredet zurückbrachte."

64

Eine distinguiert wirkende Frau öffnete ihnen, das war der einzig passende Begriff, der Saskia einfiel. Die Dame des Hauses war sowohl von ihrer Körperhaltung als auch von ihrer Kleidung der Oberklasse zuzuordnen. Das Anwesen - es widerstrebte ihr, es als Haus zu bezeichnen – gab ihr dazu den richtigen Rahmen. Sie musterte sie kühl: „Ja, bitte?"

Saskia hatte eigentlich erwartet, dass ihnen ein Hausmädchen gegenübertreten würde. Daher starrte sie stumm auf ihr Gegenüber.

Lennart dagegen fing sich rasch. „Wir möchten zu Herrn Marcel Jäger. Er wohnt doch hier, oder?"

Saskia hatte es kaum glauben können, als er die Villa ansteuerte. „Du musst dich irren. Wahrscheinlich hat er noch Patienten unter der Hand."

„Klar, die er zusammen mit seinen Kindern aufsucht", hatte er gekontert und bevor sie antworten konnte, schon den Finger auf die Klingel gelegt.

Die Dame vor ihnen runzelte die Stirn und musterte sie genauer. „Mein Neffe ist noch nicht zurück. Er wird sich heute etwas verspäten."

„Wir warten draußen auf ihn." Lennart gelang ein verbindliches Lächeln. „Was schätzen Sie, wie lange wird es ungefähr dauern?"

„Allerhöchstens zehn Minuten." Sie gab sich einen sichtlichen Ruck. „Kommen Sie lieber herein. Im Warmen ist es angenehmer."

Ihre Gastgeberin führte sie durch eine geräumige Diele in ein großes Wohnzimmer und bat sie, auf der Sofalandschaft Platz zu nehmen, während sie sich in den einzigen Sessel setzte. „Geht es wieder um diese leidige Geschichte von gestern Abend?"

Sie sahen sich verwirrt an. „Die Polizei war schon hier?", brachte Saskia mit Mühe hervor.

Jetzt schien die Dame irritiert. „Ich dachte, Sie …" In dem Moment wurde die Eingangstür geöffnet und drei Kinder stürmten lärmend herein. „Da ist Marcel." Die Erleichterung war ihr deutlich anzumerken. „Ich sage ihm, dass …"

„Tante Marie!" Ein Wirbelwind von circa fünf Jahren rannte auf sie zu und warf sich in ihre Arme. „Es war so toll heute!" Dann erst bemerkte er die unbekannten Gäste. „Papa?"

Saskia erkannte ihn von dem Foto, das Lennart ihr gezeigt hatte, wieder. Sie erhob sich und trat auf ihn zu. „Saskia Christ. Ich bin eine Freundin von Leonie. Das da", sie zeigte auf ihren Begleiter, „ist ihr Bruder Lennart. Wir müssen dringend mit Ihnen sprechen."

Marcel Jäger schien nicht begeistert über ihr Erscheinen. „Die Polizei hat mich bereits befragt. Ich habe keine Ahnung, was passiert ist."

„Ich weiß, dass sie Ihnen die Wahrheit erzählt hat." Nein, aufgeben kam nicht infrage. Sie würde dieses Haus nicht verlassen, bevor sie nicht alles erfahren hatte. „Sie waren ihr Verbündeter. Was haben Sie herausgefunden?"

„Marcel?" Seine Tante war ebenfalls aufgestanden und sah nun von einem zum anderen. „Ich denke, es ist besser, wenn die Kinder und ich dich mit deinen Gästen allein lassen. Wir sind drüben in der Küche. Sie können mir bei den letzten Handgriffen für das Mittagessen helfen."

Geschickt gelöst, dachte Saskia. Damit wird uns gleich klargemacht, dass sie in Rufweite bleibt und dass unsere Zeit begrenzt ist.

Widerwillig nickte ihr Neffe und deutete auf die Couch. „Bitte nehmen Sie wieder Platz." Er wartete, bis Tante und Kinder außer Hörweite waren. „Hören Sie, ich kann Ihnen nicht helfen. Leonie hat offensichtlich in ein Wespennest gestochen, sonst wäre das alles nicht passiert. Wenn herauskommt, dass ich beteiligt war … Ich muss an meine Familie denken. Ich habe Angst, können Sie das nicht verstehen?"

Saskia biss die Zähne zusammen, damit sie nicht ausfällig wurde. Was für ein Feigling!

Lennart hatte sich besser unter Kontrolle. „Leonie hat nur mit Glück überlebt. Die Polizei denkt, sie hätte die alte Frau ermordet.

Sie sind der Einzige, der uns sagen kann, was sie für einen Verdacht hegte, gegen wen sie ermittelte."

Marcel hob abwehrend die Hände. „Das, was wir haben, sind alles Vermutungen. Ich bin mit ihr zusammen am späten Abend ins Büro und wir sind die Akten der Verstorbenen durchgegangen. Sie bestand darauf, die letzten drei Jahre zu kontrollieren. Sicher ist überhaupt noch nichts. Ich meine, es gab schon Auffälligkeiten, dass besonders viele von meinen Patienten und von Volker starben. Ein echter Beweis ist das nicht. Das kann auch andere Gründe haben."

„Volker?", echote Saskia.

„Sie hatte Guido unter Verdacht. Er vertritt uns beide, wenn wir unsere freien Tage haben. Meist war er es auch, der die Toten fand. Aber wie gesagt, weder ich noch Volker sehen einen Anhaltspunkt, an dem man ansetzen kann."

„Sie haben ihren Kollegen informiert?"

„Nicht direkt. Ich habe ihn ganz beiläufig gefragt, ob er bei einem seiner Toten den Verdacht gehabt hätte, es sei nicht alles mit rechten Dingen zugegangen, und mein Interesse mit einem Film, den ich im Fernsehen sah, begründet. Er lachte mich aus, meinte, ich solle lieber keine Krimis mehr schauen."

„Wie viele Fälle kamen Ihnen seltsam vor?" Marcel wich aus, das spürte Saskia ganz deutlich. Irgendetwas musste an dem, was sie ausgegraben hatten, von Bedeutung sein, sonst hätte er sich nie dazu überreden lassen, bei seinem Kollegen nachzufragen.

„Außer den Drägers? Zwei von mir und einer von Volker. Im Jahr davor eventuell zwei, drei weitere. Es ist schwer zu sagen, unsere Pflegebedürftigen sind alle schwer krank. Da kann man fast nie genau vorhersagen, wie lange sie noch leben. Wir haben uns auf die beschränkt, die vermögend und alleinstehend und damit geeignete Zielobjekte waren."

„Und in den Jahren davor?", fragte Lennart angespannt.

„Ist mir nichts aufgefallen. So richtig kann ich mich an die aber auch nicht mehr erinnern. Und Guido ist ja erst seit ungefähr zweieinhalb Jahren bei uns." Marcel erhob sich. „Mehr weiß ich wirklich nicht.

Ich wollte, dass Leonie mit ihrem Verdacht zur Polizei geht, sie beharrte darauf, zuerst Beweise zu sammeln. Ich habe ihr sogar mein Auto geliehen." Sein Lachen fiel reichlich kläglich aus. „Sogar am Sonntag und am Montag. Ich hoffe bloß, dass die Polizei dem nicht zu viel Wert beimisst."

65

„Was hältst du von ihm?" Saskia hatte gewartet, bis sie wieder im Auto saßen. Sie selbst war hin- und hergerissen. Einerseits hatte sie den Eindruck, dass Marcel tatsächlich vor Angst fast verging, andererseits passte er durchaus ins Profil. Wenn Leonie denn recht hatte! Der freundliche Pfleger, der sich als Massenmörder entpuppte!

„Wir müssen was über seinen Hintergrund rauskriegen", umging Lennart eine echte Einschätzung. „Woher hat er das Geld, hier zu wohnen? Das Haus ist ein Traum."

„Die Einrichtung eher nicht." Saskia hatte die Möbel, Bilder und wenigen Kunstobjekte genau taxiert. Darunter befand sich nichts von Wert. Das Sofa, auf dem sie gesessen hatten, war ein Billigprodukt, genau das Richtige für Familien mit kleinen Kindern, die darauf herumtobten und vermutlich auch kleckerten, der Tisch eindeutig aus Pressspan-Furnier. Der Wollteppich auf den teuren Fliesen kostete ungefähr zweihundert Euro, sie besaß nämlich den gleichen. Das große Holzregal, gefüllt mit diversen Spielen und anderen Spielzeugen, stammte vermutlich von Ikea, selbst der Fernseher war irgendein No-Name-Produkt. „Vermutlich werden wir bald mehr wissen."

Nachdem die Polizei die Werkstatt verlassen und sie sich mit einem Kaffee aufgewärmt hatte, hatte Saskia vorgeschlagen, ein Detektivbüro anzurufen und sich zu erkundigen, ob die Möglichkeit eines Eilauftrages bestand. Bei der zweiten Adresse hatte sie Glück gehabt und einen Termin für den Nachmittag bekommen. Lennart sollte sie dort absetzen und sich dann um seine eigenen Kunden kümmern. Er konnte schließlich nicht alles auf seinen Freund Markus abwälzen, besonders nicht jetzt, da laufend neue Aufträge eintrudelten.

Er setzte den Blinker und hielt in einer Ausfahrt. „Soll ich nicht lieber mitgehen?"

„Nein, du hilfst Markus." Sie löste den Anschnallgurt und öffnete die Beifahrertür. „Außerdem habe ich im Moment nicht die geringste Idee, was wir sonst unternehmen könnten. Wir müssen abwarten, was der Detektiv herausfindet."

„Rufst du mich nachher an?"

„Nur wenn es etwas Neues gibt." Am Abend stand das dringend notwendige Gespräch mit Daniel an. „Sonst melde ich mich morgen."

Sie zog die Kapuze über den Kopf, um sich vor dem eisigen Wind zu schützen. Als sie das Gebäude schräg gegenüber erreichte, fühlte sie sich völlig durchgefroren.

Die Detektei lag im zweiten Stock und nahm die halbe Etage ein. Sie betrat den Empfangsbereich, der eher zweckmäßig gestaltet war: Ein Tresen mit zwei Mitarbeiterinnen dahinter, daneben ein viereckiger bepflanzter Blumenkübel, der als Barriere zu den an der Rückseite liegenden Zimmern diente.

Sie wurde gebeten, im Wartezimmer Platz zu nehmen. Das ältere Paar und der einzelne Mann murmelten einen leisen Gruß. Sie griff nach einer der ausliegenden Zeitungen, war aber viel zu aufgeregt, um sich auf die Artikel zu konzentrieren.

Pünktlich zur festgesetzten Zeit wurde sie aufgerufen. Eine der Empfangsmitarbeiterinnen führte sie zu ihrem Ansprechpartner. Der Mann war weder jung noch alt, sie schätzte ihn auf Mitte vierzig, mit einem sympathischen Gesicht und einem gewinnenden Lächeln. „Was kann ich für Sie tun?"

„Ich möchte gern drei Personen überprüfen lassen." Sie holte den Zettel hervor, auf dem sie die Angaben zu jedem Einzelnen notiert hatte, und schob ihn zu ihm hinüber. Immerhin war Marcel bereit gewesen, ihr die nötigen Informationen zu geben.

Der Detektiv warf einen Blick auf das Geschriebene und runzelte die Stirn. „Wofür brauchen Sie diese Überprüfung?"

Klar, da könnte ja jeder kommen! Durch diese Genauigkeit stieg seltsamerweise ihre Zuversicht. Wenn sie ihn überzeugen konnte, würde er sein Bestes geben.

Fast eine Viertelstunde dauerte ihr Bericht. Dieser schien ihr Gegenüber zu überzeugen. Er erklärte ihr, dass sie allerdings in vier-

undzwanzig Stunden keine großartigen Einzelheiten erwarten könne, was ihr und Lennart durchaus bewusst war. Falls bei einem der
drei Auffälligkeiten auftraten, konnte man bei diesem gezielt tiefer
graben, diese Option ließ sie sich offen.

Obwohl Lennart sie gebeten hatte, für den Rückweg ein Taxi zu
nehmen, stieg sie die Stufen zur U-Bahn hinunter. Der Preis für
diese Schnellauskunft war höher als erwartet und keiner wusste, wie
viel sie auf der Suche nach dem Täter noch investieren mussten.
Deshalb wollte sie wenigstens da sparen, wo sie es konnte.

Lennart hatte, um weniger aufzufallen, für die Fahrt zu Marcel extra
Markus' Wagen geliehen und genauestens den Verkehr im Auge
behalten, sie waren nicht verfolgt worden. Auf dem Weg zur Detektei hatten sie mehrere Umwege eingelegt. Eigentlich konnte sie sich
sicher fühlen. Trotzdem blieb ein mulmiges Gefühl, vor allem im
Gedränge auf dem Bahnsteig. Sie warf nervöse Blicke um sich und
stellte sich neben zwei junge Männer, die aussahen, als würden sie
eingreifen, falls es nötig wäre.

Die Bahn fuhr ein und sie rückte mit der Menge vor. Von hinten
drückte jemand heftiger, sie wurde gegen ihren Vordermann gepresst und wich zur Seite aus, soweit es möglich war, ohne den
Nächsten selbst anzurempeln. Ihr Herz klopfte mittlerweile wie
rasend und sie verfluchte sich für diese dämliche Sparmaßnahme.
Als ob zehn Euro mehr ins Gewicht gefallen wären!

Die beiden jungen Männer blieben in der Nähe der Tür stehen, sie
tat es ihnen gleich, drehte sich einmal um die eigene Achse und
musterte die Umstehenden: Eine Mutter mit Kleinkind, zwei Teenager, ein glatzköpfiger Mann mit Aktenmappe und Handy am Ohr,
ein älteres Ehepaar, drei Frauen ungefähr in ihrem Alter, die sich
lautstark unterhielten. Von diesen Personen ging keine Gefahr aus,
sie atmete auf.

Fünf Stationen musste sie fahren, danach hatte sie die Wahl zwischen dem Bus und einer weiteren U-Bahn. Sie entschied sich für
den Bus, nahm vor den drei jungen Frauen, die mit ihr ausgestiegen
waren, die Rolltreppe und sah den Bus bereits an der Haltestelle

stehen. Ein schneller Spurt und sie konnte sich aufatmend in den Sitz fallen lassen.

Das nächste Mal nimmst du ein Taxi, beschloss sie. Diese Art von Aufregung war wirklich nicht nötig.

66

Daniel kam gegen sechs. Schon als er eintrat, konnte sie erkennen, dass seine Laune auf einem Tiefstand war. Ohne ihr einen Kuss zu geben oder sie anzulächeln, schob er sich an ihr vorbei und setzte sich in die Küche an den Tisch. „Wieso ist dein Geschäft zu?"

Sie atmete heimlich auf. Angesichts seiner Miene hatte sie erwartet, er wäre im Zuge seiner Ermittlungen doch hinter ihr Geheimnis gekommen. „Lennart und ich mussten selbst etwas unternehmen. Wir haben heute mit dem Pfleger, diesem Marcel, gesprochen und ich habe eine Detektei beauftragt, mir Informationen über einige weitere Kollegen von Leonie zu beschaffen." Fast trotzig blickte sie ihn an. „Wie kann ich normal weitermachen, wenn meine beste Freundin schwer verletzt im Krankenhaus liegt und zudem verdächtigt wird, diesen Mord begangen zu haben?"

„Also hast du kein Zutrauen zu mir, dass ich die Wahrheit herausfinde?", fragte er konsterniert.

Nein, sie würde sich nicht von ihm in die Ecke drängen lassen. „Ihr haltet Leonie für schuldig", gab sie schärfer als beabsichtigt zurück.

„Ich dagegen bin sicher, dass sie ebenso ein Opfer ist. Und mal ganz ehrlich, wenn ich dich gebeten hätte, ein paar Leute zu überprüfen, hättest du das rundweg abgelehnt."

Er kniff misstrauisch die Augen zusammen. „Hältst du irgendwelche relevanten Informationen zurück?"

„Natürlich nicht, ich glaube nur fest an Leonies Spürsinn. Wenn sie sagt, sie hält einen der Pfleger für den Täter, setze ich da an. Wer von uns am Ende den wahren Täter findet, ist mir egal", fügte sie versöhnlicher hinzu. „Das Einzige, was ich will, ist Leonie helfen."

Damit hatte sie Daniel die richtige Vorlage geliefert. Es kam zu keinem richtigen Streit, aber er machte ihr durchaus seinen Standpunkt deutlich, nämlich dass er sich von ihr hintergangen fühlte, dass es nicht richtig war, eine Beziehung gleich mit einer Lüge zu beginnen.

Natürlich hat er recht, sinnierte sie müde, nachdem er sich ziemlich abrupt verabschiedet hatte. Er müsse zuerst einmal in Ruhe über alles nachdenken, hatte er erklärt. Doch wie hätte sie reagieren sollen? Ihm ihre beste Freundin auf einem Silbertablett servieren? Nein, auch wenn sie selbst kaum mit Leonie im Reinen war, sie hätte sie nie an die Polizei verraten. Und genau das wäre passiert, falls sie sich Daniel anvertraut hätte. Für ihn in seiner Position als ermittelnder Kommissar wäre es unmöglich gewesen, dieses Wissen unter den Tisch fallen zu lassen. Er hätte sie verhaften müssen.

Dabei weiß er immer noch nicht, dass sie das Geld genommen hat, dachte sie unbehaglich. Wie bringe ich ihm das bei?

Bevor sie tiefer in ihrem Selbstmitleid versinken konnte, klingelte es an der Tür. Wolf schenkte ihr ein amüsiertes Grinsen. „Na? Dicke Luft? Ich bin deinem Freund im Hausflur begegnet. Er sah nicht gerade fröhlich aus."

„Komm rein. Es ist einiges passiert."

„Du hättest mich fragen können", sagte er, kaum dass sie geendet hatte. „Wir Paketboten gehen jeden Tag von Haus zu Haus, wir wissen vieles, was sich bei jedem Einzelnen tut. Ob dieser Marcel vermögend ist oder schon auf den Gerichtsvollzieher wartet, hätte ich auch für dich rauskriegen können."

Sie merkte auf. „Ich dachte, du hast einen anderen Bezirk."

„Ja und? Ich versteh mich mit den anderen blendend. Wir sind Kumpels, springen für einander ein. Es hätte mich drei Anrufe gekostet und du wüsstest mehr."

Und einer von denen hätte sich bloß verplappern brauchen und der wahre Täter war gewarnt. Nein, dann gab sie lieber Geld aus. „Zu spät. Morgen Nachmittag erfahre ich alles Notwendige. Außerdem können die tiefer graben", setzte sie hinzu. „Die haben Möglichkeiten, sich genau über deren Hintergrund und finanzielle Mittel zu informieren. Wir benötigen schnelle Resultate, damit wir …" Das Klingeln ihres Handys unterbrach sie.

„Hier ist Marcel Jäger", erklang eine nervöse Stimme. „Mir ist was eingefallen, vielleicht können Sie da ansetzen. Ein Patient von uns reagierte übertrieben ängstlich auf Leonies Verschwinden. Die beiden waren sich von Anfang an sympathisch. Ich weiß nicht, ich habe das Gefühl, sie hat ihn eingeweiht, nachdem ich … Also ich habe sie gedrängt, sie solle zur Polizei gehen, auch ohne Beweise. Das wollte sie nicht. Mir wurde das Ganze zu gefährlich. Ich habe ihr gesagt, ich mach nicht mehr mit." Die Sätze waren regelrecht aus ihm herausgesprudelt, jetzt hielt er inne.

„Sie denken, er könnte Näheres wissen?" Ein neuer Ansatz! Saskia spürte, wie ein Adrenalinstoß sie durchzuckte. Endlich eine Spur! Dabei hatte sie ihm nur pro forma ihre Handynummer aufgeschrieben. Dass er sich wirklich noch einmal bei ihr melden würde, hatte sie eher nicht erwartet.

„Es wäre vorstellbar, der hat sich dermaßen aufgeregt, auch über die Nachricht von den Umständen ihres Auffindens und ihrer Verletzungen."

„Geben Sie mir bitte seine Adresse und seinen Namen!" Sie würde ihn gleich morgen früh aufsuchen.

Er räusperte sich umständlich. „Dr. Hecker liegt momentan im Krankenhaus auf der Intensivstation."

Die Enttäuschung war bodenlos. Wolf, der anscheinend das meiste von dem Telefonat mitbekommen hatte, stieß sie an und zischte: „Frag, in welchem!"

Gehorsam wiederholte sie seine Worte.

„Keine Ahnung, da kommen Sie sowieso nicht rein."

Saskia bedankte sich bei ihm und beendete das Gespräch. „Immer, wenn ich einen Lichtstreifen am Horizont sehe, gibt es ein neues Hindernis. Das klang so vielversprechend!"

Statt in ihr Lamento einzufallen, grinste Wolf und griff nach seinem eigenen Handy. „Wie viele Krankenhäuser gibt es in der Stadt? Vier, fünf? Dann stehen unsere Chancen zwei zu fünf."

67

Ohne sich um ihren verständnislosen Blick zu kümmern, begann Wolf nacheinander die Liste aus dem Internet abzutelefonieren. Schon sein dritter Anruf brachte den Erfolg. „Er liegt im St. Georg Hospital. Das macht die Sache schwieriger, aber nicht unmöglich."

„Moment." Sie hielt seinen Arm fest, als er schon wieder eine Nummer wählen wollte. Am Telefon hatte er sich als Sohn des Kranken ausgegeben und, nachdem er die Nachricht erhielt, sein Vater läge noch immer auf der Intensivstation, die Besuchszeiten auf dieser erfragt. Was sollte sie damit anfangen? Als Außenstehende, besser gesagt als völlig Fremde, würde sie niemals Zutritt bekommen. „Was willst du machen? Ich komme da sowieso nicht rein."

„Habe ich dir eigentlich nie erzählt, dass meine Ex Krankenschwester ist? Und einer meiner Söhne auch. Blöderweise liegt dein Doktor in dem Krankenhaus, in dem sie arbeitet. Bei Nils wäre das einfacher gewesen, den hätte ich nicht erst groß überreden müssen. Andererseits", er genoss ihre Überraschung richtig. „Andererseits", wiederholte er, „bin ich oft genug für sie gesprungen. Da kann sie sich ruhig mal revanchieren."

„Arbeitet sie denn auf der Intensivstation?" Für Saskia ging das alles zu schnell. Erst die Enttäuschung, Sekunden später die neue Hoffnung, die nun von Wolfs geschiedener Frau abhing.

„Das ist nicht so wichtig. Die kennen sich untereinander. Keiner wird sie daran hindern, einen Patienten auf der Intensiv zu besuchen." Er machte sich los und wählte. „Hi, Gitti. Hier ist Wolf. Du musst mir einen Gefallen tun. Arbeitest du morgen? Was hast du für eine Schicht?" Er verzog das Gesicht und drückte das Telefon fester an sein Ohr.

Saskia war die keifende Stimme nicht entgangen. Eine herzliche Begrüßung sah anders aus.

„Ja, es ist dringend", sagte Wolf jetzt. „Sonst würde ich dich um diese Uhrzeit nicht mehr stören." Er verdrehte die Augen.

Sie warf einen Blick auf die Uhr über der Tür. Halb neun, was war daran spät?

„Auf der Intensiv bei euch liegt ein Dr. Hecker. Meine Freundin muss dringend mit ihm reden. Er kennt sie nicht, nur ihre Freundin. Es ist ein bisschen kompliziert. Kannst du irgendwie dafür sorgen, dass sie zu ihm gelassen wird?"

Wie erwartet brachte Wolfs Ex eine Menge Einwände vor. Sein Gesicht wurde länger und länger. Kein Wunder, dachte Saskia, der Ansatz war völlig falsch gewählt. Kurzentschlossen nahm sie ihm das Handy aus der Hand. „Hallo, hier ist Saskia. Ich bin wirklich in Not."

„Ich wusste nicht mal, dass Wolf eine Freundin hat", keifte die Stimme zurück.

„Wir sind in einer Notlage." Besser, überhaupt nicht darauf eingehen. „Meine Freundin wird verdächtigt, einen Mord begangen zu haben. In Wahrheit wurde sie selbst fast getötet, weil sie dem echten Täter auf der Spur ist. Dr. Hecker war ihr Mentor, er hat sie bei ihren Nachforschungen unterstützt. Leider erlitt er einen Zusammenbruch, als er von ihrer schweren Verletzung erfuhr. Ich muss wirklich dringend mit ihm sprechen. Er ist der Einzige, der weiß, wen sie verdächtigte."

„Warum wenden Sie sich nicht an die Polizei? Geht es ihm gut genug, dürfen die an sein Bett."

„Der ermittelnde Beamte ist fest von der Schuld meiner Freundin überzeugt", behauptete Saskia mit schlechtem Gewissen. „Er würde bestimmt nicht darauf eingehen."

Eine lange Pause entstand. Wolf entriss Saskia das Handy und rief genervt: „Gitti, gib dir einen Ruck! Jetzt brauche ich mal dringend deine Hilfe. Das ist das erste Mal in wie viel Jahren? Nils hätte längst zugestimmt."

Seine Strategie funktionierte. „Ich muss erst sicherstellen, dass Dr. Hecker fit genug für ein Gespräch ist. So einfach, wie du dir das vorstellst, ist es nicht."

„Sie soll ihm einen schönen Gruß von mir bestellen und ihm sagen, dass Dörte über den Berg ist und wieder gesund wird", flüsterte Saskia Wolf zu, der das Handy so gedreht hatte, dass sie mithören konnte.

Er gab ihre Worte umgehend weiter.

„Gut, ich werde sehen, was ich tun kann. Aber es hängt von ihm und seinem Gesundheitszustand ab", lautete die widerwillige Antwort.

Wolf warf den Arm in Siegerpose hoch und grinste Saskia an. „Wann arbeitest du morgen?"

„Ich habe Frühschicht, also von sechs bis zwei. Es kann sein, dass ich erst nach Feierabend zur Intensiv hochgehen kann. Ist Dr. Hecker mit einem Besuch einverstanden, melde ich mich direkt bei deiner Freundin, okay?"

Saskia diktierte ihr die Handynummer und bedankte sich für ihre Bemühungen.

„Damit sind wir quitt, Wolf", hörte sie, als sie ihm das Handy zurückgab. „Diese Gefälligkeit wiegt das, was du für mich getan hast, doppelt und dreifach auf."

„Ja, ja, ich hab verstanden." Grinsend beendete er das Gespräch. „Und? Zufrieden?"

„Du bist der Beste!" Sie umarmte ihn stürmisch. „Was meinst du, kann man sich auf sie verlassen?"

„Unbedingt. Gitti ist ein Biest, doch sie hält sich an ihr Versprechen. Außerdem hat sie damit die Möglichkeit, meine geleistete Hilfe abzugelten. Du glaubst ja nicht, was ich alles für sie getan habe. Die hat mich die ganze Zeit über ausgenutzt."

„Willst du sie in dem Glauben lassen, wir hätten was miteinander?"

Sein Grinsen vertiefte sich. „Wenn du nichts dagegen hast. Dann stehe ich bei unserem nächsten Treffen nicht wieder wie der Depp da, der seiner Verflossenen nachtrauert und nichts auf die Reihe kriegt.“

„Wenn du willst, komme ich mit“, bot sie an. Das war das Mindeste, was sie ihm zum Dank anbieten konnte. Auch wenn sie noch nicht wusste, wie sie das Daniel erklären sollte. Sie seufzte schwer. Noch stand nicht mal fest, ob er und sie je wieder zueinanderfinden würden.

68

„Ich gehe allein zu dem Doktor", beharrte Saskia. Sie bereute schon, Lennart davon erzählt zu haben. Um ihr Handy für Gittis Nachricht freizuhalten, hatte sie ihm gleich morgens eine SMS geschickt, dass sie einen dringenden Anruf erwarte und sich sofort melde, wenn es Neuigkeiten gäbe, woraufhin er sie sofort auf dem Festnetztelefon anrief und sie somit nicht umhinkam, ihm von der abendlichen Entwicklung zu berichten. „Wenn es denn überhaupt klappt. Noch wissen wir nichts über seinen Gesundheitszustand."

„Melde dich sofort bei mir, wenn du Bescheid kriegst!"

„Es kann dauern", warnte sie ihn vor. „Vielleicht wird es Nachmittag."

So lange brauchte sie nicht zu warten, obwohl es ihr wie Stunden vorkam, in denen sie, unfähig, sich auf irgendetwas zu konzentrieren, in ihrer Wohnung auf und ab marschierte und immer wieder die Uhr hypnotisierte, deren Zeiger sich viel, viel langsamer als sonst vorwärtszubewegen schienen.

Gitti gab ihre Anweisungen kurz und knapp. Um zwei Uhr beginne die Besuchszeit auf der Intensiv. Zu diesem Zeitpunkt solle Saskia sich dort melden. Dr. Hecker habe Bescheid gegeben, dass er sie dringend zu sehen wünsche.

Noch zwei Stunden, die sie totschlagen musste! Sie hielt in ihrem sinnlosen Herumgelaufe inne. Sie könnte eine zünftige Mahlzeit kochen, das würde sie ablenken. Und abends dann gemeinsam mit Wolf und Lennart essen – oder vielleicht auch mit Daniel.

Während sie die Zwiebeln schälte, das Gemüse putzte – sie war selbst erstaunt, was sich noch im kühlen Keller fand – und alles klein schnitt, verbannte sie jeden Gedanken an den bevorstehenden Besuch aus ihren Gedanken und konzentrierte sich auf ihre Tätigkeit. Sie kochte selten, heute jedoch war ihre Langsamkeit kaum zu unterbieten. Ein Blick auf die Uhr, ja, sie würde es gerade so eben schaffen, pünktlich fertig zu werden.

Während das Essen vor sich hin brutschelte, zog sie sich um, kämmte ihr Haar und legte ein dezentes Make-up auf, das entsprach dem Outfit, das sie auch für die Boutique bevorzugte. Wie ihre Mutter schon immer gesagt hatte: Die richtige Kleidung erzeugte eine dementsprechende Haltung. Zufriedenheit mit dem eigenen Aussehen schlug sich in der persönlichen Ausstrahlung nieder.

Erst als die Düfte der Gewürze in ihre Nase stiegen, merkte sie, wie hungrig sie war. Das Frühstück hatte aus einer Tasse Kaffee und einem Toast mit Honig bestanden, das war durch die Aufregung längst verdaut. Sie sollte sich stärken, bevor sie sich ins Krankenhaus aufmachte.

Zuerst der Anruf für das Taxi! Anschließend gab sie eine kleine Portion auf einen Teller und griff nach einer Gabel. Der Gemüseeintopf mit der zu Bällchen geformten Bratwurst als Fleischeinlage war ausnehmend gut gelungen, trotzdem brachte sie kaum einen Bissen hinunter. Sie durfte dieses Gespräch nicht vermasseln. Fünf Happen schluckte sie mit Müh und Not, dann griff sie zu Handtasche, Mantel und Schlüssel und schlüpfte in ihre Stiefel. Sie würde draußen vor der Tür auf das bestellte Taxi warten.

Das Krankenhaus war dasselbe, in dem auch Leonie lag. Allerdings befand sich Dr. Hecker auf der inneren Intensiv, die Freundin dagegen auf der chirurgischen. Sie hatte schon gehofft, das eine mit dem anderen verbinden zu können. Na ja, sie sollte lieber mit dem Erreichten zufrieden sein, das war weit mehr, als sie sich erhofft hatte.

An der Tür zur Intensivstation befanden sich eine Klingel und eine Gegensprechanlage. Kaum hatte sie ihren Namen genannt, nahm eine Schwester sie in Empfang. „Gut, dass Sie pünktlich sind. Dr. Hecker erwartet Sie schon. Seitdem er von Ihrem Besuch weiß, geht es ihm eindeutig besser." Sie warf einen neugierigen Blick auf Saskia. „Sind Sie seine Enkelin?"

Dieser, die sowieso schon mit ihrer Aufregung zu kämpfen hatte, brach der Schweiß aus. Eine harmlose Frage gewiss, nur wusste sie nicht, wie Gitti oder Dr. Hecker sie angekündigt hatten. „Eher ein Enkelersatz", brachte sie heraus. „Wir stehen uns ziemlich nahe."

„Dann hoffe ich, dass Ihre Anwesenheit ihn weiter aufmuntert."
Die Schwester war stehen geblieben und deutete auf das Zimmer
vor ihnen. „Er kann selbst entscheiden, wie lange der Besuch dauern soll."

Die Jalousie vor dem Fenster zum Gang war heruntergelassen, sodass man von außen nicht hineinblicken konnte. Saskia holte tief
Luft, drückte die Klinke hinunter und trat ein.

Der Raum war viel schmaler als erwartet: ein Spülstein und ein Stuhl
auf der linken Seite, das Bett umgeben von mehreren blinkenden
Geräten auf der rechten, dazwischen bloß ein schmaler Weg. Noch
einmal holte sie tief Luft und näherte sich dann dem Bett.

Dr. Hecker sah ihr mit wachen Augen entgegen, doch sein spitzes,
eingefallenes Gesicht unter dem schütteren weißen Haar zeugte von
seiner Krankheit. Die Haut wirkte durchscheinend und blass, die
Lippen spröde, die vielen Falten hatten sich tief eingegraben. Er
schob eine magere, mit Altersflecken übersäte Hand unter der Bettdecke hervor und klopfte auf die Matratze. „Setzen Sie sich, mein
Kind."

Unwillkürlich musste Saskia lächeln. Ja, wenn sich Leonie irgendwem anvertraut hatte, dann ihm. Trotz seiner offensichtlichen
Schwäche war er eine sympathische Erscheinung, man wollte ihm
einfach vertrauen. „Saskia Christ", stellte sie sich vor. „Ich bin eine
gute Freundin von Le…" Sie hielt inne. Kannte er ihren echten
Namen überhaupt?

„Sie hat mir ihre Geschichte anvertraut", bestätigte er. „Ich weiß
alles." Wieder klopfte er auf die Matratze. „Setzen Sie sich. Ich denke, wir haben uns viel zu erzählen."

69

„Nachdem ich wusste, dass Ihre Freundin ebenfalls hier liegt, habe ich gleich die Schwester gebeten, nachzufragen, wie es ihr geht", begann er, bevor sie zu einer Erklärung ansetzen konnte. „Sie ist um Haaresbreite dem Tod entkommen. Aber sie wird sich erholen, die Chancen stehen jedenfalls gut. Ich bin Arzt", fügte er hinzu. „Internist. Ich weiß also, wovon ich rede."

„Sie hat Ihnen vertraut." Das war keine Frage, sondern eine Feststellung. Auch Saskia fühlte sich immer mehr zu dem Mann hingezogen. Internist! Seine Patienten waren bestimmt begeistert von ihm gewesen.

„Sie hatte niemanden sonst." Er hob die Hand, als sie widersprechen wollte. „Sie war in einer Notlage und ich stand zur Verfügung. Lassen Sie mich erzählen, was sie herausgefunden hatte."

Nach seinem Bericht war Saskias Magen zu einem Klumpen erstarrt. Marcel hatte gewusst, dass Leonie ganz allein die vermutlich gefährdeten Patienten überwachen wollte. Und dann hatte der Täter tatsächlich wieder zugeschlagen und der blöde Kerl war zu feige, der Polizei einen entsprechenden Tipp zu geben!

„Sie war vollkommen auf Guido als Täter fixiert. Ich bin anderer Meinung. Der Junge trägt irgendeinen Kummer mit sich herum, deshalb ist er so grantig. Wenn es hart auf hart kommt, kann er keiner Fliege was zuleide tun."

Saskia kamen erste Zweifel. Als wahrer Menschenfreund war der Doktor vielleicht nicht der Richtige auf der Suche nach einem skrupellosen Mörder.

Irgendeine Regung musste sie verraten haben. Oder der Doktor las in ihr wie in einem offenen Buch. „Mein Kopf arbeitet immer noch exzellent", widersprach er sofort. „Ich lasse mir kein X für ein U vormachen. Ich bin ein guter Menschenkenner und ich sage Ihnen, der Guido ist es nicht. Der hat ein Gewissen. Denken Sie allein daran, wie er sich mir gegenüber verhielt. Er kam, nachdem die

Polizei ihn gehen ließ, direkt zu mir zurück und versuchte, mir die Geschichte sehr behutsam nahezubringen. Dass ich zusammenbrach, dafür kann er nichts. Ich habe mir die ganze Zeit schon Vorwürfe gemacht. Ich hätte reagieren müssen, als Leonie am Abend nicht auftauchte, spätestens jedoch am nächsten Morgen." Er hielt erschöpft inne, einer der Monitore begann zu blinken und schrill zu piepsen.

Eine Schwester stürzte herein, scheuchte Saskia zur Seite und beugte sich über ihn. „Ihr Besuch regt Sie zu sehr auf", sagte sie, nachdem sie den Monitor kontrolliert und das Signal abgeschaltet hatte. „Lassen Sie es gut sein für heute."

Sein energisches Nein durchschnitt Saskias stummes Flehen. Die Schwester blieb hart. „Es geht Ihnen gerade erst etwas besser. Wollen Sie das aufs Spiel setzen?"

Dr. Hecker schüttelte starrsinnig den Kopf. „Das Gespräch tut mir gut. Endlich über all das sprechen zu können, was mich belastet, ist reinigend. Anschließend ist der Heilungsprozess umso schneller."

Die Schwester gab noch nicht auf. „Ich schicke Ihnen Dr. Reichelt." Ihr Patient grinste entspannt. „Nur zu. Mit dem habe ich jahrelang zusammengearbeitet. Der weiß, dass ich mich selbst gut genug einschätzen kann."

Sie zuckte die Schultern. „Sie handeln auf eigene Gefahr."

Schweigend warteten sie, bis die Schwester das Zimmer verlassen hatte. „Ich habe behauptet, ich stünde Ihnen sehr nahe", fiel es Saskia ein. „Ich wäre so eine Art Enkelersatz."

Die väterlich blickenden Augen musterten sie. „Ich fühle mich geehrt." Er klopfte wieder auf die Matratze, damit sie sich setzte. „Dann sollten wir uns besser duzen." Er griff nach ihrer Hand. „Ich bin der Ulf. Also, wo waren wir stehen geblieben?", fuhr er ansatzlos fort. „Genau. Der Guido ist nicht der Täter, der Marcel auch nicht. Wer käme noch infrage?"

Gut, dass sie diesen Detektiv beauftragt hatte! So sehr sie dem alten Mann vertraute, eine vernünftige Kontrolle war besser. „Ich habe keine Ahnung", gestand sie.

„Dieser Typ, der zu Ihnen, äh, dir in den Laden gekommen ist, habt ihr überprüft, ob er zum Pflegepersonal gehört?"

„Nein, wir haben uns auf Marcel und Guido konzentriert." Saskia ärgerte sich, dass sie nicht selbst daran gedacht hatte.

Der Doktor beließ es dabei. „Wie ist dieser Typ auf Leonie aufmerksam geworden? Das ist die zweite Frage, die sich stellt."

„Sie ging davon aus, er wäre der Komplize eines Pflegers", erinnerte sie ihn. „Wir müssen völlig umdenken. Bisher verdächtigten wir Marcel und Guido. Vielleicht liegen wir richtig, vielleicht auch nicht. Noch schließe ich sie nicht als Täter aus. Vielleicht hat auch jemand gesehen, wie Lennart mit seinem auffälligen Auto das Pflegebüro beobachtete. Oder sie und Marcel haben Spuren hinterlassen, als sie im Computer nach weiteren Fällen suchten. Oder der Täter hat mitbekommen, dass sie zu viele Fragen stellte." Sie hob die Schultern und ließ sie wieder fallen. „Es könnte jeder sein."

„Das Sinnvollste wäre, du steckst dich hinter Guido. Besprich dich mit ihm. Er hat genug Mumm, sich mit einzubringen. Nicht so wie Marcel. Der ist gut in seinem Beruf, sonst geht er gern den bequemsten Weg." Er las die Frage in ihren Augen. „Ich kenne ihn von klein auf. Die gesamte Familie war bei mir in Behandlung."

„Dann wissen Sie bestimmt auch, wieso er in einem derart tollen Haus wohnt?", platzte sie heraus.

„Das gehört seiner Tante", erwiderte er wie aus der Pistole geschossen. „Er half ihr damals, seinen kranken Onkel zu pflegen. Seine Frau und er wohnten im Anbau. Die Zwillinge wurden kurz nach dessen Tod geboren und die Tante machte ihnen das Angebot zu tauschen. Eine gute Entscheidung, sie liebt den Trubel um sich herum und er kann sich ausleben." Er lachte krächzend. „Fitnessstudio und Sonnenbank, das passt wirklich zu ihm."

Die teure Auskunft über Marcel hätte sie sich schenken können! Ärgerlich, aber nicht zu ändern, versuchte sie, es positiv zu sehen. Ob sie allerdings Guido ins Vertrauen ziehen sollte - damit würde sie warten, bis die Auskunft der Detektei vorlag. Auch so ein guter Menschenkenner wie Dr. Hecker konnte sich irren.

70

Als sie den Doktor nach fast eineinhalb Stunden verließ, war dieser sichtlich ausgelaugt. Trotzdem protestierte er, bis sie auf ihren Termin beim Detektivbüro hinwies und versprach, ihn gleich am nächsten Tag wieder zu besuchen.

Wenn die mich denn überhaupt reinlassen, dachte sie, während sie auf den Aufzug wartete. Sein Gesicht war zuletzt immer grauer geworden, er hatte sich nur noch mühsam konzentrieren können. Natürlich war er bemüht gewesen, seine Schwäche zu überspielen. Er wollte beteiligt werden, wollte mithelfen.

Sie quetschte sich in den fast vollen Aufzug. Im Erdgeschoss steuerte sie die Cafeteria an, denn plötzlich verspürte sie einen reißenden Hunger. Sie suchte sich am Büfett ein großes Stück Schwarzwälder Kirschtorte aus und nahm eine Tasse Kaffee dazu. Selbst der horrende Preis nagte kaum an ihrem Gewissen.

Gesättigt griff sie zu ihrem Handy. „Treffen wir uns vor der Detektei?" Lennart hatte darauf bestanden, sie zu begleiten.

„Was hat dein Gespräch mit dem Doktor ergeben?", fragte er zurück.

Bevor sie antwortete, sah sie sich nach allen Seiten um. Die Tische ringsum waren besetzt mit Patienten und ihren Angehörigen, die sich lebhaft unterhielten. Kein Mensch achtete in diesem Gewühl auf sie. So leise wie möglich gab sie ihm eine Kurzfassung. „Du, ich muss los. Kommst du nun?"

„Klar, die letzte Fahrt heute übernimmt Markus. Ich bin noch auf dem Rückweg, vielleicht wird es ein paar Minuten später."

„Ich sage an der Anmeldung Bescheid."

Das nächste Telefonat würde bedeutend schwieriger. Und viel Zeit blieb ihr nicht, wie sie nach einem kurzen Blick auf die Uhr feststellte. Kurzentschlossen tippte sie eine SMS an Daniel: Folge einer neuen Spur. Wird sich leider bis in den Abend hinziehen. Melde mich entweder später oder morgen früh. Danach schaltete sie das Handy aus.

Direkt vor dem Krankenhaus befand sich die Bushaltestelle, die sie bis in die Nähe der Detektei bringen würde. Das war angenehmer, als mit der U-Bahn zu fahren, stellte sie wieder einmal fest. Die Rolltreppen, die unterirdischen Anlagen, dort fühlte sie sich wesentlich schutzloser. Hier oben hatte sie ihre Umgebung besser unter Kontrolle. Es gab weniger Mitfahrer und dem Mann hinter dem Steuer entging nicht, was in seinem Bus passierte.

Sie ergatterte einen Fensterplatz und entspannte sich nach einem kurzen Rundumblick so weit, dass sie ihr weiteres Vorgehen überdenken konnte. Nach dem Besuch der Detektei würde sie auf jeden Fall darauf dringen, sofort diesen Guido aufzusuchen. Es war an der Zeit, ihm persönlich auf den Zahn zu fühlen.

Erst einmal abwarten, was der Detektiv herausgefunden hat! Vielleicht erfuhren sie tatsächlich irgendetwas, dass sie weiterbrachte.

Der Bus fuhr ihre Haltestelle an und sie stand auf. Mittlerweile hatte bereits die Dämmerung eingesetzt, zusätzlich fing es an zu nieseln, ein feiner Sprühregen, der ihr bei jeder Windbö ins Gesicht geblasen wurde. Sie zog die Kapuze fest und beeilte sich, das schützende Gebäude zu erreichen. Die Bewegung hinter sich nahm sie rein instinktiv wahr. Sie sprintete los, Bremsen quietschten, eine Hand riss sie zurück. „Sassi! Das war haarscharf."

Der Fahrer des knapp vor ihr haltenden Autos tippte sich an den Kopf und gab aufheulend Gas. Mit zittrigen Knien drehte sie sich zu Lennart um. „Das nächste Mal sag bitte was, wenn du dich annäherst. Ich bin fast durchgedreht vor Angst."

Verständnislosigkeit blitzte in seinen Augen auf. „Wollte ich ja. Nur bist du sofort losgerannt. Dachtest du, ich wäre ein Grapscher, hier, mitten in der Stadt?"

Manchmal war er wirklich schwer von Begriff! Dass sie sich mit ihren Nachforschungen vielleicht ebenfalls in Gefahr brachten, schien ihm nicht bewusst zu sein. Sie hütete sich, ihn darauf hinzuweisen, ein Angsthase reichte völlig. „Ich habe nicht richtig auf den

Verkehr geachtet", schwindelte sie. „Los, komm! Wir sind spät dran."

Obwohl sie fünf Minuten zu früh erschienen, winkte die Vorzimmerdame ihnen, ihr zu folgen. Saskia stellte ihren Begleiter vor und sie nahmen erwartungsvoll Platz.

„Beginnen wir mit Herrn Guido Specht." Der Detektiv blickte auf die bereits ausgedruckten Unterlagen. „Er ist achtundvierzig Jahre alt und gelernter Krankenpfleger. Bis vor drei Jahren arbeitete er in einem der hiesigen Krankenhäuser. Von dort aus wechselte er zum Pflegedienst Gründler. Er ist nicht vorbestraft, seit zwei Jahren geschieden und hat zwei Kinder im Teenageralter."

Der Doktor hatte recht behalten, stellte Saskia nach der Zusammenfassung insgeheim fest. Durch eine Quelle vor Ort konnte der Detektiv genügend Fakten ausgraben, die diese Annahme untermauerten. Guidos Frau hatte sich vor drei Jahren von ihm getrennt und ihre Stellung als Stationsleitung ausgenutzt, um ihm das Leben zur Hölle zu machen. Gleichzeitig war es ihr gelungen, die Kinder auf ihre Seite zu ziehen, die ihren Vater bald nicht mehr sehen wollten. Daran war er fast zerbrochen.

„Fachlich wurde nur Gutes über ihn berichtet, privat soll er sich in der letzten Zeit sehr verändert haben", hatte der Detektiv angemerkt. Ein finanzieller Rechtsstreit mit seiner Frau wegen eines hohen Kredites war noch nicht beigelegt. Guido Specht wohnte in einem billigen Appartement, da er weiterhin für die Kreditraten aufkommen musste, dazu kam der Unterhalt für die beiden Kinder.

Eigentlich ist er der ideale Kandidat, dachte Saskia bei sich. Aber Dr. Hecker ist felsenfest vom Gegenteil überzeugt. Es bleibt dabei: Wir müssen uns dringend selbst ein Bild von ihm machen!

Über Marcel Jäger gab es kaum Neuigkeiten: Die Tante war immens reich und Besitzerin des Hauses, in dem er mit seiner Familie lebte. Seine Frau hatte eine gut bezahlte Stelle als Fremdsprachenkorrespondentin, allerdings lebten sie auch auf großem Fuß: mehrere gemeinsame Fernreisen pro Jahr, ein teurer Fitnessklub für ihn, ein exklusiver Golfklub für sie. Sie schöpften ihren Geldrahmen aus, Schulden hatten sie keine.

Auch kein schlechter Kandidat, sagten Lennarts Augen. Saskia war mittlerweile skeptischer. Die Art und Weise wie er sich aus Leonies Ermittlung zurückgezogen hatte, seine Abwehr, ihnen zu helfen, seine Angst, selbst in den Fokus des Täters zu geraten - Marcel war ein Typ, der zuerst an sich und sein Wohlbefinden dachte, doch niemand, dem sie zur Befriedigung seiner Bedürfnisse einen Mord zutraute.

71

„Und was jetzt?" Lennart hatte den restlichen Betrag vorne am Tresen direkt bar bezahlt, abzüglich der fünfhundert Euro, die sie als Anzahlung hinterlegt hatte. Nun standen sie vor seinem beziehungsweise Markus' Auto, das sich für die Nachforschungen besser eignete.

„Schließ erst mal auf", bat Saskia fröstelnd. Nach der Wärme im Büro setzte ihr die Kälte doppelt zu. „Wir fahren zu Guido. Ich werde immer unsicherer, ob er wirklich als Täter infrage kommt", sagte sie, nachdem er den Motor gestartet hatte.

„Nicht? Ich finde, er passt perfekt."

„Fahr los!", forderte sie ihn ungeduldig auf. Sie hasste diese Fahrer, die im Stand die Luft verpesteten.

Er gehorchte und fädelte sich in den Verkehr ein.

„Dr. Hecker ist gegenteiliger Meinung. Der Mann hat ein super Gespür. Obwohl er kaum etwas von Guido weiß, war ihm längst klar, dass dessen grantige Art mit einer seelischen Verletzung zusammenhängt. Er sagt, tief in seinem Herzen sei dieser ein guter Mensch."

Lennart grinste amüsiert: „Und das reicht dir, um ihn als Täter auszuschließen?"

„Nach dem Zusammenbruch des Doktors hätte er gleich den nächsten Diebstahl begehen können. Bei ihm ist aber alles in Ordnung. Seine Haushälterin nutzt diesen Krankenhausaufenthalt, um mal endlich klar Schiff zu machen, wie sie es nannte. Wäre bei ihm was gestohlen worden, wüsste die das längst."

„Also bist du echt der Ansicht, niemand von den drei Überprüften ist der Täter?"

„Bei Marcel und Guido sprechen ihre Charaktere dagegen, Volker ist laut unserem Detektiv auch raus." Dieser lebte mit seiner Frau und seinem Sohn zusammen in einer kleinen Eigentumswohnung, von der mehr als die Hälfte bereits abbezahlt war. Er hatte keine kostspieligen Hobbys, sie arbeitete in Teilzeit mit, das Kind hatte gerade zum Gymnasium gewechselt. Entgegen der Mehrheitsrichtung besaßen sie bloß ein Auto, ein älteres Mittelklassemodell, die letzten zwei Urlaube hatten sie an der Ostsee verbracht. Eine unauffällige, genügsame Familie nach dem Fazit des Detektivs.

„Sagst du."

Saskia ärgerte sich nicht nur wegen seiner übertriebenen Betonung des Du. Wollte oder konnte er nicht sehen, dass er sich verrannt hatte?

„Marcel ist ein Weichei. Außerdem hätte er Leonie viel eher zum Schweigen gebracht, wenn er in diese Sache involviert wäre. Guido möchte ich erst selbst gegenübertreten, bevor ich ihn ganz von der Verdächtigenliste streiche. Doch eigentlich kann ich mir nicht vorstellen, dass er was damit zu tun hat."

„Und Leonie, die persönlich vor Ort recherchierte, die viele der Mitarbeiter kannte, hat sich in die Irre führen lassen?"

Fast hätte sie sein sarkastischer Unterton zum Aufbrausen gebracht.

„Sie verfügte nicht über die Informationen, die wir zusammengetragen haben", gab Saskia so ruhig wie möglich zurück. „Ich wette, sie hätte sonst ähnlich wie ich reagiert. Und selbst wenn ich mich irre", fügte sie besänftigend hinzu. „Du bist dabei. Was soll passieren?"

„Dass wir ihn warnen und er Zeit genug hat zu verschwinden", brummte Lennart.

„Sollten mir Zweifel kommen, informiere ich sofort Daniel", versuchte sie ihn zu beruhigen. Dann verkniff sie sich jede weitere Bemerkung. Immerhin würde es genauso laufen, wie sie es wollte.

Er fand einen Parkplatz direkt vor dem Haus. Saskia sah an dem Gebäude hoch. Nicht besonders toll, doch längst nicht so schlimm, wie sie es sich vorgestellt hatte. Die Fassade wirkte wie kürzlich renoviert, der Eingangsbereich war sauber, einzig die vielen Klingeln schreckten sie ab. Hier kannte bestimmt keiner den anderen.

„Sein Auto steht da drüben." Lennart nickte zu einem verbeulten Opel hinüber.

„Dann los!" Sie wartete nicht, bis er sie eingeholt hatte, sondern legte den Finger gleich auf die Klingel. Einmal, zweimal dreimal, nichts rührte sich.

„Wahrscheinlich sitzt er wieder in seiner Stammkneipe." Lennart war sein Unbehagen anzusehen. „Willst du nachschauen?"

„Klar, wir können dort mit ihm reden. Das ist vielleicht sogar die bessere Alternative. In der Öffentlichkeit sind wir geschützter." Sie hakte sich bei ihm ein und zog ihn mit sich. „Ich hoffe, es ist nicht so weit. Ich friere schon wieder."

Die Kneipe lag gleich um die Ecke. Ein Dunst aus Wärme, Bier und Rauch schlug ihnen bei ihrem Eintreten entgegen. Saskia blieb stehen, öffnete den Reißverschluss ihrer Jacke und sah sich dabei unauffällig um. Es handelte sich um eine der wenigen verbliebenen Einraum-Gaststätten, deren Gemütlichkeit hauptsächlich durch die vorhandene Enge erzeugt wurde: ein Tresen mit sechs Barhockern davor, links und rechts vor den Butzenglasfenstern jeweils zwei Tische mit Deckchen und Kerze, auf den Holzbänken und Stühlen verblichene abgeschabte Auflagen, an der Wand neben der Tür mit dem Toilettensymbol eine Dartscheibe.

Guido saß allein an der Bar. Bei ihrem Eintreten hatte er kurz den Kopf gedreht und sie gemustert, um sich gleich darauf wieder seinem vor ihm stehenden Bier zu widmen. Sie trat neben ihn. „Hallo, Herr Specht. Ich soll Ihnen einen schönen Gruß von Dr. Hecker bestellen. Er bittet Sie, uns zu helfen. Sie sind nämlich der Einzige, dem er zutraut, Licht ins Dunkle zu bringen." Sie wagte ein Lächeln. „Dürfen wir Sie zu einem weiteren Getränk einladen?"

Sie konnte sehen, wie es in ihm arbeitete. Am liebsten hätte er ihre Bitte sofort abgelehnt. Aber die Erwähnung des Doktors war nicht ohne eine Reaktion geblieben. Er schien sich von dessen Einschätzung geschmeichelt zu fühlen. „Worum handelt es sich denn?" Ganz überzeugt war er noch nicht.

Sie beugte sich etwas vor und sagte so leise, dass die Männer zwei Hocker weiter sie nicht verstehen konnten: „Um den Tod dieser Patientin von Ihnen und Dörtes angeblicher Verwicklung darin. Wir glauben nicht, dass sie die Mörderin ist. Ich bin ihre beste Freundin und er", sie wies auf Lennart, der dicht hinter ihr stand, „ist ihr Bruder. Sie haben ihn schon einmal kurz kennengelernt. Wir wollen versuchen, diese Geschichte selbst aufzuklären."

Bei der Erwähnung von Leonies Falschnamen ging ein Ruck durch seine Gestalt. Entschlossen griff er nach seinem Glas. „Setzen wir uns drüben an einen der Tische."

72

„Habe ich das richtig verstanden? Dörte heißt in Wirklichkeit Leonie und ist nur bei uns als Praktikantin eingestiegen, weil sie den Verdacht hatte, die Dräger wäre erpresst worden?" Guido schüttelte ungläubig den Kopf. „Unmöglich! Die hätte niemand Fremden reingelassen."

Saskia hatte mit ihrem Erlebnis in der Boutique begonnen und nur Leonies Diebstahl verschwiegen. Der Pfleger hatte ihrem Bericht bis zu diesem Punkt ohne Kommentar gelauscht. Jetzt konnte er offensichtlich nicht mehr an sich halten. „Unmöglich", wiederholte er.

Sie hatte ihn, seit sie begonnen hatte zu berichten, genau beobachtet. Daher war ihr das kaum wahrnehmbare Entsetzen, das für eine Millisekunde in seinen Zügen aufflackerte, nicht entgangen. Sie beschloss, nicht nachzuhaken, noch nicht. „Leonies weitere Nachforschungen erhärteten diesen Verdacht", fuhr sie fort. „Wie es aussieht, starben in den letzten eineinhalb, zwei Jahren relativ unverhofft mehrere der Patienten, die ins Muster passen. Sie …"

„Ins Muster passen?", unterbrach er sie.

„Alleinstehend, vermögend, gebrechlich, zu Hause tot aufgefunden", verdeutlichte sie.

„Wie ist Leonie an diese Informationen gekommen?" Sein Interesse schien geweckt.

Dr. Hecker hat recht behalten, hinter seiner bärbeißigen Art steckte ein hilfsbereiter Mensch, war sie sich mittlerweile sicher. Daher beschloss sie, ihm sämtliche Fakten mitzuteilen. „Sie hat sich abends ins Büro geschlichen und die Daten auf dem Computer kontrolliert."

Er lachte ungläubig auf. „Allein? Sie hat keinen Schlüssel. Etwa mit Marcel?", fragte er nach kurzem Nachdenken. „Das hätte ich dem gar nicht zugetraut! Auf wie viele Fälle ist sie gestoßen?"

„Keine Ahnung", musste Saskia zugeben. „Kurz vor dem Mord zog sie Dr. Hecker ins Vertrauen. Sie sprach von mindestens sechs, wenn nicht sogar mehr."

Guido pfiff durch die Zähne. „Das wäre ..." Er suchte offensichtlich nach Worten. „Der Supergau! Gibt es irgendwelche Beweise, die ihre Theorie stützen?"

„Leider nicht. Aus diesem Grund hat sie die kurz darauf Ermordete überwacht - und Dr. Hecker eingeweiht. Er sollte ebenfalls die Augen offenhalten und gleichzeitig auf seine Bekannte einwirken, die auch Patientin bei dem Pflegedienst ist." Langsam wurde es haarig. Irgendwie musste sie die Klippe umschiffen, dass Leonie ihn in Verdacht gehabt hatte.

Schon kniff er misstrauisch die Augen zusammen. „Wieso gerade diese drei?"

„Ihr ist aufgefallen, dass sich die Todesfälle, die ins Muster passten, hauptsächlich in Marcels und Volkers Bereich ereigneten", begann sie vorsichtig.

„Klar, und ich bin derjenige, der beide vertritt." Er schob kämpferisch die Schultern vor. „Sie hatte mich in Verdacht, stimmt's?"

„Sie dachte, jemand wolle den Verdacht auf Sie lenken", mischte sich Lennart, der bisher stumm daneben gesessen hatte, ein. „Für so doof, dass Sie in Ihrem eigenen Revier wildern und damit die Aufmerksamkeit auf sich lenken, hielt sie Sie nicht."

Guido sah aufmerksam von einem zum anderen. Er nahm einige Schlucke von seinem Bier und nickte schließlich, seine Anspannung ließ nach. „Klingt plausibel. Wenn ich so darüber nachdenke, muss ich zugeben, dass mir in den letzten Monaten auch schon was merkwürdig vorkam." Er hob eine Hand und zählte an den Fingern ab: „Die Linneweber, die am Tag zuvor noch ganz fidel war, der Tod vom Dräger, der Überfall auf den verwirrten Berthold. Und klar ist mir auch aufgefallen, dass ich ziemlich oft vor 'ner Leiche stand - also im Gegensatz zu den anderen, meine ich."

„Wieso der Dräger?", hakte Saskia nach. „Ich dachte, das wäre der Schock gewesen, den sein Herz nicht mehr verkraftete."

„Nein, mir sollte nichts angehängt werden", sinnierte Guido weiter, als hätte er ihren Einwurf überhaupt nicht gehört. „Es ist nur so, dass in Volkers und Marcels Bereich die meisten Reichen wohnen, die, bei denen echt viel zu holen ist. Ich müsste die Listen sehen, um Genaueres sagen zu können."

„Das ist zu gefährlich. Wenn wir Pech haben, stoßen wir den Täter so darauf, dass es weitere Personen gibt, die Nachforschungen anstellen." Saskia war nicht bereit, dieses Risiko einzugehen. „Können wir den Kreis nicht anders einengen?"

Guido verzog das Gesicht. „Wie denn? Die Schlüssel hängen, wenn wir nicht unterwegs sind, an dem Bord im Mitarbeiterraum. Da kann jeder dran."

„Wer könnte auf Leonie aufmerksam geworden sein?" Vielleicht war das ein besserer Ansatz. Sie setzte dazu an, ihm die ganze Geschichte in Kurzfassung zu Ende zu erzählen.

Sie kam genau bis zu dem falschen Kommissar, der in der WG nach der Freundin gefragt hatte. Guido hieb mit der Faust auf den Tisch, dass die Gläser tanzten. „Stopp! Der Fall ist sonnenklar." Seine Augen glänzten triumphierend. „Die Einzigen, die es sein können, sind die Javers, das ist unsere Sekretärin, und der Gründler. Das macht auch den meisten Sinn. Die wissen über jeden unserer Patienten Bescheid, kennen seine Wohnsituation und seine Vermögenslage. Wir müssen rauskriegen, wer von beiden es ist."

Saskia verstand gar nichts mehr. Ein Blick zu Lennart verriet ihr, dass es ihm ähnlich ging.

„Ist doch sonnenklar", wiederholte Guido, der sich an ihrer Fassungslosigkeit ergötzte. „Die Einzigen, die die Adressen und die Nachnamen der einzelnen Mitarbeiter kennen, sind diese beiden. Wir anderen duzen uns von Anfang an. Jeder sagt nur seinen Vornamen, selbst bei den Patienten wird das so gehandhabt. Die reden mich mit Guido und Sie an."

Saskia ging ein Licht auf. „Ein anderer hätte sie zwar bis zu ihrem Wohnort verfolgen können, aber es wäre schon ein wenig seltsam gewesen, wenn der dann nur nach dem Vornamen gefragt hätte."

„Das müssen wir überprüfen." Lennart sprang ungestüm auf und riss sein fast volles Glas vom Tisch. Der Inhalt entleerte sich über seine Hose und seine Stiefel. „Mist!"

„Trockne dich eben notdürftig auf der Toilette, dann legen wir los." Saskia wartete, bis er sich weit genug von ihnen entfernt hatte. „Ich habe da noch eine Frage", sagte sie an Guido gewandt.

73

Dr. Hecker schien sie bereits erwartet zu haben. Ein Lächeln glitt über sein Gesicht, als sie eintrat. Er sah heute deutlich besser aus, stellte sie fest.

„Es gibt jede Menge Neuigkeiten", verkündete sie und ließ sich unaufgefordert auf seinem Bett nieder. „Dein Tipp mit Guido war Gold wert." Sie berichtete, was sich in der Zwischenzeit zugetragen hatte.

„Du hast deinen Freund eingeweiht?" Er klang enttäuscht.

„Nicht in seiner Position als Kommissar", stellte sie richtig. Es war schon so schwer genug gewesen, ihn von ihrer Ansicht zu überzeugen.

„Ihr habt keine Beweise, bloß einen Verdacht", hatte er zu bedenken gegeben. „Wenn ich meinem Chef damit komme, lacht er mich aus."

„Wir, also Guido, Lennart und ich, sind uns sicher, dass wir auf der richtigen Spur sind", sagte sie aus diesem Gedanken heraus. „Und Daniel sieht es eigentlich ebenso. Leider muss er sich an die Gesetze halten. Außer dieser Geschichte mit Leonie gibt es nichts, das auf das Pflegebüro hindeutet." Sie erzählte ihm auch von den Bedenken, die dieser geäußert hatte.

Der alte Mann lehnte sich in die Kissen zurück. „Lass mich kurz nachdenken!" Er schloss die Augen.

Saskia beobachtete ihn aufmerksam. Nicht dass die Aufregung wieder zu einer Verschlechterung seines Zustandes führte! Doch sein Atem ging gleichmäßig und die rosige Gesichtsfarbe veränderte sich nicht. Auch der Pulsschlag auf dem Monitor blieb ruhig.

Während sie geduldig wartete, dachte sie an den gestrigen Abend zurück. Es war eine Wohltat, die rauchgeschwängerte Kneipe zu verlassen. Obwohl sich außer ihnen gerade einmal sechs weitere Personen vornehmlich am Tresen aufgehalten hatten, war die Luft immer schneidender geworden.

„Der Wirt musste die Kneipe in einen Raucherklub umwandeln", hatte Guido fast entschuldigend bemerkt. „Sonst wäre er längst pleite."

Wie er das fast jeden Abend aushalten konnte, war ihr ein Rätsel. Sie jedenfalls hieß den schneidenden Wind direkt willkommen und unterließ es sogar, die Kapuze aufzusetzen, damit möglichst viel des Geruchs verschwand, bevor sie in das Auto einstiegen.

„Wie kommen wir jetzt an die Adresse?" Lennart warf einen Blick auf die Uhr in der Konsole. „Es ist fast zehn."

Dass er nicht wusste, wo seine Schwester untergekommen war! Ihr gegenüber hatte Leonie ausweichend geantwortet, das konnte sie verstehen. Ihr steckte die Angst in den Knochen, dass die Freundin irgendwann einknickte und sie verriet. Aber der eigene Bruder hätte sich schon dafür interessieren können. „Ruf in ihrer ehemaligen WG an und lass dir die Telefonnummer von diesem Bobby geben", schlug sie vor.

„Um diese Uhrzeit?"

„Sag, es wäre ein Notfall." Am liebsten hätte sie ihm sein Handy aus der Hand genommen.

Immer noch zögerlich suchte er nach dem Eintrag. Kaum hatte jemand das Gespräch angenommen, drehte er auf. „Hallo, ich bin der Bruder von Leonie. Ich muss dringend ihren Freund Bobby erreichen. Hat einer von euch seine Nummer?"

Wie sich herausstellte, war der Gesuchte dort. Lennart berichtete ihm mit knappen Worten, was geschehen war. „Ich will in ihrem Zimmer nachschauen, ob ich irgendwelche Unterlagen finde, die sie entlasten", log er. „Kannst du mir die Adresse geben?" Schweigend ließ er eine längere Tirade über sich ergehen, doch er schaute eindeutig befriedigt, als er das Handy zuklappte.

„Sie hat das Zimmer von Bobbys Schwester übernommen, die zurzeit ein Auslandssemester macht. Dass sie Leonie ihren Studentenausweis überließ und die sich unter deren Namen im Pflegebüro eintrug, davon weiß er nichts. Der Typ ist aus allen Wolken gefallen.

Der wollte sofort kommen. Ich hoffe, ich habe es ihm erfolgreich ausgeredet."

Sie verabredeten, die WG-Bewohner gleich am nächsten Morgen aufzusuchen. Nachdem er sie zu Hause abgesetzt hatte, kontrollierte Saskia endlich ihr Handy. Wie erwartet hatte Daniel mehrfach versucht sie anzurufen. Vor zehn Minuten hatte er ihr eine SMS geschickt: Schreib wenigstens kurz, dass es dir gut geht!

Stattdessen rief sie ihn an und verabredete sich zum Frühstück mit ihm.

Seine Miene war undurchdringlich, als sie ihm öffnete. Sie führte ihn schweigend in die Küche an den bereits gedeckten Tisch. Nachdem sie Platz genommen hatten, forderte er sie mit einer Handbewegung zum Erzählen auf.

Sie gab sämtliche Ermittlungsergebnisse preis. Er unterbrach sie nicht ein einziges Mal. Als sie geendet hatte, sah sie ihn aufmerksam an, so viel hing von seiner Reaktion auf sie ab. Hoffentlich war er nicht zu sauer auf sie!

Er hob die Augenbrauen. „Alle Achtung! Ihr habt in der kurzen Zeit viel zusammengetragen. Trotzdem bleibt die Frage, ob ihr tatsächlich auf der richtigen Spur seid. Es ist alles sehr vage. Selbst wenn dieser falsche Kommissar Dörtes Nachnamen wusste, spricht das nicht unbedingt für die Bürokraft oder den Inhaber des Pflegebüros. So, wie ich dich verstanden habe, kann jeder an die Daten im Computer heran."

Mit dieser Antwort hatte sie nicht gerechnet, vor allem jedoch nicht mit diesem letzten Einwand. Immerhin schien er sich mit ihrem Engagement abgefunden zu haben und nahm ihr diesen Einsatz nicht übel.

„Ich vermute, ihr wollt gleich in der WG vorbei, richtig?"

Sie nickte mit hochroten Wangen.

„Ich begleite euch." Er stand auf und nahm einen letzten Schluck aus seiner Tasse. „Ruf diesen Lennart an. Anschließend setzen wir uns zusammen und überlegen, wo ihr noch ansetzen könnt."

74

Dr. Hecker öffnete seine Augen, sein zufriedener Gesichtsausdruck zeigte, dass er zu einem Ergebnis gekommen war. „Also ich denke, dein Freund irrt. Ich persönlich tendiere zu dieser Bürokraft. Herr Gründler hat diesen Pflegedienst schon vor zehn Jahren aufgebaut und er brummt, wie man es heute wohl ausdrücken würde. Ihr müsst versuchen, mehr über sie rauszufinden. Ist sie verheiratet oder hat sie einen Freund? Wie lange arbeitet sie schon dort? Wie sind ihre finanziellen Verhältnisse?"

„Wieso irrt Daniel?", hakte Saskia nach.

„Der Täter kann zwar die Namen und Adressen der Kunden aus der Datei nehmen, aber die genauen Umstände jedes Einzelnen kennt er dadurch nicht."

„Du meinst, ob derjenige alleinstehend und vermögend ist?"

„Diese Bürokraft, ich weiß leider nicht mehr, wie sie heißt, übernimmt das Erstgespräch. Sie sucht den Pflegebedürftigen zu Hause auf und bespricht mit ihm oder seinen Angehörigen die Tätigkeiten, die übernommen werden sollen. Auch bei Änderungen ist sie der Ansprechpartner. Ich kann mich gut daran erinnern, dass sie persönlich den neuen Plan erstellte, als der Mann von Frau Rosenberg nach einem Krankenhausaufenthalt in eine höhere Pflegestufe kam."

„Uff." Saskia stieß pfeifend die Luft aus. Auf einmal sah alles viel rosiger aus. Sie hatten recht mit ihrem Verdacht. Die Bürokraft war in jedem Haus und hatte mit eigenen Augen gesehen, ob und was bei den Leuten zu holen war. „Und wieso erst jetzt? Nach dem, was du sagst, arbeitet sie schon länger bei Herrn Gründler."

„Das müsst ihr herausfinden", gab er amüsiert zurück. „Mir sind zwei Möglichkeiten eingefallen, wie ihr vorgehen könnt. Welche sich durchführen lässt, besprichst du am besten mit deinen Freunden."

Hocherfreut verabschiedete sie sich eine halbe Stunde später von ihrem neuen Verbündeten. Noch in der Eingangshalle setzte sie sich mit Lennart, Guido und Daniel in Verbindung, die alle bei dem anstehenden Treffen dabei sein wollten. Lennart saß noch mit Markus zusammen an einer Auftragsarbeit, sie verabredeten sich für den späten Abend in ihrer Wohnung, Guido würde direkt von seinem Dienst aus zu ihnen stoßen. Blieb genügend Zeit, mit Daniel ins Reine zu kommen.

Er bot an, sie vom Krankenhaus abzuholen. Saskia hatte eigentlich vorgehabt, auf dem Parkplatz zu warten. Nachdem sie fünfmal vor ein- und ausparkenden Autos zur Seite springen musste, stellte sie sich lieber an den Straßenrand. An einem Samstagnachmittag war hier im wahrsten Sinne des Wortes die Hölle los, ein ständiges Kommen und Gehen, das signalisierte, wie viele besorgte Angehörige ihren Liebsten einen Besuch abstatten wollten.

Leider war der Parkbereich nicht für diesen Ansturm ausgelegt. Bei der Errichtung des Krankenhauses hatten die Planer nicht ahnen können, dass einige Jahrzehnte später die Anzahl der Fahrzeughalter derart rapide zunehmen würde. Wieder einmal war Saskia froh, ihren alten Peugeot verkauft zu haben. In den letzten Tagen hatte sie sich gewünscht, wieder mobiler zu sein, schneller von einem Ort zum anderen zu kommen – und sicherer. Andererseits, wenn sie dieses Chaos sah! Sie musste eben ihren Geiz überwinden und sich, falls erforderlich, ein Taxi leisten. Das war immer noch billig im Vergleich zu den Kosten, die ein Auto verursachte.

Während der Fahrt redeten sie über Belanglosigkeiten. Saskia saß wie auf heißen Kohlen. Alles in ihr drängte danach, sich mit Daniel auszusprechen, ihm ihre Sicht vernünftig zu erklären. Der Vertrauensbruch durch ihre Lüge stand zwischen ihnen.

Und dann gestaltete es sich einfacher als gedacht. Kaum hatten sie die Wohnung betreten, nahm er sie in die Arme. Viel später, als sie es sich mit dem Kopf auf seiner Brust bequem gemacht hatte, gestand er: „Ich hätte vermutlich nicht anders gehandelt. Du bist überzeugt, dass Leonie unschuldig ist. Du wolltest sie schützen, du stehst zu eurer Freundschaft. Ich bewundere dich für deinen Einsatz."

Prompt meldete sich ihr schlechtes Gewissen. Wenn er wüsste, was sie zurückhielt! Nein, er durfte es nie erfahren. Irgendwie mussten sie es schaffen, diesen Punkt zu klären, ohne dass er davon erfuhr. Wieder ein Geheimnis, dachte sie resigniert. Konnte eine Beziehung funktionieren, in der man nicht offen miteinander umging?

Lennart und Guido trafen gleichzeitig ein. Saskia führte sie in die Küche, denn Daniel war kurz zuvor losgefahren, um Pizza für alle zu holen. Sie selbst war nicht sonderlich hungrig und knabberte nur an ihrem Viertel. Trotz der über ihnen schwebenden Bedrohung durch das, was sie planten, fühlte sie sich zufrieden und glücklich. Sie legte das angebissene Stück zur Seite und begann zu berichten.

„Der ist echt fit im Kopf", sagte Guido anerkennend. „Gar nicht der alte Querulant, als den er sich so gern präsentiert."

Saskia hatte Mühe, ihr Grinsen zu verbergen. Von dem anfänglichen Griesgram des Pflegers war nichts mehr zu spüren. Er schien erpicht darauf, bei der Lösung des Falls mitzuwirken. Fast hörte sie die Stimme Dr. Heckers im Kopf: „Der Mann befindet sich in einer Lebenskrise. Sobald er erkennt, dass es genügend andere lohnende Dinge gibt, wird er sich fangen."

„Ich stimme seiner Argumentation voll und ganz zu." Daniel hatte keine Scheu, seinen Fehler einzugestehen. „Dieser Aspekt mit der Begutachtung der Fälle überzeugt mich."

Saskia warf ihm einen liebevollen Blick zu. Die erbitterte Diskussion von gestern schien vergessen. Da hatte er ihr noch überschäumende Fantasien vorgeworfen. Sie sähe einen Fall, wo keiner sei. Aktivitäten dieser Art wären längst aufgefallen. Entweder hatte er seine Meinung mittlerweile geändert oder er wollte vor ihren Freunden nicht als Spielverderber auftreten. Sie tendierte eher zu Letzterem. Völlig überzeugt von dem, was sie vermuteten, war er immer noch nicht.

„Wir müssen selbst aktiv werden. Die Überwachung durch einen Detektiv dauert zu lange." Lennart hatte seine Wahl längst getroffen. „Die Ärzte wollen Leonie spätestens am Mittwoch aus dem künstlichen Koma holen. Bis dahin hätte ich den Fall gern geklärt.

Sie soll nicht gleich beim Aufwachen den nächsten Schock bekommen."

Sie wusste, was er damit sagen wollte. Selbst auf der Intensivstation wurde seine Schwester bewacht, keiner durfte zu ihr. Sobald es die Ärzte erlaubten, wollte man sie in ein Gefängniskrankenhaus verlegen. „Gut, stimmen wir ab. Ich schließe mich Lennarts Meinung an."

75

Die Diskussion wollte kein Ende nehmen. Daniel war vehement gegen diese Idee. Sie sei nur aus der Not geboren, schnell Ergebnisse vorlegen zu müssen. Er würde die Überwachung durch einen Detektiv vorziehen, der Erfahrung in solchen Dingen hätte.

Guido machte den Vorschlag, sie sollten sich lieber ein weiteres Mal den Computer vornehmen. „Da schlagen wir gleich zwei Fliegen mit einer Klappe. Wir können die Daten als Beweis ausdrucken und machen auf uns aufmerksam. Dann muss der Täter reagieren und sich somit zeigen."

Das war selbst Lennart zu viel. „Klar, und damit setzt du Saskia der gleichen Gefahr aus wie Leonie." Sie waren mittlerweile zum Du übergegangen.

„Wenn es denn überhaupt stimmt, was ihr euch zurechtgelegt habt", ließ sich Daniel mahnend vernehmen.

„Es ist die einzig passende Erklärung", fühlte sich Saskia verpflichtet, den anderen beiden beizustehen. „Wie sonst hätten sie auf Leonie aufmerksam werden sollen?"

„Und woher wussten sie, dass sie es war, die die Daten aufrief?"

Sie funkelte ihn wütend an. Das war im Moment uninteressant. Darüber konnte man sich später den Kopf zerbrechen.

„Vor allem aber, warum traf es sie und Marcel nicht?", stichelte er ungerührt weiter.

„Weil der von Computern keine Ahnung hat", kam Guido ihr zu Hilfe. „Der kann vielleicht im Netz einkaufen oder E-Mails schreiben, von Datenerfassung und wie er die richtigen Programme aufrufen muss, hat er keinen Plan. Das weiß bei uns jeder. Außerdem habe ich nie gesagt, dass Saskia diese Aufgabe übernehmen soll. Ich kann das genauso gut tun."

„Gehen wir einfach davon aus, dass es irgendeine Sicherung gibt und die Täter so Bescheid wussten", warf Lennart schnell ein. „Dann bin ich dagegen, egal ob Sassi das macht oder du."

„Abgelehnt", nickte sie.

„Von meiner Seite aus auch", stimmte Daniel zu.

Nach langem Hin und Her fanden sie einen Kompromiss. Sollte dieser erste Versuch nicht zum Erfolg führen, würde Guido die Daten ausdrucken.

„Oder wir nutzen die Abwesenheit von Dr. Hecker." Lennart blickte triumphierend in die Runde. „Das ist doch die Idee! Das Haus steht leer, die haben den Schlüssel. Wir observieren abwechselnd, immer zu zweit. Oder lassen das meinetwegen den Detektiv machen. So erwischen wir sie auf frischer Tat."

„Wäre was zu holen, hätten die es längst ausgeräumt", grinste Guido und sonnte sich offensichtlich in seinem Wissen, denn Saskia musste ihn auffordernd anstoßen, damit er seine Worte erklärte. „Der Doktor ist ein armer Schlucker. Der hat sein gesamtes Vermögen in ein Heim für misshandelte Kinder gesteckt, mit mehreren anderen Geldgebern versteht sich. Das ist allgemein bekannt. Dafür bekam er sogar vor ein paar Jahren mal einen Preis. Wenn ihr den zu Hause besucht, werdet ihr sehen, was ich meine. Die Möbel sind alt, Kostbarkeiten sucht ihr da vergebens. Alles, was er erübrigen kann, steckt er nach wie vor in diese Einrichtung."

Saskia konnte ihre Rührung nicht verbergen. „Wer hinter großen Vermögen her ist, recherchiert bestimmt vorher gründlich." Sie nahm sich vor, die Verbindung zu dem alten Mann nicht abreißen zu lassen. Er war genau der Großvater, den sie gern gehabt hätte.

Leider war nach der Scheidung nicht nur die Verbindung zum Vater, sondern auch zu dessen Eltern abgerissen. Auch ich habe mir nicht gerade große Mühe gegeben, musste sie sich eingestehen. Statt beleidigt zu reagieren, dass er den Kontakt von sich aus nicht suchte, hätte ich von mir aus mehr tun können. Stattdessen hatte sie schon nach kurzer Zeit aufgehört, ihm zu schreiben oder ihn gar anzurufen. Bis auf den üblichen Austausch von Geschenken zum Geburtstag und zu Weihnachten in Paketform war keine Kommunikation mehr zwischen ihnen. Und selbst das hatte sie nach ihrem achtzehnten Geburtstag eingestellt. Kein Wunder, dass er es ihr gleichtat.

Vielleicht lag es daran, dass die Mutter sich jedes Mal an ihn wandte, wenn sie ein Problem nicht allein bewältigen konnte. Davon gab es höchstwahrscheinlich jede Menge. Saskia dachte an ihr eigenes Erschrecken über die desolate Finanzlage, in die sie erst mit Beginn der Krebserkrankung nach und nach Einblick erhalten hatte. Ohne die regelmäßigen Zuwendungen ihres Vaters hätte sie längst Konkurs anmelden müssen. Wahrscheinlich war er froh gewesen, nicht auch noch für sie die Verantwortung weiterhin tragen zu müssen.

Guido schlug bekräftigend auf den Tisch und sie wurde aus ihren Grübeleien gerissen. Anscheinend hatte sie seine letzten Worte überhört, denn die anderen nickten und Lennart wandte sich an sie: „Sprichst du morgen mit deinem Nachbarn und sagst uns Bescheid, ob es machbar ist?"

Sie nickte. Erst jetzt fiel ihr auf, dass alle vor leeren Gläsern saßen. „Möchte noch jemand was trinken?"

„Nein, ich muss früh raus." Guido stand auf.

„Ich auch. Wir ersaufen geradezu in Arbeit." Lennart war der Stolz darüber deutlich anzuhören.

Daniel blieb natürlich. „So ganz bin ich mit dieser Aktion immer noch nicht einverstanden", gab er zu, nachdem sie die Tür hinter den Gästen geschlossen hatte. „Aber ich stehe euch selbstverständlich zur Seite." Er drückte sie an sich. „Ich mache mich lieber zum Deppen, als zu riskieren, dass du verletzt wirst."

Fast hätte sie ihr Versprechen gebrochen. Gestern, als Lennart sich seiner durchnässten Hose auf der Toilette annahm, hatte Guido ihr in hastigen Sätzen die Wahrheit anvertraut. An dem letzten Tag der Drägers war er morgens wie immer zur Pflege erschienen, zu der an diesem Tag auch eine komplette Ganzkörperwäsche gehörte, die im Bett erfolgte. Am Abend fand er den Toten ohne sein Notfallarmband vor, das mit der Station verbunden war. „Es lag auf dem Nachttisch, der außerhalb seiner Reichweite stand. Das Telefon fand ich auf dem Boden. Ich dachte, ich hätte vergessen, ihm das

Armband wieder umzulegen, ihm ging es schlecht, er versuchte nach dem Telefon zu greifen und schaffte es nicht mehr." Er hatte sie flehend angeschaut. „Eigentlich war ich mir sicher, dass es nicht meine Schuld sein konnte. Das ist mir bisher nie passiert, bei keinem. Ich habe es drum gemacht, bevor ich den Arzt anrief. Der sagte, es sei ein schwerer Herzinfarkt gewesen. Den hätte er sowieso nicht überlebt. Jetzt ist mir klar, dass wohl eher der Täter dafür sorgte, dass er keine Hilfe rufen konnte. Nur gebe ich das im Nachhinein zu, stehe ich blöd da."

Sie konnte seine Reaktion sogar nachvollziehen. Als er sie bat, mit niemandem darüber zu sprechen, hatte sie ihm zugestimmt, dass ihm vermutlich sowieso keiner glauben würde und jeder dächte, er wolle sich herausreden. Jetzt wäre es natürlich gut gewesen, diese Geschichte vorbringen zu können, als Beweis, dass sie tatsächlich auf der richtigen Spur waren.

76

Guido und Lennart polterten nebeneinander die Treppe hinunter. Beide schwiegen, bis sie aus der Haustür getreten waren. Dann wandten sie sich wie auf Kommando einander zu.

„Das ist eine …"

„Ich sehe das …"

Sie hatten nahezu gleichzeitig angefangen zu sprechen. Mit einer Handbewegung forderte Lennart sein Gegenüber auf, fortzufahren.

„Ich bin immer noch dafür, die Daten aus dem Computer zu ziehen. Damit locken wir den Typ mit Sicherheit aus der Reserve. Da müssen die reagieren." Guido schnaubte abfällig. „Was soll das bringen, mit dem Finger auf ihn zu zeigen und zu schreien: Das ist der falsche Kommissar. Daniel hat doch keine Handhabe, ihn festzuhalten. Gut, die Personalien werden aufgenommen, aber das ist alles. Glauben die echt, der gesteht freiwillig?"

„Sehe ich genauso. Was hältst du davon, wenn wir das allein durchziehen?" Lennart schob seinen neuen Verbündeten ein paar Meter weiter. Falls Saskia zufällig aus dem Fenster schaute, war es besser, etwas Abstand zu halten. Besonders, da sie sich einig zu sein schienen.

Guido klopfte seine Taschen ab. „Ich hab den Schlüssel fürs Büro nicht mit. Können wir das auf Sonntagabend verschieben?"

„Ist eh sinnvoller. Denn wir rechnen ja damit, aufzufallen. Das heißt, einer von uns muss von da ab den Typ beobachten. Oder wir beauftragen einen Detektiv."

Guido zuckte bedauernd die Achseln. „Ich hab erst ab Mittwoch wieder frei. Und Knete für einen Detektiv hab ich auch nicht." Er trat wütend vor einen Pappbecher, den der Wind vor seine Füße gerollt hatte. Die Aussicht, dass ihr Plan an mangelnden Geldmitteln scheitern könnte, setzte ihm zu.

„Die könnte ich aufbringen", beruhigte Lennart ihn. Im Notfall würde er vor seinem Vater zu Kreuze kriechen. Die Unterstützung

seiner Mutter war ihm gewiss. Die hatte sich immer noch nicht ein-
gekriegt, dass man ihre Tochter wie eine Schwerverbrecherin be-
handelte und sie nicht mal am Bett neben ihr sitzen durfte. „Ziehen
wir es durch?"

Sie verabredeten, sich gegen zweiundzwanzig Uhr vor dem Büro zu
treffen, und trennten sich wie beste Freunde. Als Lennart losfuhr,
fühlte er sich in Hochstimmung. Endlich konnte er seinen Teil dazu
beitragen, den Täter zu schnappen und seine Schwester zu entlasten.
Am nächsten Tag hatte er Schwierigkeiten, sich auf die Arbeit zu
konzentrieren. Immer wieder überlegte er, wie der Typ wohl reagieren würde, wenn er merkte, dass ihm weiterhin jemand auf der Spur
war. Die Bürotussi loggte sich am Morgen ein und überprüfte das
System – wenn es denn überhaupt so ablief. Vielleicht lagen sie mit
diesem Gedanken völlig falsch und es hatte einen ganz anderen
Grund, dass Leonie aufgefallen war.

Trotzdem spann er den Gedanken weiter: Sie entdeckt, dass jemand
in den Daten herumgeschnüffelt hat und ruft sofort ihren Typen an.
Was macht der? Brechen die beiden sofort ihre Zelte ab und verschwinden? Die letzten Beutezüge müssten eigentlich gewinnträch-
tig genug gewesen sein. Oder wählen sie auch dieses Mal den Weg
der Gewalt? Und auf wen fokussieren sie sich?

Die ganze Geschichte war haariger als gedacht, gestand er sich ein.
Er musste möglichst gleich am frühen Morgen bei dieser Detektei
aufschlagen und darauf hoffen, dass die unverzüglich einen Mann
darauf ansetzen konnten. Dabei hatten sie nicht mal eine Adresse!
Was, wenn der Typ nicht bei der Bürotussi wohnte?

Eigentlich war die Umsetzung des Plans zu überhastet. Es gab so
viele Unwägbarkeiten. Sollte er mit Guido telefonieren und das
morgige Treffen abblasen?

Markus gab ihm einen Schubs und holte ihn so in die Gegenwart
zurück. „Anstarren reicht nicht. Du musst schon mit anpacken!"

Obwohl immer noch unschlüssig, stand Lennart am nächsten
Abend pünktlich vor dem Büro. Die Sache abzublasen, wäre ihm
wie Kneifen vorgekommen. Außerdem würden Saskia, Daniel und

der Nachbar morgen ihr Ding durchziehen. Mit etwas Pech manipulierte diese Bürotussi die Daten anschließend oder ließ sie vom Rechner verschwinden und die wichtigsten Beweise waren futsch. Nein, sie mussten heute handeln.

„Ich habe Marcel vorgewarnt", verkündete Guido, als er die Tür hinter ihnen zuzog und das Licht einschaltete. „Nicht dass die ihn ins Visier nehmen."

Lennart ahnte, was kam. „Wie hat er reagiert?"

„Der ist ausgeflippt, hat Angst um sich und die Kinder. Ich hab ihn beruhigt, indem ich behauptete, der Kommissar, der mit dem Dräger-Fall betraut sei, würde den Typ spätestens morgen Mittag einkassieren."

Lennart schluckte hart. Dass der Pfleger durch ihre Aktion eventuell auch in Gefahr geriet, hatte er ebenfalls nicht bedacht.

Guido startete den Computer und ließ sich in den Bürostuhl davor fallen. „Dann wollen wir mal. Immerhin hat mir der Marcel gesagt, wo ich nachgucken soll. Das spart uns Zeit. Mist!" Er wies auf den Bildschirm, auf dem die Aufforderung erschienen war, das Passwort einzugeben. „Das muss neu sein. Laut Marcel konnten sie sofort auf die Programme zugreifen."

Lennart, der über seiner Schulter hing, jubelte regelrecht. „Das heißt, wir sind auf der richtigen Spur. Sie hat nach der nächtlichen Recherche irgendwie gemerkt, dass jemand in den Dateien herumgeschnüffelt hat."

Guido dagegen stöhnte. „Und jetzt? Wir kommen nicht rein!"

Ungerührt zückte Lennart sein Handy. „Der Freund meiner Schwester ist mit seinem IT-Studium bereits so gut wie fertig. Der kann uns bestimmt weiterhelfen." Gut, dass er sich bei ihrem letzten Telefonat gleich dessen Nummer notiert hatte.

Leider zerstörte Bobby seine Hoffnung schnell, nachdem er ihm den Sachverhalt geschildert hatte. „So einfach ist das nicht bei einem Windows-Passwort. Ihr müsstet die Festplatte ausbauen und mir vorbeibringen. Die Autofahrt, dann meine Arbeit - ihr wäret nicht früh genug zurück."

Guido, der Dank des Lautsprechers mitgehört hatte, stöhnte entnervt auf. „Fuck!"

„Sucht mal den Schreibtisch ab, schaut in die Schublade und, falls vorhanden, unter die Schreibtischauflage. Die meisten User verstecken da ihren Zettel mit dem Passwort", trug Bobby ihnen auf.

„Du den hier, ich den vom Chef." Guido verschwand im Nebenraum.

So blöd war die Ziege leider nicht, wie Lennart feststellen musste. Und der Chef ebenso wenig, wie ihm der Pfleger kurz darauf niedergeschlagen mitteilte.

„Was für ein Windows ist da drauf?" Bobby war der Einzige, der ruhig blieb.

„Windows XP."

Bobby lachte triumphierend. „Man, das hätte ich euch besser gleich fragen sollen. Das ist einfach: Ausschalten, neu hochfahren und dabei den Resetknopf drücken. Dann geht der Rechner aus und startet neu. Bei der Abfrage, sagt ihr ihm, er soll im gesicherten Modus hochfahren und voilà, ihr seid drin."

Es klappte tatsächlich. „Tausend Dank!" Ohne sich lange mit einer Sichtung aufzuhalten, steckte Guido den mitgebrachten Stick in den USB-Port und kopierte sämtliche Dateien. „Damit wäre der erste Nagel in den Sarg gehauen", stellte er zufrieden fest, als sie die Bürotür verschlossen und zu ihren Autos gingen. „Hier, nimm du ihn!" Lennarts Finger schlossen sich fest um das kleine Teil. Trotz der Freude über den gelungenen Coup fühlte er sich unbehaglich. Besonders Bobbys Warnung lag ihm schwer im Magen. „Ist der Typ clever, guckt er nach, wann der letzte Datentransfer stattgefunden hat. Übergebt die Daten lieber sofort der Polizei."

77

Saskia hatte beschlossen, den Laden wieder zu öffnen. Sie wollte sich erst in der Mittagspause mit Wolf und Daniel treffen. Vielleicht, wenn sie sich dieses Mal für beide Wege ein Taxi nahm, würde sie es sogar pünktlich zurückschaffen.

Aufgeregt war sie nicht, mit den beiden Männern an ihrer Seite fühlte sie sich sicher. Endlich zu handeln, hatte eher eine befreiende Wirkung auf sie. Tatkräftig machte sie sich daran, die Boutique weihnachtlicher zu gestalten. Das bisschen Dekoration, das sie pflichtschuldigst zum ersten Advent hervorgekramt hatte, reichte bei Weitem nicht aus. Ihr schwebte ein glitzerndes, durch etliche kleine Glühlämpchen verstärktes, ins Auge fallendes Schaufenster vor.

Während sie die Lichterkette um die ausgestellten Kleidungsstücke drapierte, warf sie einen Blick nach draußen. Wieder ein Tag, an dem man sich lieber drinnen aufhielt. Die wenigen Fußgänger waren warm eingepackt mit Mütze, Schal und Handschuhen und liefen tief gebeugt, um dem eiskalten Wind weniger Angriffsfläche zu bieten. Da würden kaum Kunden kommen.

Immerhin bin ich mit meiner Arbeit fertig, dachte sie einige Zeit später und warf einen zufriedenen Blick auf die Sterne, Tannenbäume und Schneeflocken in Silber und Gold, die der Boutique ein festliches Ambiente gaben. Gut, sie hatte nicht das Händchen ihrer Mutter für Gestaltung, aber sie war mit sich zufrieden. Jetzt noch dezente Weihnachtsklassiker, die im Hintergrund liefen, und die Einkaufswilligen würden in Erwartung des baldigen Festes in die richtige Kauflaune versetzt.

Obwohl sie sämtliche Schubladen durchkramte, fand sich nicht eine CD mit der passenden Musik. Morgen vor Ladenöffnung springe ich in den Billigmarkt, beschloss sie. Die haben bestimmt etwas Passendes auf Lager. Sie räumte die leeren Kartons ins Hinterzimmer. Erst zwölf! Noch eine Stunde, bis sie losmusste. Sie sah auf ihrem Handy nach, ob Daniel sich noch einmal gemeldet hatte. Natürlich nicht, warum auch? Die richtige Adresse hatte er dank seiner guten Beziehungen bereits am Samstag herausgefunden, jeder wusste, was er zu tun hatte. Jetzt mussten sie darauf hoffen, dass ihr Plan funktionierte.

Wolf war sofort bereit gewesen, mitzuspielen. „Kein Problem", hatte er gesagt. „Ich kenne den Typ, der dort ausliefert und sage ihm Bescheid, dass ich mich kurz in seinem Revier blicken lasse. Das Päckchen gestalte ich so, dass niemand erkennt, dass es nicht aufgegeben worden ist."

Er würde in seinem DHL-Auto vorfahren und bei dem angegebenen Namen klingeln. Sie sollte mit ihm ins Haus gehen und vor ihm die Treppe hinaufsteigen – Resi Javers wohnte im zweiten Stock. Sie wussten, dass diese erst gegen halb fünf nach Hause kam, daher war die Chance groß, auf ihren Freund zu treffen. Sobald sie seiner ansichtig wurde, sollte sie Daniel über ihr Handy anklingeln, der in der offenen Haustür wartete, und die Treppe weiter hochgehen. Damit war ihr Part beendet. Um alles andere würde sich Daniel kümmern.

Auch für den Fall, dass niemand öffnete, hatten sie vorgeplant. Dann war es an Wolf, durch geschicktes Nachfragen bei den Nachbarn herauszufinden, ob die Frau allein lebte oder mit einem Lebensgefährten zusammen. Saskia hoffte natürlich inbrünstig, dass der Verdächtige das Päckchen persönlich annahm. Sonst mussten sie den Weg über das Detektivbüro nehmen und die Frau beschatten lassen.

Dr. Hecker, den sie am Samstag wieder besucht hatte, war nicht begeistert von diesem Plan gewesen. Er gab dem von Guido den Vorzug. „Nimmt dein Freund den Mann mit zur Wache, sind die beiden vorgewarnt", hatte er zu bedenken gegeben. „Mehr als eine Anzeige wegen Amtsmissbrauch kann der ihm nicht verpassen. Im schlimmsten Fall setzen eure Täter sich sofort ab."

„Denken sie dagegen, es gibt einen weiteren Schnüffler, kann demjenigen das Gleiche passieren wie Leonie", hatte sie eingewandt.

„Wenn wir wissen, dass wir richtig liegen, können wir die beiden gezielt überwachen lassen. Dafür will Daniel dann sorgen."

Er war bei seiner Meinung geblieben, trotzdem hatten sie eine angenehme Stunde miteinander verbracht. Der alte Mann verstand es, weder störrisch noch rechthaberisch zu klingen, und er hatte nachgegeben, als er merkte, dass sie sich nicht von ihrem Vorgehen abbringen ließ. Danach war die restliche Zeit wie im Flug vergangen, der Doktor konnte gut erzählen und gab ihr einige Einblicke in sein Leben.

Da sie nicht damit gerechnet hatte, überhaupt so lange zu bleiben, weil sich ja sein Sohn für den Nachmittag angekündigt hatte, wartete Daniel netterweise unten in der Cafeteria auf sie. Ja, Daniel. Sie seufzte glücklich. Alles hatte sich zum Besten gewandt. Der Missklang war wie ausradiert. Sie konnte sich tatsächlich vorstellen, dass sich aus dieser Beziehung etwas Festes entwickeln würde.

Halb eins! Saskia packte vorsichtshalber den Taschenalarm in ihre Jacke, nahm fünfzig Euro aus der Kasse, die sie in ihr Portemonnaie steckte, und bestellte ein Taxi vor. Ein letzter Rundumblick durch den Laden, es gab nichts mehr, womit sie sich ablenken konnte.

Um fünf vor eins griff sie nach dem Schlüssel, um abzuschließen. Sie würde den Hintereingang nehmen und an der Straße auf das Taxi warten.

Auf dem gegenüberliegenden Bürgersteig stand ein gegen die Kälte eingemummelter Mann, der ihr vage bekannt vorkam. Wo hatte sie ihn schon einmal gesehen? Ein Kunde? Egal, sie drehte den Schlüssel im Schloss herum, zog Jacke und Stiefel an und schob den Riegel an der hinteren Tür zurück, während sie gleichzeitig die Klinke herunterdrückte. Im selben Moment wurde diese mit Schwung aufgestoßen, prallte gegen sie und warf sie regelrecht zurück. Sie taumelte und griff Halt suchend nach dem Stuhl neben sich, der das plötzliche Gewicht nicht tragen konnte, zur Seite kippte und sie mitriss. Bevor sie sich aufrappeln konnte, beugte sich ein Mann drohend über sie, seine Hand schoss vor, seine Finger legten sich um ihren Hals. „Wer ist dein Komplize?"

78

Lennarts schlechtes Gewissen hatte ihm eine fast schlaflose Nacht beschert. Schon vor der Öffnungszeit der Detektei stand er bereit, um gleich als Erster einzutreten.

Die Mitarbeiterin am Empfang hob bedauernd die Schultern. „Ich glaube nicht, dass wir so kurzfristig einen Auftrag übernehmen können."

„Bitte, es ist ein Notfall", flehte er.

Ihre Miene wurde freundlicher, das änderte allerdings nichts an ihrer Ablehnung.

„Ich habe vermutlich einen Mörder aufgeschreckt und kann nicht einschätzen, wie er reagiert", wurde er deutlicher. „Vielleicht habe ich damit zwei Unbeteiligte in Gefahr gebracht."

„Gehen Sie zur Polizei!" Die junge Frau war nun deutlich angespannt. „Das ist kein Auftrag für einen Detektiv." Sie biss sich auf die Lippe.

Lennart konnte sich denken, warum. Damit ihr nicht die Worte herausrutschten: Sie haben wohl zu viele Krimis gesehen. Nahm sie ihn überhaupt ernst? „Das kann ich nicht. Alles, was ich habe, sind Vermutungen, keine Beweise. Bitte, ich brauche dringend Hilfe!"

Obwohl er sehr leise gesprochen hatte, war die zweite Empfangsmitarbeiterin auf ihn aufmerksam geworden. Vielleicht wollte sie ihn nur loswerden, vielleicht lag es auch an seiner deutlich spürbaren Verzweiflung, sie kam zu ihnen herüber und schob ihm ein Kärtchen zu. „Versuchen Sie es bei dieser Adresse. Wir setzen ihn selbst in heiklen Fällen ein."

Mehr würde er hier nicht erreichen. Er bedankte sich und warf im Hinausgehen einen Blick auf die Karte. Mark Flesch, las er. Das Büro lag nur zwei Straßen weiter.

Zuerst musste er erneut vor Markus zu Kreuze kriechen. „Du, ich muss was Dringendes erledigen. Kannst du die Fahrt um zehn übernehmen?"

Der Freund brummte unwillig.

Er konnte ihn ja verstehen. Andauernd kam er mit seinen Extrawürsten. „Es ist bald ausgestanden, ehrlich."

„Und wer kümmert sich um den Mercedes?"

Den hatte er total vergessen. „Bitte, spring einmal noch für mich ein. Es geht echt um Leben und Tod. Ich komme, so schnell ich kann, und helfe dir."

Der seufzte. „Was bleibt mir schon anderes übrig."

Hatte er sich eigentlich schon mal in irgendeiner Form bei dem Freund erkenntlich gezeigt? Nein, musste er sich eingestehen, während er mit langen Schritten vorwärtseilte. Aber auch Leonie gegenüber hatte er versagt. Er stand tief in ihrer Schuld. Deshalb musste er alles daransetzen, ihre Unschuld zu beweisen.

Vor dem Gebäude angekommen sah er irritiert auf das Kärtchen. Es schien sich um ein normales Wohnhaus zu handeln, nichts Spektakuläres, ein ganz normales Mehrfamilienhaus eben, mit größeren Wohnungen auf der rechten und kleineren auf der linken Seite, zehn Parteien insgesamt. Er kontrollierte die Schildchen neben der Klingel. M. Flesch stand dort, ohne weitere Bezeichnung.

Na gut! Ohne länger zu überlegen, drückte er auf den Knopf. Der Summer ertönte und er betrat den Hausflur. Die linke Tür im Parterre wurde geöffnet und ein Mann sichtbar, bei dessen Anblick er beinahe die Flucht ergriffen hätte, ein wahrer Schrank, mit langem strähnigen Haar und einem wild aussehenden Vollbart. „Herr Flesch?" Vorsichtshalber blieb er auf der letzten der drei Stufen stehen. Der Mann musterte ihn schweigend.

„Die Detektei Kranz und Kaiser gab mir Ihre Adresse", zum Beweis zeigte er sein Kärtchen vor. „Man meinte, Sie könnten mir helfen."

Der Schrank drehte den Kopf und grölte: „Mark, dein Typ wird verlangt."

Ein Wiesel! Lennart senkte schnell den Kopf, um den Gedanken zu verbergen. Aber sein neues Gegenüber sah tatsächlich so aus, wie er sich eins in menschlicher Form vorstellte: Schmales längliches Gesicht mit listigen kleinen Augen, das auf einem enorm langen Hals thronte, von drahtiger Gestalt und vor ihm auf der Hut wirkend. „Ja?", fragte er mit heiserer Stimme.

Er wiederholte sein Anliegen und streckte dem Mann flehend die Hände entgegen. „Es geht um Leben und Tod. Ich kenne niemanden, an den ich mich sonst wenden könnte", setzte er hinzu.

„Normalerweise arbeite ich nicht für Private", ein letzter prüfender Blick und er hieß ihn mit einer Kopfbewegung eintreten.

Lennart folgte ihm durch eine schmale dunkle Diele in die Küche, einem überraschend aufgeräumten Raum mit einer Sitzecke, auf dem Tisch befanden sich noch Reste eines Frühstücks für zwei.

„Tasse Kaffee gefällig?" Ohne auf die Antwort zu warten, holte Mark Flesch einen großen Becher aus dem Schrank und goss ein. „Setzen Sie sich und erzählen Sie! Ob ich mich engagieren lasse, entscheide ich hinterher." Er selbst nahm vor der halb vollen Schüssel mit Müsli Platz, schob sie allerdings zur Seite und zündete sich eine Zigarette an.

Lennart berichtete von Anfang an, nur die Tatsache, dass Leonie das Geld tatsächlich genommen hatte, ließ er aus. Stattdessen stellte er es so dar, als sei dieser Punkt eine weitere ungeklärte Frage. „Ich habe Angst, dass ich mit meiner gestrigen Aktion einen neuen Angriff lostrete. Ich benötige jemanden, der den Typ observiert, wenn möglich rund um die Uhr, und im Zweifelsfall dazwischengeht, ohne auf die Polizei zu warten."

Der Detektiv lachte meckernd. „Ganz schön viel, was Sie sich da vorstellen!"

„Ich meine damit nicht, dass Sie sich selbst in Gefahr bringen sollen", beeilte er sich zu versichern. „Und natürlich möchte ich, dass der Täter im Gefängnis landet."

„Was zahlen Sie?"

„Was verlangen Sie?" Irgendwie hatte er das Gefühl, der Mann versuchte, seine Notlage auszunutzen.

„Hm, ich bräuchte einen zweiten Mann und einen, der auf Abruf bereitsteht", überlegte dieser laut. „Sagen wir fünfhundert pro Tag, okay?"

Lennart hatte wesentlich mehr erwartet. „Einverstanden." Er zückte sein Portemonnaie und holte seine letzten tausend Euro hervor.

Mark Flesch griff zu und grinste. „Ne Rechnung kriegen Sie bei dem Preis natürlich nicht. Wir tauschen unsere Handynummern aus und telefonieren regelmäßig."

Lennart schluckte, wäre es nicht so unbedingt erforderlich gewesen, hätte er einen Rückzieher gemacht. So nickte er und diktierte dem Detektiv den Namen und die Adresse der Frau, die er sich am Vortag unter einem Vorwand bei Saskia besorgt hatte.

79

Saskia starrte in das Gesicht über sich. Er war es! Er hatte auf der Straße gegenüber gewartet, bis er sah, dass sie die Tür abschloss. Hätte sie bloß genauer hingesehen!

Er lockerte seinen Griff und wiederholte: „Wer ist dein Komplize?"

„Ich ..." Ihre Gedanken rasten. Von dem geplanten Besuch bei Resi Javers schien er nichts zu wissen. Also auch nichts davon, dass mehr Personen involviert waren. Er drückte fester zu. „Guido", stieß sie hervor. „Der Pfleger."

Seine Augen blitzten amüsiert auf. „Und ich dachte, es wäre Marcel."

Die richtige Entscheidung! Sie atmete innerlich auf, während langsam die Wut in ihr hochstieg. Entgegen der Abmachung hatten Guido und Lennart anscheinend ihr eigenes Ding durchgezogen und den Computer durchsucht. Und ihr Angreifer dachte, sie wäre die treibende Kraft.

„Wo ist er?"

„Er arbeitet bis gegen eins. Dann hat er bis fünf Uhr Pause."

Der Mann nahm die Hand von ihrem Hals und zog sie unsanft in eine sitzende Position. „Ruf ihn an! Er soll sich sofort hier blicken lassen. Und sag ihm, er soll nicht auf irgendwelche dummen Ideen kommen. Keine Polizei, keine hilfsbereiten Freunde mitbringen, sonst ..." Er zeigte ihr das gefährlich aussehende Messer, das er aus dem Nichts hervorgezaubert zu haben schien.

In diesem Moment wurde ihr klar, dass er sie garantiert nicht am Leben lassen würde – und Guido auch nicht. Er hatte beschlossen, die unliebsamen Mitwisser auszuschalten. „Das Handy ist in meiner Jacke." Sie wagte nicht, danach zu greifen.

„Hol es langsam raus und gib es mir!"

Sie griff mit spitzen Fingern in die Tasche und hielt es ihm hin.

Er besah es sich, konnte aber offensichtlich mit diesem alten Modell nichts anfangen. „Hast du ihn im Speicher?" Und nachdem sie genickt hatte: „Hier, ruf die Liste auf!"

Ihre Namensliste war kurz, bis auf Leonie, die sie mit ihren Initialen eingetragen hatte, enthielt sie die Nummern von Wolf, Lennart, Guido und Daniel - Gott sei Dank jeweils nur die Vornamen – und die Kürzel der Vermieter.

Er nahm ihr das Handy wieder aus der Hand und drückte die entsprechenden Tasten. Dann gab er es ihr zurück. „Kein falsches Wort!"

Geh dran, betete sie im Stillen. Bitte, geh dran! Ihr Gebet wurde erhört. „Sassi! Was gibt's. Seid ihr schon …"

„Guido, hör zu!", unterbrach sie ihn sofort. Er war drauf und dran gewesen, sie nach der geplanten Aktion zu fragen. Sie musste die richtigen Worte wählen, damit er nicht verriet, was in Wahrheit lief. „Der Typ, den wir suchen, ist hier. Er weiß, dass wir, du und ich, hinter ihm her schnüffeln." Sie drückte sich extra so ungenau aus. Was gestern gelaufen war, wusste sie nicht. Vermutlich hatten Lennart und er das Material auf einen Stick gezogen. „Er will, dass du sofort zu mir in den Laden kommst." Sie wiederholte die Drohung, die er ausgesprochen hatte, wortwörtlich.

Er rang japsend nach Luft. „Verfluchte … Sassi, ich tue alles. Ich bin schon auf dem Weg nach Hause. Das dauert eine Weile, bis ich da sein kann. Doch ich komme so schnell wie möglich."

Er hatte keine Ahnung, wo ihre Boutique lag, wurde ihr klar. „Bis zur Brückstraße sind es bei dem Verkehr bestimmt zwanzig Minuten." Sie sah zu ihrem Angreifer, der nahe an sie herangerückt war, um das Gespräch mitzuhören.

„Er soll dich anrufen, sobald er in der Nähe ist. Dann gebe ich ihm genauere Anweisungen."

Sie wiederholte seine Worte für Guido, da er in einem leisen Flüsterton gesprochen hatte. Wollte er nicht, dass dieser seine Stimme hörte? Hatte sie deshalb mit ihm reden müssen? Was bedeutete das für sie? Die Gedanken überschlugen sich schier in ihrem Kopf.

Der Unbekannte nahm ihr das Handy aus der Hand und steckte es in seine Jacke. Dann warf er einen Blick auf die Uhr an der Wand. „Du bleibst auf dem Boden sitzen", befahl er, während er aufstand, zur Tür ging und sich nach ihrem Schlüsselbund bückte, das sie bei seinem Angriff verloren hatte. „Erwartest du einen Besucher in deiner Pause?"

Sie schüttelte den Kopf. „Es kann allerdings sein, dass mein Freund anruft. Wir haben noch keinen festen Termin für heute Abend ausgemacht." Daniel würde sich garantiert melden, wenn sie nicht erschien.

Wie auf Stichwort begann ihr Handy zu klingeln.

80

Lennart hatte Mark Flesch auch von der geplanten Aktion unterrichtet, die Saskia, Wolf und Daniel in der Mittagszeit durchführen wollten. Begeistert war der Detektiv davon nicht gewesen. „Das erschwert meine Arbeit. Finden sie ihn dort, zieht das die Geschichte unnötig in die Länge." Er hatte versprochen, sich sofort selbst auf den Weg zu machen.

Lennart versuchte, sich auf seine Arbeit zu konzentrieren. Mehr konnte er nicht tun, alles Weitere hing von dem Detektiv ab. Dieser würde sich melden, sobald es Neuigkeiten gab. Oder sollte er lieber Guido informieren? Nein, der war ja unterwegs. Vielleicht später, wenn er mehr wusste.

Um zwölf rief Mark Flesch an, um zu berichten, dass der Verdächtige unter der angegebenen Adresse nicht gemeldet war. „Ich habe mit einem der Hausbewohner gesprochen. Die Frau wohnt allein in der Wohnung, Besuch kriegt sie kaum. Von einem regelmäßig auftauchenden Freund ist nichts bekannt."

„Hoffentlich erfährt sie nichts von Ihrer Nachfrage", entfuhr es Lennart.

Der Detektiv lachte meckernd. „Ich bin schließlich nicht von gestern. Das alte Mütterchen hat nicht gemerkt, wofür ich mich interessiere, das garantiere ich."

„Und wie gehen Sie weiter vor?"

„Ich hänge mich nachher an die Frau und beschatte sie. Wenn wir Glück haben, führt sie uns zu seiner Unterkunft."

Das klang nicht gut. Lennart merkte, wie sich sein Magen zusammenzog. „Und wenn nicht?"

„Halten Sie die Beine ruhig. Ich arbeite gerade mal zwei Stunden an dem Fall. Wir werden das schon hinkriegen!"

Lennart fühlte, wie ihm der Schweiß ausbrach. Wenn nun dieser Typ längst Bescheid wusste über den Datenklau und bei Marcel auftauchte, weil er ihn verdächtigte? Nein, den hatte Guido vorgewarnt. Der würde sicherlich sofort die Polizei anrufen, anstatt die Tür zu öffnen.

Aber sollte er sich nicht wenigstens bei Daniel melden, damit die geplante Aktion abgeblasen wurde? Diese Spur führte definitiv ins Leere.

Nur musste er dann zugeben, dass er diesen Detektiv angeheuert hatte und warum. Die anderen würden total sauer reagieren, das war ihm klar. Anderseits - spätestens heute Abend beim gemeinsamen Brainstorming mussten Guido und er sowieso Farbe bekennen.

Bevor er zu einem Entschluss gekommen war, kehrte Markus zurück. „Weiter bist du noch nicht?"

In der nächsten Stunde arbeiteten sie so konzentriert, dass Lennart keinen Gedanken an Herrn Flesch oder Saskias Plan verschwenden konnte. Der Kunde war ein bekannter Baulöwe und hatte ihnen den Auftrag gegeben, die gesamte Karosserie in Silber- und Blaumetallic-Tönen zu folieren. Schafften sie es, ihn zufriedenzustellen, würde es Aufträge hageln. Der Mann hatte einen riesigen Bekanntenkreis und besaß viele vermögende Freunde.

Erst das Klingeln seines Handys riss ihn in die Gegenwart zurück. Guido? Irritiert nahm er den Anruf entgegen. Ihm stockte der Atem. Der Typ hatte sich Sassi gegriffen!

„Was soll ich tun?", fragte der Pfleger.

Der Adrenalinschub ließ seine Hände zittern, das Blut hämmerte in seinen Adern, vor Aufregung brachte er keinen vernünftigen Gedanken zustande.

„Soll ich Daniel informieren?"

„Nein, ich rufe den Detektiv an, den ich engagiert habe." Endlich war er wieder in der Lage zu sprechen.

„Ein Detektiv? Wieso …"

„Erklär ich dir später", unterbrach Lennart ihn ungeduldig. „Daniel wird sofort ein riesiges Polizeiaufgebot losschicken, das können wir nicht gebrauchen. Wie lange brauchst du für die Strecke?"

„Eine gute Viertelstunde, schätze ich."

„Ich fahre sofort los."

Markus, der verstanden hatte, dass etwas gewaltig schiefgelaufen sein musste, wollte eine Frage stellen, er winkte ab, griff nach den Autoschlüsseln und scrollte schon im Hinausgehen auf seinem Handy zu dem richtigen Eintrag. Seine Finger bebten immer noch, als er die Taste drückte.

„Wo ist die Boutique?" Nach einem halb unterdrückten Fluch wurde Herr Flesch sachlich.

„In der Brückstraße."

„Wie sind die Gegebenheiten? Kennen Sie sich da aus?"

„Ein wenig." Er beschrieb, so gut er konnte, das, was er wahrgenommen hatte.

„Existiert ein zweiter Schlüsselsatz?"

„Keine Ahnung." Er rubbelte sich genervt durch die Haare. Warum hatte er nicht besser aufgepasst? „Sassi erwähnte einen Hintereingang", fiel ihm ein. „Davor geht es in einen Hof, auf dem wohl regelmäßig einige Autos parken."

„Okay", kam es langgedehnt durch den Lautsprecher. „Ich bin in der Nähe und in ungefähr fünf Minuten da. Dann schaue ich mich mal um. Wann fahren Sie los?"

„Jetzt." Er hatte bereits die Tür entriegelt und streckte die Hand nach dem Griff aus.

„Ich melde mich, wenn ich einen ersten Einblick gewonnen habe."

„He!" Markus, der ihm gefolgt war, warf ihm die Schlüssel seines Autos zu. „Nimm meins, ist unauffälliger."

„Danke."

Gerade als er einstieg, klingelte sein Handy erneut. Mist, Daniel! Was sollte er ihm sagen? Er ließ den Motor an und wartete, bis die Mailbox ansprang. Wie erwartet signalisierte kurz darauf ein Piep-Ton, dass Daniel eine Nachricht hinterlassen hatte. Er gab aufheulend Gas und steuerte auf die Straße, bevor er auf Wiedergabe drückte. „Weißt du, wo Saskia ist? Sie geht nicht an ihr Telefon. Wir warten seit einer Viertelstunde auf sie."

81

Lennart missachtete sämtliche Geschwindigkeitsbeschränkungen. Jedes Mal, wenn sich die Möglichkeit bot, überholte er die langsamer fahrenden Autos vor sich, wechselte von einer Spur auf die andere, nahm eine ganze Reihe Ampeln hintereinander noch beim Wechsel auf Rot – und trotzdem würde er zu spät kommen. Er schaffte es nicht rechtzeitig.

Wieder klingelte das Handy. Herr Flesch! „Bleiben Sie, wo Sie sind! Kommen Sie bloß nicht in die Nähe des Geschäfts. Und informieren Sie diesen Polizisten, dass er sich ebenfalls nicht blicken lässt. Nur der Pfleger soll kommen."

„Was ...?"

„Vertrauen Sie mir. Ich kann noch nichts Genaueres sagen, aber ich denke, die Gefahr ist vorbei. Los, sagen Sie den anderen beiden Bescheid. Danach rufen Sie mich zurück!"

Lennart wurde so schwindelig, dass er vom Gas gehen musste. Er nutzte die erste sich bietende Gelegenheit, um rechts ranzufahren. Zögernd schwebten seine Finger über den Tasten. Konnte er dem Detektiv vertrauen?

Er atmete ein paar Mal tief durch, bis das Rauschen in seinen Ohren nachließ. Er musste darauf hoffen, dass dieser die Lage im Griff hatte. Was blieb ihm sonst übrig? Er war noch mehrere Kilometer vom Geschehen entfernt. Zuerst Daniel, Guido würde sich sowieso bei ihm melden, sobald er neue Anweisungen erhalten hatte.

„Ich mache mir große Sorgen um Saskia", stieß dieser, ohne sich mit einer Begrüßung aufzuhalten, hervor. „Sie ist nicht gekommen und geht nicht ans Telefon. Ich bin auf dem Weg zur Boutique, um ..."

„Halt sofort an!", schrie Lennart.

„Spinnst du? Ich ..."

„Du gefährdest sonst ihr Leben. Der Typ hat Saskia in seiner Gewalt." Lennart spürte, wie sein Puls wieder zu rasen begann.

„Was? Woher weißt du das? Erzähl mir die Einzelheiten!"

„Erst wenn du angehalten hast. Sieht der Typ dich, bringt er sie um." Das war starker Tobak, doch Herr Flesch musste einen guten Grund für seine Anordnung haben. Lennart schloss kurz die Augen. Hoffentlich vertraute er nicht dem Falschen!

„Ich stehe. Leg los!"

Die Anklopf-Funktion ertönte, als er der Aufforderung folgen wollte. „Bleib dran. Das ist Guido."

„Ich bin in der Brückstraße. Sassi hat sich nicht mehr gemeldet. Was soll ich tun?"

Woher soll ich das wissen? Er riss sich zusammen. „Ich gebe dir die Nummer des Detektivs. Ruf ihn an und mach genau das, was er sagt." Er wechselte zurück zu Daniel.

„Ihr seid zwei Vollidioten!" Nachdem dieser erfahren hatte, dass sie entgegen der Absprache gehandelt hatten, wurde er fuchsteufelswild.

Lennart hörte sich seine Schimpftiraden an, ohne zu widersprechen. Er hatte ja recht. Wenn Saskia was passierte, war er schuld. Er würde sich diese Aktion nie verzeihen können. Immerhin schien Daniel abwarten zu wollen und damit Herrn Fleschs Rat zu … Scheiße! Er hatte ihn anrufen sollen! Er hieß den Kommissar in der Leitung warten und drückte die entsprechende Nummer.

„Na, endlich. Halten alle Beteiligten Abstand?"

„Ja. Jetzt erklären Sie bitte, wozu das gut ist!"

„Ich glaube, er hat die Boutique längst verlassen. Ihre Freundin war jedenfalls vorn allein im Laden."

„Und?" Er schrie fast. „Was hat sie gemacht?"

„Es sah so aus, als schriebe sie etwas auf ein Blatt Papier. Ich konnte schlecht stehen bleiben und anklopfen. Außerdem war das auf meinem Rückweg von der Sparkasse, wo ich mir am Automaten Geld gezogen habe. Ah, da kommt gerade dieser Pfleger. Warten Sie kurz."

Die wenigen Sekunden, die verstrichen, waren die längsten in Lennarts bisherigem Leben. Mit wild klopfendem Herzen saß er angespannt in seinem Sitz, dass Daniel ebenfalls auf Neuigkeiten lauerte, war vergessen.

„Wie es aussieht, hat der Typ Ihre Freundin in der Boutique eingeschlossen und ihr das Handy weggenommen. Sie ist an die Tür gekommen und hat ein Blatt mit dieser Nachricht an die Scheibe gehalten, als der Pfleger auftauchte. Daher gehe ich davon aus, dass der Typ weg ist. Ich habe den Schlüsseldienst angerufen, damit er sie befreit. Sie und der Freund halten bitte weiterhin Abstand. Ich informiere euch, sobald es Neuigkeiten gibt."

„Warum dürfen wir nicht …"

„Weil ich vermute, dass er sich noch in der Nähe aufhält. Deshalb habe ich den Anruf beim Schlüsseldienst übernommen und dem Pfleger gesagt, er soll sich erst melden, wenn er drinnen und außer Sichtweite ist."

Lennart verstand nur Bahnhof.

„Er hat mit mir telefoniert, vor der Tür stehend", setzte Herr Flesch hinzu, als sähe er dessen fragendes Gesicht vor sich. „Wir wollen doch nicht auf uns aufmerksam machen. Taucht gleich der Mann vom Schlüsseldienst auf, ist der Anruf erklärt."

Obwohl Lennart immer noch nicht klarer sah, gab er die Information an Daniel weiter. Der seufzte erleichtert. „Und Saskia ist in Ordnung? Ihr geht es gut?"

Lennart bejahte, obwohl er nichts Weiteres wusste. Aber sonst hätte Herr Flesch etwas Dementsprechendes erwähnt, oder?

„Endlich hast du mal was richtig gemacht!", tönte Daniel. „Dieser Detektiv scheint was von seinem Handwerk zu verstehen. Ich bin gespannt, was er uns erzählt."

82

„Ich vermute, der Typ wollte Ihrer Freundin und diesem Pfleger einen Schreck einjagen, damit sie von weiteren Nachforschungen ablassen. Gleichzeitig nutzte er die Gelegenheit, um zu überprüfen, ob es wirklich keine weiteren Helfer gibt." Herr Flesch lehnte sich zurück und blickte in die Runde.

Sie hatten sich erst am späten Abend getroffen. So sehr es Daniel auch danach verlangte, seine Saskia, die tatsächlich ohne Verletzungen davongekommen war, in die Arme zu schließen, er beugte sich dem Willen des Detektivs.

„Wir wissen nicht, wie lange er die Boutique beobachtet", hatte der eingewandt. „Weder Sie noch Herr Vahle sollten hier aufschlagen. Sie holen Ihre Freundin heute Abend ganz normal ab und wir setzen uns zusammen und beratschlagen, wie wir vorgehen wollen. Sie sind bestimmt in der Lage, einen etwaigen Verfolger abzuschütteln." Natürlich hatte Daniel mit Saskia telefoniert. Sie war erstaunlich gelassen geblieben. „Der größte Schreck ist überstanden. Herr Flesch hat mich über alles informiert. Wir sehen uns heute Abend."

„Einen Moment lang dachte ich, der will uns beide, Guido und mich, umbringen", gestand sie jetzt. „Als er dann mein Handy nahm und die Schlüssel, war ich echt perplex."

Daniel, der dicht neben ihr saß, drückte unter dem Tisch ihre Hand, die er, seitdem sie eingetreten waren, nicht mehr losgelassen hatte.

„Was ich überhaupt nicht verstehe, der hat nicht einmal nach den Daten gefragt. Dem muss doch klar gewesen sein, dass wir die kopiert haben."

„Lassen Sie mal sehen." Herr Flesch vertiefte sich in die Ausdrucke, die Lennart kaum zurück in der Werkstatt erstellt hatte, und gab sie anschließend kommentarlos an Daniel weiter.

„Es gibt keinen echten Hinweis", erklärte dieser nach eingehendem Studium der Unterlagen. „Ja, es sind in Guidos und Marcels Bezirk mehr alte Leute gestorben als bei den anderen. Das kann genauso gut normale Ursachen haben."

Guido, der noch vor den Blättern saß, deutete auf einige Namen. „Du hast recht. Klar, wenn ich so drüber nachdenke, manche sind schon etwas überraschend gestorben. Aber damit muss man immer rechnen. Unsere Klientel besteht zum Großteil aus Alten, die zu schwach und zu krank sind, umfassend für sich selbst zu sorgen. Der Tod lauert in der Nähe, das wissen wir und die auch. Da ist es oft schwer einzuschätzen, wie lange der Einzelne durchhält."

„Und jemand vom Fach wird dafür gesorgt haben, dass es wie ein normaler Tod aussieht", ergänzte Herr Flesch.

„Es gibt genug Möglichkeiten", nickte der Pfleger, „die sich schwer nachweisen lassen. Außerdem weiß der Hausarzt ja, wie krank sein Patient ist und dass jederzeit mit seinem Ableben zu rechnen ist. Der guckt gar nicht genauer nach. Ich würde sagen, das waren nahezu perfekte Morde."

„Wir haben also nichts in der Hand?" Saskia glaubte, ihren Ohren nicht trauen zu können. „Ihr meint, wir können nichts gegen den unternehmen?"

Beruhigend drückte Daniel ihre Hand. „Deshalb sitzen wir hier. Ich habe Resi Javers überprüfen lassen. Das ist schon mal echt interessant. Sie und ihr drei Jahre älterer Bruder sind in katastrophalen Verhältnisse aufgewachsen: Gewalt, eventuell auch Missbrauch, das konnte nicht geklärt werden, und starke Vernachlässigung. Die Kinder wurden aus der Familie genommen und in einer speziellen Pflegeeinrichtung untergebracht. Leider viel zu spät, sie waren bereits ziemlich gestört. Der Bruder, Lutz Javers, geriet schon als Teenager auf die schiefe Bahn und zog seine Schwester, die ihm sehr nahe stand, mit. Erst als er zu einer längeren Jugendstrafe verurteilt wurde, hatten die Sozialarbeiter bei ihr eine Chance. Wie es dann mit ihr weiterging, weiß ich noch nicht. Der Bruder ist ein paar Jahre später wegen Mordes erneut im Gefängnis gelandet."

Herr Flesch merkte auf. „Was hat er getan?"

Daniel grinste. „Nicht, was Sie denken. Gefährliche Körperverletzung mit Todesfolge, er ist mit einem Mann in Streit geraten und hat den derart zusammengeschlagen, dass dieser einen Tag später im Krankenhaus starb."

„Das wäre trotzdem ein geeigneter Kandidat", fand auch Guido.

Daniel kramte in seiner Brieftasche und legte ein Foto vor Saskia. „Was meinst du?"

Der Mann sah anders aus, als der, der sie überfallen hatte. Sein Gesicht wirkte viel schmaler, die Wangenknochen ausgeprägter, die Haare und die Augenbrauen heller und er war glatt rasiert. Und doch gab es eine gewisse Ähnlichkeit. „Ich bin mir nicht sicher. Ich müsste ihm gegenüberstehen."

„Welche Todesfälle kommen Ihnen seltsam vor?", wandte sich Herr Flesch an Guido.

„Der an dem Dräger", schoss es aus ihm heraus. Er warf einen weiteren Blick auf die Liste. „Die Neidull, die Linneweber und der Kesting, die waren alle vermögend und hatten keine näheren Angehörigen. Die gehören definitiv in die Kategorie: Sie hätten noch länger leben können, aber genauso gut jeden Tag sterben. Und der Berthold, der passt auch. Der ist nicht tot, sondern jetzt im Heim. Der wurde zunehmend dementer. Kurz bevor das mit dem Heimplatz klappte, wurde er überfallen und ausgeraubt. Der hatte richtige Werte in seinem Haus."

„Was wurde gestohlen?" Selbst Daniel beugte sich aufgeregt vor. „Kannst du eine Liste anfertigen? Bitte wenn möglich von allen Personen, deren Tod dir seltsam vorkommt. Und denk an Frau Seiffert. Am besten, ich führe dich morgen durch ihr Haus. Uns ist nichts aufgefallen, allerdings haben wir nicht unbedingt genau hingesehen. Wir sind von Leonie als Täterin ausgegangen."

„Lass uns Marcel mit ins Boot nehmen", schlug Guido vor. „Der weiß da besser Bescheid. Ich achte eher nicht auf das, was da rumsteht."

Saskia blickte unzufrieden auf die Männer. Wenn es stimmte, was sie vermuteten, handelte es sich bei dem Täter um einen Massenmörder. Und das Einzige, was ihm nachzuweisen war, sollten einfache Diebstähle sein?

83

Während sie zum Auto ging, blieb Daniel mit Herrn Flesch in einiger Entfernung stehen. Sie konnte sehen, dass der Detektiv eindringlich auf sein Gegenüber einredete. Der sagte nur wenige Worte, bevor er auf sie zukam. „Ich bringe dich nach Hause und treffe mich anschließend noch einmal mit dem Detektiv. Er hat da eine interessante Theorie entwickelt, über die wir uns unbedingt eingehender unterhalten sollten."

„Ich möchte dabei sein", protestierte sie, obwohl ihr der Mann nicht ganz geheuer war. Er hatte so etwas Hinterhältiges, Verschlagenes an sich, fand sie. Sie selbst hätte ihn nie für eigene Ermittlungen gewählt.

„Viel zu riskant", wehrte Daniel ab. „Du darfst dich mit ihm zusammen nicht in der Öffentlichkeit blicken lassen. Ich komme nachher zu dir und erzähle dir alles."

Das war nicht das, was sie wollte. Schmollend blickte sie aus dem Seitenfenster. Sie war diejenige, die heute um ihr Leben gebangt und einen Schock erlitten hatte. Sie brannte darauf, es dem Kerl heimzuzahlen.

Daniel warf ihr einen besorgten Blick zu. „Oder soll ich das Treffen lieber auf morgen verschieben und bei dir bleiben?"

„Nein! Je mehr Pläne ihr schmiedet, desto besser."

Daniel brachte sie bis in die Wohnung und schärfte ihr ein, hinter ihm abzuschließen.

„Und wenn Wolf kommt?" Der Nachbar wollte bestimmt aus ihrem eigenen Mund hören, was sich ereignet hatte. Da er seine eigene Tour fortsetzen musste, hatte Lennart ihn nach ihrer Befreiung kurz informiert. Bestimmt brannte er darauf, Näheres zu erfahren.

„Das ist noch besser." Daniel war sichtlich erleichtert, sie nicht allein zurücklassen zu müssen. „Ruf ihn gleich an."

Er wartete tatsächlich, bis der Nachbar eintrat, bevor er sich verabschiedete.

Wolf drückte ihr das Päckchen in die Hand. „Ich war mir nicht sicher, ob ich es entsorgen sollte."

„Hättest du ruhig tun können." Sie ritzte die Verpackung auf und holte die kunstvoll verpackte Vase heraus, eines dieser Teile, die bei ihr unter der Bezeichnung grottenhässlich ein Dasein in der hintersten Schrankecke fristeten. „Wir brauchen das Ding nicht mehr."

Eigentlich schade um diese geniale Idee! Sie hatte auf dem Paketaufkleber den Vornamen des Empfängers mit einem R abgekürzt und die Hausnummer weggelassen. Erst wenn die Frau das Päckchen geöffnet hätte, wäre sie auf den kurzen Brief gestoßen mit der Anrede: liebe Romina. Die Frau hätte gedacht, es wäre einfach falsch ausgeliefert worden. So wäre ihr Trick nicht aufgeflogen.

Die Zeit, bis Daniel endlich zurückkehrte, zog sich endlos hin. Vor allem, weil sie nicht wusste, inwieweit sie Wolf einweihen durfte. So erzählte sie in aller Ausführlichkeit von ihrem Abenteuer und deutete ihr weiteres Vorgehen nur vage an. „Daniel will sich darum kümmern, dass die Spurensicherung noch einmal das Haus der Toten akribisch untersucht. Jetzt eben unter anderen Bedingungen."

Wolf reagierte ebenso unzufrieden wie sie. „Meinst du, die können diesem Unbekannten irgendwas nachweisen?"

„Polizeiarbeit ist eben oft kleinschrittig." Sie hob die Schultern. „Immerhin gibt es einige Ansätze. Wir müssen abwarten."

„Lieber würde ich mich an den Nachforschungen beteiligen", seine Augen funkelten unternehmungslustig. „Das war echt aufregend heute."

„Na, mir hat es gereicht. Ich …" Sie hörte, wie die Tür aufgeschlossen wurde, und sprang auf, um Daniel zu begrüßen.

„Entschuldige, ich wollte meine Nachbarin kurz informieren, es hat ein bisschen länger gedauert." Als Alibi schwenkte er seine Sporttasche mit Kleidung zum Wechseln, denn Wolf sollte anscheinend nicht wissen, dass er mit dem Detektiv gesprochen hatte.

Dieser tauchte hinter ihnen auf. „Dann wünsche ich euch eine angenehme Nachtruhe. Ihr sagt mir, wenn es was Neues gibt, ja?"

„Klar." Saskia jubelte innerlich über die Feinfühligkeit des Mannes. Sie brannte darauf zu erfahren, was es so Dringendes zu besprechen gegeben hatte.

„Ich sehe dir die Neugierde an der Nasenspitze an." Daniel beugte sich vor und gab ihr einen kurzen Kuss. „Dieser Detektiv ist wirklich Gold wert. Er meint, die planen einen letzten großen Coup. Das würde erklären, warum der Kerl dich und indirekt auch Guido bedrohte. Sie wollen nicht verschwinden, bevor sie diesen Plan in die Tat umgesetzt haben. Wahrscheinlich erwarten sie fette Beute. Wir müssen unbedingt rauskriegen, wen sie sich vornehmen wollen."

Sie revidierte ihre Meinung, obwohl ihr Herr Flesch immer noch unsympathisch war. Aber seine Schlussfolgerung war absolut logisch. Warum war von ihnen keiner darauf gekommen?

„Ich setze mich morgen nach der Hausbegehung mit Guido und Marcel zusammen. Hoffentlich können sie mir den richtigen Tipp geben. Nach allem, was wir herausgefunden haben, kann ich jetzt die Ermittlungen neu aufnehmen. Und mit etwas Glück erwischen wir den Kerl auf frischer Tat."

Saskia war skeptischer, wollte ihm die Freude jedoch nicht verderben. „Macht dieser Detektiv mit?" Bei den wenigen Beweisen bisher würde sich die Polizei vermutlich nicht auf eine Rund-um-die-Uhr-Überwachung einlassen.

„Auf jeden Fall. Wir brauchen ihn. Lennart will dafür sorgen, dass sein Vater die Kosten übernimmt. Billig ist der Mann natürlich nicht."

„Traust du ihm?", fühlte sie sich verpflichtet zu fragen.

Daniel lachte laut. „Der Mann hat einen super Ruf. Normalerweise arbeitet er für Versicherungen und andere Detekteien. Er ist Spezialist für die besonderen Fälle, an denen sich die Etablierten nicht die Finger schmutzig machen wollen. Wie er genau vorgeht, will ich gar nicht wissen. Jedenfalls können sich seine Erfolge sehen lassen."

Diese Aussage beruhigte sie ungemein. Augenscheinlich war er für diesen besonders besonderen Fall genau der Richtige.

84

„Wir sollen der Polizei helfen." Guido hatte Daniels Bitte lieber amtlich klingen lassen, damit der Feigling keinen Rückzieher machen konnte.

Dementsprechend hilfsbereit gab sich der Kollege, nachdem Daniel, der vor dem Haus auf sie gewartet hatte, mit ihnen eintrat. Suchend glitt sein Blick an den Wänden entlang, er kontrollierte jedes Möbelstück und jedes Bild. „Die drei", er zeigte auf die entsprechenden Drucke, „sind neu. Da hingen vorher Gemälde. Darf ich die anderen Räume sehen?" Er war offensichtlich durch die Anwesenheit des Teams der Spurensicherung der Überzeugung, aktiv an den Ermittlungen teilzunehmen.

„Natürlich. Ich hoffe, dass Sie uns sagen können, ob und was fehlt." Nachdem Marcel in der Diele vier weitere verschwundene Kunstwerke reklamiert hatte, steuerte er die Küche an. „In dieser Schublade bewahrt sie ihr Portemonnaie auf. In dem Eckschrank liegt ein Kochbuch, zwischen den Seiten hatte sie ihre Geldreserve versteckt."

Daniel gab einem seiner Kollegen einen Wink.

„Nichts." Er blätterte noch einmal durch die Seiten. „Wie viel war es denn?"

Marcel schürzte die Lippen. „So ein- bis zweitausend Euro, schätze ich. Sie hatte nicht gern viel Geld im Haus."

Sie wanderten weiter durch das Haus. Guido staunte, als sein Kollege im Schlafzimmer gleich auf den Wäscheschrank zusteuerte und zielsicher auf das Mittelteil wies. „Hinter den Handtüchern ist die Schmuckschatulle. Ich habe sie ihr mal bringen müssen. Das waren alles Erbstücke, wie sie sagte."

Wieder wies Daniel einen Kollegen an, nachzuschauen. Und wieder war nichts zu finden.

„Können Sie den Schmuck beschreiben?"

Marcel zuckte entschuldigend die Schultern. „Zwei, drei Ketten, ein Armband, eine Taschenuhr, Ohrringe. Frau Seiffert selbst war nicht reich, die hatten das Haus mitsamt Inhalt von einer Tante geerbt. Der Mann ist vor einem knappen Jahr gestorben, seitdem lebt sie allein."

„Sie war kein echter Pflegefall", mischte sich Guido ein, dem es langsam stank, dass er bisher überhaupt nichts hatte beitragen können. Für ihn sah alles aus wie immer und ob das Wertgegenstände an den Wänden waren, hatte ihn nie interessiert. Er kam wegen der Patienten und nicht wegen der Einrichtung. „Nach einer tiefen Beinvenenthrombose musste sie Stützstrümpfe tragen. Die konnte sie allein nicht an- und ausziehen. Zusätzlich haben wir ihr die Tabletten portioniert und Puls und Blutdruck gemessen, das war alles."

„Sonst fällt mir nichts auf", sagte Marcel bedauernd. „Alles scheint an seinem Platz zu sein. Wobei ich natürlich nicht jeden Winkel hier kenne", fügte er selbstgefällig hinzu, sichtbar stolz auf sich, dass er der Polizei hatte weiterhelfen können.

„Ich habe noch eine weitere Bitte." Daniel schwieg, bis sie im Wohnzimmer in der Sitzecke Platz genommen hatten.

In diesem Raum war die Spurensuche bereits beendet, überall fanden sich Reste von Pulver, sogar auf der Couch. Marcel balancierte auf der äußersten Kante, wie Guido amüsiert feststellte, und sah den Kommissar fragend an. Der erläuterte ihnen, was sie für ihn tun sollten.

Auf die erste Aufgabe war er vorbereitet. Er hatte sich gestern noch die Namen notiert, die er persönlich in Erwägung zog. Marcel studierte die Liste, als hätte er sie noch nie gesehen und zögerte, sich zu äußern. Erst nach und nach rückte er mit seiner Meinung heraus. Da kamen insgesamt sieben ehemalige Patienten zusammen, er dagegen hatte nur fünf Verdachtsfälle vorzuweisen.

Auch bei der zweiten Aufgabe war ihm Marcel voraus. Der konnte fast sämtliche Wertgegenstände aufzählen und beschreiben, die seine Patienten besessen hatten. Wenn er es nicht besser wüsste, hätte ihr Verdacht leicht auf ihn fallen können. Der kannte sich ziemlich gut aus bei diesem Thema.

Statt sie danach zu entlassen, sah Daniel sie beide auffordernd an. „Leider sind wir dem Täter bisher nicht nah genug gekommen, dass wir ihn identifizieren können. Wenn Sie beide sich bitte einmal, so gut es Ihnen möglich ist, in ihn hineinversetzen. Wen würden Sie als nächstes Opfer wählen?"

„Sie suchen nach jemandem, bei dem richtig was zu holen ist und dessen Tod als normal durchgeht?", vergewisserte Guido sich, bevor es der Kollege tun konnte. Gut, Marcel ahnte nicht, dass er eingeweiht war. Deswegen auch das Siezen. Trotzdem hätte er ruhig mit offenen Karten spielen können. Ihm sollte eigentlich klar sein, dass Daniel von Leonies und seiner Recherche wusste und dass sie schon damals zu der Vermutung gekommen waren, es handle sich bei dem Täter um einen Mehrfachmörder. Warum musste man ihm nun jedes Wort in diese Richtung aus der Nase ziehen? Traute er ihm, Guido, etwa immer noch diese Taten zu?

Ohne sich diese Gedanken anmerken zu lassen, wandte sich Guido an seinen Kollegen und tippte sich an die Stirn. „Da fällt mir spontan nur ein Name ein. Wie siehst du das?"

Wieder schien Marcel nicht begeistert, sich festlegen zu müssen. „Keine Ahnung, an wen denkst du?"

Als wenn das nicht auf der Hand lag! „Herr Pauls. Das ist der ideale Kandidat. Der ist stinkendreich, pfeift aus dem letzten Loch und hat bis auf diesen Sohn, der sich kaum blicken lässt, keine näheren Verwandten."

„Seine Nachbarin geht ständig bei ihm ein und aus", widersprach Marcel. „Das wäre viel zu riskant."

„Sagen wir mal so, es wäre der ultimative Coup", wandte sich Guido direkt an Daniel. „Danach könnten die sich wahrscheinlich zur Ruhe setzen. Der Alte ist ein ehemaliger Juwelier. Er hat einen Safe im Keller und es wird gemunkelt, dass er da drin noch jede Menge Juwelen hortet. Ich war nie unten, aber es würde zu ihm passen. Allerdings ist das Haus eine einzige Festung."

85

„Ich glaube, wir haben den richtigen Ansatz gefunden."

Daniel hatte pünktlich zum Feierabend vor der Tür auf sie gewartet. Kaum saß sie neben ihm, überfiel er sie mit der Neuigkeit und begann schon während der Fahrt mit einem ausführlichen Bericht.

„Wie ist eure Spurensuche verlaufen?" Besser wäre es, wenn es der Polizei gelang, ihn auf frischer Tat zu schnappen.

„Die sind noch bei der Auswertung. Immerhin hat mir mein Chef freie Hand gegeben zu ermitteln. Morgen nehmen sich die Kollegen das Haus der Drägers ein weiteres Mal vor. Was ist, findest du es nicht toll, dass wir so schnell einen weiteren möglichen Kandidaten ausgemacht haben?"

„Und wie wollt ihr ihn schützen?" Saskia war nicht so begeistert wie er. Es handelte sich um eine reine Vermutung der beiden Pfleger. Was, wenn sie sich irrten und ein ganz anderer das Ziel war?

„Ist alles bereits abgeklärt. Marcel wird seinen Patienten heute Abend informieren und den Detektiv durch einen Hintereingang einlassen. Der bleibt im Haus und ruft uns sofort an, wenn sich was tut."

„Und wenn …"

„Saskia, es wird funktionieren. Vertrau mir – und Herrn Flesch", setzte er hinzu. „Der hat versprochen, dass er sich nicht von der Stelle rührt, egal wie lange es dauert."

„Und diese Nachbarin, die sich sonst kümmert?"

„Die sieht wie üblich nach dem Rechten. Guido sagt, nach der kann man die Uhr stellen: Morgens um neun, mittags um zwölf, da sie für den Mann mitkocht, und abends um sechs. Sie bleibt jeweils eine halbe Stunde. Nur wenn der Arzt vorbeikommt, das ist normalerweise jeden Donnerstag der Fall, wartet sie auf ihn."

Saskia schauderte, sie hätte sich wohl niemals für ein derartiges Experiment zur Verfügung gestellt. Der hochbetagte Patient sah das offensichtlich anders. Laut Daniel, der mit ihm telefoniert hatte, war er voll orientiert und sich über die Gefährlichkeit der Situation im Klaren. Und ließ sich trotzdem darauf ein? Ein Mann, der wegen einer schweren Herzinsuffizienz ans Bett gefesselt war und sich nicht wehren konnte?

„Herr Flesch baut versteckte Kameras auf, die Aufnahmen werden live verfolgt. Ihm kann wirklich nichts passieren.", beruhigte Daniel sie. „Gleichzeitig kümmert sich ein Mitarbeiter des Detektivs weiterhin darum, den Aufenthaltsort dieses Bruders herauszufinden. Wir ermitteln zurzeit nach allen Seiten."

Seine Worte gab Saskia fast eins zu eins an Dr. Hecker weiter, mit dem sie in regelmäßiger telefonischer Verbindung stand. Obwohl er sich nicht kritisch zu dem Vorhaben äußerte, blieb bei ihr trotzdem der Eindruck spürbarer Skepsis zurück.

Und wenn sie tatsächlich auf den falschen Kandidaten setzten, war ihr letzter Gedanke vor dem Einschlafen, was dann?

Guido fand keinen Schlaf. Ob es daran lag, dass er zum ersten Mal seit langem den gewohnten Abstecher in die Kneipe unterlassen hatte? Komischerweise hatte er am Ende dieses Tages überhaupt kein Verlangen nach Alkohol verspürt, auch nicht danach, die Kumpels zu treffen, die dort ständig herumhingen. Es waren Saufkumpane, keine Freunde, das war ein gewaltiger Unterschied, wie er wusste. Beziehungsweise wie es ihm durch das gemeinsame Brainstorming in der Gruppe wieder klar geworden war. Er hatte es richtig genossen, dass sie ihn in ihre Mitte aufgenommen hatten und seine Meinung zählte.

Nun hätte er eigentlich glücklich und zufrieden sein müssen, er hatte in nicht geringem Umfang zur Aufklärung beigetragen und so, wie es aussah, würde der Fall in kürzester Zeit geklärt sein. Was war es, das in ihm bohrte und ihm keine Ruhe ließ?

Irgendwann musste er dann doch eingeschlafen sein. Er erwachte gegen sechs mit heftigen Kopfschmerzen. Sofort überfiel ihn wieder das Gefühl, etwas Wichtiges übersehen zu haben. Er quälte sich aus dem Bett. Unter der Dusche ließ er das heiße Wasser so lange auf sich herabprasseln, bis er sich einigermaßen wie ein Mensch fühlte. Jetzt noch eine starke Tasse Kaffee und er konnte versuchen herauszufinden, was ihn störte, dass er keine Ruhe fand.

Die Erkenntnis überfiel ihn, als er die Maschine befüllte. Das Bild, wie sie sich vorbeugte und die gefüllte Kanne anhob, traf ihn wie ein Blitz. Und endlich wusste er, was schon die ganze Zeit in seinem Hinterkopf gelauert hatte. Es war der Blick, den sie einem bestimmten Jemand zuwarf, bevor sie den Kaffee in ihren Becher füllte. Damals hatte er ihn zwar verwundert registriert, aber er war viel zu sehr mit sich und seinen Problemen beschäftigt gewesen, als dass es ihn interessierte.

Seine Gedanken rasten. Und wenn diese Beobachtung des Rätsels Lösung war? Wenn er das Gesehene richtig interpretierte, lagen sie mit ihrem Verdacht völlig daneben. Dann war vermutlich auch das Opfer ein völlig anderes.

Wer würde seine Gedankengänge nicht als Hirngespinste abtun? Für eine vernünftige Überprüfung blieb vermutlich keine Zeit. Weil … ja, klar! Heute sollte Leonie aus dem Koma geholt werden. Ob er fürchtete, dass sie ihn erkannt haben könnte?

Er sprang auf, um sein Handy zu suchen. In der Jacke war es nicht. Wo hatte er das blöde Teil bloß hingelegt? Er rannte hektisch durch sämtliche Zimmer.

Es lag im Schlafzimmer vor dem Bett. Mittlerweile war er so nervös, dass seine Hände zitterten. Er riss es hoch und scrollte durch das Telefonbuch. Saskia, sie würde ihm zuhören. Wenn er es schaffte, sie zu überzeugen, konnte er auf ihre Hilfe hoffen, Daniel zu überreden, sofort etwas zu unternehmen. Er drückte ihre Nummer.

86

„Entweder bist du jetzt total durchgeknallt oder absolut genial."
Daniel warf ihm einen schrägen Blick zu. „Wohin müssen wir?"
Sie hatten sich auf halbem Weg getroffen. Guido, der unbedingt
dabei sein wollte, hatte ihm die Adresse nicht verraten, sondern
behauptet, er müsse selbst erst nachsehen. „In die Betenstraße.
Weißt du, wo das ist?"
„Eine gute Viertelstunde von hier." Daniel gab Gas. „Du hast mit
dieser neuen Theorie all unsere Maßnahmen als sinnlos hingestellt.
Bist du sicher, dass du richtig liegst?" Er zumindest schien es nicht
zu sein.
„Was heißt schon sicher!" Natürlich war er es nicht. „Ich habe den
starken Verdacht, dass wir uns verrannt haben könnten. Und als mir
die Szene wieder einfiel … Ich meine, besser ist besser, oder etwa
nicht?"
„Wenn du denn mit deiner Ahnung recht hast. Sie kam verdammt
plötzlich."
„Weil ich diese Geschichte vergessen hatte", verteidigte er sich.
„Erste Zweifel nagten schon gestern Abend an mir. Mir war nur
nicht bewusst, was mich störte. Dann fiel mir heute Morgen die
Szene ein, die ich beobachtet hatte. Es passt alles zusammen. Das
sieht Saskia genauso."
„Sie hat mir die Hölle heißgemacht", gestand Daniel grinsend.
„Fährst du nicht, mache ich das selbst, drohte sie." Er wurde wieder
ernst. „Du sagst, es gibt eine Haushälterin. Wie stellst du dir vor,
dass es abläuft? Es ist ein Zeuge anwesend."
Daran hatte er während der Fahrt zu ihrem Treffpunkt ebenfalls zu
knacken gehabt. Eigentlich war es unmöglich, es sei denn … „Sie
bringen ihn um und schicken die Frau weg. Sind keine Angehörigen
erreichbar, warten wir auf den Arzt, der den Totenschein aus-
schreibt, und notfalls auch auf das Bestattungsinstitut. Da bleibt
genug Zeit, das Haus zu durchsuchen. Der Patient hat Krebs im

Endstadium, die Ärzte gaben ihm höchstens ein halbes Jahr. Nun ist er eben eher gestorben, das wird niemanden überraschen. Er kommt damit durch, garantiert."

„Hm. Wie wollen wir vorgehen?"

„Das ist der springende Punkt." Nun, da Daniel zumindest halbwegs überzeugt schien, konnte er zugeben, nicht weitergedacht zu haben. Besser gesagt, ihm fiel nichts Vernünftiges ein. Er war viel zu nervös und angespannt.

„Wann taucht er dort auf?"

„Soweit ich weiß, gegen neun." Guido schielte auf die Uhr. Kurz nach acht und sie waren fast am Ziel.

Daniel bremste ab und fuhr in die nächste freie Parklücke. „Wir lassen den Wagen hier stehen und gehen das letzte Stück zu Fuß."

„Und was willst du sagen?"

Der Kommissar grinste. Es war ihm ein Rätsel, wie der so locker sein konnte! „Warte es ab."

87

Guidos Aufregung nahm von Minute zu Minute zu. Sein Blick war auf die Zeiger der Standuhr gerichtet, die sich im Zeitlupentempo vorwärts bewegten. Daniel dagegen lehnte völlig ruhig an der Wand und starrte auf den Boden vor sich, als wäre er mit seinen Gedanken weit weg.

Wie er ihnen Einlass verschafft hatte, war allerdings erste Sahne, das musste Guido zugeben. Er hatte der Haushälterin beim Öffnen seinen Ausweis unter die Nase gehalten und was von verdeckten Ermittlungen gemurmelt. Sie würden die gegenüberliegende Villa beobachten, keiner dürfe davon wissen. Wer denn noch anwesend sei? Die Frau hatte auf den Hausherrn verwiesen und gleich hinzugefügt, dass er sterbenskrank wäre. Daniel hatte verlangt, ihn kurz zu sprechen, woraufhin sie ihn widerspruchslos an sein Bett führte. Bevor sie das Zimmer verließ, hatte er ihr nochmals eingeschärft, dass wirklich niemand, egal wer komme, von ihrem Aufenthalt hier erfahren dürfe. Das wäre sozusagen lebenswichtig und er würde sie persönlich dafür haftbar machen, wenn etwas schiefginge. Sie war dermaßen eingeschüchtert, dass sie bloß heftig genickt hatte.

Dem Alten gegenüber war er dann deutlicher geworden. Die Polizei hätte einen Hinweis erhalten, dass jemand versuchen wolle, ihn umzubringen. Dieser hatte natürlich ungläubig aufgelacht. Er sei schon fast tot, warum sich einer da noch die Mühe machen solle.

Weil es um sein Vermögen ginge, hatte Daniel rundweg zugegeben. Ob an dem Gerücht was dran sei, dass er einen Großteil seines Bargelds hier im Haus in einem Safe aufbewahre?

Da war der Alte richtig kleinlaut geworden. Es stimmte also, der saß sozusagen auf einem Riesenbatzen Geld.

„Wenn gleich der Pflegedienst kommt, bitte erwähnen Sie unsere Anwesenheit mit keinem Wort", hatte Daniel ihm eingeschärft.

„Wir kennen den Täter bisher nicht. Es ist ein regelrechter Zufall, dass wir auf diese Sache aufmerksam wurden. Ein unbedachtes Wort zu dem Falschen und alles war umsonst."

„Aber Horst ist ein guter Freund meines Sohnes", hatte der Alte protestiert. „Ich will ihn nicht anlügen. Er ist sofort eingesprungen, als das Krankenhaus mich entließ, und hat versprochen, mich bis zu meinem Ende zu begleiten."

„Das Risiko ist zu groß", war Daniel hart geblieben. „Niemand darf etwas von unserem Einsatz wissen. Ich verlasse mich auf Sie."

Und nun standen sie im Nebenzimmer bei Spaltbreit geöffneter Tür und warteten darauf, dass der Täter eintrat. Noch fünf Minuten! Guido spürte, wie sich sein Magen zusammenzog und sein Puls einen Schlag zulegte. Auf sein Zeichen wollten sie zuschlagen, Daniel vertraute auf ihn. Hoffentlich verpatzte er das Ganze nicht!

Als es klingelte, zuckte er zusammen. Er konnte hören, wie die Haushälterin mit jemandem sprach, er runzelte die Stirn, es waren zwei verschiedene Stimmen.

Daniel nickte ihm beruhigend zu. Damit hatten sie schließlich gerechnet. Und genau dieser Umstand bestätigte im Endeffekt seine Theorie.

„Hallo, Horst", kam die krächzende Stimme des Alten. „Wen hast du mir denn da mitgebracht?"

„Das ist Magdalena, eine unserer Pflegerinnen. Ich habe gleich einen weiteren Termin, bei dem sie mir zur Hand gehen muss." Der Angesprochene lachte vergnügt. „Außerdem lernst du sie so gleich kennen. Sie wird einspringen, wenn ich mal verhindert bin."

Durch den schmalen Spalt sah Guido ihn nähertreten, bis seine Gestalt die des Alten verdeckte. „Und? Wie fühlst du dich heute?"

„Immer noch relativ gut. Aber nur, wenn ich meine Spritze rechtzeitig kriege. Die Nacht ist okay, die Schmerzen am Morgen lassen sich aushalten. Jetzt werden sie von Minute zu Minute stärker."

„Das muss nicht sein." Die Stimme des Pflegers klang besorgt und mitfühlend. „Wir ändern die Dosierung ein bisschen ab, ich spreche gleich anschließend mit deinem Arzt. Ist es danach nicht besser, wechseln wir das Medikament. Du musst keine Schmerzen leiden, das kann die Medizin mittlerweile verhindern."

Er wandte sich ab und Guido trat hastig einen Schritt zurück. Dabei hatte Daniel ihm versichert, dass sie nicht zu sehen waren. Trotzdem, besser war besser.

„Magdalena, gibst du mir bitte die Spritzen rüber?" Und dann an seinen Patienten gewandt: „Wir erhöhen ganz vorsichtig. Du achtest darauf, wie lange die Wirkung vorhält, also bis wann du wirklich schmerzfrei bleibst."

Guido sah die Hand, die ihm die Spritze reichte, und nickte Daniel zu. Wie ein Torpedo schoss der Kommissar vorwärts und die beiden Personen vor dem Bett fuhren erschrocken zusammen. „Polizei! Legen Sie die Spritze vorsichtig aufs Bett und nehmen Sie die Hände hoch."

Statt der Aufforderung Folge zu leisten, versuchte der Mann, die Spritze zu entleeren, doch da war Daniel schon nah genug, um ihn daran zu hindern. Was weiter passierte, konnte er nicht mehr verfolgen, denn die Pflegerin hatte sich fast schon bis zum Ausgang zurückgezogen, drehte jetzt auf dem Absatz um und suchte ihr Heil in der Flucht. Mit Riesensätzen sprang er hinter ihr her und hatte sie eingeholt, bevor sie die Haustür öffnen konnte. Sie trat und schlug wild um sich, doch er war der eindeutig Stärkere. Er umklammerte von hinten ihren Brustkorb und trug sie mehr, als dass sie lief, in das Krankenzimmer zurück. Daniel hatte dem Mörder bereits Handschellen angelegt und telefonierte nach seinen Kollegen.

Guido merkte, wie seine Knie vor Erleichterung weich wurden. Es war vorbei, sie hatten es geschafft!

88

Sie trafen sich in der Mittagszeit in Saskias Boutique. Das kleine Hinterzimmer quoll nahezu über von Menschen. Selbst Wolf hatte seine Tour unterbrochen, um die Neuigkeiten live von Daniel zu hören. Und Lennart hatte Markus mitgeschleppt, damit er wenigstens bei der Auflösung zugegen war. Die verlorene Zeit konnten sie später gemeinsam herausholen.

Zuerst musste natürlich Daniel berichten. „In der Spritze befand sich neben einer wesentlich höheren Dosis Morphium auch ein Herzmittel, so überdosiert, dass es zum Tod des Patienten geführt hätte. Das steht einwandfrei fest. Mein Chef hat dafür gesorgt, dass sich sofort darum gekümmert wurde. Der Täter und seine Komplizin bestritten selbstverständlich alles. Als das Ergebnis der Untersuchung vorlag, erhielten wir den Durchsuchungsbeschluss für sein Haus und ihre Wohnung. Ich brauche euch morgen", er nickte Guido und Marcel zu, „damit ihr die Gegenstände identifiziert, die wir sicherstellen. Ich denke, es ist einiges von den gestohlenen Wertgegenständen dabei."

Er konnte nicht mehr weitersprechen, da eine Flut von Fragen auf ihn einprasselte.

„Wie sind Sie auf die beiden gekommen?", setzte sich Wolf durch.

„Das war sein Verdienst." Daniel zeigte auf Guido. „Und ihrer." Er strubbelte Saskia, die dicht neben ihm saß, durch die Haare. „Sie war fest von seiner Theorie überzeugt und hat mich sozusagen genötigt, seinem Verdacht nachzugehen."

„Ausgerechnet der Gründler." Lennart wirkte immer noch überrascht. „Den hatten wir doch eigentlich ausgeschlossen."

„Ja, ohne ihn vernünftig zu überprüfen", setzte Guido hinzu. „Heute Morgen erinnerte ich mich plötzlich an einen Blickwechsel zwischen ihm und Magdalena, der nur einen Schluss zuließ: Die zwei hatten was miteinander." Dass ihm schon vorher sein Gefühl gesagt hatte: Ihr seid auf dem falschen Weg, verschwieg er lieber. Normalerweise war er ja nicht gerade der emotionale Typ, der auf seine innere Stimme hörte.

„Das hätte genauso gut in die Hose gehen können", verschaffte sich Mark Flesch, der ebenfalls zugegen war, durch das aufgeregte Geraune Gehör.

„Ich wusste in dem Moment, als er Magdalena vorstellte, dass wir richtig lagen", stellte Guido klar. „Der Gründler hätte sie niemals bei diesem wichtigen Patienten einspringen lassen. Und dann die Spritze, die sie ihm reichte. Die echte lag griffbereit auf dem Nachttisch. Das hätte der Patient eigentlich merken müssen."

„Er war zu abgelenkt", verdeutlichte Daniel. „Außerdem hatte er vollstes Vertrauen zu dem Freund seines Sohnes. Ihr hättet ihn sehen müssen. Wir haben vorsichtshalber seinen Hausarzt angerufen, ich dachte schon, er stirbt nachträglich an der Aufregung."

„Wie wollten sie ihn dazu bringen, den Safe zu öffnen?"

„Stimmt es, dass er Millionen in seinem Safe verwahrt?"

„Wie seid ihr darauf gekommen, dass sie heute zuschlagen?"

„Habt ihr eigentlich mit offenen Karten gespielt oder wie seid ihr vorgegangen?"

Daniel wartete ruhig ab, bis sich die Aufregung einigermaßen gelegt hatte. Er beschrieb, was er unternommen hatte, um sicherzugehen, dass die Täter nicht bereits im Vorfeld gewarnt wurden. „Dass es heute passierte, war bloß eine Vermutung. Herr Flesch", er nickte dem Detektiv zu, „hatte ja schon den Verdacht geäußert, sie würden sehr bald zuschlagen. Saskia erinnerte mich heute Morgen daran, dass Leonie im Laufe des Nachmittags, spätestens am frühen Abend aufwachen solle. Ich vermute, unseren Tätern war das bekannt und sie hatten Angst, dass sie irgendwelche Angaben machen konnte, die auf sie hindeuteten."

„Wer hätte einer Mörderin geglaubt?", warf Lennart ein. „Die Polizei war davon überzeugt, dass sie schuldig war."

„Ihm wird zu Ohren gekommen sein, dass wir weitere Nachforschungen anstellten, das Haus der Getöteten erneut durchsuchten und die Spurensicherung in die Villa der Drägers schicken wollten.

Wenn dann Leonie mit dem Finger direkt auf ihn gewiesen hätte …" Daniel hob die Schultern und ließ sie wieder fallen. „So ähnlich stellte ich es mir jedenfalls vor. Bisher hat keiner von beiden den Mund aufgemacht."

„Was war denn nun im Safe?"

„Etwa sechshunderttausend Euro in bar und eine Münzsammlung, die ebenfalls einen beachtlichen Wert hat."

„Wie kann man nur!" Saskia schüttelte fassungslos den Kopf. „Das ist ja wie eine Einladung an jeden Einbrecher."

„Erstens wussten bis auf den Besitzer, die Haushälterin und dem Gründler niemand davon. Und zweitens …"

„Doch, der Guido", rief Lennart dazwischen.

„Es war mehr eine Ahnung", wehrte der ab. „Als sich mein Verdacht gegen den Chef richtete und ich überlegte, wen der wohl überfallen würde, fiel mir so einiges wieder ein. Er hat, als er den übernahm, zu der Javers gesagt, der sei so eine Art Dagobert Duck, kein Vertrauen zu den Banken. Erinnerst du dich nicht?", wandte er sich an Marcel, den er zu diesem Abschlussgespräch mitgebracht hatte.

„Wie hätte er den Safe aufgekriegt?", fragte Saskia schnell, bevor nun auch der in seinen Erinnerungen zu kramen begann.

„Das war der nächste Punkt, den ich vorbringen wollte." Daniel nickte ihr zu. „Es handelte sich natürlich um ein superteures, nahezu einbruchsicheres Teil."

„Er denkt, der Gründler wollte ähnlich wie bei den Drägers vorgehen", platzte Guido heraus. „Ihm erklären, dass sich in der Spritze eine tödliche Dosis befand und ihn so erpressen, den Tresor freiwillig zu öffnen."

„Natürlich wäre es sinnvoller gewesen abzuwarten", ergänzte Daniel. „Aber das war mir zu riskant. Vielleicht wollten sie ihn auch sofort töten und anschließend die Haushälterin unter Druck setzen."

„Wieso wusste er überhaupt von dem Safe?", wunderte sich Herr Flesch.

Saskia seufzte innerlich auf. War das nicht egal? Sie hatten den Täter dingfest gemacht und er sah hoffentlich seiner gerechten Strafe entgegen.

„Der Sohn war mit dem Gründler befreundet", erklärte Daniel brav, den nichts aus der Ruhe bringen konnte. „Er hat ihm vollkommen vertraut und sein Vater auch. Der Gründler war so was wie ein naher Verwandter."

Es wurde weitergefragt und wild drauflos spekuliert, bis Saskia um kurz vor drei ein Machtwort sprach und alle hinauswarf. Sonst hätte das Treffen bestimmt bis in den Abend gedauert.

Lennart zögerte an der Tür. „Kommst du nachher mit ins Krankenhaus? Da Leonie nicht mehr unter Verdacht steht, dürfen wir zu ihr."

Unbedingt! Sie musste sich mit eigenen Augen davon überzeugen, dass sie wieder ganz in Ordnung kommen würde. Obwohl die Ärzte sehr zuversichtlich waren, blieb ein letzter Rest Zweifel. Hoffentlich hatte sie wirklich alles so gut überstanden, wie diese prophezeiten!

89

Zehn Tage später wurde Leonie entlassen. Saskia ließ es sich nicht nehmen, an diesem Freitagmorgen die Boutique eine Stunde eher zu schließen, damit sie die Freundin abholen konnte. Ihre Eltern hätten sie mit Freuden ebenfalls wieder aufgenommen. Aber sie hatte sich dazu entschieden, lieber ein paar Tage bei Saskia zu bleiben, bevor Bobby sie zurück in ihre alte WG begleitete.

Sein Handy, das Leonie benutzt hatte, war ausgeschaltet in Herrn Gründlers Schreibtischschublade gefunden worden und galt als Beweismittel, es würde vermutlich noch einige Zeit dauern, bis er es zurückerhielt, was ihn jedoch kaum zu stören schien. Vielmehr hatte das Bangen um Leonies Leben dazu geführt, dass er endlich erkannte, wie viel sie ihm bedeutete – noch ein Paar, das zusammengefunden hatte!

Es war schon erstaunlich, wie ein solches Ereignis die festgefahrenen Fronten aufweichte und man wieder den Blick auf das Wesentliche richtete. Leonies Wohlbefinden stand an erster Stelle, alles andere war zweitrangig. Sie hatte überlebt und würde keine Schäden zurückbehalten. Das war das Wichtigste und genauso empfanden die Eltern wohl auch. Statt weitere Diskussionen über ihr ‚Versagen‘ bei der Prüfung anzustoßen, versprach ihr Vater, sie zu unterstützen, egal für welchen Weg sie sich entscheiden wollte.

Dabei war der längst geklärt. Erst nachdem Bobby ihr die erlösende Nachricht gebracht hatte, dass die Uni ihr einen allerletzten Versuch einräumte, war sie damit herausgerückt, dass sie diesen Antrag damals, nach ihrer Flucht zurück nach Köln, aufgesetzt und abgeschickt hatte.

Für Saskia stand fest, dass sie dieses Mal bestehen würde. Nach dem, was sie in der Zwischenzeit erlebt hatte, und nach allem, was ihr widerfahren war, würde es ihr bestimmt gelingen, diese Panikattacken zu überwinden. Sie hatte es immerhin fast geschafft, einen mehrfachen Mörder allein zu überführen!

„Selbst wenn es nicht klappt, gebe ich nicht auf." Die Freundin sah es ebenfalls gelassener. „Papa hat mir angeboten, dass er mir die Auslandssemester bezahlt, die ich benötige, um einen Abschluss zu machen. Seitdem er weiß, dass ich der Initiator bei dieser Geschichte war, hat sich sein Verhalten mir gegenüber geändert. Ich glaube, er nimmt mich endlich für voll."

Aber das würde nicht nötig sein. Leonie wirkte wesentlich gefestigter und, ja, erwachsener.

Das Einzige, weswegen sie sich große Sorgen machte, war die Sache mit dem gestohlenen Geld. Saskia hatte sie gerade noch stoppen können, als sie vor Daniel ein Geständnis ablegen wollte. Später, als sie allein waren, hatte sie ihr frei heraus verboten, dieses Thema jemals wieder anzuschneiden. „Du hast deinen Einsatz, den Mörder zu finden, beinahe mit dem Leben bezahlt. Und dank dir sind die gestohlenen Schmuckstücke der Drägers bei einem Hehler aufgetaucht. Ich denke, die alten Leutchen würden es so wie ich sehen: Du hast es dir durch dein Engagement verdient."

Ganz überzeugt schien die Freundin nicht, daher hatte sie hinzugefügt: „Verpflichte Lennart dazu, eine Summe in der Höhe, die er für richtig hält, an eine der Organisationen zu spenden, für die das Geld bestimmt war, sobald sein Geschäft vernünftig läuft."

Sie hoffte, dass Leonie mit dieser Art der Wiedergutmachung zufrieden war. Was sollte es bringen, sich nach allem, was sie durchgemacht hatte, als Diebin zu erkennen zu geben? War sie nicht gestraft genug durch den Albtraum, den sie erlebt hatte? Und dann durfte man nicht vergessen, dass sie dank ihrer Nachforschungen nicht nur einen weiteren Mord hatten verhindern können, sondern dass bei der Durchsuchung der beiden Wohnungen ein Riesenvermögen sichergestellt worden war.

„Aber wenn der Gründler nun erklärt, er habe das Geld nicht", hatte Leonie eingewandt. „Dann verdächtigen sie mich erneut."

„Du bleibst bei deiner Aussage, du hättest direkt nach mir die Wohnung verlassen und seist, aufgeschreckt durch deinen Bruder vor meiner Haustür, direkt nach Köln gefahren. Das Gegenteil kann dir keiner beweisen. Es könnte genauso gut ein Trittbrettfahrer gewesen sein." Saskia hatte ihr zugezwinkert. „Du kennst das Sprichwort: Im Zweifel für den Angeklagten."

Doch, wie sich kurz darauf herausstellte, waren die Ängste der Freundin unbegründet. Die Polizei ließ nichts mehr von sich hören.

90

Als feststand, dass sich in der Spritze eine tödliche Mischung befand, und sie damit rechnen musste, wegen Mordes angeklagt zu werden, hatte die Pflegerin ihr Schweigen gebrochen. Sie schob die gesamte Schuld auf Horst Gründler. Sie sei bis auf diese eine Ausnahme nie bei den Taten dabei gewesen.

Durch sie kam das ganze Ausmaß seiner Aktivitäten erst ans Tageslicht. Guido und Marcel hatten viel zu niedrig gegriffen, es handelte sich laut Magdalena um achtzehn Fälle, die sich über gut zweieinhalb Jahre erstreckten. Anfangs sei ihr Freund vorsichtiger gewesen und habe sich mit wenig Beute zufriedengegeben. Erst als ihre Pläne, in einem fernen Land gemeinsam neu anzufangen, konkreter wurden, habe er dieses Ziel so schnell wie möglich erreichen wollen. Die Idee, die Drägers zu erpressen, sei von ihm gekommen. Sie habe nicht einmal geahnt, dass der Mann keines natürlichen Todes gestorben sei. Ja, sie habe sich als die Javers ausgegeben und behauptet, der Chef käme persönlich vorbei, um eine Kleinigkeit im Vertrag abzuändern. Wie er genau vorgegangen sei, wisse sie nicht.

Nach dem Desaster war Herr Gründler angeblich nicht mehr zu bremsen. Ohne einen letzten großen Coup wollte er das Land nicht verlassen. Doch bei den nächsten Opfern fand sich kaum Bargeld, die erbeuteten Kunstgegenstände zu verkaufen, hätte zu viel Zeit gekostet. Zudem musste er nach dem Versuch, Leonie als Mörderin hinzustellen, noch vorsichtiger sein, diese anzubieten.

Dass er ihr auf die Spur kam, war purer Zufall. Da Leonie trotz mehrfacher Aufforderung ihr Zeugnis des im Altenheim abgeleisteten Praktikums nicht vorlegte, forschte die Bürokraft Frau Javers bei der Universität nach und erfuhr, dass die unter diesem Namen aufgeführte Studentin gerade ein Auslandssemester absolvierte. Pflichtschuldig erzählte sie ihrem Chef davon, der nun seinerseits Nachforschungen anstellte und in Panik geriet, als er auf die Verbindung zwischen Saskia und Leonie stieß. Er selbst war es, der daraufhin die

Computer regelmäßig auf unbefugtes Eindringen in die Dateien kontrollierte, und er war es, der seine Sekretärin anwies, diese mit einem Passwort zu sichern.

„Ich habe versucht, ihr mit meinem Besuch in der WG Angst einzujagen", gab er zu. „Damit sie aufhörte herumzuschnüffeln. Ich dachte, ich hätte es geschafft, als sie nicht mehr kam. Dann ist sie mir bei der Seiffert in die Quere gekommen."

Er wusste, dass diese jeden Abend eine Schlaftablette nahm und früh schlafen ging. Sie würde ihn nicht hören, wenn er sich mit seinem Nachschlüssel Einlass verschaffte. Als er kurz darauf Leonie bemerkte, die sich bis in die Diele vorgewagt hatte, blieb ihm nichts anderes übrig, als sie auszuschalten.

Der Lärm weckte Frau Seiffert. „Sie hat mich erkannt. Ich musste sie töten."

Er arrangierte das entsprechende Szenario, um einen Kampf zwischen den beiden Frauen vorzutäuschen und verpasste Leonie, die er nur niedergeschlagen hatte, den, wie er glaubte, tödlichen Messerstich.

Das war der einzige Punkt, zu dem er sich äußerte. Alles andere mussten die Ermittler in mühseliger Kleinarbeit herausfinden. Das Motiv kristallisierte sich schnell heraus: Herr Gründler hatte lediglich die Position eines Geschäftsführers inne, Inhaberin des Pflegedienstes war seine Frau, zudem hatte sie bei der Heirat auf Vermögenstrennung bestanden. Da er ständig über seine Verhältnisse lebte, häuften sich seine Schulden, mit den ersten Diebstählen hatte er diese ausgleichen wollen. Bis dann mit der neuen Beziehung der Entschluss heranreifte, durch größere Coups genügend Geld zusammenzubekommen, um ein neues Leben zu beginnen. Die Morde, die er dabei beging, bezeichnete er laut seiner Freundin als Sterbehilfe, als Mörder sah er sich nicht. Das sei auch der Grund dafür, dass er Saskia und ihrem Helfer nur einen Schrecken habe einjagen wollen, damit sie das letzte Unternehmen nicht gefährdeten.

Leonie war mehr als baff gewesen, nachdem sie ihr einen Tag nach ihrem Erwachen einen ausführlichen Bericht gegeben hatte. „Der

Chef selbst war es? Das hätte ich nie gedacht! Der sieht ganz anders aus, als du diesen falschen Kommissar beschrieben hattest." Sie konnte sich nur daran erinnern, einen Schatten gesehen zu haben, der sich an der Haustür von Frau Seiffert zu schaffen machte. Die nachfolgenden Ereignisse schienen aus ihrem Gedächtnis getilgt, was, wie die Ärzte meinten, des Öfteren vorkam.

„Weil er sich für diese Auftritte verkleidete." Saskia hatte ein Grinsen nicht unterdrücken können. „So, wie du."

„Und die Ziege ist echt nicht involviert?", hatte die Freundin leicht enttäuscht gefragt.

Saskia musste sich ein Lachen verkneifen. Nicht jeder, der unsympathisch rüberkam, war ein Verbrecher. „Nein, sie hat nichts mit diesen Verbrechen zu tun. Unser Verdacht fiel auf sie, weil wir dachten, sie sei die Einzige, die über die Vermögenslage aller Pflegebedürftigen informiert war und sich unauffällig bei jedem Einzelnen melden konnte, so nach dem Motto: Oh, Herr oder Frau Sowieso, ich benötige dringend eine weitere Unterschrift von Ihnen. Kann ich eben kurz vorbeikommen? So ungefähr ist es auch abgelaufen. Nur dass der Gründler der Schuldige war. Er hatte sich von jedem Schlüssel ein Duplikat anfertigen lassen, er wusste anhand der Pflegeprotokolle, wer welche Krankheiten hatte, und er war über ihre Vermögensverhältnisse orientiert. Und das Wichtigste: Er konnte agieren, wann es am besten passte. Den Chef kontrollierte niemand auf das, was er tat."

Sie, Saskia, war jedenfalls froh, dass dieser Albtraum vorbei war und sie sich jetzt wieder ihrem normalen Leben widmen konnte. Die Vorweihnachtszeit hatte ihr hervorragende Umsätze beschert. Langsam gewöhnte sie sich an den Gedanken, die Boutique weiterzuführen. Vielleicht würde aus ihr ja doch noch eine Frau mit dem richtigen Gespür für Mode.

Außerdem könnte sich eine Selbstständigkeit später einmal als sinnvoll erweisen, zum Beispiel wenn man an die Versorgung der Kinder dachte. Noch war das natürlich Zukunftsmusik, aber die Beziehung mit Daniel lief so super, dass sie sich vorstellen konnte, ihr

gesamtes Leben mit ihm zu verbringen - auch wenn sie auf die Aufregungen, die sein Beruf mit sich brachte, gern verzichtet hätte.

Jetzt würden sie erst einmal zusammen in aller Ruhe Weihnachten
feiern und auf das neue Jahr anstoßen. Dieses Mal wollte sie dem
Päckchen an ihren Vater einen langen Brief beilegen. Vielleicht war
er ja genauso willens wie sie, die Beziehung zueinander wieder aufzunehmen.

Und selbst wenn es zu keiner Versöhnung kam, sie hatte Daniel und
dazu viele neue Freunde gefunden, die ihr Leben bereicherten. Es
konnte nur besser werden. Sie jedenfalls würde alles dafür tun, diese
Beziehungen zu pflegen.

Alle handelnden Personen sowie die beschriebenen Orte sind frei erfunden und der Fantasie des Autors geschuldet. Ähnlichkeiten mit lebenden Personen sind nicht beabsichtigt.

KJ Weiss - Romane

Opferleid

Im Schatten des Vergessens

In ohnmächtiger Wut

Albtraum: Tod eines Kindes

Liebe - Trennung - Mord

Flickenteppich: Diagnose: Schizophrenie

Lukas: Irrwege eines Hochbegabten

Karin Franke - Krimis

Am eigenen Leib: Richies erster Fall

Je tiefer du gräbst: Richies zweiter Fall

Zwischen Lüge und Wahrheit: Richies dritter Fall

Jeder Tod hat seinen Preis: Richies vierter Fall

Inmitten der Krise: Richies fünfter Fall

Kinderseelen-Hölle: Richies sechster Fall

Schwarze Teufelin: Richies siebter Fall

Verkalkuliert: Richies achter Fall